検方の罪人

雫井脩介

検察側の
罪人

王蘊潔 譯

Shusuke Shizuku

1

「好……」最上毅闔上了白色封面的教科書，巡視著新六十期的司法研習生。

「入門研習到今天為止就結束了，接下來你們將分發到全國各地進行實務研習，著手處理真實的事件，也將面對活生生的人。」

在完成了為期一個月入門研習的研習生眼中，沒有絲毫讓人感受到鬆懈的遲滯。這些新六十期研習生從法律系研究所畢業後，通過了司法制度改革後實施的新司法考試，成為實質上的第一期研習生。這些值得紀念的未來司法人員眼中充滿了朝向夢想努力，並確實獲得成果的人特有的光芒。最上感受著這些耀眼的光芒，激勵著他們。

「你們的手上握了一把劍，就是法律這把劍。這是一把極其鋒利的真劍，可以說，是法治國家最強的武器，就連黑道老大看到這把劍，也會嚇得渾身發抖。司法人員的工作，就是用這把劍審判活生生的人，你們之前都努力學習了這把劍的使用方法。」

十五年前，最上曾經和他們一樣坐在那裡。當時，自己和他們現在一樣，臉上充滿希望嗎？雖然他努力從記憶中尋找當年的感覺，卻找不到明確的記憶。二十多歲時代的青春幾乎都奉獻給用功讀書準備考試，最後才終於拿到了成為司法人員的入場券。雖然當時覺得終於如願以償，但記憶中，自己當年並不像現在坐在這裡的研習生一樣滿臉喜悅。

「但是，」最上瞇起眼睛繼續說道，「你們也許會在初期感到焦急，因為你們手上拿的還是練習劍，你們在這裡寫的起訴書或是不起訴裁定書，其實都是用竹刀進行練習比賽，並不會有人受傷。然而，之後你們要拿起真劍，和真人進行比賽，應該也無法完全按照課本上所寫的方式揮劍。」

最上的嘴角上揚，對研習生露出微笑。

「但在初期，這樣並沒有問題，瞭解『實務是活的』這個道理就好。如果有一百起事件，就需要有一百種處理的方式……能夠瞭解這一點就足夠了。等到你們適應之後，就會找到自己的劍法，然後用渾身的力氣揮劍，把惡人劈成兩半。到時候你們就會對此駕輕就熟，不妨認為這正是檢察官的深奧妙趣。」

最上說到這裡，閉上雙唇，為和無數罪犯打交道的歲月中，自然形成的威嚴增添了少許風味後，再度開了口。

「千萬不要大意，你們最好認為，你們仰賴的那把劍絕對不是萬能。在面對極惡的怪物時，有時候甚至會日暮途窮，無計可施，但如果因此感到害怕，就將一事無成。拿劍的人必須勇敢，必須奮戰。十年後、二十年後的日本會變成什麼樣……是成為一個能夠讓人安居樂業的和平社會，還是變成每天必須為可能被捲入犯罪而惴惴不安的不平靜社會？檢察官的工作，司法人員的工作成果，決定了未來社會的樣子。請各位在接下來的實務研習中，努力牢記這一點，成為一個具備勇氣和決心的司法人員。今天的課就上到這裡。」

最上宣布下課後，教室內自然響起了掌聲。最上嘴角露出笑容，微微點了點頭回應。

「老師，謝謝你這段時間的指導。」

研習生紛紛站了起來，一個年輕男人露出爽朗的笑容走了過來。沖野啟一郎……論眼中的光芒，他眼中閃耀的光芒可以成為這一期研習生的代表，而且他的眼神純樸無邪。

「我記得你要去福岡研習。」

「雖然我的第一志願是東京，但因為很多人都申請東京，所以沒有輪到我。」

沖野雖然語帶遺憾地說，但臉上完全沒有絲毫愁容。

「接下來天氣越來越冷，不是很好嗎？我當年在仙台研習，當上檢察官後最先被派去札幌，奇怪的是，一直和九州無緣，我真羨慕你啊。」

沖野聽了，露出燦爛的笑容，然後直視著最上說：

「老師，你剛才說的話讓我深有感慨。」他露出一絲靦腆的表情說，「這一個月的入門研習期間，老師上的檢察課程最吸引我。該怎麼說，我甚至覺得檢察官的工作更適合自己……」

這並不是沖野單方面的臆想，最上也覺得他積極的態度在眾多研習生中很突出。

「那真是太好了。從你寫的草案，就可以看出你很有潛力。你寫的起訴狀也很出色，即使直接交給法院也完全沒問題。」

「老師過獎了。」

沖野謙虛地搖了搖頭，但臉上露出了喜悅的表情。

「你的志向從律師轉為檢察官了嗎？」

在研習初期，曾經聽沖野說，他希望當律師。

「對，目前更偏向檢察官。」沖野坦誠地說出了內心的想法，「或許是窄門，但我想要挑戰一下。」

當年最上成為檢察官時，想要成為檢察官的人並不多，所以那時還稱不上是窄門。

但是，隨著政府推動擴大司法人員的路線，如今，通過新司法考試的人也進入了司法界，即使有律師資格的人，也無法簡單找到法律事務所的工作，更別指望能夠很快自立門戶，獲得高收入。檢察官的薪水比通過Ｉ種國家公務員考試的官員更高，成為理想的出路，導致想要成為檢察官的難度也大為增加。

司法考試本身就是高難度的競爭，除了司法考試的成績以外，在研習期間，也必須隨時由像最上那樣的教師評估研習生的能力，法院、檢察廳和大型法律事務所會爭奪在研習生中名列前茅的優秀人才。

沖野雖然在所有研習生中並不算是成績名列前茅，所以也無法獲得最大型涉外律師事務所青睞，但對檢察廳來說，不必擔心他被搶走，也許是值得高興的事。他在大學畢業後，立刻進入法律研究所，一次就通過了新司法考試，他的潛力無可置疑。因為年輕而毫不掩飾表裡一致的率直正義感亦值得嘉許，再加上無所畏懼的積極性，即使他的志願不是當檢察官，最上也很想說服他。

「好，我知道你目前的想法了。」

從所教的研習生中徵募有志成為檢察官的優秀人選，推薦給負責人員錄用的同事，也是在研習課程中擔任教師的工作之一。最上幾乎已經決定，要在推薦名單上第一個就寫沖野的名字。

「對想要成為檢察官的人該說的話，我剛才已經說了。希望你全力以赴，積極投入實務研習。」

「是。我會好好探究法律這把劍，斬斷社會上的惡……我希望能夠成為最上老師說的這種檢察官。」

最上瞇起眼睛，點了點頭。沖野看著最上，稍微收起了嚴肅的表情。

「但是，老師剛才說的話中，有一句話讓我有點疑惑。老師說，法律這把劍絕對不是萬能……但我學習越深入，越覺得法律深入了我們日常生活的細節。可以說，這是人類智慧的結晶，如果有法律這把劍無法消滅的惡，是否該認為並非因為這把劍不是萬能，而是使用者的能力有問題？」

「嗯……」最上摸著下巴，帶著苦笑沉吟著，「法律的確是人類的智慧結晶，至於是否涵蓋了世界上所有的事，就很難說了。這個世界很複雜，而且在持續變化。說一句不中聽的話，有一個名詞叫做『缺陷法』。不，我並不是要提出什麼費解的問題，舉例來說，嗯……比方說，追訴時效的問題。」

去年實施了修正刑事訴訟法，殺人等惡性重大犯罪的追訴時效期間從原本的十五年延長為二十五年。

「我認為至少惡性重大的犯罪不需要有時效。」

沖野聽到最上斬釘截鐵的語氣，微微收起下巴，瞪大了眼睛。

「雖然法律解釋列舉了許多時效存在的理由，但說到底，這些都只是安慰而已，只要針對每一起事件進行個別判斷就好，這無法成為統一規定的理由。如果人類的能力無法抓到罪犯，那也是無可奈何的事，但如果法律劃分界限，那就是法律的挫敗。」

必須在法律這把劍上找出這點鏽斑……這是最上的想法。

「但是，」沖野對最上的犀利言詞感到有點困惑，「將原本的十五年改為二十五年……或許並不理想，但顯示法律也在努力因應時代的變化。」

「的確沒錯，」最上說，「只要時代有需求，以後可能不再有時效，但修正法無法拯救在去年實施之前，就已經完成時效的事件。即使取消了時效，在此之前時效已經成立的事件，當然也就只能作罷。那些躲過時效的傢伙，就會在某個角落偷笑，覺得自己選對了殺人的時間。每次想像這種事，就感到坐立難安，就忍不住覺得，自己手上的劍並非萬能。」

最上突然發現沖野臉上露出了凝重的表情，察覺自己說太多了。

「我無意和你談論這些法律的爭議，這只是茶餘飯後的聊天話題。」

最上努力搪塞著做了結論，但沖野搖了搖頭，露出了恭敬的表情。

「不，聽老師這麼說，就覺得很有道理。雖然我還在研習，但我發現自己太輕率地接受了現行的法律。聽了老師剛才的話，我瞭解到無論對任何事，都不能失去懷疑和批評的精神。」

看到沖野這麼一本正經的反應，最上反而有點不太自在。

「而且，」沖野雙眼發亮地繼續說道，「該怎麼說，我覺得這才是檢察官該說的話，原來這就是在第一線打擊犯罪的人真實的話，真是太帥氣了。」

「是嗎？」最上輕輕聳了聳肩，「既然你能夠理解……可見你真的很適合當檢察官。」

沖野聽了，開心地笑了起來。

「最上。」

走回教師辦公室的途中，身後有人叫住了他。回頭一看，律師前川直之小跑著追了上來。

「你的工作終於告一段落了，一個月的時間還挺長的。」

前川是最上以前就讀市谷大學法學院時的同學，因為兩個人都是北海道人，所以住在同間宿舍，而且參加同一個法律研究會共同學習，所以是多年的老朋友。

前川在進大學前曾經重考一年，所以年紀比最上大一歲，但他比最上早三年通過司法考試。他選擇當律師，目前在東京的月島開了一家小型律師事務所，承辦包括民事和刑事的零星案子，也就是所謂的「平民律師」。

和民事的案子相比，刑事案的收入微薄，所以很少有律師願意接刑事案件。而且必須處理過一定數量的案子，才能累積相當的經驗，有不少律師向來不接刑事案件，所以不拒絕刑事辯護的律師心地都很善良。事實上，前川的確是一個有情有義的人，在自己通過司法考試後，也一直為最上擔心，看到最上在三年後終於通過考試時，簡直比自己通過時更高興。之後，他不僅為刑事被告辯護，也參與支援犯罪被害人的活動，更是母校法律研究會的指導人。除此之外，律師會也請他來為這次的入門研習上刑事辯護的課程。

因為參與這些活動，所以他在月島的事務所始終無法擴大，但他並不在意。

「教師的工作很有趣，看到那些研習生，就會想起以前的自己，心情也變年輕了。」前川追上最上後說。

「我們也曾經有過那樣清新的時代。」

「感覺就像是昨天的事。」

最上點了點頭之後，輕聲笑了起來。

「但是，在陷入這種感傷的同時，你應該想要趕快回去工作賺錢，支付事務所的房租吧？」

「你知道得真清楚啊。」前川笑得整張臉都皺了起來，拍了拍最上的肩膀，「比起房租，處理事務工作的大嬸薪水更讓我傷腦筋啊。」

「這就是現實，雖然覺得就像昨天，但十五年前畢竟不是昨天。」

「我知道。」前川笑了起來，「但是，像這樣和你聊天，就會忍不住覺得好像回到了學生時代。」

「在旁人眼中，只會覺得兩個大叔在說話。」

前川大聲笑了起來，當他收起笑容後，用稍微認真的語氣說：

「對了，我一直想告訴你……」

前川開口提起這件事。

「北豐寮的老闆娘——理惠太太——目前住在上野的醫院，聽說她的身體狀況不太好。」

北豐寮位在根津，是最上和前川在學生時代住的宿舍。最上他們還是學生的時代，有些學生宿舍或是寄宿的地方都會由舍監負責張羅三餐，只是現在幾乎都沒有了。

在高度經濟成長期前後，北豐寮原本是一家總公司在北海道的企業為東京分公司的員工安排的宿舍，那家企業的老闆是市谷大學的畢業生，也是校友會的幹部，所以在最上讀大學時，那裡成為學生宿舍，讓來自北海道的市谷大學學生可以用非常便宜的價格入住。最上也是經由學生輔導課的介紹，決定住在那裡。

一對姓久住的中年夫妻負責管理北豐寮，他們有一個就讀小學的女兒，丈夫久住義晴以前曾經在擁有北豐寮的那家企業任職，但因為在作業時發生意外，導致身體受傷，所以他就退休成為宿舍的管理員。他拄著拐杖走路的樣子讓人看了於心不忍，但他為人爽快，經常和最上他們這些學生一起打麻將或是下將棋。

最上他們口中的「老闆娘」久住理惠也是敦厚善良，熱心助人的太太。有時候學生因為玩樂或是讀書忘了時間，很晚才回到宿舍，猜想八成今天沒飯可吃了，但只要老闆娘看到他們回宿舍，就會立刻為他們張羅熱騰騰的宵夜，完全不皺一下眉頭。她自認是這些學生在東京的母親，最上他們也都被她照顧得無微不至。住在宿舍的期間，可以感受到那個傳統而美好時代的溫暖。

「老闆娘」理惠罹患了癌症，據說已經危及生命。她應該六十歲左右，前川聽同住在北豐寮的學長水野比佐夫說，她幾乎已經無法開口說話了。

「要不要去看看她？」前川問最上，「如果不趁現在去看她，可能就再也看不到了。」

但是，最上並沒有回答。

前川瞪著最上的側臉。

「你不想去嗎？」

前川問完之後，又等著最上回答，但最後終於嘆了口氣放棄了。

「如果你不想去，那我就自己去。」

「……不好意思。」

前川板著臉點了點頭，「……老爹葬禮的時候，我還以為你只是因為路途太遙遠的關係……」

兩年前，最上在新潟地檢任職時，也從前川口中得知了久住義晴離開人世的消息，但他並沒有趕回來參加葬禮。

「很寡情嗎？」最上幽幽地問。

「你在說什麼啊！我才沒這麼想。」前川用力搖頭，「每個人表達心情的方式不一樣，就只是這樣而已。」

最上雖然覺得前川不需要這麼為自己著想，但還是默默接受。

「因為你之前很疼愛由季，由季也和你很親近，沒想到發生那種事，我猜想你至今仍然無法釋懷，這也很正常。」

住在北豐寮時，最上經常教久住夫婦的獨生女由季功課，雖然只有點心或水果充當家教費，但最上樂在其中。由季很怕生，看到宿舍的其他學生，都會立刻躲進屋。看到她漸漸和自己親近，而且每次解出難題，就露出開心的笑容樣子很可愛。她不久之後就和最上很親近，還會主動央求最上陪她玩。最上覺得好像多了一個妹妹，所以很樂意陪她玩。

北豐寮的建築物本身很老舊，在最上畢業時，那棟老舊的宿舍已經招募不到願意入住的新生。學生對擁有一間兩坪多大的房間就感到滿足的時代已經結束了。

最上在畢業之後，也搬去駒込一間三坪大的公寓，在那裡邊打工，邊為參加司法考試做準備。聽說北豐寮的學生越來越少，漸漸變成工人入住的單身宿舍。雖然他也想偶爾去那裡走動，讓久住夫婦看到自己過得不錯，也想看看由季成長的情況。只不過他一心想要趕快通過司法考試，成功進入司法界，所以遲遲沒有前往根津。

沒想到……在畢業後第四年的夏天，得知由季遭到了殺害。

那一次，他趕去參加了守靈夜。

但是，他也為自己去參加這件事感到後悔不已。

痛失愛女的久住夫婦感到絕望不已，但遲遲無法通過司法考試的最上完全幫不上忙，出現在那裡根本無足輕重。

從久住夫婦當時的樣子，不難想像他們之後的生活。

事到如今，去確認這件事也只是徒增痛苦。

而且……

即使現在，自己仍然完全幫不上任何忙。

轉眼之間，十七年過去了。

由季的事件已經過了追訴時效。

「對了，奈奈子怎麼樣？我記得她已經是中學生了，有沒有開始叛逆？」

前川刻意改變話題，問了最上女兒的近況。

然而，由季的面容在最上的腦海中揮之不去。

2

檢察官通常每兩到三年就會調動一次，累積資歷。

新任檢察官最初會被分配到東京地方檢察廳或是大阪地方檢察廳等大規模的檢察廳，有樣學樣地處理一些小案子。

第二年或第三年「新任期滿」後，就會被調去外地，但其實那時候還是經驗不足的新人，只不過因為外地檢察廳的人手不足，所以還是必須硬著頭皮處理交到自己手上的工作。除了偵訊嫌犯、寫筆錄，也要在開庭時身負舉證責任，在這個過程中迅速磨練成長。

四、五年之後，再次被調回大規模的檢察廳。大規模的檢察廳被稱為A廳，所以這個時期的檢察官被稱為「A廳檢察官」。

過了這個時期，就稱為「A廳期滿」，終於被視為能夠獨當一面的檢察官。

二〇一二年，沖野啟一郎在擔任檢察官邁入第五年的這一年四月，被分配到東京地檢的刑事部。

沖野在前一年還是A廳檢察官時，從外縣市的地檢分部調到位在霞之關的東京地檢，首先被分配到公訴部，成為東京地方法院開庭審理時的公訴檢察官。東京地檢很大，和小型地檢或分部不同，分別由不同的部門負責偵查和公訴工作。

如今進入了第二年，他也從公訴部調到了刑事部。

東京地檢的刑事部是個大部門，有將近一百名檢察官。說到地檢的明星部門，誰都會想到獨立偵辦大型經濟事件的特搜部，沖野對特搜部並沒有特別嚮往。

翻開報紙時，比起雖然案子很大，卻好像無從著手的經濟事件，他對那些震驚社會的惡性重大犯罪更有興趣。再加上他之前在外縣市的地檢分部時，支援一起在全國各地都大肆報導的殺人命案，參與了從起訴到有陪審員參與的公開審理過程，有過身歷其境地參與處理重大事件的經驗。

在那起事件的審判中，檢方為被告的犯行具體求刑無期徒刑。死者家屬對凶手充滿了強烈的憤怒，但有鑑於量刑的慣例，這已經是最重的求刑。承辦檢察官和沖野等檢方的認真舉證似乎奏了效，法官在判決時，做出和檢方的求刑相同的判決，判處被告無期徒刑。聽到死者家屬說：「非常感謝警方和檢方認真偵辦，我們會努力接受這樣的判決結果。」家屬的這番話比前輩檢察官慰勞的話更讓他內心感慨萬千，沖野覺得自己的努力獲得回報，忍不住紅了眼眶。

在處理惡性重大的犯罪時，精神上並不輕鬆。必須牢記被害人和死者家屬的痛苦和悲傷的話語，讓罪犯對自己犯下的罪行認罪。一旦舉證有漏洞，辯方就會虎視眈眈地趁虛而入，要求不當的酌情處理，或是試圖改成較輕的罪狀。因此處理這種案子責任重大，但正因為如此，也才更有意義。

東京地檢刑事部的檢察官人數很多，都有各自的基本工作。像沖野這種年輕檢察官主要以支援需要大量人手的案子為主，但有一定經驗的資深檢察官，就會負責處理不同種類的事件。

總部股檢察官就是其中之一。

一旦發生殺人事件等惡性重大的犯罪時，轄區分局會成立搜查總部，警視廳總部也會派出搜查一課等能幹的刑警加入，數十人同時展開偵查。

總部股檢察官就負責這些成立了搜查總部的事件。

通常在竊盜和傷害等稱不上是大案子的事件中，警方逮捕嫌犯，並移送檢方之後，檢察官才開始參與，但如果是成立搜查總部的重大事件，在警方展開第一波偵查時，檢察官就已開始參與，前往犯罪現場，列席司法解剖，也會一起參加偵查會議。

刑警根據實地走訪得到的線索為基礎，憑著多年的經驗和直覺找出嫌犯。即使逮捕了嫌犯，檢察官也要從法律的觀點冷靜分析，是否蒐集了能夠在審判中確實證明罪犯有罪的證據，向警方提供建議，彌補不足的偵查工作，判斷是否能夠逮捕罪犯。在事件偵查中，並不是逮捕嫌犯就大功告成了，如果無法在法庭上釐清真相，讓罪犯接受正當的審判，辛苦多日的偵查就全都泡湯了。不光是為了被害人和死者家屬，更為了不辜負許許多多偵查相關人員的執著，檢察官的責任重大，而且可以說，這種重大性和事件的大小成正比。

即使從這個意義上來說，沖野也對總部股檢察官負責處理的事件有濃厚的興趣，而且覺得既然被分配到刑事部，很希望能夠參與總部股檢察官的工作。

不知道該說是幸運還是緣分，沖野在司法研習生時代，為他們上檢察課程的最上毅，剛好是刑事部總部股的成員。聽說總部股的檢察官雖然只是普通檢察官，但通常都由資歷接近副部長級、能力也很強的資深檢察官擔任。這意味著最上目前符合這樣的資歷。

沖野從公訴部調到刑事部之後，立刻前往最上的辦公室。去年被調來東京地檢時，也曾經簡單拜訪過他，如今同屬刑事部，又有了不同的感慨。

「喔，你的表情越來越像檢察官了。」

最上站起來迎接沖野，說話時眼尾擠出了魚尾紋。沒有贅肉的身材和之前當老師時期沒有差別，但每次見到他，就發現他更增添了幾分資深檢察官的威嚴。

東京地檢的辦公室比沖野之前任職的外縣市地檢分部的辦公室大很多，大辦公桌後方是可以眺望日比谷公園的窗戶，還有輔佐檢察官工作的檢察事務官所使用的辦公桌，以及偵訊時用的小桌子。靠門口那一側放著寬敞的沙發和茶几，最上請沖野坐在沙發上。

「一直沒來問候，真的很抱歉。」

「即使在同一個檢察廳，也很難碰到面。我經常和末入，還有三木聊到你。」

末入麻里、三木高弘和沖野一樣，都是A廳檢察官，他們去年被分配到刑事部，今年四月，沖野進入刑事部後，他們則調去了公訴部。

「我也每次從他們口中聽到你的消息，就很想再來見你，這樣想著想著，就過了一年……」沖野聳了聳肩說道。

「嗯，這代表你全心投入眼前的工作，我瞭解你，八成是這樣。」

最上突然用慰藉的語氣說道，沖野深刻感受到他溫暖的人品。

「我一直期待可以接手由你負責的事件……」

「嗯。」最上配合著沖野的苦笑，嘴角也露出一絲笑容，「我目前在這裡做的是總部股的工作……」

「我知道。」

最上點了點頭，繼續說了下去，「當重大事件成立搜查總部，就要不時去瞭解情況，或是指導偵查，和他們討論案情，這就是我目前的工作，但在起訴之前，並沒有太多需要我插手的事。通常在逮捕凶手之後，就和副部長討論，交給其他同事承辦。大家都不想整天處理竊盜或是色狼之類的案子，都想做大案子，我不能獨佔，而且也沒那個體力。」

「原來是這樣。」

「所以，去年一整年和公訴部打交道的次數也不多。」

「是啊，我也經常一整天都在地方法院，難怪我們很少有機會遇到。」

「嗯，就是這麼一回事。」

「既然這樣，以後你負責的總部案子也有可能分配到我手上。」

沖野知道這麼說有點厚臉皮，但最上一副理所當然的態度點了點頭。

「當然啊，去年我有請末入他們幫忙，我對你也充滿期待。有難度的刑案可能還有點問題，普通的案子應該會盡量交給你。」

有難度的刑案是指嫌犯不認罪的事件。嫌犯的供詞在法庭上是最有力的證據，如果無法得到嫌犯的口供，就必須蒐集其他證據，也因此大大增加了法庭戰術的難度。

「即使是否認事件也沒關係，我在之前都遵循你的教導，在偵訊時發揮用渾身的力氣揮下法律這把劍的精神，也因此擊潰了好幾名罪犯，我認為自己已經有所成長了。」

沖野這麼說，並不是為了推銷自己，不惜往自己臉上貼金，但負責偵訊的檢察官的實力取決於偵訊的成果，沖野的確在偵訊過程中，讓好幾個不認罪的嫌犯招供。很少有人把罪惡感深藏在內心，撐過二十天的偵訊期間，只要發揮毅力和對方耗，通常都可以突破嫌犯的心防。

聽到沖野這番自信滿滿的話，靠在沙發椅背上的最上笑了笑。

「你還是這麼有拚勁，這樣很好，很快就會有機會見識一下你的本領。」

「正合我意，我很期待。」

沖野說完，也對最上笑了笑。

「最上先生人真的很好，他可能是我心目中的理想檢察官。」

坐在沖野對面的末入麻里把啤酒杯抱在胸前，輕輕嘆息著說道。酒精染紅了她的臉頰。

「啊，我看妳是愛上他了吧？」坐在沖野身旁的三木高弘插嘴說。

「不是這個意思，我是欣賞他這樣的檢察官。」

個性耿直的麻里急著反駁。

今天是被分配到東京地檢的A廳檢察官同期聚會，去年舉辦了一次之後，遲遲沒有第二次，這次利用部門異動的機會，決定再聚一次。

「不，我能夠理解。」

沖野為她解圍道。麻里眉清目秀，雖然是同學，但沖野常常忍不住從異性的角度看她，得知她對其他男人有這種既不像是崇拜，又不像是少女心的情懷，心情當然有點複雜，但因為對方是最上，所以沖野也覺得能夠接受。

「最上先生的確很會照顧人，我對這點也沒有異議。」三木說完，聳了聳肩。

「人很好和是好檢察官是兩回事。」分到公安部的栗本政彥說話帶著醉意，緊咬著麻里不放，「既然是好檢察官，就不可能是好人。」

「才沒有這回事。」

「這要看對好檢察官的定義。」三木說。

「喔喔，那大家說說看，什麼是好檢察官？」栗本看著聚集在居酒屋包廂內的所有人，指著坐在最角落的人說：「好，那就從你開始。」

「當然是能夠讓嫌犯一招再招招不停的人啊。」

「你還說得真直白啊。好，那下一個。」

「即使嫌犯不招供，也有辦法定罪的人。」

「喔喔，這個門檻有點高。好，下一個。」

「辦公室有高級紅酒的人。」

有人的回答很搞笑，引起了哄堂大笑。

「那妳呢？」

麻里被問到後，認真地回答說：

「相信正義的人。」

「喂，大家有沒有聽到，她說正義、正義欸。普通人不可能脫口說出這種字眼。」

「對啊，」麻里面對挖苦也不為所動，補充說：「但因為我相信，所以才能說出口。」

「那妳說的正義又是什麼？可惜根本沒有這種東西，如果有的話，也只是偽善者的幻想。」栗本故意酸言酸語地這麼說。

「才不是呢。」

「好，下一個。」栗本不理會她，接著問沖野。

「正義啊。」沖野故意挑釁地回答。

「啊喲啊喲，這裡也有偽善者。」栗本發出很受不了的聲音。

「正義是什麼？要回答這個問題很簡單，就是貫徹法律。」沖野豎起手指，用誇張的語氣繼續說道，「最上檢察官以前曾經說，要用法律這把劍把惡人劈成兩半，這才是檢察官。」

「法律可沒這麼利，」栗本說，「充其量只能是月牙刺而已。」

「栗本檢察官說，」三木模仿沖野的語氣大聲說道，「用名為法律的月牙刺這種捕具壓制惡人，讓惡人無法抵抗，然後得意地問惡人，怎麼樣？服輸了吧？這才是檢察官。」

「沒錯，」栗本笑著拍手，「檢察官能做的就只是這樣而已，千萬不要太自戀了。」

「你這是自虐嗎？」沖野反駁說，「既然你覺得檢察官只有這點能耐，為什麼要當檢察官？你抱著這樣的想法，覺得工作有趣嗎？」

「太有趣了。」栗本露出冷笑說，「如果以為自己手拿著劍，那簡直快窒息了。用月牙刺折磨那些惡人不是有趣多了嗎？」

「這就是你認為的好檢察官嗎？」

「是啊，好檢察官必須是虐待狂。」栗木說，「絕對不是好人，不需要相信所謂的正義，逮住那些犯法的人的弱點，好好欺負他們，直到那些罪犯覺得，饒了我吧，早知如此，就不應該做壞事。能夠對此樂在其中的，才是好檢察官。」

「太荒唐了，」沖野搖著頭，「工作不能受到個人的興趣愛好的影響。」

「正義也是個人的主義思想……不是半斤八兩嗎？」

「正義並不是個人的問題，而應該是社會廣泛共有的東西。」

「把個人的理想強加於社會也太狂妄了，正義在現實生活中根本不成立。當你逮到一個罪犯的瞬間，正義就崩潰了。因為有人做了同樣的事，卻因為沒有被發現而逍遙法外。於是就會產生不平等，這個世界上到處充滿了不滿。即使警察或檢察官的人數增加幾倍，也無法解決這種問題，這是法律下的現實，當了四年檢察官，應該知道這些。」

「你少說歪理，什麼逮到罪犯，正義就會崩潰，這根本是歪理。」

沖野滿臉不屑地說完，喝起了啤酒。其他人只是帶著苦笑聽聽而已，但沖野遇到別人發難，就會忍不住想要反駁。和栗本這種喜歡嘲諷的人爭論，自然會發生各不相讓的狀況。

走出居酒屋後，沖野仍然和栗本爭論不休。

「栗本，我勸你還是別當什麼檢察官，去當缺德律師比較好，這更適合你。」

在新橋車站前相互叫罵後，和住在不同宿舍的栗本他們道別。

沖野回過神時，發現麻里站在自己身旁，當他們四目相接時，雙方都露出淡淡的苦笑。

「真搞不懂那個人的個性為什麼會這麼彆扭。」沖野用鼻孔噴著氣說道。

「也許是因為你太耿直了。」

「搞什麼嘛，連妳也……」

沖野抱怨著，但看到麻里搖著頭，所以沒有繼續說下去。

「但這樣並沒有什麼不好，我覺得你可以成為一位好檢察官。」

聽到麻里這麼直截了當的稱讚，沖野不知道該露出怎樣的表情。

「而且我覺得和去年相比，你的表情好像也不太一樣了。所以我在想，當努力投入工作時，就會變成這樣。」

沖野聽了麻里的話，抓了抓頭說：

「最上先生也說我越來越像檢察官了。」

「那就絕對沒錯了。」麻里說完，露出了微笑，「我也要好好努力，希望可以聽到最上先生對我這麼說。」

自己走的路並沒有錯……沖野覺得麻里認同了自己，和栗本舌戰的不愉快也煙消雲散了。

差不多一個星期後，接到了最上分派的工作。

沖野在早上九點半左右走進辦公室，和他一起工作的檢察事務官橘沙穗為他倒了茶。

檢察事務官輔佐檢察官的工作，負責製作筆錄等事務工作，沙穗不僅工作能力很強，而且很細心和貼心。她向來不多話，化了淡妝的臉上戴著眼鏡，坐在座位上的樣子，說得好聽點是清秀文靜，但其實可以說是不起眼，但可以在她身上感受到某種富有信念的堅強。沖野和她一起工作一個星期，就知道她在工作上對自己充滿了敬意。沖野在很多事上受到比自己小三歲的她照顧，覺得她不像是事務官，更像是一位秘書。

這一天，沖野喝著沙穗為他倒的茶，正在看目前負責事件的相關資料，桌上的電話響了。沙穗接起電話，瞭解狀況後轉達給沖野。

「最上檢察官希望你去見他。」

「妳說我這就過去。」

沖野在回答後，立刻站了起來。

既然主動找自己，那就……沖野有這樣的預感，去了最上的辦公室，發現果然是工作的事。

「想請你支援訊問。」

「我等待已久。」

「你手上的工作沒問題嗎？」

「請不必擔心。」

沖野和新任檢察官時不同，已經掌握了同時處理十件、二十件工作的要領。

「要訊問關係人，有一個人無論警方再怎麼努力，他就是不願開口。」

「關係人是……？」

「目擊證人。」

「證人不願開口嗎？」

嫌犯否認罪狀並不稀奇，但證人拒絕供述，是讓檢警感到很沒面子的事。

「我在其他案子中，也曾經遇過這個男人，他死不鬆口，簡直到了非比尋常的程度。」

「是喔……」

連最上都感到棘手這件事激起沖野的好奇心。

「他姓諏訪部……專門做藝術品、珠寶，甚至是手槍這些黑道的生意，也就是所謂的掮客。」

最上在說明時，嘴角帶著笑意。沖野覺得最上在測試自己。最上一定覺得自己這個年輕檢察官之前自信過剩地推銷自我，所以就找了一個難對付的傢伙，想看看自己到底有多少能耐。

「我知道了，交給我吧。」

沖野若無其事地接受了。

那是一起將以殺人罪或是傷害致死罪起訴的案子。

主嫌北島孝三已經落網，也已經招供。因為女性關係的糾紛，北島妒火中燒，對被害人施暴。

這起事件也有共犯。共犯中崎真一也因為金錢糾紛痛恨被害人。

然而，在偵訊中崎時，他否認施暴，而且說他和主嫌北島並沒有直接見面。雖然他的手機上留下了和北島的通話紀錄，但他堅稱只是北島在電話中告訴他痛恨被害人，雖然要求他協助犯案，只不過他拒絕了。

根據主嫌北島的供詞，去了他和中崎研擬犯案計畫的六本木酒吧瞭解情況後，酒保記得曾經看到北島和中崎坐在同一張桌子旁說話。

但是，在實際訊問之後，發現這個證詞並不明確，無法在筆錄上斷定和北島見面的就是中崎本人。警方認為，應該是因為中崎和幫派關係密切，酒保心生恐懼，所以不敢明確供述。

警方發揮耐心追問後，發現那家酒吧的老主顧諏訪部利成當時也在那家酒吧喝酒。酒保證實，和北島見面的那個像是中崎的人也認識諏訪部，兩個人見面時還聊了幾句。

因此，只要諏訪部願意作證，證明中崎的確在那裡和別人見面，就可以補強酒保的證詞，將可以朝向證明北島和中崎見過面這個事實的方向發展。只要用諏訪部的證詞再去追問酒保，酒保可能就會下定決心，做出更具體的證詞。

問題是諏訪部死不鬆口。

這可能是做一些見不得人的事的傢伙們特有的習性。

但是，他並不是嫌犯，只要花言巧語，用盡千方百計拜託，即使很不甘願，即使很不樂意，應該還是會開口吧……

沖野正在看相關資料時，諏訪部似乎已經到了，沙穗去休息室把他帶來這裡。

不一會兒，沙穗陪同諏訪部走了進來。

不知道是否因為清瘦的關係，他的眼神看起來很銳利，穿著雙排釦的灰色西裝，西裝的衣領是老派的大領子。

他的外表和五十歲的年紀相符，但舉止有一種平平凡凡活了五十年的人所沒有的獨特鎮定。從眼神交會的瞬間，他就產生了本能的警戒，覺得千萬不能讓別人有可乘之機。沖野之前曾經多次偵訊過黑道分子，諏訪部和那些人又不太一樣。

他有一種獨行俠的風格。

在他把風衣交給沙穗，坐在偵訊用的椅子上時，沖野就確信，這個人很難纏。

「小老弟，和我談話的對象是你嗎？」

諏訪部坐在椅子上，出人意料地用灑脫的語氣問坐在桌子前的沖野。

「我聽說是最上檢察官，原本還想來和他敘敘舊呢。」

「我是沖野，今天由我負責。」沖野說。

「這麼年輕的檢察官，」諏訪部開心地瞇起眼睛，「你是研習生嗎？」

雖然之前最上說沖野「有檢察官的樣子」，但沖野有一張圓圓的娃娃臉，看起來不像已經三十多歲。因為這個原因，偵訊的對象或是警方相關人員有時候不把他放在眼裡，天生不服輸的沖野每次都和對方針鋒相對。

「我不是研習生。」沖野把手肘架在桌上，探出身體，看著諏訪部，「諏訪部先生，因為希望你配合我們調查，所以我會盡可能尊重你，如果你也贊同，我將感激不盡。」

諏訪部看著沖野的嘴角露出冷笑，「我真是太失禮了。」

「我有言在先，我並不會逼迫你說什麼，也不想和你吵架，如果你願意配合調查，我將感激不盡，就只是這樣，請問你瞭解了嗎？」

諏訪部垂著雙眼，輕輕搖了搖頭。

「很可惜，我對你為什麼想要從我口中得知什麼情況完全沒有興趣。我對刑警也說了，我完全沒有什麼話要對你們說的。」

「但是，你在二月二十九日晚上十點左右，在六本木的『丘比特』酒吧喝酒，對不對？還有酒牌上的紀錄顯示，你那天開了百齡罈。」

諏訪部苦笑著皺起眉頭，「真是的，那瓶酒才沒喝多少……我再也不想去那種口風不緊的店了。」

「這是協助調查犯罪行為，也是身為公民應盡的義務。」

「至少在我生活的世界，身為市民應盡的義務這種道理行不通。」諏訪部在說話時搖著食指，「我是個賣東西的人，客人想要什麼，我就去找來賣給他，我靠這個吃飯。我沒有店面，但為什麼能夠一直做這個生意？那就是信用。我雖然賣東西，但不會出賣人。正因為大家都知道這一點，所以才願意相信我。」

「有人死了，談論相關的人，談不上出不出賣吧。」

「有沒有人死了這種事和我無關。」諏訪部事不關己地說。

沖野用鼻孔噴氣，決定繼續說下去。

「請問你和中崎是什麼關係？」

「只是認識而已。」

「不是你的客人嗎？」沖野皺起眉頭，「如果和生意無關，只是認識而已，即使你當證人，也和信用扯不上任何關係。」

「有沒有關係必須由我來判斷。」

「所以是有客人和中崎關係很好。」

「這我就不知道了。」諏訪部目中無人地聳了聳肩，「老實說，中崎在這起事件中是不是共犯，會不會被處以重刑都無關緊要，只是我不打算當證人，不想和這起事件有任何牽扯。」

這個傢伙真難對付。

但是，無論如何都必須讓他鬆口。

「我知道了，先不管筆錄……」沖野假裝退一步，從正面進攻，「你那天在那家酒吧見到了中崎吧？」

沒想到諏訪部再度輕鬆閃避，「這我就不清楚了。」

「那我換一個方式發問，你不會說自己從來沒有在那家酒吧遇到中崎吧？」

「這我不知道。」

「怎麼可能不知道？不限是那一天也沒有關係，如果從來沒有遇到過他，你應該記得很清楚。」

「即使我在那天以外的日子曾經在那家酒吧見過中崎，你問了也毫無意義。」

「不可能沒意義，而且我並沒有說是那天以外，而是說不限是那一天也沒關係，這其中當然也包含了二月二十九日。」

「無論怎麼樣，我都沒義務回答。」

「為什麼？我們只是閒聊而已，這種事即使寫在筆錄上也無法發揮任何作用。」沖野把筆和記事本放到一旁，對著諏訪部伸出手掌，「我不懂你不回答的意義。」

「如果是閒聊，我情願和這位小姐聊。」諏訪部露出不懷好意的笑容，用下巴指著沙穗，把準備展開攻勢的沖野推了回去，「在討論你不懂我不回答的意義之前，我不知道我回答有什麼意義。」

「你都一把年紀了，不需要這麼堅持己見。」沖野用輕鬆的語氣笑著說，「我被分配到刑事部這裡才一個多星期，正打算從現在開始好好努力，結果有緣遇到的對象竟然說懶得和我閒聊，這也未免太令人難過了。」

「即使你這麼說也沒用，」諏訪部冷笑著搖頭，似乎覺得很無聊，「我可以認同你工作認真，只不過我不想說任何事。店裡還有其他客人，你去找那些人吧，應該可以找到願意回答的人。」

「比方說是誰？還有你認識的其他人嗎？」

「我只是說還有其他客人，詳細的情況你可以去問酒保。」

沖野翻著資料，在紙上畫了酒吧的示意圖，然後放在諏訪部面前。

「你坐在哪裡？」

「不知道。」

「不知道是什麼意思？你是想說你不記得了嗎？還是只是不想回答？」

「我沒義務回答。」

「所以是你不想回答。原來是這樣，至少比說不記得好。酒保說，你去那家酒吧時，通常都坐在相同的位置。如果你說不記得，我可不會相信。」

「既然酒保已經告訴你了，你根本不需要問我。」

「這裡。」

沖野探出身體，用筆指著吧檯前的一個座位問道。

「其他客人坐在哪裡？」

「我不知道。」

「是這裡、這裡和這裡。」沖野用筆指著吧檯入口附近的桌子座位，「酒保說的情況有誤嗎？」

「既然他這麼說，應該就是這樣吧。」

沖野點了點頭，繼續說了下去。

「坐在吧檯前的那個客人看起來像是上班族，兩張桌子座位旁坐的是情侶。」

沖野在說話時，用筆指著酒吧最深處的桌子座位。

「和這對情侶隔了兩張桌子，位在深處的這個座位……看起來不是店裡最能夠靜靜聊天的好座位嗎？這裡沒有坐人太奇怪了。這對情侶可以坐去後方的座位，為什麼沒有坐去那裡？因為最後方的座位坐了兩個看起來很可怕的男人，所以才會選擇稍微有點距離的座位……你覺得呢？」

「不知道。」諏訪部面無表情地搖了搖頭。

「離這張桌子最近的人，就是坐在這裡的男人……就是你。你在離這麼近的距離喝酒，不可能沒有看到這裡坐著的人。先不管那是誰，你應該記得那裡有坐人吧？」

「我不知道。」

「又說『不知道』嗎？坐在酒吧深處這個座位的人曾經走到你旁邊，在向你打招呼之後，又喝了一杯你剛開的酒。你當然應該記得吧？」

「不太清楚。」

雖然這個人很難纏，但他並沒有說不記得了。沖野覺得這是他的特徵，也是獨特的執著。

能不能從這一點突破？

「你不記得了嗎？」沖野故作意外地問。

諏訪部微微瞇起眼睛看著沖野。

「你請對方喝威士忌的那個人就是中崎。我這麼說，你應該可以回想起來吧？」

「我剛才已經說過了。」諏訪部低聲回答。

「不記得了？還是不想回答？」

「不想回答。」

沖野覺得已經把他吸引到即將可以對戰的距離。

「那天晚上，你請他喝威士忌的人是不是中崎……你說你不是不記得，而是不想回答。從客觀的角度聽這句話，不是代表你已經承認了嗎？」

沖野面帶笑容問諏訪部。

「因為如果不是中崎，你只要回答說不是中崎就解決問題了，這對中崎也更有利。難道不是嗎？」

「不清楚。」諏訪部有點不耐煩地說。

「不是『不清楚』，就是這麼一回事。如果不是，你只要回答說，中崎不在那裡就解決了。」

「如果我說『不記得』呢？」

諏訪部注視著沖野片刻後問道，似乎想要試探沖野想出什麼招。

「這種問題不該問我，」沖野露出挑釁的笑容回答，「如果你真的不記得，當然只能這麼回答，這就意味著你腦筋不好，連這種事也不記得。」

沖野覺得諏訪部快上鉤了。但這種感覺在剎那間消失，諏訪部無聲地笑了起來。

「小老弟，你還真有意思，雖然看起來像是不經世事的學生，但自以為了不起地接連逼問，即使不想理你，也忍不住會火大起來。你很有潛力。」

「如果這是稱讚，那我就高興一下。」沖野回答。

諏訪部露出沒有絲毫爽朗的笑容，用晃動的手指著沖野。

「但是，如果你以為只靠這種氣勢，就可以擊敗所有的對手就錯了。你以為自己是通過高難度考試的菁英檢察官，只要動動腦筋，就可以讓在這個城市苟延殘喘，靠著貪婪地尋找值錢東西過日子的膚淺傢伙舉手投降……不不不，這個世界沒這麼簡單。」

「怎麼了？簡直就像即將被擊倒的拳擊手咬著牙宣稱自己沒有被打倒一樣。」沖野不甘示弱地說，「有什麼事情讓你這麼不爽？」

諏訪部似乎覺得沖野的話很好笑，聽完之後，又指著沖野說：

「如果不對，只要直說就好；如果不記得，也只要直說就好……你說得沒錯，但我和中崎沒交情，沒必要特地為他否認，而且我腦袋也沒那麼不靈光，必須說我不記得了。」

「既然這樣，答案不是很簡單嗎？」

「問題是我沒有義務要回答。」諏訪部把臉伸了過來，小聲地說，「我也沒笨到會上你的當。」

「是嗎？」沖野努力不讓諏訪部發現他無計可施，「你不是幾乎已經承認了嗎？」

「想要筆錄，就會這樣解釋嗎？雖然你以為自己在進攻，鼻青臉腫的卻是你。如果無法寫下筆錄就慘了，當然會著急。你的上司是最上檢察官嗎？他這個人，只要有心，即使用險招，也會讓像我這種人屈服。他應該很器重你，一定覺得諏訪部雖然是個怪胎，但應該願意以關係人的身分做筆錄……最上檢察官這麼想。一旦這種期待落空，他應該也會感到很失望。光是想像一下，就覺得你很可憐。」

他彷彿抓住沖野的神經用力晃動，沖野忍不住怒火中燒，光是要假裝無動於衷，就渾身發燙。

「因為你太可憐了，所以我可以出一個謎題考考你。」

聽到諏訪部樂不可支地提議，沖野忍不住皺起了眉頭。

「只要你能夠答對我出的謎題，就可以如你的願，在筆錄上簽名。只要你在筆錄上寫某月某日幾點，在哪裡遇到了誰，我就會乖乖簽名。日後上法庭時，我會說莫名其妙就被要求簽了名，我只是聽說酒保這麼說了，再加上我也認識中崎，所以覺得可能有這麼一回事。但我沒見過那個姓北島的人，也不記得見過他。至於你，可以編一些理由，主張偵訊的正當性，這樣一來，在審判上應該沒問題。」

雖然這種方法不值得稱讚，但在形式上的確行得通。即使當事人事後再怎麼否認，只要有筆錄，通常都會優先作為證據。

「什麼謎題？」

「小老弟，你有沒有打過麻將？」

「……只玩過電腦遊戲的麻將。」

「哼哼，」諏訪部用鼻子發出笑聲，「你是因為身分的關係，必須這麼說嗎？還是代溝的關係？這不重要。你對自己的腦袋這麼有自信，對你來說應該易如反掌。只不過條件要公平。如果你答對了，我就會簽名。光是這樣不公平，如果你沒答對……嗯，我想想……」

諏訪部用帶著笑意的眼神瞥了一眼坐在事務官座位上的沙穗。

「那就請這位小姐陪我一天。」

「開什麼玩笑！」沖野忍不住大聲說道。

諏訪部搖了搖頭，「你要求向來不出賣人的我出賣別人，如果沒有這樣的條件，賭局根本沒有意義。」

「這是違法賭博。」

「你在說什麼啊。」諏訪部噗哧笑了起來，「我們又不是真的要打麻將，只是我會出關於麻將的謎題，這個謎題的答案沒有任何偶然性，只要看仔細，就可以答出來。面對課題，只要做出結果，就可以獲得報酬。就這麼簡單。」

「不行。」

「哪裡不行？你不想要筆錄嗎？」

目前還不知道他會出什麼謎題，當然不可能答應這麼危險的條件。

「沒有自信嗎？聽你剛才的口氣，應該你對自己的腦袋很有自信啊。」

諏訪部再度搖晃著手，指著沖野。

「順便告訴你……最上檢察官在年輕的時候，可是說出了正確的答案。」

他用這種卑鄙的激將方式進攻。對賭局的好奇在內心抬頭，抗拒著冷靜的判斷力。

「沒問題啊。」

沙穗突然開了口。

「啊？」沖野懷疑自己聽錯了，目不轉睛地打量著沙穗。

「我沒有問題，你就試試吧。」她一臉認真的表情說。

「妳在說什麼啊，別開玩笑了。」

諏訪部樂不可支地笑了起來，「這位小姐比你更有膽識，要不要換她當檢察官？」

「這一天要怎麼陪你，是我的自由吧？」沙穗向諏訪部確認。

「我並不會綁架妳，強迫妳去哪裡，而是用雙方都能接受的方式度過一天，就像普通的男女一樣。」諏訪部把手放在沙穗的桌子上，色瞇瞇地說，「如果妳想去哪裡，我可以帶妳去；如果妳想見識一下以前不知道的世界，我也樂意奉陪。」

「檢察官，那就試試吧。」

即使聽到諏訪部不懷好意的回答，沙穗似乎仍然沒有改變主意，難以想像平時文靜的她這麼大膽。

「如果你不和他賭，他就不會開口，所以試試吧。」沙穗又重複說道。

「喂喂，小老弟，人家小姐都這麼說了，你還下不了決心嗎？」諏訪部奚落道。

「……是什麼謎題？」

沖野並未做出最後決定，只是帶著保留的態度問道，但諏訪部似乎認為沖野已經同意接受挑戰。

「你看仔細囉。」

諏訪部皮笑肉不笑地伸出手指，在自己面前的偵訊桌上滑動。

沖野發現諏訪部已經開始，所以就下定了決心。既然要挑戰，就必須贏。他把雜念趕出腦海。

「現在開始玩老千。」

「什麼……？」

沖野聽不懂謎題的老千是什麼意思，忍不住插嘴問，但諏訪部搖了搖手指制止他。

「我當然會用你瞭解的方式進行，但你要說出我在變什麼戲法。」

諏訪部在空無一物的桌子上畫了四個長方形。

「要持續發揮想像力和專注力，也可以用不同顏色表示不同種類的牌。比方說，萬子是紅色，餅子是藍色，條子是綠色，字牌是黑色。一萬到九萬各有四張疊在一起。」

諏訪部說著這些是餅子，這些是條子，這些是字牌，好像那裡真的有裝了麻將牌的盒子。

「字牌從左到右是東南西北白發中，拿掉八張花牌，總共有一百三十六張麻將牌。

好，現在把它們翻過來，從盒子裡倒出來。」
諏訪部依次拿起四個盒子，做出把牌倒在桌子上的動作。
然後，他開始洗牌。
萬子的紅色、餅子的藍色、條子的綠色、字牌的黑色……沖野腦海中各種顏色的圖案也跟著諏訪部手的動作逐漸改變。
「你要看仔細喔，能不能猜中，決定了你的工作是否能夠成功。」
諏訪部洗牌的動作雖然緩慢，但一刻不停地洗著牌。
目不轉睛地看著他的手，感覺好像腦漿也都跟著一起攪動。努力在腦海中成形的四色大理石圖案的世界漸漸崩壞。
「就先這樣吧。」
諏訪部停下手說。沖野已經不知道自己腦袋中的四色大理石圖案到底有多少可信度。
「接下來才是重頭戲，必須砌牌，要兩張兩張拿。」
諏訪部伸出手，做出把牌拿到自己面前的動作，然後重複了好幾次。
「好像排太多了，算了，沒關係，那我要砌囉。」
諏訪部說完，做出把兩排牌中靠近自己的那一排堆在另一排上方的動作。
「啊喲，小姐的牌牆怎麼這麼少？是因為手太小，所以只能砌這些嗎？那我把這七墩給你，這樣就剛好了。」
諏訪部說著，作勢把自己牌牆右側的一部分移到位在他右側的沙穗面前。

沖野已經完全搞不清楚狀況了。
「我是莊家，所以要丟骰子囉。是十，所以要拿小姐面前的牌牆。」
諏訪部假裝丟骰子後，看了骰子，從沙穗面前的牌牆開始拿牌。
總共有一百三十六張牌，每個人面前有三十四張牌，也就是十七墩。
沙穗面前原本有十墩牌，諏訪部給了她七墩。諏訪部最先拿的四張牌，就是他原本砌的牌牆最右側的那四張。
沖野知道他動了手腳。
雖然知道這一點……
「給你，給你。」
諏訪部做出把牌給其他人的動作，也把自己的牌拿到自己面前。
他總共拿了三次，等於從自己砌的牌牆中拿了十二張牌。最後從左手，也就是上家的牌牆中拿了兩張牌。
然後，做了丟出一張牌的動作。
「役滿貫一向聽。」
諏訪部說完，對沖野露出無敵的笑容。
役滿貫就是滿胡，一向聽就是差一張有效牌就可以聽牌……也就是最後拿的兩張牌中，只要有一張是有用的牌，役滿貫就聽牌了。
「現在你猜猜是什麼的役滿貫，」諏訪部說，「這就是我的謎題。」

怎麼可能知道？

即使再怎麼專心看，也有限度。

更何況答案根本可以由諏訪部亂說吧。

無論回答什麼，只要諏訪部說不正確，那就結束了。

但是，如果對著諏訪部說，他在耍花招，就等於曝露自己的無能……此刻的確有認真比賽的氣氛。

「答案只有一個。」諏訪部似乎看穿了沖野內心的煩悶說，「其實並不難，我再說一次，最上檢察官當年可是說對了。」

沖野瞪著諏訪部，掩飾內心的慌亂。

只能回答。

他覺得諏訪部砌的牌牆最右側應該是黑色……也就是字牌。

必須仰賴這個只能說是心理作用的感覺，然後憑直覺想出答案。

「大三元。」沖野回答。

諏訪部微微動了一下眉毛。

然後，露出了憐憫的笑容搖了搖頭。

「你答錯了。」

雖然沒有自信，但既然回答了，就期待是正確答案。沒想到當場遭到否決，沖野感到渾身無力。

這時，沙穗突然在一旁插嘴說：

「都是綠色……都是好像叫條子的綠色。」

諏訪部看著沙穗，然後好奇地問：

「妳也玩麻將嗎？」

「我不懂麻將，但剛才看你的手，發現你都把綠色拿到自己手邊。」

「喔，原來妳看得這麼認真，但如果不知道是什麼的役滿貫，就不算是答案。」諏訪部露出冷笑說道。

「是九蓮寶燈吧？」沖野難以相信沙穗對諏訪部的動作看得這麼透徹，但也只能相信她的眼睛，孤注一擲了。「如果是清一色的役滿貫，就是九蓮寶燈。」

當沖野代替沙穗回答時，諏訪部微微繃著臉看著他。幾秒鐘後，他繃著的臉上浮起得意的笑容。

「答錯了。」

諏訪部搖晃著肩膀笑了起來。

「小姐……真是太可惜了。妳沒有像小老弟那樣亂猜，我可以算妳對了一半。看在妳這麼努力的份上，我收回剛才的條件。」

他收起笑容，用力嘆了一口氣。

「但是，妳沒有看到我砌在最右邊的發，就不能算妳對。」

「綠一色……」

沖野嘀咕著，不禁愕然。

如果能夠像沙穗看得那麼仔細，很可能有機會說中。只是差在九蓮寶燈和綠一色哪一個先浮現在腦海。在思考答案的同時，又覺得不可能猜中，所以思考變得膚淺，導致沒有想到充足的選項。

「太荒唐了！」

沖野咬牙切齒地說。他不知該如何宣洩內心的挫敗感，只能這麼說。

「哈哈哈，即使你發脾氣，也找不到重新開始的按鍵。」

諏訪部露出得意的笑容看著沖野。

沖野敲了敲最上辦公室的門。

走進房間一看，發現最上坐在辦公桌前，正在打電話。

不一會兒，他打完了電話，在記事本上寫著什麼，問沖野：「怎麼了？」

「諏訪部這個人，真的有點棘手。」沖野忍著羞恥向最上報告，「根據我的心證，他一定在酒吧見到了中崎，但他不明確承認，也不同意做筆錄。」

原本以為最上會皺起眉頭，沒想到他淡然地說：

「是嗎……那問了差不多時，就讓他回去吧。」

「啊？」最上這麼輕鬆的反應讓沖野不知所措。

「不是搞不定嗎？」

「也不是搞不定……」沖野吞吐起來，「如果是嫌犯的話也就罷了，但他畢竟不是嫌犯，也不知道該多強硬……」

「只要強硬就能夠解決嗎？」

被最上這麼一問，沖野不知該如何回答。

最上見狀，噗哧笑了起來。

「怎麼了？你臉上的表情簡直就像老虎被拔掉了牙齒。」

「不，也不是……」

「不必這麼沮喪，在這個世界，也會遇到這種人。」

「沒問題嗎？」

沖野擔心會對偵查工作產生影響，但最上滿不在乎地點了點頭。

「還有其他證人，應該可以彌補。」

即使因為有其他證人，所以一開始交給沖野時，就沒抱太大的希望，事到如今，沖野也沒有立場說什麼。

「你之前偵訊他時，他有開口嗎？」

最上微微偏著頭。

「他在空空的桌子上做出打麻將洗牌的動作……然後說你當初答對了。」

「喔……」最上淡淡地苦笑著，「他也對你玩了那一招嗎？」

「你竟然能夠猜到。」

「你沒猜到嗎？」最上調皮地說，「我那一次很簡單，不過那一次已經清除了外圍障礙，他是嫌犯，我整整偵訊了他二十天，他自己也想要趕快招供，只是找不到契機，所以就自己出了謎題，感覺像是既然我猜中了，他就只能招供，差不多就是這樣的感覺。」

今天的諏訪部身上完全感受不到這種軟弱，原來玩那種遊戲時，對方的心理狀態不同，也會出現有利或不利的差異。

「當然，我有發現他快招了，所以就拚命問。我記得那一次是綠一色，他從一開始在動條子和字牌那兩堆牌時的動作看起來特別細膩。之後在專心看的時候，總覺得好像綠色的牌都集中在他的手上。九蓮寶燈或是綠一色……因為我對他摸字牌時的動作印象深刻，所以回答是綠一色，結果他就投降了。」

最上說到這裡，做出舉起雙手的動作。

為什麼自己看不到……沖野努力回想記憶中並不存在的東西，忍不住嘆息。

沖野回到自己的辦公室後，按照最上的指示，沒有寫下任何筆錄，就讓諏訪部回家了。

「小老弟，你沒必要這麼沮喪。」

從來不曾經歷過大場面的人，即使大場面當前，也完全沒有真實感。因此，幾乎是抱著玩遊戲的感覺漫不經心地應戰，在輸了之後，才瞭解自己失去了什麼，陷入茫然……

諏訪部一臉得意地說完，邁著輕鬆的步伐離開了。

這並不是什麼大場面，只是無法順利從關係人口中獲得證詞而已，對偵查沒有任何影響。司法考試才是大場面，當初幾乎賭上了一切，那也是終極智力戰，自己在那場智力戰中獲得了勝利。

沖野難以克制內心的怒火，忍不住這麼想到。不，正因為這樣，所以才更加懊惱。

「檢察官……」

雖然已過了午餐時間，沖野在腦袋終於冷靜下來之後，起身準備去吃午餐時，沙穗叫住了他。

「對不起，剛才我太多嘴了。」

沙穗說完，一臉認真的表情鞠了一躬。

「不，妳不必放在心上。」沖野努力擠出笑容回應，「而且妳說的比較接近。妳果然很聰明，剛才那種題目應該也是在考智商。」

沖野稱讚了國立大學法學院畢業的沙穗後，自嘲地聳了聳肩。

「我曾經學過珠算，所以很擅長心算……」

沙穗既沒有謙虛，也沒有當真，只是用她自己的方式認真思考後回答。

「原來是這樣，雖然我讀了法律，但並沒有練習這樣動腦筋，而且我原本有點小看他，以為他只是性格彆扭的小混混，只要窮追猛打，一定會露出狐狸尾巴，結果就搞砸了。」

「他年輕時曾經參加將棋的獎勵會，想要當職業棋士，結果無法如願，所以就靠賭將棋和賭麻將賺零用錢，結果就這樣開始混黑道。」

沖野去請示最上時，諏訪部告訴了沙穗這些事。沖野忍不住諷刺地想，和偵訊無關的事，他倒是很會嘮叨，但對自己來說，這已經無關緊要了。

「真希望他可以把這種小聰明用對地方。」沖野苦笑著說，「這個世界有太多狡猾的傢伙，真是讓人厭世啊。」

「我覺得你幾乎已經把他逼入絕境了，雖然他顧左右而言他，但中途開始顯得有點浮躁，我覺得你的進攻方式奏了效，真的很可惜。」

「所以妳才答應那種條件的遊戲，想把面子做給我嗎？」沖野撇著嘴，扮著鬼臉，「妳這麼幫我，但我辜負了妳的期待，真的很抱歉，幸好妳不用陪那個傢伙一整天，真是鬆了一口氣。」

「真的只差一步而已，太可惜了。」沙穗垂下雙眉，似乎為無法做筆錄感到懊惱不已，「最上檢察官那一次，好像花了不少工夫，而且今天他只是關係人，所以或許也是無可奈何的事。」

「剛才我聽最上先生說了，諏訪部上次是嫌犯，而且已經清除了外圍障礙，他也準備投降了，今天的情勢不利，而且最上先生似乎原本就沒抱太大的希望。」

「如果能夠讓他刮目相看，不知道該有多好……太可惜了。」

看到沙穗站在自己的立場懊惱不已，沖野內心起伏的感情也漸漸平靜下來。

「這也是無可奈何的事，下次再努力吧。」沖野心情輕鬆地對沙穗笑了笑，「走吧，一起去吃午餐。」

沙穗收起了滿面愁容，心情開朗地點了點頭。

3

「喔，來了來了。」

最上走進這家位在銀座角落的居酒屋包廂內，另外兩個人迫不及待地說，他們已經鬆開領帶，放鬆地坐在那裡，手上拿啤酒杯。

「在你實際出現之前，很難猜到你到底會不會來，真是太好了，太好了。」

前川律師說著，為他拉開了身旁的椅子。

「我說會來就會來，而且我哪有這麼孤僻。」

最上在坐下來時說道，其他兩個人都輕聲笑了起來。

「自己完全沒有意識到才最糟糕。」

如果是以前，最上的確很少出席這種聚餐，所以讓他們印象深刻。如今，像這樣聚餐只是偶爾舉辦，也就沒必要一一拒絕。二十多年前，前川最先通過司法考試時，總共有七個人聚在一起為他慶祝。但有的人無法通過考試，也有的人即使通過了考試，也離開了東京，如果最上今天沒有出席，就只剩下前川和同樣是律師的小池孝昭兩個人對飲。

「最上，你的眼神越來越凶了。」

乾杯後，最上才喝了一口啤酒，小池就毫不客氣地說。去年回到東京，參加了久違的聚會時，小池也對他說了這句話。因為檢察官的工作關係，臉上的表情會很自然地讓人這麼說，但最上覺得這只是朋友之間毒舌的玩笑話。

「小池，你又胖了。」最上也以牙還牙，毒舌地向對方打招呼，「在大型律師事務所上班，整天都吃香喝辣嗎？」

「你好意思說我。」小池笑了起來，臉頰上的肥肉也都跟著抖動起來，「我才沒有吃香喝辣，而是因為太忙，所以造成偏食。」

「有忙代表是好事。」

最上說話時，轉頭看向旁邊的前川，忍不住感到驚訝。

「前川，你怎麼瘦了這麼多？」

似乎並不是因為看了小池之後，才覺得前川變瘦了。前川原本就很瘦，如今整個臉頰都凹了下去。

「喔，他把胃切掉了，我們剛才還在聊這件事。」

「切掉？」

「癌症啊。」前川自嘲地笑著說，「但幸好沒有全都切除，現在體重已經稍微恢復了。」

「怎麼會這樣！我真是太驚訝了。」最上目不轉睛地注視著前川說，「什麼時候的事？如果你通知我，我至少可以去探視你。」

「嗯，我也想過要通知你們，但這又不是什麼光彩的事，而且在手術前，也有很多要處理的事。」

雖然前川說了很多藉口，但最上認為其實是他的個性向來不願意給別人添不必要的麻煩，所以才沒有通知大家。

「去年我們一起喝酒時，他已經檢查出來了，」小池皺著眉頭說，「難怪我當時就覺得他的氣色很差。」

「是喔。」最上輕輕嘆著氣，「那真是辛苦了，但既然下定決心切除了，對日後來說，也是一件好事。」

「是啊，至少目前還活得好好的。」前川聳了聳肩說。

「也可以喝好喝的啤酒，這樣就足夠了。」小池舉起啤酒杯笑著說。

「但沒想到這個年紀就遇到這種事。」前川深有感慨地說，「聽到自己得了癌症時，真的不只是受到打擊而已，會情不自禁想到最糟糕的狀況，人生觀也改變了。」

「那當然。」最上點了點頭。

最上到目前為止並沒有生過任何大病，但三年前送走母親時，確實有很多感想。意識到死亡這件事，就會很自然地意識到自己的人生，如果是面對自己的死亡，當然會想得更多。

「你開始覺得死刑制度也不錯嗎？」小池調侃地問前川，「正因為死亡就在眼前，罪犯才會思考其中的意義。如果沒有死刑判決，就失去了這樣的機會……」

「我並沒有認為死刑制度有問題，當然，也可以從你說的角度來看，這個問題太複雜了，並不是因為我得了癌症，就能夠輕易找到答案的問題。」

大學時代，當幾個同學聊起死刑制度時，前川都會提出廢死論。看到他毫不懷疑地大肆宣揚帶有偽善的主張，最上都會忍不住欺負他，其他同學似乎也一樣，最上、小池還有其他人總是一起七嘴八舌地駁倒前川，看到前川很不甘心地漲紅臉的樣子，就感到很高興。回想起來，是很無聊的遊戲。

當然，一個人的思想不可能輕易一百八十度改變，前川現在對死刑的議題應該也有自己的主張，只是不知道從什麼時候開始，他不再像學生時代那樣，勇敢表達自己的廢死主張。

最上認為是北豐寮的管理員夫婦的女兒由季遭到殺害的事件發生之後，前川才有了這樣的改變。

小池和其他同學並沒有住在北豐寮，所以沒察覺到這件事，也只是開玩笑說：「前川被社會磨練之後，稍微成長了」，結束這個話題。

最上雖然猜到了前川改變的原因，但因為瞭解他的心情，反而沒有向他確認。前川在漫長的律師生涯中，曾經擔任被檢方求處死刑的被告的辯護律師，同時也參與了犯罪被害人的支援活動，持續把犯罪和刑罰這兩個天秤扛在肩上，他對這個問題的看法已經無法用三言兩句的論理說明。就連自己這個只要專心用刑罰處罰罪犯的檢察官，也沒辦法再像學生時代那樣用輕率的態度高談闊論這個問題。

「小池，你輕輕鬆鬆地在企業當法務，隨便怎麼說都行。」

最上揶揄著不管別人說什麼，都一定會反駁的小池，避免討論這個話題。

「喔喔，嗆我喔，」小池的語氣雖然開著玩笑，但不甘示弱地反唇相譏，「你的意思是說，你們是正義的使者，我只是資本家的爪牙，只是在幫助他們賺錢嗎？」

「我才沒這麼說。」最上苦笑著說。

「我告訴你們，這個世界是靠經濟在運轉，一旦經濟崩潰，這個世界就會變成地獄。有人自殺，有人得憂鬱症，有人的家庭會崩潰……將會引發普通犯罪難以想像的犧牲者，所以你們應該充分認識到我對支持經濟動脈的貢獻度。」

「言之有理，」最上坦率地表示同意，「學生時代，完全沒想到司法人員會在法庭以外的地方工作，當然也沒想到那樣的工作最賺錢。你的著眼點不一樣，果然很聰明。」

「這種稱讚方式是怎麼回事？聽起來像在嘲諷啊。」小池故意抬槓。

「不不不，不是嘲諷，而是如假包換的真心話。挖苦大型事務所的合夥人律師，根本就只是嫉妒嘛。」

最上繼續苦笑著說，小池仍然嘀咕說：「就是嘲諷，就是嘲諷。」

「先不談這些，」前川結束了這種好像回到學生時代般針鋒相對的對話，「丹野怎麼樣了？我一直很擔心他。」

去年聚會時，除了目前這三個人以外，丹野和樹也一起參加。

丹野在三十五、六歲之前都是律師，今年代表執政黨立政黨投入眾議院選舉，最後成功當選，順利成為議員。他並不是強勢的人，也不是適合當政治家的料，但並不討厭腳踏實地默默做事，這幾年也在政府部門擔任國交省的副大臣和黨政調副會長等要職。

但是，立政黨的大老高島進派系，向承包海洋土木工程的海事工程公司收取非法政治獻金疑雲在去年經由周刊報導後浮上檯面，丹野周圍的情勢就很不妙。丹野不僅是高島派系的成員，更是高島的女婿。

日前高島派系正在張羅鞏固派系的資金時，丹野為捲入非法政治獻金疑雲的海事工程公司和高島牽了線。聽說丹野是在之前擔任國交省副大臣時代，和海事工程公司建立了交情，而且收受現金時他也在場。

各大媒體都繪聲繪影地報導，東京地檢特搜部從年初開始，就著手秘密偵查這起非法政治獻金疑雲案，最近已經開始約談丹野等相關人士。

「對啊，最上，是你那裡的事，」小池露出責備的眼神看著最上，「目前偵查進行到什麼程度了？」

「不知道。」最上冷冷地搖了搖頭，「雖然都在東京地檢，但我和特搜部完全不搭軋，所以聽不到任何消息。」

「特搜部裡應該有你認識的人吧？難道你沒有打聽一下目前是什麼情況嗎？你還真冷漠啊。」

「我之前在名古屋時也曾經在特搜部，特搜部是一個獨特的組織，只有部長和副部長，最多是負責那起案子的承辦檢察官掌握了偵查的方向性，其他參與偵辦的檢察官只是聽命辦事而已，即使問了，也問不出什麼名堂。」

「即使問到了什麼，也不能向我們透露，責怪最上太殘酷了。」前川好像在告訴自己，「最上，你的見解如何？丹野可能會遭到逮捕嗎？」

「這我也不清楚。」最上嘆著氣說，「特搜部的核心目標應該是高島進……」

高島進是下一任首相名單中的最熱門人選，據說他已經決心參加下一屆黨魁的選舉。非法政治獻金疑雲在這個關鍵時間點爆發出來，不難想像引起了社會極大的關注，特搜部也士氣大振。

「但是，我不認為有辦法直搗黃龍。」

最上聽了前川的話，點了點頭。

「是啊……完全有可能從丹野下手。這次的問題是高島派以政治團體的名義收取了那些獻金，特搜部會追查到底是誰決定不記錄在收支報告書上，是誰同意這麼做。特搜部當然也能夠找到證據證實都是高島做出的決定，但事件不可能這麼輕易解決。如果特搜部認為是丹野提議，最後是由高島表示同意，丹野應該就很難脫身。」

「丹野不可能提議這種事，」前川皺著眉頭說，「因為他向來最討厭那些歪門邪道的事。」

「政治的世界不一樣，有時候無法只因為討厭那些歪門邪道就有辦法避開。」

前川聽了最上的話，皺起了眉頭。

「你覺得丹野可能牽涉了這件事嗎？」

「我可沒這麼說，我瞭解他的為人，但特搜部可不會因為他看起來很清廉就手下留情，他們覺得所有政治人物，只要認真追查，都會有一些狗屁倒灶的事。」

最上把話題轉移到特搜部的同時心想，無論丹野再怎麼清廉，一旦身處政治的世界，就很難潔身自愛。即使牽涉了這次非法獻金疑雲也並不值得驚訝……也許是因為自己已經是十足的檢察官性格，才會有這樣的心理準備，也因此意識到自己和對丹野沒有絲毫懷疑的前川生活在不同的世界。

「既然故意沒有在收支報告上記錄那筆獻金，就代表需要把錢花在無法公開的地方。高島之前絕對已經不止一次做過這種事，只是這次曝了光而已。丹野不可能主導這種事，再怎麼樣也不可能。」

小池難掩憤怒地說，然後又抓了抓頭，繼續說道：

「話說回來，高島進是喊水會結凍的大人物，當然不可能輕易成為特搜部的甕中之鱉，搞不好打算把丹野推出去當替死鬼，也就是所謂的斷尾求生。我最擔心這種情況。」

「最上，如果你在特搜部，我們就不必像這樣提心吊膽了。」前川一臉愁容地說，「事到如今，搞不好該做好最壞的準備。如果他遭到逮捕，我們就要組成律師團支持他。」

「雖然我對刑事案是門外漢，但我會做力所能及的事。」小池也呼應前川的提議。

特搜部辦案毫不留情，無論是大企業的幹部或是高階官員，還是政治人物，只要有嫌疑，就會徹底追查，而且會執拗地持續偵訊，讓人最後受不了，承認自己根本沒做的事。正因為如此，最上覺得前川他們的擔心情有可原，但最上不知道該說什麼。

「丹野一定能夠搞定。」

最上自言自語般說完，把啤酒杯裡的啤酒一飲而盡，覺得最後這一口特別苦。

走出居酒屋，小池說還要回去加班，輕鬆地打了聲招呼：「那就改天見」，搭上了計程車。

最上和前川回家的方向不同，但一起走去車站。

「回想起來，大學畢業至今已經過了四分之一個世紀，雖然一直覺得大學時代才不久之前而已，但是，當年的老同學目前各有不同的處境，就證明了歲月的流逝。最上，你也要多保重身體，雖然我們見聞了很多知識，但並沒有切身體會，很多事情都要等失去之後才發現，尤其是健康，酒也不要喝太多了。」

以前喝酒時喜歡接連續好幾攤的前川說完這番話後笑了笑，最上也不打算勉強邀他續攤，於是約定改天再聚，在地鐵的驗票口道了別。

夜晚的空氣帶著寒意。

和老友見面通常可以回到當年，忘記現在，但今天晚上不一樣。

每個人都過著其他人並不瞭解的生活。

換了電車後，走出車站，走在回宿舍的路上，最上突然想打電話給丹野，但又覺得不應該心血來潮做這種事，所以最後還是把手上的手機放回了口袋。

回到宿舍時，已經過了十點半。

妻子朱美獨自在客廳津津有味地看韓國明星的DVD，即使看到最上回家，也沒有太大的反應。

幾年之前，還維持了家庭應有的樣子，但經歷名古屋的生活之後，就好像再也回不去了。

起初是因為特搜部的工作忙碌，最上完全無暇顧及家庭。女兒奈奈子也升上了高中，比起和家人相處，更喜歡和朋友在一起，常常不在家。

最上去年調到東京地檢時，朱美陪著高中還沒畢業的奈奈子繼續留在名古屋，最上獨自來到東京。今年，奈奈子考進了東京的女子大學，一家人終於再度生活在同一個屋簷下，只不過再也無法回到以前的樣子了。

最上洗完澡後，朱美仍然樂此不疲地看著DVD。

「我下個月要去旅行喔。」

她看著電視，輕鬆地說道。

「去哪裡？」

「韓國啊。」

她說話的語氣，好像在說：「那還用問嗎？」

「又要去韓國？」

兩個月前，她也丟下正在準備考試的奈奈子，和幾個哈韓族一起去韓國旅行。不僅如此，聽說她去年也從名古屋去了韓國三次。其中兩次幾乎是用瞞著最上的方式偷偷出國，最上事後知道時，責備她怎麼可以把奈奈子一個人留在家裡，她絲毫不以為意地說：「奈奈子已經是不需要操心的孩子了，不必擔心。」奈奈子也有問題，竟然說什麼「沒關係啊」，根本不放在心上。

「奈奈子去哪了？」

最上問朱美，因為他發現女兒不在自己房間。

「她說要開始打工。」

「打工？打什麼工？這麼晚還不回家。」

「不知道，你自己問她啊。」

朱美很不耐煩地回答後，把電視音量調大了。

最上不知道該接什麼話，不知所措地站在狹小的客廳角落。朱美在結婚前曾經見過前川幾次，最上覺得應該告訴她前川得了癌症，把胃切除的事，但如果她還是像這樣意興闌珊地回答，只會讓自己心裡更不舒服，所以最後決定乾脆不說了。

「我要去睡了。」

最上自言自語般地說完，走進了臥室。

和平、幸福、圓滿……自己目前的生活中，包含了可以用這些字眼形容的要素嗎？他總覺得很空虛。

躺在床上，看著漆黑的天花板，最上忍不住輕輕嘆了一口氣。

4

在負責訊問諏訪部的十天後，沖野再度被最上找去辦公室。

沖野原本擔心諏訪部的事讓最上感到失望，內心忐忑不安，得知最上仍然惦記著自己，內心稍微鬆了一口氣。

「目前手上有沒有什麼緊急的工作？」

沖野趕到最上的辦公室時，最上問他。

「沒有，不必擔心。」

雖然他手上有幾個案子，幸好接下來並沒有安排偵訊任何人，但其實他早就做好了心理準備，即使原本有這樣的安排，也會直接取消，以最上指示的工作為最優先。

「你上次說對總部股的工作有興趣。」

「對，希望有機會提供協助。」

最上聽了沖野的話，點了點頭，繼續說了下去。

「大田區發現了兩具屍體，看起來像是他殺，剛才接到了警視廳的聯絡，應該會在蒲田分區成立搜查總部。我打算等一下去看一下現場勘驗和驗屍的情況，也會參加偵查會議，你有沒有興趣一起去？」

「樂意之至。」沖野激動地說。

「目前還不知道具體情況，有可能很快就會找到凶手，到時候就由你負責起手。」

起手就是起訴的意思。即使是能夠很快抓到凶手的單純事件，只要是造成兩名死者的惡性重大事件，求刑時就會將死刑列入考慮。光是想到這一點，沖野的心情就不由得精神抖擻。

「橘小姐，要出門了。」

回到自己的辦公室後，他立刻對沙穗說。

「要去命案的搜查總部，如果鎖定凶手，之後就會由我接手負責。」

沙穗看到最上找沖野，似乎就做好了可能會接新工作的準備，聽到沖野興奮的聲音，立刻很有精神地回答：「好。」然後站了起來。

最上也帶著搭檔事務官長濱光典同行。

長濱三十多歲，一看就是很能幹的事務官。像最上這種資深的檢察官，就會安排經驗豐富、身強力壯的事務官作為搭檔。

「我們先去現場。屍體已經送去蒲田分局了，但目前還在勘驗現場，警視廳的一課也希望我們去那裡。」

「現場在哪裡？」

「在多摩川附近一個叫六鄉的地方的民宅內，屍體已經開始腐壞，聽說是在死後幾天才發現的。」

長濱向沖野他們說明情況後，去借了車子，然後直接坐在駕駛座上。總部股的人和幾乎都在檢察廳和法院之間往返的普通檢察官不同，應該經常開車出門。沖野也在長濱的要求下，和最上一起坐在後車座。

載了四個人的車子離開檢察廳，進入首都高速公路，前往位在東京南側的蒲田。

京急高架旁狹小的巷弄內有許多住家，命案現場就是其中一棟民宅，周圍已經由警方拉起了禁止進入的封鎖線。

沖野他們下車後，長濱走在最前面，在那棟民宅的門口向內張望，向正在勘驗現場的偵查員瞭解了情況。

「我們進去吧，七股的青戶警部在客廳。」

一行人在鞋子外套了套子後才走進屋內，避免影響到鑑識活動。

這附近都是連在一起的老舊民宅，這棟房子也和周圍的其他房子一樣老舊，但房子很大，玄關也很寬敞。沿著可以和正在作業的偵查員輕鬆擦肩而過的走廊往裡面走，裡面就是客廳。

「啊呀啊呀，幸會幸會。」

一個五十歲左右，皮膚黝黑的男人向走在沖野前面的最上打招呼，他理著一頭短髮，戴著眼鏡。他似乎就是青戶警部。發生重大事件時，警視廳搜查一課就會派員支援，七股是搜查一課的一個小組，青戶應該是那個股的股長。

「情況怎麼樣？」

最上用發問代替了打招呼。

「死亡至少已經超過兩天，應該沒辦法簡單解決吧。」

青戶在說話時一雙細長眼睛的眼珠子忙碌地左右移動。

「確定是他殺嗎？」

「因為身上有刀傷，」青戶指著貼在客廳角落的人形膠帶，地毯上有很多看起來像是血跡的黑色污漬，「如果你們想看，我可以帶你們去看驗屍。兩名死者腹部、胸部和背部都被連續捅四、五刀。」

「原來是這樣。」最上注視著地毯上的黑色污漬，低聲地繼續發問：「兩名死者都住在這裡嗎？另一名死者在其他房間嗎？」

「兩名死者是住在這裡的一對老夫婦，」青戶打開了自己的記事本，戴上了原本推到頭上的老花眼鏡，「兩名被害人分別是都筑和直，七十四歲，都筑晃子，七十二歲。倒在這裡的是丈夫，太太倒在後方面向簷廊的走廊上。」

最上走向青戶指著的客廳深處，沖野也跟了上去。

毛玻璃的拉門後方是地板的走廊，走廊外是落地窗，落地窗外是放了盆栽的後院。目前用藍色塑膠布遮住了天空，後院有五、六坪，比在玄關時想像的空間更大。那裡也有鑑識人員的身影。

發出黑光的走廊角落，黏了一灘更黑的血跡。

「丈夫在客廳遇刺，太太想要逃走，凶手追到這裡殺了她……應該是這樣吧。」最上自言自語地說。

「嗯，應該八九不離十吧。」青戶回答說。

「聽說房間並沒有大肆翻動的痕跡。」

最上轉頭看著客廳。

「看起來是這樣，但細節還要接下來詳查。這對夫妻在附近有公寓和獨棟的房子出租，至今仍然親自收租，收來的租金可能放在家裡。除此以外，他們還借錢給幾個朋友，這方面也要詳細調查。」

「所以說，瞭解這些情況的熟人所為的可能性大於竊賊隨機犯案嗎？」

「對。」青戶回答，「目前打算重點清查包括是否曾經和誰結怨在內的交友關係。」

「找到凶器了嗎？」

「是一把小型切菜刀，在犯案時刀刃斷了，所以有一半仍然插在太太的後背。因為找不到刀柄，應該是凶手逃走時帶走了。」

「是這裡的刀子嗎？還是凶手帶來的？」

「還要詳細調查才知道，但應該是從外面帶來的。因為廚房的刀子都在，有大菜刀和小菜刀，而且和凶器的品牌不同，研判應該不是從廚房找來的刀子。」

造成兩人死亡的命案，而且是計畫犯案，又牽涉到金錢，是必須求處死刑的惡性重大犯罪。沖野在一旁聽著說明，覺得身體深處冷靜地漸漸繃緊。

最初發現命案的是被害人之一的妻子晃子的妹妹和妹婿。妹妹原田清子每週會和姊姊通一次電話，他們住在川崎大師，離六鄉並不遠，每個月會互串門子喝茶聊天。清子昨天打了晃子的手機，一直沒人接。她又打了家裡的電話，也同樣沒人接。她感到奇怪，今天早上和丈夫一起來這裡察看。

因為發現玄關的拉門上了鎖，妹妹和妹婿繞去後院，結果發現簷廊的落地窗前的窗簾拉起了一半。晃子倒在被窗簾遮住的地板上。四扇落地窗都關著，但裡面那兩扇並沒有鎖住。從現場的狀況研判，凶手鎖住了玄關的門，從後院離開，想要拖延被人發現的時間。

「如果是熟人所為，到時候可以清查所有可疑對象的不在場證明，和購買凶器的途徑，逐漸縮小範圍。目前已經採集到幾枚指紋，也正在蒐集目擊情報，我會隨時向你報告偵查情況。」

最上聽了青戶警部的話之後點了點頭，又繼續看著偵查員在現場勘驗的情況，但好像突然想起了什麼，看著沖野，對青戶說：

「對了，忘了向你介紹。這是我們刑事部新來的年輕檢察官，我想讓他處理這起事件，所以今天帶他一起來。」

「我叫沖野啟一郎，請多指教。」

在最上介紹後，沖野和沙穗一起與青戶警部交換了名片。

「希望是比最上先生好說話的檢察官，」青戶帶著一臉嚴肅的表情開玩笑說，「對我們來說，最好是我們的證據稍微有點不足，也能夠拍胸脯說，接下來交給我來處理的檢察官。」

「很可惜，我會繼續關注這個案子，他雖然年輕，但也不是輕易妥協的人，所以希望你能夠努力蒐集齊全的證據，讓兇手完全無所遁形。」

青戶聽到最上這麼說，聳了聳肩說：「那可真吃不消啊。」

傍晚後，決定要在城南大學的法醫學教室為被害人進行司法相驗，沖野他們也將同行。

「看了驗屍之後會沒有食慾，但吃完再去，也可能會反胃。要怎麼辦？」

「能吃的時候就先吃啊。」

最上這麼回答了青戶的問題，於是沖野一行人前往蒲田分局，吃了中國餐館外送的餐點。沙穗也一起吃了麻婆丼，長濱以前曾在相驗解剖時嘔吐，所以在一旁等大家吃完。大家吃完後，來不及喝杯茶，就搭分局的車子前往城南大學。

沖野跟著青戶他們來到城南大學的法醫學研究室，拿到了圍裙、長膠鞋、口罩和帽子，以及手套，穿戴完畢之後，走進了解剖室。解剖室內有兩張解剖台，老翁和老婦人的屍體分別躺在上面。

沖野在研習生時代曾經見習過解剖，雖然沒有像長濱一樣嘔吐，但老實說，的確很不喜歡。那簡直就像是異世界的景象，難以想像在司法人員周圍會進行這種工作。只是在一旁看著教授切下屍體的內臟，測量重量和長度的身影，心情就沉重了一整天，但是沒有醫學知識的腦袋能夠理解的內容並不多。

不過在見習過程中，可以直視犯罪被害人遭遇的悲慘現實，想要盡快處罰凶手，以慰被害人的在天之靈……所以他認為即使為了刺激這種想法，也有必要見習解剖。

負責解剖的教授在沖野和其他檢方人員，還有刑警和研究室的工作人員的迎接下走進研究室。

「今天人很多啊，重大事件嗎？既然要解剖兩具屍體，應該算是重大事件。」

教授自言自語地嘀咕後，站在解剖台前。

「那就開始吧。」

教授合掌後，開始解剖。

雖然已是四月中旬，但這幾天氣溫很低，常需要穿風衣，所以屍體的腐爛情況也不是很嚴重。即使如此，隔著口罩，還是可以聞到腐臭的味道。

確認了和直屍體上刺傷的位置、形狀和大小後，測量了直腸的溫度。

「現場的資料呢？」

教授看了警察帶來的現場氣溫等資料後，點了點頭。

「大約七十二小時。已經超過五十小時，又沒有到一百個小時。」

被害人似乎已經死亡三天。

教授將屍體從胸部到腹部割開，將每個內臟取出。

「你們看，心臟上破了一個洞，就是這一刀致命。」

教授將從屍體取出的心臟捧在雙手上，讓沖野和其他人看致命傷的位置。

當教授把心臟放在計量器的托盤上時，鑑識偵查員拍了相片。

在調查胃中的內容物時，腥味和異臭變得格外強烈。

「最後的晚餐吃了什麼？是天婦羅。原來是天婦羅烏龍麵……在吃了四、五個小時之後。」

在仔細調查刀傷對內臟造成的損傷程度的同時，解剖繼續進行。切身感受到被害人悲慘遭遇的階段已經過去，逐漸變成把這一切烙進大腦的皺褶，簡直如同苦修般的時間。口罩導致呼吸困難，光是站在那裡，意識就有點模糊。

「雖然有點脂肪肝，但身體很健康，再活十年應該沒問題。」

確認完內臟的情況後，教授俐落地將切開的內臟放回屍體內，在助理縫合時，開始解剖晃子的屍體。

「從背後捅進去時，刀尖碰到肋骨折斷了。在捅那位丈夫時，刀子變鈍了，所以在捅太太時很用力。」

光是聽教授的說明，就覺得身體痛了起來。教授邊說明，邊割下晃子的五臟六腑。她身上並沒有直達心臟的刀傷，只是動脈被割斷了，雖然沒有當場死亡，但也在短時間內就斷了氣。

「她的動脈也有點硬化，但只要注意養生，還可以活十年。」

教授把內臟放回她的身體後，輕輕嘆了一口氣說道。

然後，他放鬆了肩膀的力量，巡視周圍後，微微瞇起了眼睛。

「今天雖然有很多觀眾，但並沒有人臨陣脫逃。」

沖野雖然在心情上幾乎快撐不住了，但幸好沒有成為唯一的臨陣脫逃者，暗自鬆了一口氣。轉頭看，長濱微微皺著臉，似乎也在想同樣的事。

「因為大家都充滿鬥志。」

青戶警部看著沖野和其他檢方的人說。教授回答說：「那這起案子的偵查也令人期待。」說完，他一個人先走出了解剖室。

「沒事吧？」

最上在青戶的催促下走出解剖室，立刻問沖野。沖野覺得他這個問題不像是關心，更像是有點看好戲的心情，所以故作平靜地回答：「沒事啊。」然後還假裝自己可以從容地關心別人，問身旁的沙穗：「妳還好嗎？」

「我沒事。」沙穗若無其事地回答。

「女生對這種事比較能夠忍耐。」

最上是因為發現沙穗的臉色看起來比沖野更鎮定，所以才這麼說嗎？沖野只能淡淡苦笑著掩飾。

「蒲田分局等一下要召開偵查會議，」最上說，「很奇妙的是，在參與現場勘驗、死者的司法相驗，以及偵查會議……這三個首波調查後，就不再覺得事件事不關己。移送檢方後才分到的案子，雖然也會很投入，但兩者的感覺還是不一樣。」

沖野能夠瞭解最上想要表達的意思，雖然沖野並沒有在命案現場尋找證據，也沒有在司法相驗時握手術刀，只是站在那裡旁觀而已。

然而，光是這樣就足以產生參與這起事件的真實感。當輪到自己發揮作用時，就要盡力回報許許多多參與偵查的人所付出的努力，以慰被害人的在天之靈。

車子沿著夜幕已經降臨的環八道路回到了蒲田分局，沖野跟著最上一起在會議前，向偵查這起命案的幹部打招呼。這起命案的幹部分別是蒲田分局的林局長、北野副局長，還有刑事課長山瀨，以及警視廳派來支援的搜查一課課長松井，和管理官田名部等人。

偵查會議在九點半開始舉行，偵查幹部都坐在會議室前方，警視廳機動搜查隊和搜查一課的刑警、蒲田分局的刑警，以及鑑識課員等人相對而坐，沖野和其他檢方人員則坐在最後方的座位。

會議上報告了在白天的命案現場和解剖室看到、聽到的事實，以及偵查員在附近查訪時所蒐集到的線索。

有偵查員打聽到，三天前，也就是四月十六日傍晚四點半左右，住在被害人住家隔壁再隔壁的家庭主婦隱約聽到了慘叫聲。

從放在客廳的衣櫃抽屜的小金庫中，發現了十幾張借據。那是都筑和直借錢給幾個熟人時寫下的借據，每個借款人借款的總額從二十萬到八十萬不等。

這個小型金庫的鑰匙放在衣櫃的其他抽屜裡，但都筑晃子的妹妹原田清子說，平時鑰匙應該放在臥室的某個地方，以前晃子從那個小金庫拿出保單時，清子看到她去臥室拿鑰匙。

根據清子的證詞判斷，凶手在犯案時，可能從金庫拿走了自己的借據，動了什麼手腳。雖然被害人的皮夾還在，但對照存摺的收支和房租收入，發現家裡應該有數十萬生活資金，但也有可能把這筆錢借給了誰。為了追查這些錢的下落，警方正仔細分析從金庫和衣櫃附近採集到的指紋，進一步進行調查。

和直在退休之後，靠房租和年金收入過日子，同時也經常去離住家比較近的大井賽馬場，和川崎的賽馬、自行車賽場賭博。聽清子說，跟他借錢的人應該也都是在那種地方結識的賭友。

如果這次的凶手就在其中，也許是因為和直的這種生活態度和交友態度太缺乏警覺性，結果栽了跟斗送命。

但是，和直多年來並沒有沉迷賭博而傾家蕩產。他在油廠工作到退休，獨生女嫁去了千葉，平時既沒有揮金如土，也沒有借錢度日，只是一個普通老百姓過著平凡的生活。晃子是喜愛園藝的普通老婦人，清子說，雖然晃子對丈夫愛賭頗有微詞，但即使包括這些在內，夫妻兩人仍然過著圓滿的生活。

雖然目前還不瞭解凶手基於什麼理由犯案，但即使能夠找到一、兩個理由，仍無法將奪走兩條人命的行為正當化。這無疑是一起惡性重大的事件，在起訴時，必須考慮求處極刑。

除了在被害人住家附近查訪，蒐集可疑人物的目擊證詞，同時還要進一步調查夫妻兩人的交友關係。幾位幹部確認了日後的偵查方針，偵查會議就結束了。聚集在會議室內的幾十名刑警都充滿了努力破案的鬥志，沖野在將近一個小時內充分感受了這種氣氛，帶著激動的心情走出會議室。

「辛苦了。」最上輕輕拍了拍沖野的肩膀問：「怎麼樣？還滿意嗎？」

他在問沖野對這起事件是否有興趣。

「是，非常有興趣。」

最上聽了沖野回答，輕輕點了點頭。

「我明天和後天要去其他搜查總部，所以這兩天的時間，這裡就交給你了。你要擠出時間來這裡確認偵查的狀況。如果有可疑的嫌犯，搜查總部有大動作時，也希望你告訴我。」

「我知道了，交給我吧。」

最上交代了明天之後的工作，沖野帶著充實的心情結束了一天。

「橘小姐，今天忙到這麼晚，辛苦了。接下來這段日子可能都要來蒲田，我們一起加油。」

沖野激勵著沙穗，沙穗臉上完全沒有忙碌了一整天的疲憊，一派輕鬆地點了點頭說：

「好。」

5

蒲田老夫婦凶殺事件的搜查總部成立翌日，最上從中午就坐鎮在品川分局的強盜致傷事件搜查總部。這起事件中，約談重要關係人已經漸入佳境，最上隨時聽取偵訊室傳回來的訊問內容報告，和管理官討論申請逮捕令的時機。

負責訊問的警部發揮了執著精神，重要關係人終於在傍晚之後招供。最上堅持到最後，終於贏得了勝利，他和正在指示下屬申請逮捕令的管理官握手之後，離開了搜查總部。

隔天，他也去了兩、三個搜查總部，回到東京地檢之後，去找了副部長脅坂達也，和他討論了品川分局那起強盜致傷事件在嫌犯移送檢方後的處理方式。沖野連日都將蒲田的那起事件偵查狀況的報告透過長濱交給最上，但最上大致瀏覽了一下，發現偵查工作並沒有太大的進展，覺得暫時交給沖野沒有太大的問題，所以就專心處理目前手頭的案子。

又隔了一天，長濱向他請求指示。

「沖野檢察官問，最上檢察官今天的行程是怎樣的安排？」

雖然之前指示沖野，接下來的兩天都交給他負責，他應該覺得最上差不多該和他會合了。

在蒲田的事件中，現場並沒有留下可以直接鎖定凶手的證據，發現屍體時，離犯案日期也過了好幾天。最上認為至少不可能在兩、三天內破案，所以指示沖野觀察偵查情況，但差不多該去搜查總部瞭解一下最新情況。如此一來，就可以大致瞭解偵查可以很快結束，還是可能會久拖。

只不過品川強盜致傷事件的嫌犯要在今天移送檢方，最上已經透過副部長安排了年輕的檢察官接手承辦，並不需要親自偵訊，但有些嫌犯在警方面前承認犯下的罪行，遇到檢察官時，會聲稱自己是清白無辜。身為總部股的人，即使案子已經交出去了，仍然會在意自己協助警方逮捕的嫌犯，在移送檢方後會如何供述。

他在思考之後決定，請長濱轉告沖野，今天繼續出他負責，但他去搜查總部瞭解情況後，要比之前更詳細報告偵查情況。

品川強盜致傷事件的嫌犯在下午移送到地檢，由負責的主任檢察官製作了辯解紀錄。最上接獲報告得知，嫌犯並沒有像最上擔心的那樣不認罪，供詞大致和在警局製作的筆錄相同。

最上終於放心地喘了一口氣之後，用電話聯絡了各處，好不容易覺得輕鬆一下。天黑之後，接到了長濱的電話。

「沖野檢察官說，已經完成了蒲田的報告，我去拿報告。」

「喔，我去就好，你可以下班了。」

長濱聽從了最上的指示，拿起皮包離開了。最上站了起來，從冰箱裡拿出幾罐啤酒，前往沖野的辦公室。

他敲了敲沖野辦公室的門，探頭向內張望，坐在後方辦公桌前的沖野慌忙站了起來。

「早知道你親自來，我應該自己送過去。」

「不，沒關係。」最上在沙發上坐了下來，向沖野招了招手，「坐下來喝一杯。」

「那我就不客氣了。」

沖野拿著看起來像是報告的紙，在最上的對面坐了下來，然後問搭檔：「橘小姐，妳要不要一起喝？」

「可以嗎？」

橘沙穗聽到沖野的邀請，完全沒有推托就坐到他的身旁。最上之前一起去蒲田時就發現，她和外表不同，是一個處變不驚的女人，和沖野似乎也很合得來。

「你的預測如何？」

最上從沖野手上接過報告後，沒有看報告，就直接問他。

「我認為應該會再花一點時間，」沖野回答，「這起事件的關鍵物證和目擊證詞很少，目前搜查總部把借據上簽名的人列為首要偵查對象，逐一清查每個人的不在場證明。」

「嗯……應該會這麼做。」

最上觀察第一波偵查的情況後，猜想應該會從這裡展開偵查，而且命案的關鍵應該也在這裡。

「但是，以我的感覺，即使清查了清單上的每一個人，找到真凶的機率並不高。」

「喔？」最上喝著啤酒，瞇眼看著沖野說：「你的意思是，即使殺人動機是債務，凶手的借據也不在現場……」

「對，」沖野充滿確信地點了點頭，「我認為已經被凶手拿走了。」

「金庫上有那對夫妻以外的指紋嗎？」

「金庫上的指紋有被擦掉的痕跡，也沒有那對夫妻的指紋。」

「反過來說，也可以證明凶手動過金庫……但是，如果要拿走自己的借據，就必須從那疊借據中找出來。其他借據上沒有留下指紋嗎？」

「鑑識人員很謹慎地調查，但借據使用的都是很粗的和紙，即使凶手曾經碰過，也不知道能不能找到有用的指紋。」

「所以你剛才說，關鍵證據很少。按照你的判斷，凶手擦掉了指紋，試圖湮滅證據，這意味著凶手很狡猾，也是會動腦筋的人。但既然有金錢糾紛，即使再狡猾，還是會留下某些鋌而走險的破綻，一定會在哪裡露出狐狸尾巴。」

「在調查丈夫賭友的過程中，凶手的名字也許會浮上檯面。而且如果有人多次借錢，卻完全找不到任何借據，反而代表那個人很可疑。既然有犯案動機，債務金額應該不會只有十幾二十萬圓而已。」

「嗯……」

雖然證據很少，但並沒有陷入瓶頸……這是最上對這起案子的看法。

「我已經要求青戶警部，在向借據上有名字的人瞭解情況時，也要向對方詳細追問死者丈夫的交友關係。」

聽到沖野胸有成竹的報告，最上露出了微笑。

「很好，不能只是聽警方的報告而已。青戶先生怎麼說？」

沖野聽到最上的問題，露出有點苦惱的表情。

「雖然他很乾脆地回答說知道了，但似乎還是想聽取你的意見。」

最上噗哧一聲笑了起來。

「是喔。那我下次見到他時，也會對他說相同的話。」

最上在去年也曾經和七股的青戶公成一起偵辦過殺人命案。和搜查一課的其他股長相比，他比較願意傾聽最上的意見。他認為偵辦案件時，只有能夠讓檢方起訴，並贏得適當的判決才有意義。

反過來說，他雖然看起來是在第一線磨練出來、有風骨的刑警，但他的圓滑世故卻不像是這一類型的刑警。有時候也會按照檢方的意圖辦案，然後希望接下來該由檢方完全負責。在去年那起殺人命案中，被告原本承認想要殺了死者，但在法庭上矢口否認。雖然最後由檢方補強的證據，讓法官認同被告有殺意，但辯方的意見也有相當的說服力。最上在法庭審理過程中，忍不住捏了一把冷汗。

最上猜想警方在那次偵訊時，採取了強硬的手法。也許是因為聽到最上說，只要嫌犯說出這些供詞，就可以控告他殺人，或是他認為檢方想要這樣的筆錄，所以就設法搞定了，然後就把嫌犯移送檢方，讓檢方處理之後的事。

正因為青戶是個圓滑世故的人，所以檢方也必須對他提出相應的暗示。即使對方之後丟過來的球稍微有點粗暴，也必須伸手接住。有些檢察官嘴上說得漂亮，但只要看到球在地上彈了一下，就不願伸手接球，把責任都推給擔任投手的警察，青戶很討厭這種人。因為沖野還年輕，所以青戶不知道他是否值得信賴。在去年那起案子中，他知道最上一旦發出了指示，即使自己投的球有點粗暴，也會設法接住。姑且不論這件事是否值得高興，但警察和檢方的確需要建立好像棒球的投手和捕手之間的信賴關係。

最上把只剩下半罐的啤酒放在茶几上，打開了沖野寫的報告。

鑑識人員在命案現場靠庭院的走廊，和客廳、玄關那一側的走廊上，採集到沾有泥土和血跡的腳印。那應該是拖鞋的腳印。凶手穿著拖鞋走去庭院，然後又走回了屋內。也許是去玄關拿鞋子。現場並沒有那雙沾到泥土和血液的拖鞋。如果凶手穿著拖鞋逃走，代表當時很慌張，但現場少了一樣物證，對凶手來說，反而是一件幸運的事。目前並沒有人看到有人穿著拖鞋在附近走路，當然，即使凶手真的穿了拖鞋逃走，應該也會找一個地方換鞋子。

玄關採集到二十六公分左右的鞋印，看起來像是凶手留下的。那雙鞋子已經穿得很舊，沒有留下清晰的紋路，所以恐怕很難查到鞋子的品牌。

凶手在玄關脫了鞋，換上拖鞋……這意味著凶手是那對夫妻的熟人，很可能是上門借錢，或是要求寬延還款期限的人。從客廳的桌上沒有給客人用的杯子這一點來看，也可以判斷那個人並非普通的客人。

玄關和客廳，還有廁所都採集到那對夫妻以外的多枚指紋，其中很可能有凶手的指紋，但現場並沒有留下可以鎖定凶手的證據，可說是這次命案現場的特徵。不知道是凶手運氣好，還是代表這是預謀犯案。

最上翻著報告，看到了留在現場金庫的借據名單。目前警方正在向名單上的人瞭解情況，並調查這些人周邊的情況，同時從中瞭解那對夫妻的交友關係。

名單上有十一個人，幾乎都是中老年的男人。除了年齡、地址、職業和借款金額以外，還有前科紀錄。

最上不經意地看著名單，發現有什麼東西在自己的視線前方跳了一下。

他又重新看了一次名單。

松倉重生。六十三歲。

這個名字引起了他的注意。

以前一定在哪裡見過這個名字。

是曾經牽涉什麼案子的人嗎？

名單上並沒有那個人的前科紀錄。

但是，最上覺得自己的記憶之門用力震動起來。雖然遲遲無法打開，但門鎖發出巨大的聲響，似乎在說，這個男人是重要人物。

他費力想了一會兒，腦海中的那扇門突然打開了……

最上找到了那個名字存放的位置。
他忍不住倒吸了一口氣。
怎麼可能……
但是，松倉重生……他記得是這個名字。
難道只是相似的名字嗎？
不知道。
思考在短時間內變得混亂，最上覺得坐在那裡都很痛苦，忍不住重重地嘆了一口氣。
「有什麼……？」
沖野訝異地問。最上移開視線，發現沙穗也露出和沖野相同的表情看著自己。最上這才察覺自己的表情很凝重。
「沒事……」
最上搖了搖頭，避開了沖野和沙穗的視線。雖然他想隨便找藉口，但完全想不出任何藉口。他用力深呼吸，努力讓心情平靜。
「我明天也會一起去蒲田。」
最上看完報告後，故作平靜地說。
「我知道了。」沖野回答。
「好，那今天就早點回家休息吧。」
最上自言自語地說完，拿起還沒喝完的啤酒站了起來。雖然剛才帶啤酒來這裡時，希望能夠和沖野好好聊一聊，但現在已經沒這個心情了。

「辛苦了。」

最上走出沖野的辦公室，背後傳來沖野和沙穗的聲音。

二十三年了。

那是將近四分之一世紀前發生的事。

最上在學生時代居住的北豐寮管理員久住夫妻的獨生女被人殺害。

由季當時是中學二年級的學生。如果她還活著，目前已經是可能結了婚、生了孩子的年紀。

當時，最上相隔四年，看到躺在棺材中的由季已經成長了許多，臉蛋也顯示著她即將轉大人。她的眼睛和嘴巴漸漸有了魅力，如果能夠繼續成長，就會有不少年輕男人追求，她應該可以輕鬆找到幸福。

然而，由季無法繼續成長。雖然她好像會隨時睜開眼睛問：「毅哥哥，好久不見，你怎麼了？」但眼前的她始終閉著眼睛，等待被燒成灰……那是最上難以置信的景象。

用白色絲巾蓋住的她的脖子上，有被手掐後留下的瘀青。

「聽說喉結也斷了。她的脖子這麼細，真是太可憐了……」

曾經一起住在北豐寮的學長水野比佐夫哭著移開了由季的絲巾，讓最上也將這一幕深深烙在腦海中。

水野從市谷大學法學院畢業之後進入通信社，成為跑政治線的記者。但在由季的事件發生一年之後，他辭去了通信社的工作，成為周刊雜誌簽約合作的自由記者。因為由季命案的偵查工作陷入瓶頸，他越等越不耐煩，最後轉換了跑道。

不久之後，《日本周刊》刊登了水野寫的一篇名為「根津女中學生殺害事件　在偵查過程中浮上檯面的男人」的報導。

水野說，他故意寫下這篇「臆測的報導」，警方為此向他提出了抗議。雖然他在報導中並沒有提到任何名字，不過內行人一看，就知道誰是可疑人物。如果按照目前的判斷標準，雜誌方面對刊登這種報導會非常小心謹慎，但以前都很大膽，當時也有幾本其他雜誌跟著追蹤報導。然而，警方直到最後都沒有逮捕那個人。

如果是政治人物涉及的貪污或是經濟事件，當媒體搶先報導時，可能會導致形勢發生變化，影響偵查的進行，但這種類型的事件並不會有這方面的問題。也就是說，警方最後無法找到能夠逮捕嫌犯的證據。水野試圖藉由「臆測報導」推警方一把，可惜並沒有奏效。

雖然警方也曾經將那傢伙列為重要關係人，傳喚他到案說明，但還是讓那個傢伙脫身了……

水野把在持續不懈地採訪中得知的情況告訴了最上。

不僅如此，他還把報導中沒有提及的偵查詳細情況記錄了下來，發給最上和前川等之前一起住過北豐寮的人。雖然不知道他此舉的目的，也許是看到偵查工作毫無進展，對自已轉換跑道成為雜誌記者感到煩悶，只有採取這些行動，和最上他們一起分擔這份遺憾，才能保持精神狀態的平衡。

雖然無法驗證水野在採訪中所掌握的消息有幾分真實性，但不得不承認，必須耗費很多心力才能調查到這些內容。最上在之後成為檢察官，開始偵辦犯罪案件，卻無法接觸到和自己無關，偵查工作陷入瓶頸的案子的相關資料，只能透過水野的採訪紀錄，瞭解由季命案的偵查情況。

那些紀錄在整理歸檔後，如今和其他判例研究資料一起放在家中書房的書櫃上。

最上回到宿舍，瞥了一眼正在客廳津津有味地看韓國旅行導覽書的朱美一眼，把自己關進了書房。

打開檯燈，從書櫃中抽出了那份檔案，攤在桌子上。這十幾年來，每次搬家，那份檔案就從一個書櫃移到另一個書櫃，完全沒有翻開過。

水野的採訪紀錄有十幾張Ａ４尺寸的紙，最上翻閱著，尋找自己想要找的內容。

松倉重生。

果然就是這個名字。

雖然他是由季事件中最有可能是凶手的人物，卻因為無法掌握關鍵證據，警方最後無法逮捕他。

根據他的生日計算，他目前六十三歲。

絕對沒有搞錯人。

最上用力嘆了一口氣，不知如何平息內心高漲的情緒，只能用力抓住桌子邊緣。

由季在二十三年前化成了灰。

然而，這個男人竟然大搖大擺地活了二十三年……

原來他躲在這裡。

根據水野的採訪紀錄，二十三年前的十月二十九日晚上八點十分左右，由季被人掐死，陳屍在自己房間內被人發現。她的父母去參加即將在本地舉行的廟會會前討論，出門大約兩個小時左右，回家時，就發現了慘狀。

久住一家住在北豐寮的一樓，除了客廳、夫妻的臥室，和由季讀書、睡覺的房間這三個房間以外，還有廁所、盥洗室和浴室。廚房就作為住宿學生的食堂，食堂有一條走廊通往他們家。

通往食堂的走廊上有一道門，只要轉動門把正中央的旋鈕，就可以把門鎖上。晚上睡覺時，他們會鎖上這道門，平時並不會上鎖，但住在宿舍的人都不會隨便走去那裡的走廊。最上他們有事要找管理員夫婦時，都會打開那道門，把腦袋探向走廊叫一聲：「打擾一下。」當然，去教由季功課，或是和管理員義晴他們喝酒時，就會去他們家。

現場勘驗時發現，那道門並沒有鎖。管理員夫妻也不記得那天鎖了門，雖然由季可能為了安全，鎖上了那道門，但只要把工具伸進縫隙，就可以輕鬆撬開這種類型的鎖，所以警方研判，凶手從這裡進入的可能性最高。

案發五天前，發生了一件讓久住夫婦事後後悔當時應該好好向由季問清楚的事。那天，由季和同學一起出門，要畫暑假作業中的畫，傍晚回家時，雙手雙腳都擦傷了，裙子上也都是泥土。警方在偵查中發現，有人在那天看到一個女中學生哭著跑過根津神社前，裙子上沾滿了泥土。

久住理惠看到女兒受了傷，立刻問她怎麼回事。由季只說是在神社跌倒了，但這顯然是由季為了怕母親擔心而說的謊言。

在司法相驗由季的屍體後發現，除了手肘和小腿這些可以看到的部位以外，陰部和大腿上也有逐漸癒合的裂傷和擦傷。由季的書桌抽屜裡有應該是去藥局買回來的擦傷藥。同時，在由季的房間內發現了一把扳手，似乎也和這一連串的事情有關。那把扳手是家裡的，從上面採集到由季的指紋。也就是說，由季用這把扳手防身。

基於這些事實，偵查當局假設了一種犯案情況。

由季遭到殺害的五天前，凶手在根津神社看到由季正在畫畫。雖然她原本和同學一起畫畫，但那個同學先回家了。凶手接近由季，把她拉到無人的地方，然後對她施暴。因為並沒有在由季的體內採集到男人的體液，所以無法明確判斷到底是何種程度的暴力行為，但毫無疑問，是以暴力脅迫的野蠻行為。

五天後，食髓知味的凶手趁由季父母外出時，再度闖進由季的房間試圖侵犯，但由季用扳手抵抗，因此無法得逞。凶手想要制伏由季，結果用手掐住了她的脖子，最後把她掐死……

水野在報導中模糊了施暴的痕跡，但詳細情況就是這樣。由季無法告訴任何人自己遭受暴力，只能藏在心裡，自己買藥擦在傷口上，因為擔心惡夢再度出現，所以用扳手防身……最上想到由季這樣的身影，就感到坐立難安。只要她活下來，就還有未來，然而，凶手扼殺了這種可能性。

北豐寮的房子呈細長形，久住一家的玄關就在馬路旁。其他住戶出入的玄關在右側後方的正中央，走進玄關，前方是樓梯，右側有一條走廊，一樓有三個房間，廁所也在那裡。二樓有八個房間，最上住在二〇五號室。

走進玄關後，左側就是食堂。長桌子旁放了兩張圓椅子，和普通民宅的廚房沒什麼兩樣。

房子的構造並不是特別複雜，但如果凶手是從廚房溜進由季的房間，不難推測是瞭解內部構造的人所為。對照五天前發生的事，以及凶手執拗地鎖定由季，偵辦方向很自然地鎖定了租屋人和他們的交友關係。

當時，北豐寮住了四名學生，分別住在一樓的兩個房間，和二樓的兩個房間，一樓的另一個房間空著。四名學生中，有三個人在暑假期間回老家或是出門旅行，長時間不在宿舍，另一名學生是住在二樓，姓稻見的四年級學生，因為求職的關係留在東京，當天因為感冒，所以在房內睡覺。

二樓的另外六個房間住的都是已經出社會的人，年齡從二十多歲到六十多歲不等，大部分都是在工廠或建築工地工作的勞工。

二樓的二〇三號室——剛好位在由季房間正上方的那個房間，住了一個在鈑金工廠工作的四十多歲男人高田憲市。

高田有一個同事經常來家裡找他，那個同事就是松倉重生。

松倉當時四十歲，和太太在七年前離婚，一個人住在日暮里附近的公寓。當時正值泡沫經濟時代，製造業很繁榮，但松倉完全不支付孩子的養育費，賺的錢都用在吃喝嫖賭的玩樂上。他和高田年齡相近，而且都是單身，所以經常玩在一起。手頭鬆的時候就會去鬧區尋歡作樂，手頭緊的時候就去彼此的家裡串門子，買點下酒菜配啤酒或是燒酒。自從高田在那一年四月租了北豐寮後，松倉就經常來北豐寮，久住夫婦也知道這個人。

在命案現場的由季房間內，並沒有留下任何可以鎖定凶手是松倉的證據，這也是偵查工作陷入停滯狀態的原因。

但是，在針對包括住戶在內的其他周邊相關人物展開調查時，松倉之所以會成為重要關係人，就是因為警方掌握了可以佐證這一點的情報。

案發當天，住在北豐寮的松倉同事高田憲市並不在家，他和住在北千住的另一個朋友一起吃飯，對方也證實了這件事。

二樓的住戶中，有的學生回了老家，也有的人在加班，或是上晚班，或是出去吃飯、洗澡，案發當時，只有三個人在家。稻見因為感冒的關係，案發當時也躺在被子裡。

住在高田隔壁二〇二室的大橋在家裡看夜場的棒球比賽。因為電視聲音很大，所以完全沒有聽到一樓發生了什麼事，但在接近犯案時間的七點多，聽到有人敲隔壁門的聲音。住在二〇七室的谷川也聽到了二樓不知道哪個房間有敲門的聲音。

雖然大橋就住在高田的隔壁，他也在家裡，其實並不確定有人敲的就是隔壁的門。只是因為知道經常有朋友來找二〇三室的住戶，而且說話的聲音也經常從隔壁傳過來，所以當時就覺得應該是敲二〇三室的門。根據警方的調查，在另一側隔壁和對面的住戶都沒有約朋友上門。

大橋說，敲門聲響了幾次，但並沒有聽到開門的聲音，來訪者得知住戶不在家就離開了。

松倉的同事高田的證詞更耐人尋味。

案發的前一天，松倉負責的鈑金加工處理出了錯，因為和指示書上的數字不同，被專務董事罵了一頓，而且要求他留下來加班重做。松倉隔天仍然火冒三丈，在中午的時候問高田，下班之後要不要去上野玩。松倉以前手上有錢時，就經常約高田一起去上野的電話應召站或色情店，但那天很不湊巧，高田的一個朋友獨自去九州工作多年，那天剛好回東京，約定如果雙方都有時間就見個面，所以高田就委婉地拒絕說：「今天還說不準。」下班之後，松倉也沒有叫住高田，高田以為這件事已經結束了，回到北豐寮後，就打電話聯絡那位朋友，然後就去了北千住。

但是，即使松倉把高田那句「今天還說不準」，理解為有一半的可能性也不足為奇，當他獨自回到公寓，仍然覺得氣憤難平，想要出門走走消除怨氣時，先去高田家找人也很正常。

高田還記得自從松倉不時來家裡玩之後，曾經多次向他提到住在樓下的由季，甚至還露骨地說了「她長大之後一定很撩人」、「她下面應該長毛了吧」、「晾在下面的那些內褲是她的嗎？」這些顯示他對由季有「性」趣的言語，高田聽了也很受不了，當時還數落他幾句。

腳印的事上也隱約和松倉有關。

根據鑑識人員的調查，由季房間的窗戶外側有好幾個相同的腳印，應該是凶手向由季的房間內張望時留下的。偵查後發現，腳印和案發當時在房間內睡覺的二〇六室稻見的舊球鞋相符。

稻見在初春時買了新的鞋子，舊鞋子就丟在玄關的鞋櫃上，原本覺得如果去會把新鞋弄髒的地方時還可以穿，但自從買了新鞋之後，就一直把舊鞋丟在那裡。北豐寮的鞋櫃上有好幾雙住戶的舊鞋。案發之後，稻見的那雙鞋子也從鞋櫃上消失了。

高田說，松倉之前曾經在鞋櫃上的那些鞋子中找了一雙合腳的鞋，然後就帶回去穿了。雖然不記得曾經看過松倉穿稻見的鞋子，但松倉平時穿的鞋子是二十六到二十六點五公分，稻見那雙鞋子也是二十六點五公分。

偵查員去松倉的公寓查訪時，並沒有發現稻見的鞋子。而且光從腳印判斷，也無法完全排除稻見本人犯案的可能性，以證據力來說，的確不是理想的證據。警方當然也調查了稻見，但他在案發當天上午去附近的醫院看了病、領了藥，而且五天前，由季在根津神社遭到暴力行為時，他剛好去參加面試，所以搜查總部的大部分幹部都認為把他列為嫌犯太牽強。

除了缺乏關鍵證據，還出現了讓警方無法嚴格追查松倉的證詞。

松倉原本說，案發當時他在家裡，但不久之後又改稱和在場外馬票販售站認識的朋友柏村一起喝酒。柏村是住在湯島的八十歲獨居老人，他證實那天和松倉一起喝酒。松倉之前似乎請他喝過酒，也送了他馬票，所以他相信，松倉即使有嫌疑，也一定是別人嫁禍給他。

但是，當偵查員反覆用不同的方式追問一起喝酒的情況時，他一下子說：「九點左右一起喝了兩、三杯」，一下子又說：「天黑之後就開始喝酒，兩個人都醉了」，證詞缺乏一貫性，也缺乏可以補強這些證詞的客觀證據。有人認為，在這種情況下，必須視松倉缺乏不在場證明，徹底展開調查。但也有人認為，一旦進入審判階段，如果柏村作為辯方的證人，將證詞內容進行整理之後出庭作證，恐怕就會很棘手。

無論如何，因為缺乏關鍵的證據，除非松倉招供，否則就無法逮捕他。然而，雖然多次以重要關係人的身分傳喚他到案說明，但他似乎識破了警方手上並沒有掌握足夠的證據，所以在警方訊問時顧左右而言他，警方最後也無法申請逮捕令。搜查總部的有些幹部難以理解，如果凶手是松倉，由季在根津神社遭到暴行時，就知道是熟人，而且知道日後有可能再犯，既然這樣，為什麼沒有告訴周圍的人……這樣一想，就無法排除是外人所為的可能性，對松倉是凶手的說法產生了質疑。

像最上和其他熟悉由季的人知道，獨自承受的行為很像她的作風，但其他人面對這個疑問時，似乎認為無法做出合理的解釋。

然而，在偵辦這起事件時，並沒有向最上和其他在幾年前就搬離宿舍的人瞭解情況，也就是說，在偵查到某種程度時，查到了松倉，便懷疑這個人到底是不是凶手？進一步而言，雖然認為他是凶手，但是否能夠在法庭上證明這一點，決定了偵查這起案子成敗的關鍵。有些幹部對此仍然有疑問，但現場的心證導向了這樣的結果。松倉巧妙地躲過了缺乏嚴謹的偵查網，搜查總部就失去了方向，整起事件的偵查工作也就陷入了泥沼。

如果沒有任何消息，就會認為這起事件沒有任何明顯的線索，偵查工作陷入了瓶頸。然而，因為水野轉換跑道成為雜誌記者，執著採訪的堅持，讓最上也知道這起事件中有一個重要關係人。這件事非常重要。

目前還不知道松倉是否涉入這次蒲田的事件。

但是，最上覺得水野憑著執著傳遞下來的接力棒，交到了自己手上。

6

沖野坐在辦公桌前，重新看著昨天交給最上的那份報告影本。

最上在看這份報告時，收起了拿著啤酒走進來時的平靜表情。沖野從未見過他臉上出現這麼嚴厲的表情，幾乎是狠狠瞪著報告。

沖野甚至覺得看到了他身為負責偵查的檢察官所累積的威嚴。

但是……

這份報告中有什麼內容刺激了他身為偵查檢察官的天性？

沖野在最上的要求下，製作了比之前更詳細的報告，但是，沖野認為這份報告只是顯示了偵查工作仍處於初期階段，並沒有更多的內容。

凶手拿走了自己的借據，消除了留在現場的痕跡後逃之夭夭。這份報告中甚至沒有凶手的影子……沖野這麼認為。

然而，最上的表情似乎從中發現了什麼。

他到底發現了什麼？

即使重新看了一遍，仍然毫無頭緒。沖野停止了思考。

「時間差不多了。」

沖野聽到沙穗的聲音，抬起了頭。

「好，那就出發吧。」

走出最上的辦公室，發現他們也正準備出發。

「走吧。」

最上說完這句話，走出辦公室後，完全沒有說一句廢話。雖然臉上的表情沒有昨天看報告時那麼嚴肅，但沖野覺得這份沉默似乎有某種意義。

他們在傍晚之前抵達了蒲田分局。如果要參加偵查會議，可以晚一點再來，但如果想找青戶警部，這個時間來比較好。

「歡迎，歡迎。」

青戶請沖野一行人來到搜查總部旁邊的接待室，在對面的沙發坐下後，露出了獨特的笑容。

「感謝你在百忙中還抽時間過來，辛苦了。」

「不好意思，這兩、三天在忙其他案子，」最上說，「但偵查情況我都從沖野那裡聽說了。」

青戶在面對沖野時，不時會表現出有點輕視的態度。沖野也總是不甘示弱地對他大聲說話，仔細詢問偵查的詳細情況，所以導致彼此的關係更僵。但青戶面對最上時氣氛就很融洽，就好像他們可以掌握彼此的呼吸，讓他感到很不可思議。

「我昨天已經向沖野檢察官說明了詳細的情況，之後並沒有發現任何新的事證，」青戶瞥了沖野一眼，露出了意味深長的苦笑，「只有一件事，有人認為被害人家裡除了借據以外，應該還有記錄還款狀況的帳簿。這個意見很有道理，既然債務人分期還款，就應該有帳簿，只不過家裡完全找不到。」

「所以認為是凶手帶走了嗎？」最上問。

青戶點了點頭，「目前已經開始查訪留下借據的借款人，好幾個人都說，在還錢的時候，被害人夫妻中的丈夫都會當場寫在帳簿上。」

「這意味著借據也被拿走了，」沖野插嘴說，「雖然和被害人關係密切而借了錢，卻完全找不到任何一張借據……必須找出這種對象。」

最上用輕描淡寫的口吻勸導說：「先別著急。通常都是先從已經瞭解的狀況著手，」最上又看著青戶說：「目前還不知道這幾個留下借據的人隱藏了什麼，我不認為全都是規規矩矩的人。雖然的確像沖野所說，或許可以從他們口中找到其他人，但首先必須徹底清查這份名單上的人。」

「有道理。」青戶表示同意。

「可以輪流把每個人找來分局好好問清楚。」

青戶聽到最上這麼說，嘴角露出了笑容。

「我原本還擔心你對這起事件沒太大的興趣，看來並不是這麼一回事。」

「當然。」最上說，「這麼惡性重大的事件，怎麼可能沒興趣？」

「留下借據的人中，有幾個看起來背景不單純，也有幾個人有前科。即使凶手拿走了借據，也未必全都拿走了。留下二十萬、三十萬的借據的人，搞不好借了更多。」

「也可能留下五、六十萬借據的人，其實借了好幾百萬。」

青戶聽到最上的回答，露出了淡淡的笑容。

「不過，根據被害人存摺的收入和支出情況，以及借款的平均金額來判斷，很難想像有人借了四、五百萬，但一、兩百萬圓倒是有可能。應該不會只是為了十萬、二十萬犯下這麼大的案子。」

雖然沖野認為沒有留下借據的人才是真正可疑的對象，但最上和青戶似乎認為留下借據的人也非常可疑。這應該是想要速戰速決，和做好長期戰的心理準備，徹底追查的偵查方針導致的差異，沖野當然也沒理由反對。

「比方說，這個叫小杉祐吉的人……」青戶用手指敲了敲自己的記事本說，「他有竊盜和傷害的前科，我們的人去查訪時，他看起來很緊張，舉動也很奇怪。雖然他說案發當時，他去了都心，但目前還沒有辦法證實。」

「還有其他人沒有不在場證明嗎？」最上問。

「有啊。宮島、闕口、內藤、松倉、片山、和田……雖然還要進一步詳細確認，但包括小杉在內，目前有超過半數的七個人都沒有不在場證明。」

「等一下。」最上說話時，確認著沖野的報告，「宮島、闕口、內藤、松倉，還有……」

「片山與和田。」

「嗯。」最上目不轉睛地看著這些人的名字，發出了低吟。

「當然，其他人未必沒有委託他人犯案的可能性，所以我們仍然密切注意。」

最上輕輕點了點頭後開了口，「但首先要調查這七個人，要先徹底做好這件事。」

最上的語氣很平靜，卻充滿了堅定的意志，坐在他旁邊的沖野也感受到說服力，具備了讓警方人員認為言之有理，聽從指示的力量。

「是啊，那當然。」青戶也這麼回答。

青戶或許對自己感到不滿意，但對最上有某種信任……沖野這麼想，發現了自己的不成熟。

隔天，沖野處理完其他檢察官請求支援的事件的偵訊，三點多時，請沙穗和長濱聯絡。

「妳問他一下，今天打算幾點去蒲田。」

沙穗聽從了沖野的指示打了電話，但沒有說話，就掛上了電話。

「他好像不在座位上。」

「是嗎……那直接打給最上先生。」沖野說。

沙穗又拿起電話，但最上的內線似乎也打不通。

「我來打長濱先生的手機。」

這次似乎終於接通了。沙穗和長濱聊了幾句後說：

「他們已經去了蒲田分局。」

「啊?」

雖然沒有約好一起去,但沖野一直以為是這樣,所以有點驚訝。

「是不是從其他搜查總部直接去了那裡?那好吧,我們也過去。」

雖然沖野覺得最上可以和自己打一聲招呼,但最上已經不像以前那樣,不再是沖野的老師。檢察官經常單打獨鬥,每個人都像是一個獨立的部門,為了避免被他甩開,自己必須緊跟著他……沖野這麼想著,拿起了皮包。

來到蒲田分局,長濱獨自坐在成為搜查總部的會議室內,靜靜地看著法律書。

「最上先生呢?」沖野問。

長濱轉頭看向走廊的方向說:

「目前開始請那七個人主動到案說明,他和青戶警部一起去了偵訊室。」

「啊?最上先生也一起偵訊嗎?」

「不,好像是在裝了單向玻璃的另一個房間,在那裡看偵訊的情況。」

各個警察分局都有設置了單向玻璃的偵訊室,讓被害人能夠在嫌犯不知情的情況下指認,幹部可以瞭解偵訊的情況,監督官也可以瞭解偵查員在偵訊時是否有不當行為。在這個分局,似乎可以從隔壁的小房間察看。

話說回來,在偵訊目前還不知道和事件有什麼關係的關係人時,總部股的檢察官也會積極參與、密切監視嗎？最上的行為幾乎和警方搜查總部的幹部沒什麼兩樣，沖野難掩驚訝。這應該不是總部股的慣例，而是最上個人的做法。

只要稍不留神，就可能被最上甩掉。沖野也很想去最上他們那裡，但他們在小房間內屏氣斂息地觀察偵訊的情況，自己不能大剌剌地闖進去，只能等他們回來再說。

三十分鐘後，最上和青戶一起回到了搜查總部。

「辛苦了。」沖野向他打招呼，最上用輕鬆的語氣說：「你來了啊。那七個人中，那個姓宮島的男人來了，所以我去看了訊問的情況。」

「是喔……情況怎麼樣？」

「他應該是清白的，應該沒有關係。」

青戶聽了最上的話，也點了點頭。

「另外，青戶先生昨天提到的那個小杉，應該有人可以為他的不在場證明作證。案發那段時間，他在品川的三溫暖。三溫暖的員工證實了這一點，監視器也拍到了他。」

「是嗎？」

根據解剖結果，犯案時間大致在當天下午四點到六點期間，再根據周圍有人聽到慘叫聲音的時間，進一步鎖定犯案時間是在四點半左右。只要能夠明確這個時間，就可以訊問關係人的不在場證明，逐漸排除不需要進一步追查的人。

「還有另外五個人，也會像宮島一樣帶來這裡嗎？」

「片山也在今天找到了，上午已經問過了。雖然最上先生抱怨說，我沒有事先通知他。」青戶心情有點愉快地說。

「是啊，我也希望你通知我。」

沖野不甘示弱地說。既然最上這麼積極參與偵查現場，自己當然不能客套。

「如果不會妨礙你們，下次也讓我參觀一下訊問的情況。」

沖野拜託青戶，他很乾脆地答應了。

「與其事後被你們東挑剔、西挑剔，讓你們現場確認偵查的情況，我們也好做事。因為有些檢察官沒來現場瞭解情況，就說一些讓人根本聽不懂的話。」

沖野得知青戶並不討厭檢察官積極參與現場偵查工作，覺得以後更不需要有所顧慮了。

「既然最上先生這麼投入，我也必須卯足全力。」

最上他們還要去其他搜查總部，沖野和他們道別，回霞之關的路上對沙穗這麼說完，暗自繃緊了神經。

7

在參觀了宮島訊問情況的隔天下午，最上和長濱一起走進蒲田分局的搜查總部時，發現沖野和橘沙穗已經在那裡了。

「你們真早啊。」

最上苦笑著慰勞他們，用眼神向在會議室前方座位上打電話的青戶打了招呼。

不一會兒，青戶打完了電話，向最上他們走來。

「今天打算把那七個人中的三人帶來這裡。」他瞥了一眼手上的記事本，「是關口、松倉，還有和田。關口是夜間警衛，今天剛好是輪休，去帶他的人應該很快就到了。松倉在二手寄賣店打工，會在他快下班的傍晚去找他，然後把他帶過來。目前也打算在傍晚把和田帶來，但聽說他在醫院看病。因為目前名義上是請他們配合調查，所以不能太勉強，可能要等他看完病再說。」

青戶淡淡地說明情況時提到了松倉的名字，最上感覺到自己的神經深處慢慢熱了起來。他差一點因為振奮而抖動身體，所以用手慢慢抓了抓脖子掩飾。

「關口以前就好賭，也經常向別人借錢，更因為這個原因和老婆離婚，他老婆還曾經以脅迫罪告他。雖然已經五十多歲了，但還很不安分。幾年前，針對地下錢莊非法收取超額利息的訴訟盛行時，他也請了專門協助客戶準備訴訟相關文件的司法書士之類的，討回了四、五百萬圓。那次之後，他似乎就沒再向地下錢莊借錢，但不知道那筆錢是否也花光了，所以又向被害人夫婦的那位先生借錢。借據上只有二十萬……但實際到底有多少，還要問了才知道。」

最上幾乎沒有仔細聽青戶的說明，他腦袋裡只想著一件事。

希望松倉是凶手。

之前無論遇到任何案子，在偵查過程中，從來沒有希望凶手是某個特定對象。這個人可能是清白的，這個傢伙可能有問題……他從來沒有在檢察官偵查的工作中，有過這種並非基於某些根據做出的判斷，說起來只是一廂情願的想法。

然而，最上這一次的感覺和之前不一樣。

目前，這起惡性重大的事件還沒有找到可疑的嫌犯。

松倉完全有可能就是凶手。

他想要在這件事上賭一把。

雖然最上努力表現出輕鬆的態度，但已經燃燒起難以掩飾的心火。多年來悶燒的火，如今一下子爆發了。

目前，殺人命案這種惡性重大的犯罪沒有追訴時效。之前一度從十五年延長到二十五年，在前年實施刑事訴訟修正法後，廢除了追訴時效。正如多年前和沖野聊天時曾經提到的，法律因應了時代的需求。

然而，過去的有些案子在法律修正之前，時效就已經成立。

像是由季的事件……

凶手順利逃過了法律的制裁。

松倉重生。

即使他現在承認了過去犯下的罪行，也沒有人能夠制裁他。

如果他是這起事件的凶手，就可以說，是當年所欠下的制裁把他帶到這裡。

無論如何，這次一定要做一個了斷。

而且是連同由季那起事件的罪一起了斷。

不一會兒，一名年輕刑警走進會議室，向青戶咬著耳朵。青戶向他指示了一、兩句話後，轉頭看著最上他們。

「已經把關口帶來了，所以就開始吧。我帶你們去隔壁房間，最好只有最上先生和沖野先生兩位而已。」

長濱聽了，立刻像昨天一樣，決定等在這裡。他是很有能力的事務官，正在準備副檢察官的考試，但作風向來低調，一旦接到待命的命令，就可以發揮十足的耐心，等待好幾個小時。只要有充足的時間，他可以處理目前手上的事務工作，也可以為副檢察官的考試做準備。今天沖野的搭檔橘沙穗也在，所以並不會無聊。

「由我們組的主任森崎副警部進行訊問。一旦發出聲音，不光是被訊問的對象，森崎也會分心，所以請在進入隔壁房間後就保持安靜。」

青戶立刻壓低聲音說明，然後帶著他們走去偵訊室。他輕輕打開昨天就去過的一號偵訊室隔壁房間的門，慢慢走了進去。

最上他們也跟在他的身後。

可以用牆上的旋鈕調整光線強弱的昏暗電燈微微照亮了房間。細長形的小房間內只有一張簡單的長椅。在眼睛適應黑暗的同時，先在那裡坐了下來。

和偵訊室相鄰的那道牆上有一扇差不多半張報紙大的窗戶，那裡鑲了單向玻璃。室內燈光較亮的那一側看起來就像是鏡子。

這裡和偵訊室之間只用薄薄的石膏板相隔，天花板附近還設置了通氣孔，所以可以清楚聽到隔壁房間的說話聲，感覺就像在同一個房間。

「真討厭啊，你們一定在懷疑我吧。」

「啊？懷疑什麼？」

「那還用問嗎？把我帶來偵訊室，簡直就是把我當成凶手。」

「不不不，沒這回事。只是因為這裡說話可以比較不受干擾。」

關口用幾乎快哭出來的聲音埋怨著，昨天負責訊問宮島的森崎副警部則是用高高在上的態度回答。

「真的饒了我吧，我和這起事件完全沒有關係。我和筑哥算是一起賽馬的朋友，也會一起喝酒，我們真的只是這樣的關係，我對筑哥根本沒有任何怨恨，更不可能和殺人這種可怕的事有什麼牽扯。」

「好，我會逐一問清楚，你先不要性急。我們也不是因為懷疑你，才把你找來這裡，只是向都筑先生的熟人打聽各種線索，希望可以提供給我們參考。」

「但是，前天來我家的刑警先生問了我的不在場證明，問我筑哥遭到殺害時，我人在哪裡。」

「每個人都會問這種問題。一旦發生這種事件，連家屬也會問。」

「但因為我沒有明確的不在場證明，所以才會找我來這裡，不是嗎？」

青戶站在單向玻璃前，目不轉睛地看著隔壁房間的情況。過了一會後，才緩緩後退，在長椅上坐了下來。

最上見狀，站了起來，隔著單向玻璃看著偵訊室。

兩個男人面對面坐在小桌子前。森崎坐在靠門的那一側。他看起來四十出頭，比最上年輕。雖然他蹺著二郎腿，看起來很放鬆，但身體挺得很直。從他昨天的訊問情況可以發現，他說話時並不用力，但心思細膩，巧妙從對方口中問出想要知道的事。

關口坐在背對著固定窗戶的座位上，手肘架在桌上，微微駝背垂肩，一直發著牢騷。

森崎針對關口主動提起的不在場證明話題聊了很久，發揮耐心，持續不懈地發問。在訊問時，透過反覆訊問，瞭解對方的回答是否前後不一，也是非常關鍵的事。

關口聽到森崎反覆問了相同的問題，雖然有點不耐煩，但他的回答並沒有相互矛盾的地方。

最上退回了長椅，沖野迫不及待地走到單向玻璃前。最上坐回長椅後，閉上眼睛，仔細聽隔壁房間的對話。

「……生活上沒問題嗎？不會缺錢花用嗎？」

「雖然手頭不寬裕，但還是要想辦法過日子啊。」

「但你不是向都筑先生借了錢嗎？因為手頭緊，所以才會向他借錢，不是嗎？」

「那只是臨時的，因為我牙齒不好，頭痛也很嚴重，醫生說，最好做假牙，所以需要花錢。」

「嗯……不是用來賭賽馬嗎？」

「雖然一開始是因為這個原因向筑哥借錢，但只有三、五萬而已，只要領到薪水，我就馬上還他了。」

「不好意思，請問你薪水大概多少？」

「實領二十到二十五萬。」

「是喔……那你還欠都筑先生多少錢？」

「十二萬。」

「一開始借了多少？」

「二十萬。雖然實際拿到的金額扣除了一萬圓，但我們約好會還他二十萬。」

「你每次還他多少？還記得歸還的日子嗎？」

森崎也詳細訊問借錢的情況。借據上的金額果然和實際餘額不一樣。

借錢的話題結束後，又開始聊被害人和關口之間的交集。不知道森崎是否擅長話術，關口雖然對他執拗追問感到無奈，但回答越來越流利。

「……所以，你是在去年春天，剛好是一年前開始和都筑先生一起去賽馬嗎？通常多久去一次？」

「起初是每週去一次，最近每個月去一、兩次而已。」

「每次都只有你們兩個人嗎？」

「去的時候通常只有我們兩個人，但去大井時，幾乎都在相同的位置觀賽，所以經常遇到熟面孔。筑哥經常和在那裡遇到的人一邊聊天，一邊觀賽，我這個人不擅長和別人打交道，都靜靜地坐在角落觀賽。」

「你說的熟面孔是誰？」

「你這麼問，我也不知道怎麼回答，有些人的臉和名字對不起來……」

「只要說你知道的就好，或是都筑先生經常提到的名字。」

「名字的話，經常聽他提到阿宮、阿松，還有圭三。還有小弓……我原本以為小弓是女生，沒想到也是個大叔。」

「等一下……阿宮是？」

「就是宮島啊。」

「喔，原來是宮島，那阿松呢？」

「嗯，不是松沼，叫什麼來著……就是那個花白平頭，眼睛垂垂的人。」

松倉……關口一時想不出名字，顯得很焦急，最上搶先想到了這個名字，但當然沒有說出口。

「松倉！沒錯沒錯，就是松倉。」關口似乎終於想起來了，對著森崎回答。

「松倉啊。那圭三呢？」森崎淡淡地繼續發問。

「圭三就是入江圭三，小弓就是弓岡。」

雖然現場有入江的借據，但他有明確的不在場證明，並不在這七個人中，不過，借據上並沒有看到弓岡這個名字。

「弓岡是怎樣的人？」

森崎似乎也對這個名字產生了興趣。

「小弓是廚師，那家日本餐館的生意很不錯，但他太沉迷賽馬，只要賽馬開始實況轉播，他就會丟下工作不管，結果他就被開除了。筑哥很會唸，之前還教訓他說，他會被賭博害死，叫他收斂一點。」

「他也和你一樣向都筑先生借錢嗎？」

「不清楚……但他一旦投入，就完全不顧一切，會不停地下注，所以即使向筑哥借錢，我也不意外。」

「他年紀大約幾歲？」

「應該不到六十歲，五十六、七歲的樣子。」

「他叫弓岡什麼？」

「我不知道他的全名。」

關口說，他也只見過三、四次而已，所以並不熟。最後一次見面是兩個多月前。

森崎發現從關口口中無法問到有關被害人的交友關係，再度回到了關口的不在場證明這件事。

繼續聽相同的對話沒有意義，最上拍了拍青戶的肩膀，靜靜地走了出去。青戶和沖野也跟在他的身後。

「你認為如何？」青戶追上最上後問。

「目前還很難說，」最上回答，「他對不在場證明的供詞有一貫性，只是能不能完全相信，我認為目前還言之過早。」

「是啊，這是他自己說的，無法輕易證明。」

「但我覺得他應該不像殺過人。」

「我們分局負責查訪的人也這麼說。借錢的事和借據上的金額一致，對於只為了十幾二十萬就動手殺人有很大的疑問。」

「那個姓弓岡的男人有點讓人在意。」沖野從後方插嘴說，「這個人並沒有留下借據，我覺得有點可疑。」

凶手從被害人家中的金庫拿走了自己的借據……這正是沖野從一開始主張的命案情況，從客觀的角度來看，也有一定的說服力。偵查員中應該也有不少人有相同的看法。

然而，最上目前無法輕易對這個假設表示同意。

「這件事，目前還言之過早，也不知道那個男人有沒有借錢。」

最上用這句話牽制了想要向前衝的沖野，沖野有點被挫了銳氣，支支吾吾起來，但最後只是不服地說了聲：「但是……」

「被害人夫妻那位丈夫的交友關係中，也出現了兩、三個我們還沒有掌握的名字，所以目前只是又多了一個人。」

青戶似乎也同意最上謹慎的見解，並沒有多討論沖野的意見。

「下一個是誰？」

回到會議室後，最上按捺著激動的心情問青戶。

「是松倉。」

青戶回答後，露出含蓄的表情說：

「關口或許說過頭了，有點故弄玄虛，但松倉這個人比關口更加耐人尋味。」

他稍微看向在會議室前方的幹部座位上看偵查資料的管理官田名部後，又接著說了下去。

「我們的管理官田名部一直都在搜查一課，已經快四分之一個世紀了，在剛分配到搜查一課時，負責偵辦的一起案子，這個松倉就是那起案子中的重要關係人。」

「是喔。」最上面無表情地附和著。

「是在根津發生的一起女中學生命案。雖然松倉直到最後，都被視為可疑的嫌犯，只不過缺乏關鍵的證據，偵查工作陷入了膠著。因為是這樣的案子，所以田名部當然印象深刻。在偵查員報告案情時聽到松倉的名字之後，他馬上想起了那起事件。」

「原來是這樣。」

最上淡淡地回答，看向坐在幹部座位上的田名部。二十三年前……他應該剛從分局的刑警被拔擢到搜查一課，目前應該已經五十多歲了。年輕不再，三七分的頭髮已經白了不少，戴著眼鏡的他一看就是主管的樣子。

最上聽了青戶這番話，覺得在意想不到的地方發現了志同道合的人。在搜查總部內，也有人決心為二十三年前的案子復仇。

「那個男人目前無法證實自己的不在場證明，」最上故作冷靜地打聽松倉的情況，「除此以外，還有什麼讓人懷疑和這起案子相關性的事實嗎？」

「是啊……案發當天傍晚過後，差不多六點左右，被害人手機有松倉打的未接來電。然後又在相同的時刻傳了電子郵件，問可不可以去被害人家裡玩，從某種角度來說，這個舉動很耐人尋味。」

犯案時間是在四點半左右，六點顯然在犯案之後。近年的多起事件中，都發現凶手為了擾亂偵查而傳假郵件的情況。

「除此以外，在被害人住家玄關等採集到的多枚指紋中，也有他的指紋。當然，並不是只有他而已，但至少可以把他列入可疑嫌犯的名單。」

最上覺得他嫌疑重大。其中或許有幾分成見，但仍然覺得他很有可能是真凶。

「怎麼辦？可能還要等一下，但要不要也看一下他的情況？」

「當然。」最上回答。

離傍晚還有一點時間，最上原本打算去附近的搜查總部看一下，但他很在意松倉的情況，所以不想離開。檢察官雖然必須和時間賽跑，處理堆積如山的工作，但有時候也必須發揮耐心等待。在特搜部多位檢察官同時行動的共同偵查中，有時候光是等上司的指示，一天就結束了，所以已經習慣了等待。

最上輔導長濱讀法律書打發時間，這時青戶過來叫他。

「你看一下這個。」

他把筆電放在最上面前。沖野他們也好奇地聚集過來。

「這是附近超商監視器拍到的畫面。」

液晶螢幕上出現了監視器的影像。

「這個在店外的男人。」

黑色的人影來到入口附近，又很快離開了。最近很多監視器的畫質都很清晰，但這個影像很模糊，而且又隔著玻璃，所以無法看清男人的長相，只能看到一個黑色的人影，最多只能分辨出是個男人。

「這個影像怎麼了？」

「這個男人在便利商店的垃圾桶裡丟了什麼東西，然後就離開了，但丟的好像是拖鞋。」

被害人家中找不到凶手穿的拖鞋。

「店員在收垃圾時，發現裡面有一雙拖鞋，但後來就直接交給回收業者了。」

「上面沒有血跡嗎？」

「店員說，看起來好像濕濕的，研判凶手可能在某個地方，比方說是公園之類的地方清洗過了。店員只記得是灰色的拖鞋。那是案發當天五點多的影像，在時間上也吻合。」

如果消失的那雙拖鞋和被害人家中其他拖鞋相同，就應該是黑色。從住在被害人住家附近的民眾在傍晚四點半左右聽到慘叫聲來看，五點多的影像也符合這個條件。

「只拍到這個影像嗎？」

「目前只有這個，」青戶聳了聳肩，「雖然很難從這個影像鎖定凶手，但應該可以成為追查凶手行蹤的線索。目前也在追蹤被業者收走的拖鞋下落。」

最上請青戶重新播放影像，目不轉睛地凝視著螢幕。

正如青戶所說，很難從這個影像斷定凶手，只看到凶手身穿深色上衣，個子並不高。

這個男人就是松倉重生嗎？

最上很希望等一下隔著單面玻璃，在偵訊室內再度看到這個男人的輪廓。

五點多後，青戶再度來到最上他們聚集的位置。

「松倉去了偵訊室，我們走吧。」

聽到青戶這麼說，最上和沖野一起站了起來，坐在前方幹部座位上的田名部管理官也放下筆站了起來。

「我也一起去。」

田名部在會議室門口和最上他們會合時說道。

「聽說是以前的案子中曾經追查過這個人？」

最上試探著問，田名部點了點頭。

「我找出以前的記事本確認過了，絕對沒有搞錯。雖然並不能因為這樣，就認定他和這次的事件有關，但還是很在意。」

田名部走在前面，一行人前往偵訊室。

走進一號偵訊室隔壁，田名部直接走到單面玻璃前。因為眼睛還沒有適應室內的昏暗，無法看到他臉上的表情。最上和青戶、沖野一起坐在長椅上，豎耳細聽偵訊室內的對話。

「還沒有找到命案的凶手嗎？」

松倉的聲音沙啞，而且很浮躁，聽起來並不舒服。

「是啊，所以請你來這裡一趟，因為要再向相關人員瞭解一下情況。」

森崎的語氣和剛才一樣慢條斯理。

「但我至今仍然難以置信，都筑先生竟然會慘遭毒手，他太太人也很好……」

光是聽他的聲音，就覺得他根本在裝糊塗，難道是因為成見的關係？

「都筑先生不是借錢給很多人嗎？那種事一旦鬧得不愉快，就會發生這種情況。」

「雖說是借錢，但他是基於好意借給別人，很難想像會因為那種事鬧得不愉快。」

「你不是也向他借了錢嗎？借了多少？」

「我記得還剩下四十多萬……扣掉上次還的錢，好像不到四十萬……反正就差不多是這個數目。」

「原本借了多少？」

「目前借的是去年年底和上上個月借的，應該剛好五十萬……嗯。」

「你從什麼時候開始向他借錢？」

「認識他不久之後就開始了……所以差不多四、五年前吧。」

「是因為賽馬認識的嗎？」

「對……在大井的時候，剛好坐在旁邊，他請我喝啤酒。嘿嘿嘿，他那次中了冷門，心情特別好。」

「基本上，都筑先生很大方，或者說人很好嗎？」

「該怎麼說，他很會照顧別人，感覺想和一起來賽馬的朋友同樂。」

「當對方沒錢下賭注時，就會借錢給對方嗎？」

「是啊。」

「除了賭博以外，有沒有向他借過像是生活費之類的？」

「沒有，即使不是為了賭博，也通常都是玩樂的錢。」

「比方說喝酒嗎？」

「嗯嗯，是啊。」

「或是玩女人？」

「嘿嘿嘿，偶爾也會啦，但像我們這種年紀的人，誰知道什麼時候就不中用了，趁還能用的時候就當用則用嘛，嘿嘿嘿。」
「你看起來活力充沛，沒問題的。」
「沒有啦沒有啦，嘿嘿嘿。」
無恥的笑聲刺進最上的耳朵。
「但是如果借了一直不還，都筑先生也不至於不理會，如果欠錢不還，他應該還是會催一下吧？」
「不，像我的話，只要有錢進來，就會馬上去還給他，所以他從來沒有催過我。」
「四十萬左右的話，通常會花多久時間還他？」
「嗯，工作的收入時好時壞，還錢的時候，會一下子還十萬……」
「像是賽馬中了獎金之類的嗎？」
「也有這種情況。」
「到目前為止，向都筑先生借錢，有沒有遭到拒絕過？」
「不，從來沒這種事。話說回來，有一次之前的錢還沒有還多少，還想再借錢，他就抱怨了幾句。嘿嘿嘿……他抱怨歸抱怨，但最後還是借給我了。」
「當時的總額有多少？」
「快一百萬。」
「金額不小啊。」
「那時候只是剛好……嘿嘿嘿。接下來那一陣子我沒有去賽馬，就把錢還給他了。」

他說話的語氣很自在，好像完全不覺得自己遭到了懷疑。

也許是因為他臉皮厚，所以能夠掩飾些許的緊張？

之後，森崎訊問他和都筑透過賭博認識的人，松倉說出宮島和弓岡等人的名字。

田名部長時間仔細觀察偵訊室的情況後，退回到長椅的位置。最上很想立刻站起來，緊抓著單面玻璃觀察，但他沉著鎮定，等待在田名部回到座位後起身察看的青戶看完。

「……那天你不是打了電話，又傳了電子郵件給都筑先生嗎？就是說想要去他家的那封電子郵件。希望你可以再仔細回想一下那天的細節。」

「嗯啊，電話打不通，電子郵件也沒回……」

「結果你沒去嗎？」

「沒錯。」

「你沒有對他沒有回覆感到奇怪嗎？」

「該怎麼說，那倒沒有，只覺得他可能在忙。」

「但是，即使過了一天、兩天之後，他還是沒有和你聯絡，不是嗎？」

「因為我在郵件中問他，等一下可不可以去他家，如果不是當天回覆，就沒有意義，而且隔天我也忘了這件事。」

「是喔……那你是在哪裡發那封問他可不可以去他家的電子郵件？」

「我記得是在蒲田的車站前。」

「你那天休假嗎？」

「不，我有告訴上次來家裡的刑警，那天我四點多就下班了……」

松倉向森崎說明，他打工的工作是開著小貨車回收舊家電等回收品，再把回收的東西送去倉庫整理，會視當天的回收量，有時候四點左右就下班了。

「你的打卡紀錄上顯示那天是四點零二分下班。」森崎稍微深入確認他的不在場證明，「你是在六點左右傳電子郵件給都筑先生，在這段期間內做了什麼？」

「這個問題我也告訴過刑警，我去一家經常光顧的中餐館喝啤酒。」

「是蒲田車站附近的『銀龍』，沒錯吧？」

「沒錯。」

「你從幾點到幾點在那裡？」

「下班之後就去了那裡，在寄電子郵件前離開，所以差不多六點吧。」

「你上班的地點也在蒲田車站附近，是走路過去的嗎？」

「不，我騎腳踏車，因為我都是從家裡騎腳踏車去上班。」

「平時也都騎腳踏車嗎？」

「是啊，因為走路要三十分鐘。」

「你說你去了『銀龍』，喝到六點左右。還有其他客人嗎？」

「嗯，有幾個客人，但好像沒有人坐很久。」

「有沒有遇到熟人？」

「嗯，你這麼問……我和老闆稍微聊了幾句。」

「你是那裡的老主顧，老闆經常見到你，所以對到底是那一天見到你，還是隔天才見到你這種事的記憶很不明確。」

森崎說完這句話，偵訊室內陷入一陣短暫的沉默。

空氣開始產生了微妙的變化。

「請問……都筑先生是什麼時候遇害？」

松倉在問話時的聲音有點緊張。

「嗯，我們目前只掌握了推測的時間，但不方便告訴你。」

「但既然你問了我這麼多問題，是不是意味著是那天傍晚的可能性很高？」

「當然是因為我們認為那段時間很重要，所以才會問得這麼詳細。如果你可以證明幾點在哪裡，和誰見面，也希望你可以告訴我們。」

「我說在『銀龍』還不行嗎？」

「嗯，老實說，光是這樣，不太能夠證明。因為你無法證明具體從幾點幾分到幾點幾分為止在那裡，不是嗎？事實上，我們問了『銀龍』的老闆，他無法確定你那天有沒有去，而且說你每次最多只坐一個小時左右，從來沒有將近兩個小時的情況。從蒲田車站騎腳踏車到都筑先生家，應該不需要十五分鐘吧，所以光靠這一點，無法作為判斷你和這起案子無關，或是和這起案子有什麼關係的依據。」

「請問……」松倉得知警方半公開地懷疑他，聲音中透露著慌亂，「有一件事我要說清楚，我可以向天地神明發誓，我和這起命案沒有關係。」

雖然不知道森崎聽到這句話之後有沒有點頭，但他並沒有說任何話表示反應，最上只聽到沉默。

「那一天，你為什麼想去都筑先生家？」森崎用低沉的聲音問。

「為什麼……因為我沒事啊。」

「不是想去借錢，或是相反的情況，想去還錢嗎？」

「雖然打算如果聊得愉快，可以向他借四、五萬，但如果不行就算了……」

「但是，到目前為止，不是從來沒發生過你想要借錢，卻借不到的情況嗎？」

「是啊，但我也是看都筑先生心情好的時候，才會開口向他借錢。」

「所以打電話和寄電子郵件，是打算如果能借到錢就借錢……但沒有收到回覆。之後呢？」

「就……沒辦法，只能回家啊。」

最上覺得他在回答時停頓了一下，好像有點吞吞吐吐。

「你沒有去都筑家看看嗎？」

森崎內心似乎也覺得有問題，用這種方式繼續追問。

「沒、沒有……我直接回家了。」

有那麼一下子，松倉的聲音聽起來好像有點顫抖。或許只是些微的動搖，但坐在昏暗的房間內豎耳細聽的最上，當然不可能錯過這樣的變化。

直覺告訴他。

這傢伙在說謊。

最上忍不住站了起來。

松倉重生。

一定要看看他的樣子。

最上撞到了趴在單向玻璃前的青戶肩膀。

青戶有點驚訝，但發現是最上，立刻靜靜地後退，騰出了玻璃前的空間。

最上屏息斂氣，隔著單向玻璃，看著偵訊室內的情況。

一個六十歲左右的男人坐在森崎對面。

原來是這個傢伙。

一頭花白的頭髮雖然很短，但還邋遢地翹了起來。

黝黑的臉上有無數皺紋，但身體還很健壯，無法稱為老人。他應該稱不上是中等身材，而是有點矮小，身上沒有贅肉，有一種邊緣人的感覺。

他穿了一件奶油色的防風夾克。

明亮的顏色無法和便利商店監視器影像拍到的黑色人影重疊，最上有點不知所措，但在腦內修正了亮度，幾乎是憑著成見認定就是這個男人。

「當時你打算借錢用在什麼地方？」

森崎沒有理會松倉些微的動搖，繼續問了下去。

「嗯，應該會去玩吧。雖然並不是手頭很緊，完全沒錢，只是皮夾裡多點錢，想花的時候就可以花。以前也曾經有過借了幾萬，結果還沒用就發了薪水，我就直接還給他了。」

「不知道會不會用，卻還要借錢嗎？不是要付利息嗎？太不划算了。」

「不，如果只有四、五萬的話，他不會談什麼利息，就直接借給我。」

「是喔，所以通常都是借相當的金額時才會寫借據嗎？」

「嗯，是啊，像是借二十萬的時候。」

他硬擠出來的笑容很僵硬。他眼尾下垂，看起來有點軟弱的臉上不時露出讓人無法鬆懈的狡猾，完全沒有六十歲的男人應有的從容和威嚴。最上覺得他長得一副窮酸相。

訊問松倉花了一個多小時，森崎副警部用各種不同的方式訊問了他當天的不在場證明，以及和被害人夫妻之間的關係，松倉的回答並沒有任何不自然的矛盾，最後，森崎也接受了松倉的說詞，讓他離開了。

最上等四個人在隔壁房間聽他們的對話到最後，一個小時下來，他們似乎已經習慣了屏氣斂息，所以走回搜查總部時也沒有人說話。過了一會兒，青戶才問最上：「你覺得怎麼樣？」

最上看了他一眼，停頓了一下後回答說：

「老實說，我覺得他很可疑。」

「是喔。」青戶面無表情地看著最上，似乎想要瞭解這句話真正的意思。

「他有聽起來似是而非的不在場證明，在騎腳踏車到現場只要十五分鐘的地方喝啤酒，根本無法成為不在場證明。」

「雖然松倉堅稱自己在那家店喝了兩個小時左右，但老闆說，他從來沒有在店裡停留那麼長的時間。」青戶也配合最上的意見說道。

「而且，案發當天，他傳電子郵件沒有收到回覆，有沒有去被害人家中的回答，聽起來也有點慌亂。我覺得他好像在說謊。」

「田名部先生，你的看法呢？」最上也問了同樣對由季事件感到懊惱不已的管理官。

「我覺得自己應該無法用冷靜的態度看松倉，所以還是暫時保留個人的心證。」田名部一臉冷靜的表情說，「但正因為這樣，你的意見也提供了參考。」

最上知道自己比田名部更加無法用冷靜的態度看松倉，但他並沒有說出口，而且他確信，即使扣除這個因素，松倉仍然很可疑。

「從在門鈴和玄關拉門上採集到的多枚指紋中，也有松倉的指紋，而且是比較新的指紋，足以對他產生懷疑，但客廳的金庫和成為逃跑路徑的後院落地門上並沒有採集到他的指紋，這一點比較薄弱，而且沒有找到凶器，也沒有目擊證詞，所以目前無法輕易下結論，但這個男人很值得繼續追蹤。」

青戶的發言非常謹慎，但顯然同意了最上的意見。最上聽了，點了點頭，又推了他一把：

「我認為必須把松倉列為可疑對象。」

「是啊，會派人跟監，明天之後再多次請他主動到案說明。」

「也要派人調查他的周邊關係。」最上說，「不光是這起事件，還要調查看看有沒有牽涉其他案子，為必要時逮捕他準備理由。」

最上的言下之意，就是即使偵查陷入瓶頸，也可以用其他案子逮捕後進行偵訊。青戶聽了，有點驚訝地收起下巴，將視線移到田名部身上，交給他來回答。

「好，應該可以查出什麼名堂。」田名部回答。

「另外，麻煩調閱一下松倉當年牽涉的根津那起案子的調查資料，我也想瞭解一下情況。」

最上用不經意的語氣要求，青戶用眼神向田名部確認後答應說：「好，我知道了。」

晚上還訊問了另一名關係人和田，但最上完全沒有興趣，連他自己都對此感到不知所措。他和青戶、沖野一起在偵訊室隔壁聽了一會兒，但很快就離開了。

雖然一方面是因為和田並沒有任何可疑之處，但更重要的是，最上內心對松倉的心證比他自己所意識到的更加堅定。

「最上先生，」

離開搜查總部，一走出蒲田分局，走在身旁的沖野一臉凝重的表情開了口。

「警方似乎逐漸鎖定松倉，但這樣真的沒問題嗎？」

眼前的發展和他很有把握的心證之間產生了落差，他對此提出了疑問。最上斜眼瞥了沖野一眼問：

「什麼意思？」

「剛才聽了他的訊問，覺得並沒有特別的矛盾點和可疑的地方。」

「是嗎？」最上冷靜地反問，「我聽起來倒覺得他在說謊。」

沖野聽了最上的話，輕輕點了點頭，但臉上的表情似乎覺得難以接受。

「田名部管理官不是說，他因為以前參與偵查的事件，所以認識松倉嗎？雖然管理官暫時不表達個人的心證，但即使他不說出口，仍可以感受到他內心的想法。我自己也受到了影響，該怎麼說，待在那個昏暗的房間時，也覺得被管理官的想法支配了。我發現了這點，重新回想訊問松倉的情況，要說可疑的地方，他和之前的關口，以及和田他們並沒有太大的不同。」

沖野雖然年輕，但具備可以感受到當時現場其他人想法的敏銳直覺，以及不受周圍氣氛影響的堅定，讓最上覺得佩服。

但是，如果要糾正他的意見，就是並非只有田名部一個人的宿怨在那個昏暗的空間翻騰，最上的宿怨有過之而無不及。正因為這樣，青戶也受到影響，沖野產生動搖，才會發現這一點。

「你的意見很有意思。」最上聽完他的話，輕輕苦笑著，「我覺得自己聽訊問時很冷靜，但還是產生了覺得他可疑的心證。」

「不，那個，我當然知道是這樣，」沖野誠惶誠恐地緩和了說話的語氣，「只是我覺得在目前的時間點，把焦點鎖定在他一個人身上，這樣的偵查方針似乎有點危險。」

「沒有人說只鎖定他一個人，只是派幾組人馬清查松倉的情況，如果掌握了什麼線索，再進一步詳細調查，徹底瞭解他是否可疑。大家都知道目前還不是認定他有重大嫌疑的階段。」

沖野聽到最上這麼說，可能認為自己的擔心只是杞人憂天，「原來是這樣，有道理。」他似乎接受了最上的說法。

8

「橘小姐，妳有什麼看法？」

從蒲田分局回到地檢，和沙穗一起處理完挪後的工作後，她為了趕末班車，正在收拾東西準備回家，沖野徵求她的意見。

「對什麼事的看法？」

「蒲田的事件啊。最上先生他們懷疑今天訊問的松倉嫌疑重大，但我完全沒有這種感覺，覺得是不是受到了松倉曾經是過去事件的重要關係人，以及當初曾經加入偵查的管理官想法的影響。」

「我並沒有聽到那個人的訊問情況，所以也沒辦法說什麼……」沙穗用冷靜的語氣說。

那倒是。沖野微微苦笑著，他發現自己其實並不是想聽她的意見，只是想要向別人表達內心的疑問。

「目前還不瞭解犯案的動機，如果凶器是凶手自己帶去的，就代表是預謀犯案。在目前的階段，只發現可能是借錢導致的糾紛，但現場有兩張松倉的借據，金額是五十萬，然後他還了一部分款項，剩下四十萬左右。即使對照松倉本人的供詞，也沒有不自然的地方。雖然可以懷疑他原本借了一百數十萬，在犯案後，抽走了自己的借據，但不小心還剩下兩張，不過我認為不太可能。如果是這樣，松倉的話中應該有數字兜不攏的部分，但他連借錢的時間也回答得很明確。」

「你認為凶手抽走了自己的借據。」

「是啊，既然找不到照理說應該要有的還款紀錄，就代表被凶手帶走了，當然會想到凶手也抽走了自己的借據。」

「松倉和凶手的感覺似乎不太符合。」

「不符合。」沖野點了點頭，「只是因為他缺乏明確的不在場證明，曾經打電話、傳電子郵件給被害人，在玄關採集到他的指紋，以及曾經在以前一起惡性重大的事件中出現，就覺得他很可疑。最上先生甚至認定那個傢伙在說謊，但我還是沒有這種感覺。」

「我覺得，」沙穗已經整理完畢，把皮包放在桌子上，仍然挺直身體坐在椅子上注視著沖野。「雖說是總部股的檢察官，但在警方訊問還不知道是否有嫌疑的關係人時，也都逐一在一旁觀察的情況很少見，應該是最上檢察官的做法。他在首波偵查時看起來很淡然，但在品川的事件過了最困難的階段之後，就將所有的注意力都集中在蒲田的事件上。我看在眼裡，覺得他不愧是能幹的檢察官，但我總感覺最上檢察官的投入情況，和田名部管理官的餘恨似乎在不知不覺中產生了呼應。」

也許的確是這樣……沖野聽了她的話之後這麼想。

「如果是這樣，也可以說只有我一個人太冷靜了。雖然不知道這到底是好是壞。」

沖野向來覺得這是自己的優點，但總覺得這次好像有一種被排擠在外的感覺，所以覺得心裡不是滋味。

同時，他也對自己無法察覺到最上和田名部，以及青戶這些身經百戰的人能夠發現的疑問感到隱約的不安。

「但是，這樣也沒問題啊。」沙穗雖然有點難以啟齒，但還是鼓起勇氣說：「既然你這麼認為，就代表有讓你產生這種想法的正當性，最上檢察官的見解未必完全正確。」

聽到沙穗幾乎無條件信賴自己的這番話，沖野覺得為自己帶來了些許勇氣。

「謝謝，聽妳這麼說，我真是太高興了。」沖野露出了害羞的笑容，擺脫了內心的疙瘩，「好，那就回家吧。」

隔天，結束其他前輩檢察官委託的偵訊，完成了筆錄後，來到蒲田分局，發現最上和長濱已經坐在搜查總部後方的座位。

「辛苦了。」

沖野向他們打招呼，偷瞄了最上正在看的資料。那疊釘在一起的紙褪了色，一看就知道是很多年前的資料。

「是根津那起事件的偵查資料嗎？」

「沒錯。」

最上一動也不動出神地看著資料，沒有回答沖野的打招呼，長濱代替他回答。

「聽說是女中學生遭到絞殺的可怕事件。」

長濱嘆著氣說完，難過地抿緊了雙唇。

沖野坐在最上前面的座位，等待他看完偵查資料。最上翻完最後一頁，仍然若有所思地一動也不動。

「可以借我看一下嗎？」

聽到沖野的問話，最上才終於輕輕放下資料，卻完全沒有看沖野一眼，臉上有種像冰一樣的冷漠，沖野甚至覺得自己是否不該和他說話。這一陣子經常見面，但沖野覺得自己發現了最上原來還有這樣一面。

沖野有點緊張地拿起最上放下的偵查資料，翻閱起來。

那起慘絕人寰的事件發生在從昭和年代邁入平成年代，泡沫經濟繁榮的時期，原本以學生為中心的單身宿舍內，來自北海道的管理員夫婦膝下的獨生女兒，在夫婦外出時，被人在自己房間內掐死。

被害的女中學生身上留下了幾天前遭到強暴時的痕跡，加害人執拗地糾纏她，侵入住居，企圖再度犯案，但在被害人抵抗後，進而行凶殺害。

在偵查過程中，單身宿舍住戶之一的朋友松倉重生被列為重要關係人。松倉當時四十歲，七年前因為家暴離開了妻兒，恢復了整天喝酒、賭博的單身生活。

從被害人的臉上採集到被認為是凶手留下的唾液，衣服上也留下了應該是凶手的汗液。血型和松倉相符，都是AB型。

同時，現場也採集到幾枚指紋，但幾乎都是擦過時留下的痕跡，沒有比對指紋所需要的特徵點。即使最清晰的指紋，也只有三個特徵點和松倉的指紋相同。必須超過十二個以上吻合才符合要求，所以無法成為證據。

但是，即使只有三個特徵點吻合，以機率來說，一千人中只有一個。當時住在單身宿舍的人，和出入那裡的相關者中，沒有其他和松倉一樣，血型和指紋的幾個特徵點相符的人。

再加上隔壁鄰居在犯案時間稍早時，聽到有人敲了好像是松倉朋友家的門。松倉的朋友也證實，松倉以前曾經說過對被害的女中學生頗有「性」趣的話。

從資料上來看，偵查網的確包圍了松倉，但最後還是無法逮捕他。原因之一，是因為松倉的一個朋友聲稱在犯案的時間和松倉在一起，主張他有不在場證明，成為一大障礙。雖然警方認為這個證人的證詞缺乏可信度，但難以瞭解在審判時，法官會如何判斷。

除此之外，雖然請松倉主動到案說明了十五次，但松倉直到最後都沒有鬆口，無法得到他的供詞也成為重要原因。雖然一度考慮是否針對他前妻的傷害嫌疑加以逮捕，但因為過了時效，所以也無法用這個藉口。

能夠證明松倉和事件直接相關的物證很少，女中學生向父母和周遭的人隱瞞了在遇害數天前遭到性侵害的事，也成為無法釐清真相的障礙。無論在任何時代，遇到這種情況時，都必須靠偵訊刑警的手腕，讓可疑嫌犯鬆口。如果無法在此獲得逆轉的成果，案情就找不到出口。

從資料上來看，松倉的涉嫌重大。只要搜查總部內幹部堅持，也可以有強行逮捕的選項。然而，進入審判之後呢？如果遇到能幹的律師，或許會導向冤案的典型模式。站在檢方的立場，面對這樣的偵查結果，當然會要求警方在蒐集更加明確的證據之前，不得進入審判。即使當時總部股的檢察官這麼說也很正常。最後應該是因為這個原因，導致案情陷入了膠著。

面對懸而未決的事件，只是看當時的偵查資料，就不知該如何消除鬱悶的心情，不難想像田名部和當時其他偵查員內心的懊惱和不甘。

沖野輕輕吐了一口氣，闔上了偵查資料，交給了長濱。最上仍然像雕像一樣一動也不動地坐在那裡思考。

過了一會兒，當偵查資料交到沙穗手上時，剛才不知道去了哪裡的青戶走進搜查總部，來到沖野他們面前。

「怎麼樣？雖然目前還不知道和這次的事件是否有共同點，但事件本身是不是很耐人尋味？」

聽到青戶的問話，最上才終於抬起了頭。

「這起事件不應該埋葬在無法解決的黑暗中。」他輕輕搖了搖頭，呢喃般地說道。

「如果換成是你，會同意逮捕嗎？」

「當然。」

青戶聽到最上的回答，點了點頭。

「田名部應該也會說，如果當時是最上檢察官負責就太好了。」

「在那起事件發生的四年後，曾經試圖進行DNA鑑定，」最上瞥了一眼偵查資料說，「如果是現在，應該可以獲得精確度更高的檢查結果。」

資料顯示，在鑑識偵查中引進DNA鑑定時，這起事件的持續偵查小組將凶手的唾液和汗液送檢，但鑑定機構鑑定出來的結果顯示和松倉是同一個人的機率不高。當時的DNA鑑定精確度還很低，也很難作為審判時的證據。

如今的鑑定技術有了飛躍性的進步，即使是以前的事件，也經常藉由重新鑑定DNA，導致事實認定發生變化，重啟審判。

「田名部在調閱這些資料後，似乎也想到了這件事，問了當時負責持續偵查的人。」青戶說，「田名部認為，雖然那起事件已經過了時效，但和這次的事件有關聯，如果可以，希望重新鑑定，但是，當時負責偵查的人回答說，目前已經沒有可以用於鑑定的遺留物檢體。當時為了讓案子起死回生，把為數不多的檢體提供鑑定機構進行鑑定，只不過當時的鑑定技術還在發展過程中，白白消耗了不少檢體，卻無法提供科學的數據，真是讓人受不了。」

最上用力握緊了拳頭。

「田名部打算利用這次的機會做一個了斷，和森崎一起研擬了一些對策，為今後松倉主動到案說明做準備。如果松倉在已經過了時效的事件上鬆口，可能會像雪崩一樣，也供出這次的事件……我對此抱有期待。」青戶說完，瞥了沖野一眼，又補充說：「如果松倉是嫌犯的話。」

「既然他能夠在這起事件中脫身，顯然不是會輕易吐實的嫌犯，最好能夠瞭解這一點。」最上咬牙切齒地擠出低沉的聲音說道：「搞不好有必要徹底偵訊二十天。」

用其他案子的名義逮捕後進行偵訊並不是漂亮的偵查手法，如果可以，誰都不想用這種手段。這是所有偵查人員的共識，但最上不時透露出不惜用這種手段的想法。

「那方面也已經加派人手了，如果有什麼發現，一定會通知你們。」

但是……

雖然青戶剛才聲明，是在假設松倉是嫌犯的情況下討論這些問題，但沖野覺得無論最上或青戶在討論案情時，都幾乎已經認定松倉就是嫌犯。光是翻閱根津事件的偵查資料，就覺得很受不了，但和眼前這起事件是兩回事，必須趕快切換腦袋。

「在訊問中提到名字的人，之後有沒有消息？」

沖野問青戶，打斷了他們的話題。

「啊？」

「不是曾經提到一個姓弓岡什麼的人嗎？你不是說，還有其他幾個沒有留下借據的人嗎？」

「喔，那些當然在追查，等有頭緒之後，也會通知你們。」青戶淡然地說。

隔天晚上要對松倉進行第二次訊問。沖野在白天匆匆完成了眼前的工作後，和沙穗一起趕往蒲田。

「這麼快就再次請他到案說明，他一定知道警方相當懷疑他。」

沖野在車站前的立食蕎麥麵店吃月見蕎麥麵時嘀咕。

「應該是這樣。」

沙穗單手撥起頭髮，用另一隻手夾起麵表示同意。

在搜查總部，以田名部和青戶為中心，正逐漸把松倉視為重要關係人。最上也接受他們的這種做法，甚至可以認為他在背後推了一把。

在目前的狀況下，自己的作用就是冷靜地踩煞車，避免他們操之過急……沖野漸漸有了這樣的想法。

但是，來到蒲田分局後，從先到一步的最上口中得知偵查員在命案現場周圍查訪時得到的消息。

「在案發當天的傍晚，有人看到松倉騎著腳踏車在被害人住家附近出沒。」

松倉聲稱，他當天下班後，在蒲田車站附近的中餐館喝啤酒，雖然傳了電子郵件給都筑和直，但因為沒有收到回覆，就騎著腳踏車直接回家了。然而，附近的居民在都筑家前的小路上看到他。

「已經確認騎腳踏車的人就是松倉嗎？」

「今天訊問時，會讓證人在隔壁房間指認。」

目前似乎還無法斷定就是松倉。

但是，沖野發現自己內心極度不安。

松倉說，他沒有去都筑家。
最上說，他認為松倉在這件事上說謊。
沖野沒有這樣的直覺。
最上他們在發現真相的感覺上，果然比自己更厲害嗎？
真凶就是松倉。
有這種可能嗎？
不一會兒，剛才在幹部座位上和下屬討論的青戶走了過來。
「松倉的訊問開始了，在現場附近看到松倉的老太太已經到了，要先請她指認。等結束之後，再請你們去隔壁，沒問題吧？」
青戶問，最上表示同意。
指認並沒有花太長時間，一名偵查員走進會議室，對青戶咬耳朵說了什麼，青戶走到沖野他們聚集的後方座位。
「已經確認就是松倉。」
沖野聽了，忍不住倒吸了一口氣，對青戶說：
「我可以問一下當事人嗎？」
「沒問題。」
青戶回答後，看著最上。最上似乎也有此打算，對青戶點了點頭。
「這裡不方便，我們換一個地方。」

在青戶的要求下，最上等人去了隔壁接待室。

不一會兒，一個看起來快八十歲的老婦人跟著女刑警走了進來。老婦人自我介紹說，她叫尾野治子。沖野請她坐下後問：

「妳看到的那個人，的確是目前偵訊室的那個人嗎？」

「對啊，我一看到他，就立刻想起來了。就是他。」

尾野治子的假牙有點鬆動，說話時有點口齒不清，或許是因為覺得在配合警方辦案，所以語氣有點興奮。

「妳是在哪裡看到他的？」

「就在都筑家門前那條路上。那時候我帶狗在散步，他搖搖晃晃地騎著腳踏車過來，從我旁邊騎過去。我走到都筑先生家門口時，他又騎了回來。他搖搖晃晃地騎回來，停在都筑先生家門口，然後一直看著那棟房子。我超越了他，沒走幾步，他又超越了我，騎去大馬路了。」

「妳記得是幾點嗎？」

「超過五點，應該是五點半吧。我看完四點開始的節目，又做了一些準備，然後才出門。」

「妳還記得腳踏車的外形，以及騎車的男人的衣著嗎？」

「就是普通的腳踏車，女人也會騎的那種，應該不是新的腳踏車。」

「衣著呢？」

「我只有模糊的印象，好像是不太起眼的衣服。」尾野治子露出沉思的樣子回答。

「深色的衣服嗎？」

這時，最上突然在一旁插嘴問道。

「是不是深色呢？」尾野治子不太有把握地說，「有點像今天的衣服，但也可能是深色的衣服。」

「尾野太太，想冒昧請教一下，妳的視力好嗎？」

沖野問，她露出小有自信的笑容回答說：

「我現在仍然會去換新的駕照，雖然幾年前就不再開車了，說不需要，其實也真的不需要了。」

「喔……原來是這樣啊。」

尾野治子說話的內容很明確。雖然對衣服的記憶有點模糊，但既然在指認時斷定就是松倉本人，她的證詞也可以用在法庭上。

「你滿意了嗎？」

目送尾野治子走出會客室，青戶問沖野。他的語氣似乎有點諷刺。

沖野只是點了點頭。既然這樣，就必須懷疑松倉的話。

青戶在便條紙上寫了什麼，撕下來後說：「我們走吧。」然後走了出去。

沙穗和長濱繼續留在那裡，沖野和最上一起跟在青戶身後。青戶在一號偵訊室前停下腳步，敲了敲門。

看起來像是負責記錄的偵查員探出頭，青戶把便條紙交給那名偵查員，看著一號偵訊室關上門之後，繞去隔壁房間，請沖野他們進去。

「我想再稍微詳細瞭解一下你離開『銀龍』之後的情況……」

森崎接過便條紙，得知指認的結果後，立刻提出這個問題。沖野聽著他的聲音，坐在長椅上。

「你幾點離開『銀龍』？」

「因為我喝了點啤酒，所以記不太清楚，我記得好像快六點的時候。」

「雖然你說不記得，但在離開『銀龍』之後，你不是打電話和傳電子郵件給都筑先生嗎？」

「對。」

「那是幾點？」

「六點左右。」

「是啊，所以，你就是在六點前離開了『銀龍』。」

「……對。」

「但因為都筑先生沒有回覆，你就直接回家了。」

「對。」

「你等了多久？」

「嗯，我在附近晃了二、三十分鐘。」

「然後在七點左右回到公寓嗎？」

「是啊。」

「雖然都筑先生沒有回覆，但你沒有想要去他家看看情況嗎？」

「不，沒想那麼多。」

「沒有想嗎？」

「對。」

「所以，你並沒有去都筑先生家嗎？」

「……對。」

當帶著懷疑的態度細聽時，就會發現松倉有些回答有微妙的停頓，似乎在掩飾內心的不安。

「但是啊，」

始終保持爽朗態度的森崎突然用冷漠的語氣說：

「附近的鄰居說，那天傍晚六點之前，看到你騎著腳踏車在都筑家門前打轉。」

松倉啞口無言，偵訊室內一陣沉默。

青戶站在單向玻璃前，目不轉睛地看著偵訊室內的情況。

「那個、我不太、清楚……」松倉終於斷斷續續地說。

「不太清楚是什麼意思？」

「不……」

「不記得了？我是在問你傳電子郵件，問可不可以去他家那時的事。」
「喔，不是啦，因為許多記憶都混在一起……」
「證人還說你一直看著都筑先生家。無論怎麼想，都覺得是你。」
「喔……」松倉發出好像喘息般的聲音，「嗯？有嗎？」
「不是『有嗎？』，而是有吧？有人看到你，你想瞞也瞞不過。」
「不是啦，那個……因為我喝了啤酒。」
「你並沒有喝到失去記憶吧？所以到底有沒有？」
「嗯，是啊……也許吧。」
「你是不是去了都筑先生家？」
「是……對不起。」
沖野聽著偵訊室內的對話，知道自己的心跳加速。他一下子感到緊張起來。
最上果然說對了。
既然這樣，這個謊言到底是為了掩飾什麼？
松倉承認了自己的謊言後，青戶緩緩退後，坐在長椅上。
最上低著頭，一動也不動，好像用全身控制聽覺，全神貫注地聽著偵訊室內的對話。
「你是在打電話和傳電子郵件之後去的？還是之前？」
「呃……之前。」
最上仍然沒有動靜，沖野決定先去看偵訊室的情況。

他站在單向玻璃前，看著亮著日光燈的偵訊室。

松倉和上次一樣，穿著奶油色的防風夾克，微微駝著背，不安地時而抓頭，時而偏著頭。他臉上冒著汗，就連沖野也可以察覺他不尋常的焦躁。

「幾點的時候？」

「應該、五點半，差不多那時候……」

「這不是很奇怪嗎？」森崎抬起雙眼，用銳利的視線看著松倉，「你五點半去了他家，然後六點又問他可不可以去他家。」

「不，但我說的是實話。」松倉驚慌失措，聲音也變得很尖，「我以為他在家，結果去他家一看，沒有人應門。我在附近轉了一下，他還是沒有回家，所以我就又回去蒲田車站，然後打電話、傳電子郵件，他還是沒有回覆，結果我就回家了。」

「你為什麼覺得他會在家？你們有約嗎？」

「不，並沒有約好，只是那天並沒有什麼有趣的賽馬，只是這麼覺得……而且我以為即使都筑先生出門，他太太應該在家。」

「那我再問你一次，你是幾點到幾點在『銀龍』？」

「應該是四點多到五點多。」

「然後你就去了都筑家嗎？」

「對。」

「去了之後呢？」

「我按了門鈴……」
「有人應答嗎？」
「沒有。」
「然後呢？」
「我敲了敲門。如果沒有鎖門，我打算開門之後叫一聲，但門鎖住了。」
於是知道他們不在家。雖然在他們家門口轉了一下，但沒有等到他們回來，所以就回蒲田車站……松倉結結巴巴地說著這些事。森崎又從頭問了一遍相同的問題，松倉的回答沒有改變。
「你為什麼沒有在他家門前時打電話？既然你回到蒲田車站後打電話，不是應該在他家門前打轉時打嗎？」
「嗯，是啊，只是當時沒想到……覺得不在也沒關係，所以就準備回家了，但回家之後也沒事可做。」
森崎只要遇到按常理思考，認為不自然的事，就會詳細追問。松倉的回答不得要領，也很難說有邏輯，但人的行為並不是隨時都很有邏輯，所以沖野覺得並沒有特別奇怪。
但因為目前已經知道他在一個重要問題上說了謊，所以無法完全相信他的話。沖野也不知道該如何評價他說的話。
「你為什麼要說謊，說你沒去過都筑先生家？」
森崎反覆確認了新事證的細節後，用低沉的聲音問。

「是，對不起。」

松倉鞠著躬，他的頭幾乎快碰到桌子了。

「我不是要聽你說對不起，而是在問你，為什麼你要說和事實不相符的話。」

「因為、就是情不自禁吧，對。」

「情不自禁？你經常這樣情不自禁說謊嗎？」

「不不不，沒這種事。只是一時鬼迷心竅，聽到都筑先生被人殺害，所以感到很害怕……」

「感到害怕為什麼要說謊？」

「因為……原本根本沒有關係，那天剛好去了他家，我怕引起不必要的懷疑，所以就忍不住……」

「因為不想被當成是凶手嗎？」

「對，沒錯。」

「我跟你說，正常人不會這麼想。如果朋友遭到殺害，那個時候自己剛好去過朋友家，就會回想當時有沒有看到可疑人物，有沒有發生什麼奇怪的事，努力回想可以破案的線索，不是嗎？」

「是，對不起。」

「你是不是有做什麼虧心事，才會這麼想？」

森崎毫不留情地直搗黃龍。松倉無言以對，只能拚命搖頭。

「那我問你，」森崎的聲音比剛才更加低沉，「在蒲田之前，你住在哪裡？」
「呃……府中。」松倉用沙啞的聲音回答。
「你喜歡住在賽馬場附近嘛。府中之前呢？」
「在橫濱那一帶。」
突然有一隻手搭在沖野的肩上。是最上。
最上一雙冰冷的眼睛看著單向玻璃，沖野把位置讓給他，走回了長椅。
「橫濱之前呢？」
「上野那一帶。」
「上野那一帶是指日暮里嗎？」
「啊，對，沒錯，是日暮里……」松倉結巴地改口。
森崎好像在蓄勢般停頓了一下，問了下一個問題。
「你應該記得根津的事件吧？」
沒有聽到松倉回答。
「雖然是多年前的事件，這次的搜查總部內，有人曾經在當年負責那起事件。」
「是，呃……我記得。」
松倉回答的聲音很小聲，幾乎讓人以為是幻聽。
「聽說當時你的嫌疑重大。」
「呃，不……」松倉結結巴巴地說。

「你不必那麼緊張，那是過了時效的陳年事件。」

森崎突然用輕鬆的口吻說道，松倉用既不像是「嗯」，也不像是「不」，幾乎像是沒有明確意義的聲音結結巴巴地附和著。

「是因為受到當時的影響嗎？」森崎問，「因為不想引起警方不必要的懷疑，所以就忍不住說了謊。」

「嗯，老實說，是這樣。」松倉回答，「對不起。」

森崎沒有理會他的回答，壓低聲音繼續問：

「還是因為以前曾經有過只要裝糊塗，就可以順利騙過警方的成功經驗，所以才這麼回答嗎？」

「不，怎麼會……」

幾乎聽不到松倉否認之後的話。

「老實說，我不會說出去。請你告訴我，根津的事件是你幹的嗎？」

森崎的聲音好像在呢喃，但清楚傳進沖野的耳朵。

「不，怎麼可能？」

松倉很有力地回答，和剛才困惑的聲音完全不同，甚至可以認為這是經過思考後的回答。

一陣沉默。森崎應該目不轉睛地注視著松倉，揣摩他的心思。雖然很想親眼目睹這一幕，但最上站在單向玻璃前一動也不動。

「隱瞞早就過了時效的事件，完全沒有任何好處。我只是因為身邊有對於這起事件始終是謎團而無法安穩入睡的人，希望他心裡可以放下這件事，才會向你打聽。

「有時候會遇到這種事，有人會告訴我們，其實以前曾經幹了這樣那樣的事，只不過很少是殺人事件。對方也知道已經過了時效，所以有點像在炫耀，說話的時候一臉得意。我們聽了當然很懊惱。因為只能聽，卻無法做任何事，當然會很懊惱啊。但是，因為聽到這些事，刑警就會在腦袋中整理，原來那起事件是這麼一回事，也可以把這些教訓運用在日後的事件中，所以，在懊惱的同時，也會心生感謝。我沒騙你。」

森崎好像在唱獨角戲般說完這番話，又是一陣沉默。

「聽說那起事件中缺乏理想的證據。偶然會有這種犯罪現場，站在凶手的角度，就是狗屎運很強。比方說，沒有目擊證人，或是採集不到理想的指紋，都是狗屎運。這次的事件搞不好也有這種感覺，但我們不會讓案情陷入膠著。」

森崎好像在自言自語般繼續說著話。

「聽說當時有不少刑警認定，除了你以外，不可能有其他凶手。沒想到你竟然能夠逃脫。」

「哪裡是逃脫？」松倉大聲說，「不是我，正因為認為不是我幹的，才沒有抓我。」

「不，這可不對，」森崎冷冷地否定，「看當時的資料就知道，誰都不認為你是清白的，你只是狗屎運很強而已。」

「別說了，都那麼久之前的事了……我的嫌疑早就澄清了。」

「誰說澄清了你的嫌疑？當時的刑警應該沒有人會說這種話。」

「反正不是我幹的。」

「你只是假裝不知情，剛好讓你順利躲過而已。如果不是很大膽的人，根本無法做到。和你聊天之後，也的確有這種感覺。」

「別說了，」松倉發出求饒的聲音，「刑警先生老是這麼認定……那次也一樣，所以我這次就忍不住說了謊。」

「啊喲，你反倒怪我們了。」森崎笑著諷刺著，「今天就接受你這樣的回答吧，但我還會繼續問你，你不要做出這麼厭惡的表情，我並不是想要欺負你。你聽好了……我只是想給你機會，讓你可以一吐為快，從此變輕鬆的機會。你好好考慮一下，虛張聲勢是行不通的。即使能夠躲過一次，也不可能躲過第二次。年輕時也就罷了，要想想自己現在的年紀。如果你想硬撐，我們也不會手下留情。我勸你要好好想一想。」

森崎不愧是在第一線經歷過大風大浪的刑警，用充滿張力的話語對松倉展開攻勢。

「你知道DNA鑑定嗎？在根津的事件發生後不久，警方開始科學辦案，採用了DNA鑑定，初期時精確度有問題，還無法作為證據使用。但是，這幾年的鑑定技術進步神速，可以根據留在現場的汗水和唾液找出凶手。即使是已經過了時效的案子，證物並不會丟棄。只要上面發出指示，馬上可以重新鑑定，就可以知道你說了多少謊，所以這麼做有充分的意義。」

之前聽說已經沒有可以用於鑑定的檢體……森崎似乎在虛張聲勢。松倉無言以對，不難想像他臉上露出了怎樣的表情。

「你怎麼看？」回到會議室，青戶看著最上的臉，想瞭解他對訊問的感想，「我覺得森崎也很努力。」

「是啊，太了不起了。」最上稱讚森崎在訊問中用能幹刑警的魄力對松倉展開進攻，「松倉在內心嚇得發抖，從他的表情就可以看出來了。提出DNA鑑定的時機也恰到好處，可以繼續咬住他不放。下次採取松倉的口腔黏膜，就說要用來再鑑定。」

「那就這麼辦，」青戶說，「然後告訴他，兩、三個星期後結果就會出爐，造成他的心理壓力。」

「要努力尋找可以逮他的理由。」最上下了指導棋。

「我也會請求上面的同意。只要有二十天的時間，那傢伙一定會招。只要他承認根津的事件，這次的事應該也能夠乘勝追擊。」

青戶很乾脆地點了點頭，「最好還能找到一些理想的證據……但以目前的狀況，也只能這麼做。去他家搜索的話，也許能夠找到什麼。」

青戶也認為目前手上並沒有掌握可以逮捕松倉的牌。照理說，最上應該對警方的躁進冷靜地提出規勸，但如今他本身顯得很急躁。

沖野覺得目前缺乏足夠的證據，當偵查工作只能仰賴嫌犯的供詞時，的確是很大的困境。

但是，沖野今天沒有表達自己的意見。因為他認為既然已經揭穿了松倉的謊言，自己這次必須當聽眾。

翻出以前的事件，讓松倉鬆口承認，然後再追問這次的事件……這不是一件容易的事，而且這種方法也不可能有確實的把握。

但是，沖野不得不承認，最上他們對事件核心的解讀能力，和洞悉別人隱情的嗅覺比自己略勝一籌。他們之所以對著松倉窮追猛打，意味著松倉很可能就是真凶……如今，他開始這麼認為。

如果松倉真的就是凶手，就太令人驚訝了……

沖野在第一次旁聽松倉的訊問時完全沒有任何預感，所以忍不住有這種感覺。

然而，松倉目前正漸漸成為重要關係人。

沖野完全無法預料案情的發展。

9

「目前已經掌握了和被害人一起賽馬的賭友之一弓岡這個人的身分，先報告一下情況。弓岡嗣郎，五十八歲，住在大森東……」

最上旁聽完松倉的訊問後，也參加了在搜查總部舉行的例行偵查會議，聽了聚集在後方座位的各小組負責人報告偵查情況。

「目前暫時還不要接觸弓岡，以後或許有這個必要，但目前有其他優先事項。繼續蒐集周邊的情況，謹慎調查和被害人之間是否有糾紛、素行和生活是否有變化這些值得注意的點。」

主持會議的青戶聽完下屬的報告後發出指示，從他下達的指示來看，他並不排除各種可能性。

弓岡嗣郎是在訊問關口時提到的名字，他是和都筑和直一起賭賽馬的賭友，都筑的手機上也有和他的通話紀錄。由於現場完全沒有發現他的借據，從某種意義上來說，是一個值得注意的人物。

根據目前的情況，沒有借據，只能說他是和被害人一起賭賽馬的賭友。但如果帶著這種意識輕易和他接觸，一旦他在這起事件中發揮了重要作用，就會打草驚蛇，讓他產生警戒。眼下都將偵查的重點放在松倉的身上，很可能會導致措手不及的危險。

因此，青戶等人認為，不如先將偵查主力集中在松倉身上，有必要接觸弓岡時，必須做好充分的準備。

但是……

這起事件的凶手不是松倉的可能性是否存在？

最上並沒有認真考慮過這個問題，即使這個疑問在腦海中閃現，他也不願意深入思考。

他甚至不知道自己是否確信松倉就是凶手，或是只是希望他是凶手而已。

目前證據太少，無法斷定他是凶手。然而，即使證據再怎麼不充分，他也不會放鬆對松倉的追究。正因為認為他是凶手的心證越來越強，才會每次旁聽對他的訊問，就覺得必須不惜代價，把他逼到走投無路。

總之，要傾全力偵查松倉，之後一定會出現這麼做的正當性。

會議結束後，送來了啤酒，最上決定和辦案的刑警喝一杯。

「辛苦了。」最上拉開罐裝啤酒的拉環，對著站在附近的森崎副警部微微舉起杯子，「今天見識了你對松倉出色的訊問。」

森崎一臉精悍的臉稍微放鬆，也對最上舉起了啤酒。

「因為田名部和青戶激勵我，要把他當作嫌犯偵訊。」

他喝了一大口啤酒後繼續說道：

「而且聽說了你認為那傢伙在說謊，話說回來，今天只是突破一個小缺口而已。」

「但這個小缺口很重要。他很明顯慌了手腳，你又展開激烈的攻勢。我很期待明天之後的發展。」

「根津的事件或許早晚能夠讓他吐實。」森崎很有自信地說，「已經過了時效這一點很重要。」

「我覺得你提到DNA鑑定的事也發揮了很大的作用。」

「對，我賭了一把，感受到明確的效果。那根本是凶手才會有的反應，果真如此的話，應該很快就可以讓他招供。」

最上充滿期待地點了點頭，「這個里程碑很重要。」

「交給我吧，既然要賭，就一定會讓他吐實。田名部再三叮嚀我，我可以掛保證，一定會完成任務。」

森崎胸有成竹地說完，露出一絲苦笑。

「至於能不能連這次的事件一起招供，我覺得又另當別論了。希望能夠乘勝追擊，讓他鬆口招供，但我相信他沒這麼好對付。這個人很難纏，所以才能夠在根津的事件中順利脫身。雖然去了被害人家中，但因為被害人不在家，所以就離開了，事後又想到打電話問問看……形跡有點可疑，但前後並沒有矛盾之處，聽起來能夠維持他的清白。從某種意義上來說，讓人恨得牙癢癢的。不知道是故意還是巧合，根津和這次的事件都沒有決定性的證據，對凶手來說，都是狗屎運很強的事件，但只是靠這一點，無法順利脫身。我認為他守住了重要的部分，具備了能夠閃避偵查的狡猾。我必須好好思考，該如何突破這一點。」

「即使能夠讓他招供根津的事件，如果無法延續到這次的事件，就失去了意義。要一氣呵成，達到最終目的。」

森崎聽了最上這番強硬的話，喝著啤酒，眼尾擠出了微微的笑紋。

「檢察官必須下定決心，也有這股衝勁才行啊。」

「那當然。」

「根津的事件為什麼會陷入膠著……我是聽田名部說了當時的情況，我認為很大程度上，是受到當時負責那起案子的檢察官謹慎行事的態度影響。對檢察官來說，鐵證如山的事件處理起來當然更輕鬆，否則，只要指示警方，如果無法讓嫌犯招供自白，就無法起訴。從某種意義上來說，這完全正確。

「但偵查工作有時候會有極限，有時候運勢會在凶手那一方，並不是每次都能夠拿一百分。有些案子查得要死要活，也只能勉強達到六十分。這種時候，檢察官能不能拍胸膛說：『接下來交給我來處理』就非常重要。只要有這種信任感，我們也會用盡吃奶的力氣，或許可以再多爭取到五分、十分。」

「我看了根津那起事件的資料，」最上說：「如果當初是我負責那起案子……絕對會要求逮捕，並且起訴他。那起事件最大的敗因，是因為當時只要求松倉主動到案說明。雖然曾經試圖用另外的理由逮捕他，但最後沒有成功。如果下決心逮捕他，也許他就會招供，可能只差一步，但最後還是讓他逃脫了。」

「原來如此……如果有機會，我真想問問松倉。」森崎笑著說，「我會相信你剛才說的話。既然你有這樣的心理準備，我當然只能向前衝了。首先必須由我揭露他的本性。」

雖然同樣是能幹的刑警，青戶屬於掩飾自己的真心，懂得察言觀色，很有個性的刑警；但森崎則屬於喜歡大膽挑戰的類型，而且很聰明，懂得在把握重點的基礎上折磨訊問對象。

聽到他充滿鬥志的回答，最上相信松倉坦承二十三年前的事件真相指日可待，也感受到自己內心的情緒漸漸高漲。

隔天早晨，最上六點就醒了。看到朱美還不想起床，就沒有叫她，獨自走出臥室。聽到客廳傳來窸窸窣窣的聲音，探頭張望，發現奈奈子抱著裝了水的寶特瓶躺在沙發上。

「喔，妳怎麼睡在這裡？」

聽到最上的聲音，她微微睜開眼睛，睡眼惺忪地「嗯」了一聲。

「妳現在才回家嗎？妳去哪裡玩？這麼晚才回家。」

奈奈子不久之前還是小孩子的打扮，如今貼著假睫毛，眼線也畫得完全不像她了。雖然知道年輕女生都這樣打扮，但過度的打扮還是忍不住讓他皺起眉頭。

奈奈子露出不耐煩的表情皺起眉頭，撥了撥頭髮，慢吞吞站起來。

「只是和打工的人一起去玩啊。」

她小聲回答。

奈奈子開始在晚上打工後，最上下班回家也見不到她的人，早上出門上班時，她還在自己房間內睡覺。

前一陣子終於有機會遇到時，最上問她在打什麼工，她只是冷冷地回答：「酒吧」這兩個字。

最上知道時下流行所謂的「女子酒吧」，由年輕女生在吧檯內接待客人，奈奈子似乎在這種店打工到深夜。

最上聽了之後，提出忠告說：「要打工的話，就要找像樣的工作。」奈奈子只回他一句：「不用你管。」

最上並不覺得這種晚上的工作都是扭曲的世界，必須避之惟恐不及，他在年輕時也曾經去過鬧區的聲色場所，知道在那種地方工作的很多人內心很善良。

但是，那個世界也的確很容易吸引會毫不猶豫做出犯罪行為的人，這是嚴峻的事實。即使回想自己年輕的時候，仍不知道女兒是否具備了像自己那樣的判斷力和自制力。

雖然是自己的女兒，卻完全無法理解她的想法。這種感覺很奇妙。隨著女兒的成長，這種情況越來越明顯，可以用個性或是代溝來解釋嗎？……即使思考，也想不出明確的答案。

從她在家裡的樣子，甚至不知道她是否在享受青春。如果她隨波逐流，渾渾噩噩地過日子，那真的很不幸。但即使最上這麼勸她，越是說對了，她越不可能承認。

「妳是一年級，早上應該有課吧？妳有去上課嗎？」

最上明知道奈奈子會嫌他囉嗦，但還是這麼問。奈奈子慵懶地嘀咕了什麼，走回自己的房間。

如果久住由季也活著，不知道會變成怎樣的人？度過怎樣的青春時代……最上最近會忍不住思考這個問題。

由季膽小怕生，但不愧是北海道人，一旦敞開了心房，就毫不吝於展露調皮的笑容。有著老街的女孩特有的純樸可愛。看著她長大的人都知道，她內心的溫柔在萌芽，數年之後，將會成為女人最大的魅力。

然而，這種明確的可能性和她的生命一起被輕易奪走了。

奈奈子在那起事件發生的幾年後出生，如今，奈奈子已經超過了由季生前的年紀，那是由季不曾有過的年紀。

那必定是只有最上才會產生的感慨。

奈奈子沒有任何罪過，如何享受青春是她的自由。

不應該把無法活下來的女孩身影投射在她身上。

然而，即使明知道這一點，仍然會在無意識中這麼做。每次意識到這點，他就感到鬱悶不已。

晚一步起床的朱美簡單張羅了早餐，最上吃完早餐後比平時更早離開宿舍，搭地鐵來到根津。

無論偵訊嫌犯，還是請重要關係人主動到案說明，在進入有可能突破對方心防的階段時，有時候會產生「應該差不多了」的預感。

也許就是今天。最上有強烈的預感。

在負責偵訊時，會傾全力突破嫌犯的心防。但最上除此之外，只要有時間，就會去現場或地檢附近的神社，祈願偵查工作進展順利。事件的偵查是人和人之間的交集，想要尋找證據，也只能靠眼睛和雙手雙腳四處蒐集。這些工作往往會在很大程度上受到命運的安排，和陰錯陽差的影響，所以只能祈求神明的保佑。

走出根津地鐵車站來到地面，走在清晨的不忍大道上。道路兩旁都是時尚的公寓，和最上學生時代的感覺完全不同。走進小路，還可以看到零星的民宅擠在巴掌大的土地，但是，眼前的情景無法讓他感到懷念，反而感到陌生，覺得和以前不一樣了。

北豐寮原本所在的位置也一樣。如今被一棟鋼筋水泥的公寓取代，雖找到了學生時代充滿回憶的地方，但還是完全沒有真實感。

淡淡的鄉愁浮上心頭後又消失，最後只剩下漫長的歲月。雖覺得好像就是不久之前的事，但畢竟過了這麼多年，那起事件也被埋沒在漫長的歲月中。

最上走向根津神社。即使他不記得學生時代曾經去參拜過，但今天在拜殿前雙手合掌，祈禱偵查進展順利，然後又去了有許多小型紅色鳥居的乙女稻荷神社，也同樣祈禱。

白天時，最上蒐集了其他搜查總部事件的相關資料，傍晚和長濱一起走進了蒲田分局。沖野和橘沙穗已經早一步抵達，正在等最上他們。

「今天跟監小組監視了松倉的行動一整天。」

這完全是把松倉視為重要關係人所採取的措施，而且很快就會把他帶來蒲田分局繼續訊問。

「田名部今天也會一起旁聽。」

青戶走到最上他們面前，用這句話代替了打招呼。

田名部似乎也產生了預感。

「另外，雖然試著找松倉的碴，但無法輕易挑出能著手的毛病。」青戶愁眉不展地說，「只不過聽他打工的二手品店的專務董事說，不光是松倉，員工都會把幾乎不花什麼錢回收回來的一些電視或是冰箱之類的東西帶回家，專務董事也半默認這種情況……」

「松倉也這麼做嗎？」

「他好像搬了電視和冰箱回家。」

「這是侵佔。」最上毫不猶豫地說：「這個理由不錯，如果公司方面願意提出告訴，就方便採取行動了。」

「那家公司的老闆也不是什麼太規矩的人，只要稍微使點力，應該不難搞定。」

「那就伺機採取行動。」

雖然最上以前從來沒有這麼明確指導分局用其他理由逮捕嫌犯，但這次在辦案手法上沒有任何禁忌。讓嫌犯無路可退，從四面八方在肉體和精神上二十四小時徹底包圍，有助於提高破案的可能性。

在他們討論決定的三十分鐘後，青戶再度來叫最上他們。

「走吧。」

田名部也站了起來，和最上等人會合。從他眼鏡後方那雙細長的眼睛中，難以瞭解他內心隱藏的感情。

他們走進一號偵訊室隔壁的房間。

田名部站在單向玻璃前，最上等人坐在長椅上。

偵訊室內陷入沉默，只能隱約聽到吸鼻子的聲音和身體活動的動靜。

今天的氣氛和之前完全不一樣。

森崎之前都滔滔不絕地對松倉說話，在緩和氣氛的同時套他的話，今天改變了進攻的方式。

「我陪你幾個小時都沒問題，今天找你來，就做好了這樣的心理準備。」

沉默很久之後，森崎幽幽地說，打破了沉默。

松倉立刻發出了喘息般的聲音。

「我要看看你這個人到底會說多少真話，我剛才說，如果還有沒告訴我的話，就趕快告訴我，其實就是這個意思。你昨晚應該想了很多吧？嗯？」

「不……那個……」

松倉痛苦地吞吐著。

「你打算隱瞞一切，帶進墳墓嗎？你真的以為有辦法做到嗎？這很痛苦喔。人在死的時候，可以擺脫所有的痛苦。嬰兒逐漸長大，老了之後，又再度變回嬰兒，死的時候就回到零的狀態，回歸大地。但是，如果背負著不曾告訴任何人的罪惡，就無法歸零。在死亡的瞬間，罪惡會一直糾纏到死。在生命的火消失的瞬間，在已經失去想要吃什麼東西，或是想要見什麼人的人類本能，只是等死的時候，就只剩下罪惡。直到最後的最後，就剩下罪惡，無法獲得解脫。你能夠想像這是多大的痛苦嗎？我無法想像，因為太可怕了。」

森崎用低沉的聲音說話時，只聽到松倉痛苦的呼吸聲。

「所以，如果你隱瞞了什麼，不妨思考一下，這樣真的好嗎？人在說實話的時候，整個心都會感到解脫，心情也會放鬆。我在這裡曾經看過好幾個這樣的人，他們流著淚，對我鞠躬說：『刑警先生，謝謝你，多虧了你，我整個人都放輕鬆了。其實我很早就想說了。』這種人的臉也恢復了人樣，在此之前，根本不像是人，滿臉痛苦，就像是被惡魔帶走了靈魂，但說出來之後，整個表情都變得柔和下來。雖然還活著，但已經進入了歸零的境界，痛苦和煩惱一下子就消失了。於是就會發現，原來我原本打算背負這麼大的痛苦和煩惱到死嗎？簡直太傻了。」

森崎停頓了幾秒後，又靜靜地問：「你聽得懂我說的話嗎？」

「我……到底、該說什麼……？」

松倉用煩悶的聲音斷斷續續地問。

「把你隱瞞的事說出來，可以說根津的事，或說這次的事也沒關係，把你做過的事說出來。犯下的錯誤越大，就越不知道怎麼說出來，這很痛苦。但是，只要稍微鼓起勇氣，就可以做到，必須戰勝自己。」

「刑警先生……我真的和這次的事件沒有關係。」

「那你的表情為什麼這麼痛苦？你現在的臉，完全沒有人樣。」

「那是……啊……」

「也可以說根津的事件。說出來吧，讓自己輕鬆點。」

「呃……但是……」

「松倉，已經夠了，這起事件已經過了時效。我只是聽你說而已，雖然必須寫報告，但我能做的也只有這樣而已，根本無法追究刑事責任。既然不能追究刑事責任，就代表媒體也無法公布你的名字。我的意思是，你說出來，只是為了清算過去，讓自己放輕鬆而已。」

「是……是……」

松倉擠出聲音回答後，談話中斷了。

那份寂靜，就像是巨大的東西即將崩潰的前兆。決定性的瞬間必定馬上來臨。不僅身在偵訊室的森崎確信這件事，曾經在偵訊室面對嫌犯的人，都可以確實感受到這種氣氛。

但是，沉默的時間一分一秒過去。持續了十幾分鐘，一直站在單向玻璃前的田名部焦急地退到長椅的位置。

沒有人走去單向玻璃前看偵訊室的情況。最上也沒有站起來。目前只要靜靜等待松倉開口。

「松倉，」森崎再度開口，「你何必要這麼痛苦？我稍微調查了一下，久住由季的父母已經不在人世。獨生女被人殺害，他們一定痛恨凶手，但他們已經離開這個世界了。事情已經過了二十三年，憎恨也已經從這個世界消失，但是，只有罪惡還存在，一直都還在。松倉，就來做一個了斷吧。」

松倉發出低吟，卻遲遲沒有說話。

「松倉，你救救自己。科搜研的人今天來了，我昨天不是也說了嗎？要採集你的口腔黏膜鑑定DNA。」

只聽到松倉急促的呼吸聲。

「現在是最後的機會……不是嗎？」

「是……是……」

松倉雖然回答，但並沒有繼續說下去。

但是……

「呃……」

無言的世界再度擴散，這時，突然傳來松倉的聲音。

「……好吧。」

雖然聲音幾乎小到聽不到，但最上聽到了。

他忍不住屏住呼吸，背脊緊張起來。

「嗯。」森崎回應了一聲。

「呃，但是……」松倉重重地吐了一口氣說，「但希望你瞭解，和這次的事件無關。」

「嗯，」森崎再度附和，「你說吧。」

「好，那個，」松倉好像下定決心般停頓了一下，才繼續說下去，「根津的事件……沒錯，就是我。」

最上閉上眼睛聽著。

「你殺了她嗎？」

「對不起。」

松倉用壓扁的聲音說。

隨即傳來輕聲啜泣的聲音。

「侵佔的事，立刻著手進行。」

最上從偵訊室的隔壁回到會議室後，轉頭對走在他身後的青戶說。

「這一、兩天內就要搞定。」

最上又補充道，強調必須趕快進行。

青戶和田名部交換了眼神後，用凝重的口吻回答說：「知道了。雖然是孤注一擲，但事到如今，只能衝了。」

搜查總部沒有讓松倉回家，而是安排他入住警方安排的商務飯店，限制他的行動自由。

隔天一大早，就不由分說地要求松倉主動到案說明，和森崎一起關在偵訊室內。最上他們已經不再去隔壁房間瞭解情況，而是在會議室隔壁的會客室內，和田名部、青戶等人一起討論今後的偵辦方針。

傍晚，拿到了松倉打工的二手店老闆的告訴狀，警方受理了這個案件。

除了吃飯以外，一直負責偵訊松倉的森崎報告說，松倉承認從二手店倉庫帶了液晶電視和小冰箱回家使用。松倉的同事也證實，曾經看到松倉從倉庫把電視機搬走，確定了他的嫌疑。

明天將同時針對老夫婦殺害事件搜索他的住家，後天移送檢方。最上和田名部確認日期後，就只等法院簽發業務侵佔嫌疑的逮捕令。

「現在根本沒時間開會。」

偵查會議的時間快到了，青戶心不在焉地從沙發上站了起來。今天的會議應該在說明逮捕松倉的方針後就馬上結束。

最上起身準備跟在青戶身後一起去會議室時，他的手機響了。

「你們先去吧。」

他對沖野他們說完後，低頭看著液晶螢幕。

是大學時代的學長水野比佐夫。

警視廳搜查一課課長在上午的例行記者會中，公布了由季事件的真凶已經坦承犯案的消息。

晚報和傍晚的新聞應該會報導這個消息。

所以最上猜到學生時代的朋友早晚會有反應。

不愧是為了追蹤由季的事件轉行當雜誌記者的人。

「喂？」

最上看著沖野和其他人走出去後，接起了電話。

「最上嗎？」

學生時代的宏亮聲音變得有點沙啞。

「水野學長，好久不見。」

「你有沒有看新聞？」

最上和水野已經超過七年沒有說話，也沒通電話，但他直接進入正題，好像對這種事沒有絲毫感慨。

「……怎麼了？」最上對他裝糊塗。

「凶手。北豐寮由季事件的凶手現在終於承認犯案。」

最上思考該怎麼回答後，只是冷冷地說了一句：「是喔。」

「你趕快去看新聞報導。」他在電話中催促。

「我還在工作。」

水野聽到最上的回答，輕輕咂著嘴。

「不管是不是在工作都沒關係。你不是檢察官嗎？去打聽一下消息。電視新聞沒有提到凶手的名字，你能不能去問一下警方的熟人，瞭解是不是松倉？」

「這不可能。」

最上能夠理解水野的心情，而且也是因為他的執著，最上才能夠發現松倉。然而，最上目前無法站在和水野相同的立場處理問題。

「水野學長，對不起，我和那起事件完全沒有關係……可不可以請你這麼認為？」

「你說什麼……？」

「我知道你對那起事件很執著，但請你不要把我也扯進來。」

「真受不了你……這在說什麼屁話？」水野可能因為憤怒，聲音微微發抖，「你沒有出席老闆娘和老闆的葬禮，我還以為你是因為太見外，才會有所顧慮……我看不起你這種人！」

「你要怎麼想，我都沒意見，但你要說三道四，對著我說就好了。如果在外面說些有的沒的，結果東傳西傳，有可能會對我的工作產生影響……拜託了。」

「什麼？你的工作就這麼重要嗎？」水野語帶不屑地說，「還是準備升上什麼好職位了嗎？檢察官也只是俗吏而已！」

「……隨便你怎麼說。」

最上握著手機的手用力，壓低聲音說。

「不必擔心。」水野同樣小聲地說，但隨即帶著極度的侮辱，「提你這種人，會髒了我的嘴。」

電話突然掛斷了，最上輕輕嘆了一口氣。水野還是這麼容易激動……他帶著苦笑這麼想的同時，也為無法在如此重要時刻分享心情的寂寞和歉意感到沮喪。

偵查會議結束後，最上再度和田名部、青戶等人去接待室等逮捕令。

九點剛過，趕去東京地院的蒲田分局刑事課課員回來了。田名部接過逮捕令，瀏覽了上面記載的事項後，點了點頭，站了起來。

他的手上除了剛拿到的逮捕令以外，還有一副手銬。田名部打算親自逮捕松倉這件事，可以感受到他強烈的執著。

「要不要一起去？」

不知道為什麼，田名部這麼問最上。最上為了把松倉逼入絕境，不惜用強硬手段的態度，田名部也許在他身上感受到某種共鳴。

「一起去吧。」

他們一起走向偵訊室。

田名部敲了敲一號偵訊室的門，在偵訊室內協助森崎的年輕刑警打開了門。年輕刑警探出頭，看到田名部的臉和他手上的東西，驚訝地點了一下頭，把門開得更大。

田名部走進偵訊室。最上也跟著走了進去。

「你是松倉重生吧？」

田名部站在轉頭看著自己的森崎背後，用不帶感情的公事化語氣對松倉說：

「法院簽發了業務侵佔嫌疑的逮捕令，現在馬上執行。」

松倉一臉疲憊，茫然地看著田名部。

田名部淡淡地朗讀完逮捕令上記載的嫌疑事實要點後，把令狀出示在他面前。

「把雙手伸出來。」

松倉好像腦袋一片空白，乖乖地把雙手放在桌子上。

田名部用發出微光的手銬依次銬上了他的右手和左手。

「二十一點十八分逮捕。」

田名部瞥了一眼自己的手錶後說，然後用手上的鑰匙，鬆開了松倉手腕上的手銬。

即使鬆了手銬，松倉雙手仍然伸在桌上，一臉茫然地愣在那裡。

「真是漫長的一天。」

沖野和橘沙穗分別在宿舍附近下車後，開車的長濱開口，用這種方式慰勞最上。

「雖然才剛開始而已。」坐在後車座的最上疲憊地揉著眼皮說。

「青戶警部也說，這是一場豪賭，不知道明天搜索住家能不能找到什麼……」

長濱的話中透露著無法預測未來的不安，最上很瞭解他的心情。擔任總部股的工作一年多，和長濱一起合作了這麼久，在這段期間內，他從來沒有任何事件像這次一樣指導搜查總部強勢偵查。

目前沒有任何直接證據，只有松倉向被害人借錢，以及在犯案的時間帶曾經去被害人住家的事實而已。照理說，必須進一步偵查，即使只有狀況證據，也要找出任何人眼中都認為是犯罪事實的證據。

然而，這次並沒有這麼做。

最上有強烈的心證，認為松倉就是兇手，所以認為強勢偵查，藉由搜索住家等手段更有助於蒐集證據，也更能夠讓兇手招供。

但是，真的只是基於這種想法而已嗎？

也許最初是這樣。

然而，現在似乎有點不一樣了。

萬一松倉不是兇手……自己無法無視這種可能性。

所以才會指示警方強勢偵查。

這是讓因為完成時效而無法受到制裁的罪犯得到刑罰的唯一機會。

這次的事件因為金錢糾紛，導致兩人遭到殺害，而且可以認為是預謀犯案。求刑當然是死刑，最終判處死刑的可能性也很高。

如果由季的事件上了法庭，不知道會是怎樣的結果。當時不像現在嚴懲犯罪，也許無法判處死刑。

然而，如果加上二十三年的利息，就是恰如其分的判決。

無論如何，都要把松倉送上法庭……最上只想著這件事。

想到這裡，最上想起一件事。他拿出手機。在逮捕松倉的忙亂之際，曾經接到前川直之的電話。

「我就在這裡下車，我想走路回家。」

沿著環七大道來到宿舍附近，最上下了車。長濱像往常一樣輕按喇叭代替道別後離去。最上目送車子離開後，打電話給前川。

「不好意思，剛才正在忙工作，沒辦法接電話。」

電話接通後，最上這麼說，電話中傳來前川貼心的話，「不，是我不好意思。因為我聽到由季事件的新聞，嚇了一大跳，所以忍不住打電話給你。你應該知道新聞的事吧？」

「對。」

「剛才水野學長打電話給我，雖然我不知道原因，但他很生你的氣。」

「他說什麼？」最上微微苦笑著問。

「沒說什麼，只說要和你斷絕關係，說你這個傢伙很冷漠。」

「是喔。」

「他說你告訴他，由季的事和你無關……真的嗎？」

「對，我這麼說了。」最上走在冷風吹拂的環七大道上說，「我也對你說同樣的話。」

「最上……即使你這麼說，我也不認為是你的真心話。」

「我連老闆和老闆娘的葬禮都沒出席……你應該知道。」

前川沉默不已。

得知久住夫妻離開人世時，最上只感到無力，所以遠離了和前川他們一起悲傷的場合。

這次和當時的情況相反，自己不再無力，甚至可以說，這個問題已經交到了自己手上。

然而，正因為如此，無法和前川他們站在相同的立場也就成為一種諷刺。

「水野學長說，他想馬上調查招供的凶手是不是松倉——那個當時浮上檯面的人。」

「是喔。」

雖然最上冷冷地回答，但前川繼續說了下去，「但因為早就過了時效，即使知道誰是凶手也很空虛。我很擔心水野學長找到凶手後會做出什麼不理智的事。畢竟他對這起案子這麼執著。」

「你好好勸勸他。」

「是啊。」前川一口答應，「但是，那個凶手會對警方坦承那件事，是不是代表正在接受其他案子的偵訊？」

最上沒有回答，但突然產生了想要問前川一件事的衝動。

「假設這次又犯了什麼案子，希望可以受到正當的審判。只能有這麼小的心願也讓人很不甘心。」

最上停頓了一下後，還是無法抵抗想要問他的想法，終於開了口。

「你經常接法律扶助的工作嗎？」

「喔，」前川似乎對最上提出這個問題感到有點不知所措，「目前並不多，以前常接這種案子。」

「如果那個凶手因為什麼事件遭到逮捕，然後這起法律扶助的案子出現在你面前，你會怎麼辦？」

「我當然不可能接。」前川認真地回答，「有些案子我能夠勝任，但有些案子沒辦法接。現在律師多得很，法律扶助的案子也要靠抽籤，我才不會特地去排隊申請。」

「是喔，」最上帶著笑意，「那我就放心了，我還是希望你去幫助那些真正該拯救的人。」

「最上……」前川叫了他的名字後，稍微改變了聲音，「你該不會知道什麼？」

「知道什麼？」

「那個凶手的事……該不會是你身為檢察官負責的案子？」

「前川……別問蠢問題。」

最上這麼回答，故意岔開話題。

「最上……」前川語帶嘆息地說，「是喔……好，那我知道了。我不會告訴任何人，這個話題就到此結束。」他自己做出了結論。

「對了，丹野的情況怎麼樣？」

最上也配合前川改變了話題。

「對，我也想和你聊聊這件事。」前川刻意加快了說話的速度，好像注意力已經完全轉移到這個話題，「這一陣子，我和他聯絡了好幾次，也直接和他見了面，但他似乎被逼得很緊。」

「你是說他精神上很不妙嗎？」

「精神上很不妙，而且特搜也把他逼得很緊。他覺得可能最近就會逮捕他，感覺已經做好了準備。」

「逮捕？目前不是國會的會期期間嗎？即使特搜再怎麼蠻橫，也不至於為了逮捕違反政治資金規正法的形式犯罪罪犯，不惜向國會申請逮捕徹底追殺。」

「但有前例。」

聽到前川的回答，最上發出了低吟。

「而且，特搜的核心目標是高島，丹野只是外圍目標，所以應該想先把他拿下，把他當作進攻核心目標的墊腳石。目前周刊雜誌不是幾乎每個星期都會報導這個問題，想要抹黑高島嗎？而且檢方把丹野在接受訊問時所說的內容透露給媒體，逐漸透過輿論製造出高島很可疑，必須徹底調查的氣氛，這八成符合特搜的期待，我不認為特搜沒打算借力使力。國會的參眾兩院失和，再加上預算委員會也提出這個問題，影響了審議的正常進行。這種時候，立政黨會不會堅持不同意逮捕申請，保護可疑的自家人，我認為也不樂觀。主流派甚至想要趁這個機會，一口氣削弱高島派的勢力。丹野的看法也和我一樣。」

最上非常瞭解特搜檢察官在鎖定獵物時的執拗，在聽到這些狀況時，當然無法樂觀地說他們想太多了。

「所以從某種意義上來說，他已經做好了心理準備……」最上小聲嘀咕。

「應該還稱不上已經下定決心，做好了心理準備。話說回來，這也是理所當然的事。他向來討厭歪門斜道，信奉清廉潔白，才決定當律師。他老家的母親也病倒了，目前正在住院，當然不可能讓她知道引以為傲的兒子遭到了逮捕。但是，他希望無論如何能夠保護高島。如果能夠犧牲自己，保護高島，他希望可以這麼做。他打算和特搜周旋，如果最後還是不行，就不惜自己扛下所有的事。但你覺得真的有辦法做到嗎？目前已經自身難保，怎麼可能一個人扛下特搜的攻勢？根本是異想天開。總之，他已經不知道想怎麼做，當然也不可能知道該怎麼做。每次和他聊天，他說的話都不一樣，看到他這麼受打擊的樣子，真的覺得太可憐了。但是，我無能為力，他根本已經淪為俎上肉了。」

即使感到無力，前川仍然沒有離開，也沒有放棄。最上在想到丹野的痛苦立場同時，也不由得佩服前川的處事方法和自己不同。

「需不需要我向他打聲招呼？」

最上問，前川用稍微開朗的聲音說：

「如果你願意這麼做，那就太感謝了。你不需要因為自己是檢察官就有所顧慮，我相信他一定也很希望聽到你的聲音。」

最上掛上電話後，走進路過的便利商店，買了一罐啤酒，走上附近的人行天橋，打開啤酒喝了一口。

他靠在天橋的欄杆上，拿出手機，打電話給丹野。

「最上嗎……？」

電話接通後，傳來一個略微驚訝的聲音。

「丹野，好久不見。」最上用和學生時代相同的直率語氣回答，「聽說你很不妙啊。」

丹野聽到最上這麼說，立刻知道他不是以檢察官的身分打這通電話。

「唉，」丹野無力地發出害羞的微笑後說，「不好意思啊……我想你應該不想打電話給我這種被盯上的人。」

「你在說什麼啊。」

「以你的身分，應該不太方便吧？」

「別說傻話了，也不想想我和你是什麼關係。」

「是嗎？真是太開心了，但我很驚訝。」丹野說，「我剛才還想到你。」

「真的假的。」最上像學生時代一樣一笑置之。

「不，是真的。媒體不是在報導你們以前住的宿舍的那個女生——由季的事件嗎？」

「……喔。」

「看到報導，我的心情很複雜……忍不住想，不知道你和前川帶著怎樣的心情看這個新聞。我以前經常去找你們玩，也曾經和宿舍的老闆一起打麻將，我也認識由季，那時候，她還是讀小學的可愛小女孩。我和她的關係僅止於此，心情就已經很複雜，更別說你們了。」

「是啊……」最上簡短地回答。

「真是太不公平了，有些人受到制裁，有些人卻沒有……但是我覺得事情不會就這樣結束，這個凶手二十多年來，也一定深受內心的折磨。他之所以直到今天才招供，或多或少是因為內心有這種想法，所以，他並不是沒有受到制裁，而是該怎麼說，是被更大的力量制裁，絕對不可能逃得了。至少我這麼認為。」

最上默默聽著丹野感傷的話。

「一定很害怕吧……」

丹野幽幽地說。最上思考著他到底在指哪一件事，隔了一會兒，才意識到是在指由季的事。

「即使我自己的爺爺和奶奶死了，我也沒什麼真實感，但每次想到那個女孩，就會忍不住流淚。她年紀那麼小，就去了那個世界，我相信她一定很害怕。我忍不住想，不知道她到底有多害怕。光是想這件事，就感到很難過，所以很想開一罐啤酒，敬那個女孩一杯。」

「我也一樣。」最上輕聲笑著說，「我現在也一邊喝著啤酒。」

「是喔……那你等我一下。」丹野放鬆了語氣，只聽到窸窸窣窣的聲音，很快就聽到拉開拉環的聲音。「好，乾杯。」

「乾杯。」最上跟著舉起了手上的啤酒。

雙方沉默了片刻，最上默默喝著啤酒。

然後，他叫了一聲：「丹野……」

「……嗯？」

「你沒關係吧？」

「嗯……」電話中傳來好像苦笑般無力的聲音，「因為無法說沒關係，所以才痛苦。」

「特搜應該不好對付吧？」

「是啊，太不好對付了。我以前也靠律師工作吃飯，原本以為談到法律，我能夠進行攻防，結果發現情況完全不是這樣。他們有他們認為的故事版本，關鍵在於能不能讓我承認他們的版本，所以，為了達到目的，他們徹底把我逼入絕境，而且不惜一切代價對我展開進攻。我是說精神上。我以為在政治的世界混了這些年，精神已經練得很堅強了，沒想到完全是錯覺。我太懦弱了，以前就是這樣，對方的檢察官也看透了我。」

「丹野，說一句不方便給外人聽到的話，」最上先聲明了這句話，「你只要考慮保護自己就好。如果你想獨自承受檢察官的攻勢，解決眼前的問題，一定會被打敗。這關係到特搜的自尊心，負責訊問你的應該是那裡前三名的狠角色，他會傾全力試圖讓你招供。他不會聽你說話，就像是已經設定了目的的機器人。面對這種對象，雙方根本不可能展開正常的對話。讓你招供就是擊潰你的精神，任何人面對這種攻擊，當然都會感到悲觀。不管他們說什麼都不必理會，保持緘默也沒問題。無論如何，要保護自己。」

「謝謝你，你身為檢察官，還對我說這些話……真的很有你的風格。」丹野有點結巴地說，「但從某種意義上來說，我自己並不重要。即使我能夠繼續當議員，也不會有什麼大作為。這種事，我自己最清楚。」

「是為了高島進嗎……你不需要因為他是你岳父，你就犧牲自己。你比他更有未來，雖然我不知道他有多了不起，但他想把女婿推出去當擋箭牌，就已經錯了。你沒有義務為這種人效忠。」

「我並不是因為目前的立場才這麼做，」丹野語氣始終很平靜，「輿論對我岳父毀譽參半，有各種不同的評價，我非常瞭解這一點。他經常失言，也有很多政敵，但也很少有人能夠像他那樣讓我充滿期待，我忍不住被他吸引。在和尚子結婚之前，我對政治完全沒有興趣。但是，在和岳父見面聊天之後，覺得也想做這種充滿熱忱、也充滿活力的工作，情不自禁地熱衷起來。

「這個世界上有很多聰明人，無論在官場還是司法界，我看過太多腦袋靈光，能言善道的人，但是，真正推動國家發展的並不是這種人，而是有氣魄、有勇氣和有膽識的人，有辯論能力、有決策力，也有說服力的人才能勝任。即使在政界，也沒幾個像這樣的人。

「最上，我認為我的岳父就是其中之一，他具備改變國家的能耐。我在他身旁觀察後這麼認為。我在未來的三十年，無論再怎麼鑽研，也無法變成像他那樣的人。那是與生俱來的領導氣質，所以，我無論如何都希望我岳父能夠成為首相。雖然他可能做了一些會被人指指點點的事，有時候在做事情時，也不在意到底是不是正當的做法，即使在一旁看，也忍不住提心吊膽。

「但是，他在內心深處希望改善這個國家，不是一心想搞政治鬥爭的人。正因為我瞭解這一點，所以即使看到他做事手法有點粗糙，我也會睜一隻眼，閉一隻眼。我覺得自己必須保護他，而且告訴自己，即使成為有能力的人的擋箭牌，這也是出色的使命。」

「既然你這麼想，我不管說什麼都沒用。」最上輕輕嘆了一口氣後說，「但特搜鎖定的是那個老頭子，他們當然知道他是那樣的大人物，但還是決定挑戰，必定會不計一切代價。你想要一個人當擋箭牌，還是讓我很擔心。」

「最上，謝謝你。」丹野說，「我充分瞭解你的心意，接下來會好好思考。雖然我的確很煩惱，也很痛苦，但還是覺得最困難的時期已經過去了，像這樣和你說話，心情很舒暢。即使你沒有說出口，也知道我身處的世界並不能只說漂亮話。我很高興，我猜想檢察官的世界只說漂亮話也無法運轉。」

「嗯，我並不否認。」最上語帶詼諧地說。

「最上，不過你沒問題，你比我堅強多了，既有氣魄，也有勇氣和膽識，即使在並不是只有漂亮話的世界，也可以辯贏對方。」

「喂，怎麼竟然變成你在鼓勵我了？」

最上說完，和丹野一起哈哈大笑起來。

「謝謝你。」

丹野說完這句話後，掛上了電話，最上把剩下的啤酒喝了下去。

丹野想要保護高島進，也許丹野自己也有什麼會被追究罪責的過失，至於他是否知道非法政治獻金的事，很可能剛好處在邊緣地帶，但至少並不是積極主導不記錄在收支報告上的人。

政治資金規正法是促進政治獻金流向透明化的重要法律，追究是否在收支報告上記載了正確數字這種書面資料的問題，就是所謂的形式犯罪。即使沒有因此造成任何危害，或是背後有什麼惡質的企圖，只要符合違反要件，就必須成為處罰的對象。

對政治人物來說，無論是實質犯罪，還是形式犯罪，一旦遭到起訴，身為政治人物的資格就會受到質疑，很可能成為政治生命的致命傷。更何況目前正值高島進準備參選黨魁的重要時期，當然不能在這種無足輕重的事上栽跟斗。

因此，丹野決定挺身而出，但特搜動用了相當的人力偵辦這起案子，對最後只扳倒一個替罪羔羊無法感到滿足，無論如何都想要逮到高島。這兩種力量開始拉扯。

丹野身處的立場很痛苦……最上忍不住想。

雖然剛才對他說了很多，但不知道他是否看到了希望。

幸好他剛才說，和最上聊了之後，心情變得舒暢了些。對最上來說，這是唯一的安慰。

目前彼此生活的環境各不相同，這也是無可奈何的事。這是努力走自己相信的路，走自己眼前的路所得到的結果。

即使如此，當各自手拿著啤酒，在電話的兩端回想往事時，彼此的心情很相似。得知丹野不顧自己身處的困境，仍然想到由季的事，最上忍不住感到高興。他並不是沒有受到制裁，而是被更大的力量制裁……丹野說的這句話留在最上的心裡。

也許丹野說的是業障或是因果報應之類的事。

但是，最上覺得那番話聽起來像在背後推了自己一把，似乎在對自己說，如果你有能力去做，就努力去做吧。

隔天，最上一大早就去了蒲田分局。

松倉昨晚遭到逮捕之後，被羈押在分局的拘留室內，今天從早上開始就在偵訊室內接受偵訊。由森崎負責偵訊，最上決定和準備去松倉住家展開搜索的搜索小組同行。

青戶率領將近十名搜索小組的成員分別坐上不同的警車，最上搭了其中一輛便車，前往松倉的住家。根據連日陪同松倉到案說明的偵查員說，松倉住在西蒲田一棟屋齡超過三十年的老公寓，一房一廳的房子雖然不大，但房間很亂，如果要認真搜索，可能要花不少時間。

松倉仍然否認殺害了都筑夫婦。雖然有可能在日後的偵訊中改變供詞，但如果沒有任何逼他就範的證據，就希望他改口承認，也未免太一廂情願了。

目前需要能夠讓松倉開口的證據。比方說，那把成為凶器的菜刀刀柄，或是從都筑夫婦家拿走的借據。

也許無法找到這麼明確的證據，因為這種東西一旦被他丟棄，就根本無從找到。但是，一定要在松倉的住家找到能夠有助於深入偵查的東西。

不知道會找到什麼……

最上走下警局的廂型車後，站在松倉的公寓前，感受著和之前參與過的搜索不同的緊張。

那是一棟塗了暗米色灰漿的公寓，左右兩側都是相同的公寓，而且距離很近，光線應該很差。信箱的油漆已經剝落，鏽跡斑斑，有幾個信箱塞了廣告傳單，在那裡吹風淋雨。

松倉住在一樓中間的一〇四室。請房東開門後，刑警們魚貫進入室內。

最上站在門口狹小的水泥地上，一行人和之前去都筑家勘驗現場時一樣，為鞋子戴上鞋套，手上戴了白手套後才走進屋內。

正如報告上所寫的，房間內雜亂無章。一進門就是三坪大的廚房，後方有一間相同大小的和室，鋪在地上的被子沒摺，矮桌上放了很多空罐，還有用過的餐盤和堆滿了菸蒂的菸灰缸。

地上除了脫下的衣服以外，還有包裝紙、空盒子、雜誌和賽馬報。廚房的雜亂程度也差不多。

一名偵查員站在流理台前，拿起放在那裡的菜刀打量著。但那並不是新的菜刀，無法期待和凶器有什麼關聯。旁邊有另一名偵查員蹲了下來，打開流理台下的收納空間。

和室內，壁櫥的紙拉門已經卸下並搬了出去。房間內瀰漫著灰塵，在日光燈的燈光下飄浮著。

壁櫥內除了堆起的紙箱外，還有已經不再使用的錄影機、電話、電子鍋等破爛物品和衣物。青戶打量了房間後，可能認為如果藏了什麼東西，壁櫥最可疑，所以仔細張望的同時，要求下屬把那些衣物拿出來。

最上跪在和室的角落，時而掀起枕頭和被子，時而摸著脫在那裡的上衣口袋，和其他刑警一起搜索，希望可以找到和事件相關的物品。他並沒有像勘驗現場時一樣袖手旁觀，因為今天的搜索關係到日後偵查工作的成敗。

三、四名將焦點集中在壁櫥的偵查員一起把紙箱搬下來，還有一名偵查員爬上壁櫥，向上方的小櫥櫃張望。

「怎麼樣？」青戶焦急地問。

「什麼都沒有，這裡沒有動過的痕跡。」爬上壁櫥的偵查員回答。

能不能找到凶器完全靠運氣，即使已經丟棄也很正常。如果小心翼翼地藏起來，一定只是因為找不到適當地方丟棄而已。

真嚴峻啊……

在開始搜索不到一個小時，最上就開始產生了這樣的感覺。正在翻垃圾袋的偵查員，也沒有報告發現了借據的紙屑。

最上拿起散落在地上的廢紙，斟酌對偵查是否有參考價值之後，就放在房間的角落。他一直重複這樣的作業，卻沒有任何斬獲，內心漸漸產生了焦慮，但當他撿起掉在矮桌下方的小紙，看了印在上面的文字時，忍不住倒吸了一口氣。

那是「銀龍」的收據。

一看日期，四月十三日。那是案發的三天前。

最上看到收據上打著五點三十六分的時間，心情無法平靜。

他巡視四周，尋找相同的紙。

他很快又找到另一張。四月十八日。

他又繼續尋找，又找到一張。

四月十六日。就是案發當天。

收據上的時間是五點零八分。

最上難以相信自己所看到的，覺得自己臉色都白了。

松倉供稱在案發當天，他下班之後去「銀龍」點了餃子和炒榨菜配啤酒，五點多時離開，騎腳踏車去了被害人家。因為都筑夫婦不在家，所以他回到蒲田車站附近，在那裡用手機試著聯絡，但因為沒有回應，所以就回家了……

這張收據證明了他供詞中某些部分的正當性。

當天四點多時，松倉前往被害人家中，在四點半時犯案，之後離開凶宅，把沾到血的拖鞋洗乾淨，丟去便利商店的垃圾箱，湮滅證據後，再度回到現場，被人看到在外面打量凶宅。然後又傳了電子郵件給被害人，問可不可以去他家，企圖偽裝成和事件沒有關係……這張收據會讓人對警方目前這樣的案情分析產生合理的懷疑。

當然，即使松倉五點多時在「銀龍」，也無法成為證明他不可能犯案的證據。搞不好尾野治子可能在五點半以後，才在被害人家門前看到松倉。這也在被害人死亡時間範圍內，支持四點半犯案說的狀況證據——有人在這個時間聽到慘叫的證詞，以及便利商店的監視器在五點多拍到的影像，有一雙濕拖鞋丟在那家便利商店的垃圾桶內等證詞，都不具有絕對性。

然而，目前警方以四點半犯案推論拼湊出犯罪情節，在法庭上，也必須按照時間順序陳述被告的犯案狀況。如果有可以證明五點半之後犯案推論的證據，當然就另當別論，否則輕易改變犯罪情節，可能會導致在法庭上敗陣的危險性。

目前只有這張收據妨礙了四點半犯案推論，只要無視，或許不會有任何問題，但如果被人發現，因此導致搜查總部內的氣氛發生改變，認為松倉犯案的看法產生動搖就很傷腦筋。

最上不經意地巡視四周。

長濱、沖野和沙穗都參加了搜索，並沒有看最上。

最上把案發當天的收據緊緊握在手心。他感覺到自己戴著白手套的手冒著汗。

正當他打算把收據放進上衣口袋時，有人在他面前停下了腳步。

「怎麼樣？有沒有發現什麼？」

抬頭一看，青戶露出渴望的眼神看著自己。

「沒有……」

他似乎也對沒有想像中的收穫感到焦急。

「雖然有『銀龍』的收據，還以為有希望，但並不是犯案當天的。」

「是喔。」

青戶撿起放在最上腳邊的收據，仔細打量起來。

「既然有這個，那就值得找找看……」

他自言自語地說完後，命令其中一名下屬負責找其他「銀龍」的收據。

最上看著他們，悄悄把揉成一團的收據放進了口袋。

然後若無其事地繼續搜索。

他覺得思考和行為都與以前的自己不一樣了。

現在或許還可以後退。

但他完全不打算這麼做。

「人太多反而礙事，長濱和橘小姐去外面觀察一下公寓周圍的情況。」

最上看向周圍後，對兩名事務官說，減少室內的人數。

還能做什麼……？

最上打量著房間內思考著。

必須讓事件成形，呈現在法庭的法官和陪審員面前。

有時候甚至連加害人自己都不記得實際發生了什麼狀況，即使在這種情況下，如果無法在法庭上提出第三者也可以看到的事件形態，就無法求處相應的刑罰。

極端地說，即使和事件原本的形態不同，也要努力讓事件成形，這件事具有重大的意義。

如此一來，該受到刑罰的人才會被處以刑罰。

接下來能夠找到有助於事件成形的證據嗎？

如果找不到，那該怎麼辦？

即使如此，仍然必須讓事件成形。

事到如今，已經沒有讓松倉脫逃的選項了。

最上走到牆邊，看著松倉掛在小型衣帽架上的上衣。

便利商店的監視器拍到的人影穿著深色上衣。

松倉的上衣大部分都是米色或是灰色等淺色衣服，但也有兩件黑色上衣。一件是羽絨衣，另一件是法蘭絨的短大衣。

兩件都像是在量販店買的衣服，看起來已經穿了好幾年。兩件衣服都比較薄，如果是四月中旬比較涼的日子，即使穿這兩件衣服也不奇怪。

羽毛從羽絨衣的縫線處露了出來。

最上發現後，幾乎無意識地看向周圍。

在確認沒有人看自己之後，他抓住了從羽絨衣縫線處露出來的羽毛。

羽毛一下子就被拉了出來。

他抓了兩、三根，放進了自己的上衣口袋。

目前還不知道是否能夠派上用場，但既然有可能成為「證據」，就該先蒐集。

「青戶先生，」最上叫著青戶，「我記得便利商店的監視器拍到的人，好像穿著深色的衣服。」

青戶走到最上身邊，看著衣帽架後回答說：「是啊。」立刻瞭然地伸手拿起那兩件黑色的衣服。

「扣押這兩件衣服。」

他向下屬發出指示。

最上繼續小心謹慎地趁其他人不備，撿起了火柴盒、糖果的包裝紙，或是使用過的牙籤和OK繃，放進了自己的口袋。

四開的賽馬報雖然有點大，讓他猶豫了一下，最後還是把事件之前的一份賽馬報摺起之後，塞進了上衣內側口袋。上面有用紅筆寫的字，也許可以當作「證據」使用。

他又從內側口袋拿出手帕，擦了擦額頭滲出的汗水。

「怎麼樣？有沒有發現什麼？」

沖野找到一個放書信和明信片的盒子，正在一張一張檢查。最上向他瞭解情況。

「沒有，幾乎都是賀年卡，書信也都是親戚的問候，沒有和都筑夫婦的書信來往。」

「不是被害人的也沒關係，如果有他向別人要錢，卻遭到拒絕的內容，那就太有意思了。」

「這裡沒有。」沖野說，「但可以調查他最近和互寄賀年卡的對象之間是否有這種事。」

「是啊，那就請搜查總部調查一下。」

最後，雖然搜索了將近四個小時，但沒有找到任何與事件有直接關係的物證，更沒有凶器、借據或是犯案紀錄。

但除了冰箱等侵佔的物品以外，還扣押了以有助於瞭解松倉平時的行動、交友關係和金錢出入狀況的資料為中心的物品，總共裝了十個紙箱。

「據松倉的同事說，那台微波爐和電暖器也是侵佔的物品。」

青戶看著稍微變乾淨的房間後說道。

「松倉承認嗎？」

「不，還沒有問他。」

「原來是這樣。」

青戶露出意味深長的眼神說。

即使是松倉全面承認嫌疑的侵佔事件，如果還有尚未查明的其他罪行，就可以成為申請延長羈押的理由。移送檢方後的羈押期間是十天，再延長十天，總共就是二十天。問題在於在這段期間內，是否能夠順利因為都筑夫妻殺害事件再度逮捕。

時間很充分。

只不過目前手上的牌還很少。

「辛苦了。」

走出公寓，等在公寓外的長濱和沙穗慰問道。公寓周圍似乎也沒有斬獲。

「情況怎麼樣？」

最上坐上警方的廂型車，用力嘆了一口氣，長濱問他搜索的成果。

「嗯……」最上用嚴肅的口吻說，「接下來只能看偵訊的情況了。」

「是喔。」長濱語帶遺憾地嘀咕。

「這次由誰承辦？」

青戶坐在副駕駛座上後轉頭問。

最上沒有回答，但看了沖野一眼。

「讓我來。」

沖野迎著最上的視線說。

以目前的處境，最上無法親自負責這起案子。

雖然可以負責一、兩次偵訊，但他無意這麼做。在逮捕松倉之前，已經聽了他針對根津事件的自白。如果負責偵訊，就必須要求松倉再說一遍，最上沒有自信在當面聽松倉說那些自白時可以保持平靜。

最上內心已經充滿了憤怒的感情。自己該做的事並不是面對松倉，而是要讓他連同二十三年的利息付出沉痛的代價。

「你應該知道這次偵查的目的吧？」

最上謹慎地確認，沖野立刻回答說：「當然知道。」

「你原本認為應該懷疑沒有留下借據的人，目前怎麼樣？」

「我原本的確這麼認為，但我也接受了目前並沒有任何證據，或是關係人提供線索的情況，讓我可以堅持這種立場。眼下懷疑松倉是妥當的判斷，我也希望能夠在偵訊時讓他招供。」

沖野原本對鎖定松倉一個人進行搜查提出了質疑，但自從松倉承認曾經去過被害人家中之後，態度有了微妙的變化。

在聽到松倉針對根津事件的自白後，他的想法應該也發生了改變。即使再怎麼懺悔，再怎麼淚流滿面，松倉二十三年來隱瞞了罪行重大的犯罪行為，順利逃過了制裁。面對這種人，當然不可能相信。

「好，那我去向副部長說看看。」

最上用這句話表達接受了沖野的積極態度。

10

「侵佔案的松倉已經到了。」

沙穗放下電話後對沖野說。

「去帶他進來。」

沖野對沙穗說完，從座位上站了起來，看著窗外的日比谷公園，用力深呼吸，輕輕拍了拍自己的臉頰。

雖然表面上是微不足道的侵佔事件，但沖野肩上承擔著重責大任，必須釐清造成兩名被害人身亡的凶殘殺人事件，讓頭號嫌犯松倉招供。

在已經邁入第五年的檢察官生涯中，這是最重要的工作。

即使看在一旁，也知道最上隨著警方偵查的深入，對這起殺人命案越來越投入。沖野認為松倉對根津的女中學生殺害事件的自白，正是因為最上對偵查工作的直覺發揮了巨大的作用。雖然那起事件時效已過，但讓一起案情陷入膠著的事件真相大白是極大的成果。最上和根據最上的指示傾全力偵訊松倉的森崎等警方辦案人員，在關鍵時刻所發揮的執著，以及在這種執著下發揮的工作態度，都讓沖野佩服不已，也為他帶來了良性刺激。

如今終於輪到自己了。

這次要面對一個長年隱瞞了自己犯下的凶殘犯罪事實，持續說謊的男人。

當然不能手下留情。

不一會兒，辦公室的門打開了，松倉重生和蒲田分局的一名制服警員一起走了進來。鬆開手銬和腰繩後，制服警員站在後方警戒，松倉在沙穗的要求下，坐在偵訊用的椅子上。

沖野也坐在檢察官的座位上，從正面直視松倉。

松倉有點不知所措地向沖野微微欠身。

他一頭花白的短髮翹了起來，皮膚粗糙，臉上冒著鬍碴。微微垂著的雙眼好像很沉重，完全感受不到絲毫的聰明。舊襯衫外穿著之前在蒲田分局的偵訊室時也看過好幾次的奶油色防風夾克。

因為駝背的關係，他看起來並不高，但下巴和肩膀骨架突出，身體看起來很結實。

「你是松倉重生吧？」

沖野問道，松倉原本就駝著的背彎得更深了，用沙啞的聲音回答說：「對。」

「你在警方的偵訊中應該已經聽說了，你有緘默的權利。除此以外，如果有必要，也可以找律師，知道嗎？」

「知道。」松倉在回答時，點了兩、三次頭。雖然他的態度很順從，似乎已經不抱希望了，但這只是針對侵佔的嫌疑，在遭到逮捕之後，仍然始終否認殺害了都筑夫婦。

當嫌犯移送檢方後，檢察官首先必須瞭解當事人對嫌疑的認識，製作辯解紀錄。今天要訊問松倉對業務侵佔嫌疑的認識。

沖野在製作辯解紀錄時毫不費力，因為松倉全面承認侵佔的嫌疑。

「呃，其實……」松倉一臉歉意地說，「除了電視和冰箱以外，還有微波爐和——」

「喔，」沖野舉起手制止了他，「你只要回答我問的問題就好。」

「呃，好。」

雖然覺得有點蠢，但尚未查明的其他罪行是申請延長羈押的理由，現在不能聽他說這件事。

辯解紀錄完成之後，沖野繼續偵訊。

「聽說你在警察局招供了已經過了時效的根津殺人命案。」

「對。」松倉縮起肩膀，低下了頭。

「當時的警察應該曾經多次訊問吧？你竟然能夠裝糊塗逃脫，或者說順利逃脫了……」

「呃，對不起。」

松倉似乎知道這是躲避指責的最佳方法，頻頻鞠躬說道。

「你可不可以在這裡重新說一次當時的事件經過？」

「喔，那個起初只是一時衝動……」

松倉有點不知所措地說了起來，但或許因為曾經一吐為快，所以並沒有像在蒲田分局那樣流淚，說話時甚至有點嘮叨。

「聽說根津神社門前以前曾經是妓院區，東大成立之後就消失了，但總覺得那裡仍然殘留著淫靡的感覺。當然，這只是我的感覺，嘿嘿嘿。

「我公司的同事高田住在那個宿舍，我和他關係很好，經常去那裡找他玩。都是那傢伙的錯，我和他一起喝酒時，他得意洋洋地說，他和宿舍管理員的太太有一腿。管理員因為發生意外不中用了，所以太太慾求不滿。他還告訴我，那個太太平時就經常向他拋媚眼，所以之前趁她老公不在家時，就去樓下好好滿足了她，結果她爽得唉唉叫。現在回想起來，不知道到底是真是假，當時聽了覺得心癢癢的。那個太太和我的年紀差不多，雖然有了一點年紀，但很豐滿，如果從那種角度看她，就會覺得頗性感。只不過我只是有時候去那裡找同事玩，沒什麼機會接近她……

「那個獨生女的眼睛有點像她媽媽，不過感覺很文靜。即使在宿舍前遇到她，當我一直看著她，她就會害羞地躲起來。她這樣子反而更撩人，比起老闆娘，我覺得她應該更有機會下手。雖然我知道她還未成年，但又不是我的女兒，時間一久，就不再在意這種事。如果把她當成女人，她真的是十足的女人。我漸漸有了這種感覺。

「那天我在傍晚納涼時晃去根津神社，看到她和她的同學把素描簿放在腿上正在畫畫，就是乙女稻荷神社上面的山丘。我在池畔不經意地看著她們，發現是那個女生。起初打算去向她搭訕，問她畫得順不順利，但不一會兒，她同學先離開了，看到她一個人在那裡畫畫，我也有點搞不懂自己在想什麼了。

「她很認真地想把畫畫完，即使我走過去，她也完全沒有發現。我巡視四周，發現四下無人，神社內也沒有人，而且太陽快下山了，天色漸漸暗了下來。結果就因為天時地利，我產生了不該有的想法……我從後方抱住她，然後捂住了她的嘴。只對她說：『只要妳乖乖不要動，馬上就結束了』……

「沒想到她雖然身體嬌小，但還是會抵抗，我遲遲無法如願。我按住她的腳，想要強來，但褲子脫到一半，行動很不方便。她在堅硬的泥土上掙扎，身體擦傷了，我膝蓋的皮也都磨破了。

「我雖然努力了一會兒，但非但沒有爽到，而且膝蓋也痛得很，渾身大汗，簡直把我累壞了。而且一看神社的方向，發現有人走動。我覺得應該沒辦法爽到底了，所以就放棄了。我一放開她，她立刻拉起褲子逃走了。

「我覺得她可能根本不知道是誰幹的。果然不出所料，三、四天後，警察也沒有上門。我並沒有得寸進尺，覺得下次要去她家裡，並沒有想得這麼簡單。只是案發當天心情很差，不知道是什麼原因……可能是工作上不太順利。總之，我只記得那天心情很差。

「我敲了好幾次門，但都沒有聽到回應，高田好像真的出門了。照理說我應該乖乖回家，但我做不到，因為我想起剛才看到住在他樓下的那個女孩房間亮著燈，所以很在意。其他房間的燈都暗著，只有她的房間亮著燈。想到她父母可能外出，家裡只有她一個人，又忍不住心癢癢的，動了壞腦筋……

「我繞到外面，看她的房間，隔著窗簾，看到她正在看書。於是，我再度確認她的父母應該不在家，就繞去了食堂。因為通往她家的門上了鎖，我敲了敲門，她來開了門。我發現一樓的住戶家也沒有亮燈，覺得即使發出一點聲音，應該也不會被人發現。

「她起初露出茫然的表情，當我問她：『妳知道叔叔嗎？』她立刻臉色大變，似乎認出了我。我立刻捂住她的嘴巴，對她說：『不許叫。』然後緊緊抱著她走進了房間。

「老實說，雖然我知道那樣做不對，但腦袋深處有一廂情願的想法，覺得她這次應該願意接受我。冷靜想一下，就知道不可能，但我覺得我和她已經不是外人了。

「沒想到她不知道什麼時候拿了扳手，突然向我揮了過來。我真的嚇了一大跳。扳手用力打在我的肩上，我就一下子抓狂了，覺得好像遭到了背叛，渾身的血都一下子衝到腦袋，無論如何都想要制伏她，當時滿腦子只想著這件事……

「總之，我難以相信眼前發生的事，或者說不覺得那是現實。我雖然擦了門把這些曾經碰過的地方，但只是在做之前在電視上看過的事，根本無法保持冷靜。

「因為我知道日本的警察很優秀，所以很擔心早晚會被抓到，但又想到那天去那個宿舍時沒有遇到任何住戶，這也許成為支撐我的動力。而且，柏村爺爺好像為我作證，說我那天和他一起喝酒，真的幫了我的大忙。我覺得他是我的恩人，即使他死了之後，我也一直去為他掃墓。我覺得他搞不好隱約覺得是我幹的，但他這個人有點怪怪的，讓人捉摸不定，所以完全搞不懂他為什麼願意幫我作證。

「我每天被叫到警察局，簡直生不如死，不過我覺得一旦承認，我的人生就毀了，所以咬牙努力撐了過去。我學柏村爺爺，對刑警的問話顧左右而言他。雖然我的人生沒什麼了不起，但我每個月都賺錢養活自己，自由自在地過日子，我真的很怕這樣的生活被奪走。

「在時效完成之前，我都縮頭縮腦，小心翼翼過日子。好幾次聽到有人敲門，我的心臟就會停了，擔心是警察上門，終於拿著逮捕令來抓我了。尤其在離時效還有一個月時，我整天都提心吊膽，甚至想要去遠方旅行一個月，但是，又覺得警察在哪裡暗中監視我，等待我採取行動。很多想法都在腦袋裡轉來轉去。

「當我知道法律改變，不再有時效時，覺得自己果然有狗屎運。雖然我的一輩子沒太大的運氣，沒想到出現在這種地方，原來真的有所謂的運氣……」

警視廳的森崎曾經詳細訊問了細節，所以雖然是二十三年前犯下的案子，但松倉說得很流暢，甚至好像享受著說出隱瞞多年的秘密所帶來的快感，讓他滔滔不絕。

然而，記錄下他說的這些話，就可以想像他犯下的可怕罪行始末。這種奇妙的落差就像是蟲子爬在皮膚上的不快感，刺激著沖野的心情。

「稍微休息一下。」

十二點三十分左右安排了午休，把松倉帶回候訊室。他會在那裡吃麵包之類的食物，等待繼續偵訊。

沖野不知道該如何排解內心的鬱悶。明知帶著這種心情吃午餐一定食之無味，但只能告訴自己，偵訊就是這麼一回事。

「去吃飯吧。」

他對沙穗說。她也一臉憂愁的表情微微點頭回答：「好。」

「雖然很噁心，但等一下要製作筆錄。」

即使那起事件已經無法追究刑事責任，但仍然是重大事件，在法庭上可以成為參考，有助於瞭解松倉這個人的人性。

「我沒事。」沙穗堅強地說。

製作筆錄並非只是記錄嫌犯在偵訊中所說的話而已，檢察官必須根據嫌犯所說的話，口頭歸納成條理清晰的內容，事務官打字記錄。但由於採用嫌犯獨白的方式，因此在製作筆錄時，檢察官和事務官都必須化身為嫌犯，充分理解事件的細節，重新審視整起事件。尤其在精神上來說，絕對不是一件輕鬆的事。

「妳有沒有製作過殺人命案的筆錄？」

「沒有……但是沒問題。」

沙穗一定是因為對松倉自白的事件充滿憤怒，才會逞強地說這句話。比起不舒服，她內心的憤怒更加強烈。她的語氣也表達了這一點。

「這個世界上，真的有人犯下了那種事件，竟然還能夠逍遙法外。」

搭電梯往地下室的食堂時，沙穗幽幽地說。

她對這種不合理感到憤怒，沖野內心當然也有相同的憤怒。

午餐後繼續進行偵訊，沖野花了三個小時進行口述，完成了根津事件的筆錄，讓松倉簽了名。

在不到半天的時間內完成一起重大凶殘事件的筆錄，沖野在精神上感到疲憊，沙穗似乎也一樣，但重頭戲才要開始。

沖野喝了一口請沙穗為他泡的茶，立刻重整了心情，注視著松倉。

「聽說你因為蒲田老夫婦命案，多次被警方找去問話？」

「對。」松倉臉上不再有談論根津事件時的某種意氣，皺著一張臉，好像發自內心感到困惑，「雖然他們好像在懷疑我，但那起事件和我沒有任何關係。」

沖野知道這是松倉堅持的底線，但如果不撼動他的底線，就無法有任何進展。

「我不可能因為你說『沒有關係』，就回答說『好，我知道了』。」沖野用冷漠的態度注視著他說，「在案發當天，不是有人看到你去了被害人家嗎？」

「那只是剛好而已，」松倉用力搖著頭，探出身體，一臉快哭出來的表情訴說著，「檢察官，請你相信我。我拚命向刑警森崎先生解釋，但他完全不聽我說的。檢察官，我只能靠你了。我老實坦承了根津的事件，因為我希望你能夠瞭解我和這次都筑先生的事沒有關係。我做過的事就承認，沒做過的事不可能承認。我在根津犯了錯，所以一直都戰戰兢兢過日子，不知道什麼時候會被警察抓住。即使過了時效，我也告訴自己，我受夠了那種日子，以後不能再做壞事。我根本不可能殺了都筑先生，請你要相信我。」

松倉最後合起雙手拚命拜託。

沖野聽了他單方面的辯解，同時感到反感和困惑。

這個人殺害了無辜的少女，而且躲過了偵查，如今竟然要求別人相信他，未免太一廂情願了，完全沒必要聽他鬼扯。懷疑這種人根本天經地義。

然而，他真切的訴求似乎正面衝擊著沖野不以為然的態度。他在招供根津的事件時，百分之百是舉起雙手投降的態度，此刻雖然毫不掩飾自私，卻好像在極力維護自己的尊嚴。沖野產生了猶豫，不知道該如何對待他的態度丕變。

但是，這個人說謊成性。雖然他招認了根津的事件，但那是因為那起事件已經完成時效，在此之前，他一直用謊言保護自己。

不知道二十三年前在接受警方調查時，他如何回答逃過了警方的追究，但或許也像現在一樣訴說自己清白無辜，讓當時的偵查員不知所措。

「我說你啊，」沖野打破了短暫的沉默，「你以為現在才招供時效已經完成的事件，就可以讓別人相信你是凡事都會老實說話的人嗎？這種歪理怎麼可能行得通嘛。」

松倉露出驚愕的眼神，嘴唇微微顫抖著。

「請、請你別說這種話，如果連檢察官也這麼說，我不知道該怎麼辦了。我沒有說謊，你剛才說那句話，意思是說，我以前在根津犯下了那起事件，這次有可能也是我幹的。這根本太荒唐了。」

「沒有人這麼說，相反的，你的意思是，你可以承認根津那件事，但不承認這次的事，要我表示同意。這才是荒唐的邏輯。」

「但是我……」

「並不是因為你以前殺過人，所以才懷疑你。你和被害人都筑先生有金錢上的借貸關係，也就是說，你們之間有糾紛的原因。而且在案發當天犯案的時間前後，你又去了都筑先生家。去了他家之後，又做了用手機打電話、傳電子郵件這些令人匪夷所思的行為。」

「這些情況我全都向森崎先生解釋過了，」松倉臉上冒著汗，痛苦地說了下去，「雖然我去了他家，但因為他不在家，所以我想打電話和他聯絡。那天傍晚，我在中餐館喝了啤酒，然後去了都筑先生家，因為他不在，我就回到車站，用手機和他聯絡……就只是這樣。我沒有踏進都筑先生家一步，而且他家鎖著，玄關的門也打不開。更何況我只向他借了不到五十萬，完全是可以償還的金額，根本不可能硬是做些什麼想要賴帳。」

「不到五十萬是留在現場借據上的金額，很有可能實際金額更高，凶手只是把那些借據抽走了。」

「怎麼……」松倉皺著眉頭，搖了搖頭，「如果要抽走，不是會全都抽走嗎？」

「我原本也這麼認為，」沖野說，「但後來又覺得未必是這樣。當然，凶手也可能在情急之下遺漏了，當然也可能故意留下幾張。如果是熟悉犯罪的狡猾凶手，未必不會做這種聲東擊西的事，搞不好還抽走了完全無關的人的借據。」

「太可怕了。」松倉拚命搖著頭，「太可怕了，我無法想像。」

「你別說得那好像是和你不同世界的事。」沖野瞪著他說，「是誰在根津事件犯案之後，擦掉了門把上的指紋？」

「這個和那個是兩回事。」

「在根津的事件中，你不是借用了那個宿舍學生的鞋子嗎？警方一度懷疑是那個學生，擾亂了偵查。那不正是你的目的嗎？」

「我、我完全沒想要嫁禍給別人，我從來沒有這種想法。我穿那裡的鞋子，是因為覺得反正那是別人丟掉的鞋子，而且之後拿去丟掉，也是害怕警察會盯上我而已。」

「那不是一樣嗎？你一直說害怕、害怕，真正膽小的人，根本不可能犯下那種案子，即使因為一時鬼迷心竅而做了那種事，也不會想到要湮滅證據。進一步來說，當警方找上門時，就會放棄掙扎，坦白招供。這才是普通人，但你一直裝糊塗，在時效完成之後繼續裝糊塗，只是在聽到DNA鑑定的事之後，才終於承認是自己幹的。你根本是狡猾的老狐狸。雖然你假裝自己膽小怕事，卻掩飾不了你狡猾的罪犯個性。」

「根津的案子無論你怎麼說，我都只能認了，我犯下了錯，也知道無論再怎麼後悔也無法消除自己的過錯，但是，我真的和這次都筑先生的事件沒有關係。這一點一定要說清楚，一定有真凶，請你們找到真凶。」

沖野不惜用平時幾乎很少使用的人身攻擊，試圖讓松倉屈服。他向來不認為否定對方的人性是好方法，但總覺得這次應該使用強攻的策略。搜查總部的森崎在心理上把松倉逼入無處可逃的絕境，終於讓他招供了根津事件，沖野也受到了影響。在羈押的二十天期間，他將和森崎一起偵訊松倉，沖野覺得就像在競爭，無論如何都希望自己的偵訊能夠獲得更大的成果。

然而，當他帶著這種幹勁逼問松倉，卻換來他頑固的否認。那不像是閃躲或是逃避，而是可以稱為拒絕反應的無所適從。

沖野並沒有以為可以在製作關於侵佔的辯解紀錄同時，讓他招供都筑夫婦的事件，但期待一開始展開強勢進攻，或許可以掌握某些突破口。只不過最後無法掌握任何能夠成為突破口的線索，不得不再度認識到，這次的工作很棘手。

「今天就先到這裡吧。」

即使在天黑之後仍然發揮了耐心持續偵訊，但一方面因為把松倉送回去的車子還等在樓下，沖野雖然無法從松倉得到任何有助於下一次偵訊的反應，也只能暫時結束今天的偵訊。

松倉自始至終否認，不過面對沖野的嚴厲追究，可能在精神上也承受了極大的壓力，離開時滿臉悵然，看起來很疲累。對沖野來說，如果硬要說今天的偵訊有什麼成果，只能說對松倉的精神造成了打擊。然而，即使這麼安慰自己，也只是徒增空虛而已。

「辛苦了。」

沙穗向他打招呼時，臉上也帶著疲憊。她從頭到尾在一旁看著沖野咄咄逼人地逼供松倉，一定感到很受不了。

「辛苦了，妳可以先下班了。還是要一起喝一杯？」

「好啊。」

沖野從冰箱裡拿出罐裝啤酒，也遞了一罐給沙穗。

沖野靠在沙發上，一口氣喝了半罐。他並不是因為啤酒的美味發出嘆息。

「好難啊。」

他忍不住嘀咕道，端正地坐在對面的沙穗也回答說：「真的很難。」

「我並不是抱著且行且看的觀望態度。」

「對……火力相當足。」

今天的偵訊並沒有輕揮直拳，而是一開始就用重拳猛攻。把松倉逼入牆角，猛烈攻擊，把他的臉都打歪了。

但是，不經意地低頭看對方的腳，發現他根本沒有搖晃，更沒有會倒下的跡象。

沒想到自己反而越來越累。

之前負責偵訊諏訪部時，沙穗曾經懊惱地說：「真的只差一步而已，太可惜了。」但她今天沒有說這句話，想必也有和沖野相同的感覺。

沖野喝完啤酒，請沙穗先回家。他去最上的辦公室報告今天偵訊的情況。

「辛苦了。」

長濱似乎已經下班了，只有最上一個人在等沖野。沖野在這裡又開了一罐啤酒，和最上面對面在沙發上坐了下來。

「他今天還是堅持不認蒲田的事件。」

「嗯。」

最上從沖野手上接過資料，面無表情地應了一聲。雖然他臉上沒有露出失望的表情，但也沒有表現親切，認為這樣的結果也無可厚非。

最上完全沒有看侵佔嫌疑的辯解紀錄，一臉嚴肅地看著供述根津事件的筆錄後，用鼻子重重地嘆了一口氣。

沙穗以要點的方式記錄了都筑夫婦命案的偵訊內容，照理說，最上看了這些內容，就知道沖野嚴厲偵訊松倉。

「你的感覺怎麼樣？」

最上把看完的資料放在沙發旁後問道。

「可能會很花時間。」沖野這樣回答。

「並沒有太多機會。」

「是。」

之前溝通後決定，在羈押期間，基本上由搜查總部負責偵訊。最上和青戶都很信任搜查總部負責偵訊的森崎偵訊能力，在接下來的二十天中，松倉最多只會來東京地檢接受偵訊四、五次而已。

「如果你感覺不錯，也可以考慮增加傳喚他來這裡的次數。」

最上說完這句話，似乎在觀察沖野的反應。

「無論如何，我都會努力在有限的機會中問出結果。」

這種時候或許應該展現決心，但沖野不想說一些不負責任的話。

最上注視著沖野的臉片刻後，輕輕點了點頭，再度拿起偵訊紀錄。

「他看出我們手上證據不足嗎？」

「我並不認為他能夠冷靜觀察到這一點，」沖野微微偏著頭，「只是他持續否認自己犯案，老實說，即使試圖突破，也不知道該從何下手。」

「不知從哪裡攻擊，不正是因為手上沒有足夠可以打的牌嗎？即使沒有，也可以假裝掌握了王牌，這不失為一種方法。事實上，森崎副警部就是用這一招讓松倉招供了。」

「是啊。」沖野雖然點了點頭，但他並不太能夠接受這種方法。沖野對沒有的東西無法投入感情，也沒有自信能夠展現像森崎那樣的魄力。「但今天偵訊了一天，我覺得即使嚴厲逼供，恐怕也無法解決問題。我相信森崎先生在搜查總部應該已經對他疲勞轟炸，所以我在想，是否要改變策略，下一次要不要好好聽聽他的身世和生活中的不滿……」

在過去的偵訊中，他曾經感同身受地傾聽嫌犯訴說苦學生時代的事，雖然乍聽之下和案情無關，但也因此在某種程度上博取了對方的信任，最後對方順利招供。

在羈押二十天期間，嫌犯飽受孤獨和不安。在這種情況下，願意理解自己的人就變成特別的存在，會自然而然地產生信任感，進而產生不能對他說謊的想法。

並不是只有猛烈揮拳重擊才厲害，首先要博取對方的信任……這樣才有勝算。正因為沖野這麼認為，才會向最上提出這個方案。

沒想到最上聽了，露出極度冷漠的眼神搖了搖頭，似乎認為完全不值得考慮。

「你是因為這樣比較輕鬆，所以才提出這樣的建議嗎？」

「不，並不是這樣……」

「松倉並不是簡單的人物，」最上幾乎瞪著沖野說，「他是極其狡猾的老狐狸，而且有著驚人的防衛本能……你必須帶著這種認識偵訊他。三兩下子可沒辦法讓他說實話，一旦遇到對他不利的事，他就會隱瞞到底。正因為這樣，他才能躲過根津事件。雖然他現在招供了根津的事件，也淚流滿面，一直道歉，但如果看到他這個樣子，覺得他有人性，就已經落入了他的圈套，所以要格外小心。你必須放棄認為只要能夠打動他，他就會對你說實話的想法。他打算招供已經完成時效的事件，徹底逃避將要遭到審判的事件。這代表什麼意義，基於怎樣的人性才會採取這種態度……你必須充分思考這些問題。」

沖野並不覺得自己的想法太天真，但的確覺得只要改變進攻方式，可以打動松倉。

然而，最上要求他拋開所有這些期待。

所以只能疾言厲色，一味窮追猛打嗎？

真是一個疾言的人。

沖野覺得也許第一次看到最上身為檢察官的真面目。

「如果有困難，那就趁早說。」最上說道，似乎在逼迫他下決心，「如果無心奮戰，勉為其難繼續做這件事是最糟糕的選擇，還不如趁早找別人。」

「不，沒這回事，」沖野不加思索地回答，「我知道了，我原本認為不要排除使用各種方法的可能性，但以結果來說，可能反而會讓松倉有機可乘。我打算將這個案子負責到底，絕對不會中松倉的計，也不會讓他逃脫。我會徹底追究，不會輸給森崎先生，要讓他在我手上招供，所以希望可以繼續交給我偵辦。」

最上目不轉睛地盯著沖野，沒有輕易回答。沉默良久之後，他才終於移開視線，喝了一口啤酒。

「當然，只要你不放棄，就會繼續交給你處理。」最上靜靜地說。

「謝謝。」

沖野回答時，內心冒著冷汗。最上瞥了他一眼說：

「等你的徽章稍微褪色之後，再來學設身處地傾聽對方身世這種招數。你的絕招是什麼？不是不顧一切地衝撞對方嗎？至少我對這一點抱有期待，不要變成那種少年老成的檢察官。」

「我知道了，我會全力以赴。」

無法在最上面前發牢騷說這起事件很難偵辦。在最上交付的工作中，上次偵訊諏訪部也沒有獲得滿意的結果。最上在上次還老神在在，並沒有計較沖野的失敗，但這次的事件中完全沒有摻雜溫情的餘地。

必須做出成績。

沖野深刻瞭解到這份責任。

移送檢方隔天後的三天期間，由警視廳的森崎副警部在蒲田分局偵訊松倉。

聽說從早上八點多一直嚴厲偵訊到晚上十點多。

沖野有時候打電話，有時候親自去蒲田分局，找到正在休息的森崎，瞭解偵訊的進度。

進入第三天時，森崎的臉上也露出了極度疲憊之色。

「這句話我不會對別人說，但那傢伙還真難纏。」

森崎在同樣負責偵訊的沖野面前說出了應該無意讓青戶或最上聽到的洩氣話。

「在他招供根津的事件時，我還以為再花兩天的時間，就能讓他在這件事上吐實……沒想到事情並沒有這麼簡單。」

說完，他輕輕嘆了一口氣。

「如果有新的證據，情況應該就不一樣了……」

「是啊，」沖野也表示同意，「搜查總部很努力，但始終沒有找到像樣的證據。」

「明天可以拜託你接手嗎？」

「當然。」

因為是原定計畫，沖野便一口答應，森崎露出鬆了一口氣的苦笑。

「照這樣下去，我的精神反而撐不下去了。即使只去你那裡一天，也幫了我很大的忙。」

距離沖野上次偵訊已經隔了幾天，再加上最上的激勵，他渾身充滿了鬥志。

「我會努力連同你的份好好加油。」

沖野雖然對森崎露出笑容，但內心對松倉燃起了熊熊烈火。

「侵佔案的松倉到了。」

隔天早晨，聽到沙穗報告松倉已經押解到東京地檢後，沖野脫下了西裝上衣，挽起了襯衫袖子等他。

「早安。」

不一會兒，松倉走進辦公室，先向沖野行了一禮，當負責押解的員警鬆開他的手銬和腰繩時，他站在偵訊用的桌子前。

但是，松倉並沒有馬上坐下來，而是出神地看著沖野的背後。

他似乎正在看窗外日比谷公園的綠意和那片大樓，他輕輕吐了一口氣，似乎這短暫的片刻療癒了他的心。

看到他的樣子，反而瞬間激發了沖野的鬥志。松倉覺得擺脫了森崎的嚴厲偵訊，如今終於能夠放鬆了。

簡直把自己看扁了。

「喂！你不想坐就不必坐了！」

沖野說完站了起來。他解開領帶，丟在桌子上。

「啊……對不起。」

「不許坐！」

沖野制止了鞠躬道歉後想要坐下的松倉，然後繞過辦公桌，讓驚慌失措的松倉站在那裡，把偵訊用的桌椅搬到了牆邊。

「這裡，你坐在這裡！」

他要求松倉面對牆壁坐下，然後搬了自己的椅子，在他旁邊坐了下來。

「把手放在腿上！挺直身體！直視前方！」

沖野攤開幾份報導都筑夫婦凶殺事件的報紙社會版，用膠帶貼在松倉眼前的牆上。

「如果你不招供自己犯下的罪行，別奢望可以看到外面的風景！」

他在松倉的耳邊大吼。

「我、我什麼都沒做。」

松倉雖然聲音發抖，但清楚地回答。

「你看了這個，還在說同樣的話嗎？」沖野把都筑夫妻屍體的臉部相片貼在報紙上，「他們可是清楚知道自己是被誰殺害的，你仔細看看他們遺憾的臉！睜大眼睛看清楚！」

「不是我……」

松倉痛苦地皺著眉頭，搖了搖頭。

「你打算裝糊塗到什麼時候？王八蛋！」沖野破口大罵，口水都噴到松倉的臉上，「你這個殺人魔！強暴犯！」

松倉驚訝地看著沖野。

「怎麼了？我說錯了嗎？我沒說錯吧？殺人魔！強暴犯！你喜歡哪一個稱呼，我可以用你喜歡的稱呼叫你！」

松倉眼中帶著淚水，急促地呼吸著。

「我在問你，你想我用哪一個稱呼叫你！殺人魔！你到底要殺幾個人才善罷甘休？因為像你這種人活在世上，到底要犧牲多少人！你以為只要裝糊塗，又可以逃過法網嗎？王八蛋！現在已經沒有時效了！而且我會徹底追查你！」

「檢察官，我沒有！」松倉流著淚反駁，「我對自己以前犯的錯已經充分悔過……我已經不想再過那種整天提心吊膽，不知道哪一天會被抓的生活了……所以，我不可能做那種事。」

「你真的以為這種荒唐的邏輯行得通嗎？你以為說出已經完成時效的事件，就消除了自己的罪過嗎？不管有沒有受到制裁，你都是殺人魔、強暴犯！你說你已經充分悔過？開什麼玩笑！你以為只要說出以前的事，就可以矇騙警方，可以掩飾這次的事件，不是嗎？只有你會幹這種事！在可疑人物中，有一個人殺過人，而且還曾經有強暴前科！明眼人都知道誰最可疑！」

「我！」松倉舉起原本放在腿上的拳頭，然後放在桌上，「我絕對沒有殺人！為什麼你不相信？」

「什麼？喂！」沖野更加提高了音量，「你在發火嗎？只是聽了這幾句話，就發火了嗎？你就像這樣對著都筑先生發火，然後又做什麼？喂，你倒是說啊，殺人魔！你拿出刀子做了什麼？說啊，喂？」

松倉發出「啊啊」的悲痛聲音，扭著身體，用手捂住了耳朵。

「不許捂住耳朵！誰允許你這麼做？你給我好好聽清楚！別小看我！王八蛋！」

沖野就像失去了控制，一直對著松倉破口大罵。

「死去的都筑先生內心的怨念移到我身上了！你別想殺了人還逍遙法外！都筑先生說了！是你殺了他！你趕快承認！

「你以為我毫無根據就懷疑你嗎？我手上有足夠的證據，無論你怎麼否認，只要上了法庭，就會讓你無所遁形！如果你繼續否認，法官就會對你有極壞的印象！根本不可能對你酌情量刑！你這是在加重自己的刑罰！你知道奪走兩條人命的事件會遭到嚴懲嗎？即使法官酌情，也會被判無期徒刑！如果沒有酌情的餘地，你知道會變成怎樣的結果嗎？

「喂！你夠了沒有！我和殺人魔呼吸同樣的空氣，都忍不住想要吐了，我還是忍耐著在偵訊你！你倒是為我想一想啊！趕快說，讓我擺脫你！

「這個世界上，沒有一個人會相信你說的話！和都筑先生一起賽馬的朋友都說你很可疑！誰會相信你？你說啊！和你離婚的前妻嗎？你們早就離婚了，她怎麼可能相信你？恐怕只有在根津的事件中作偽證的老頭吧？但那個老頭也早就死了，不是嗎？所以沒有了，一個人也沒有！」

眼前的景象，已經遠離了沖野當初想要用法律這把劍把惡人劈成兩半的理想，只是用各種可以成為石頭的話語，不顧一切地丟向嫌犯。他要用這種方法踐踏松倉的自尊心，讓他感到孤獨，把他逼向絕望的深淵，最後放棄抵抗。

他意識到自己就像發了瘋似地罵個不停，松倉也的確因此受到了打擊。松倉渾身發抖，淚流不止，不時發出痛苦的叫聲。但是，反過來說，自己像惡魔般罵了一整天，也只得到這樣的成果。即使松倉夜不成眠，沖野內心也只留下空虛。

松倉沒有招供一句話，天黑之後，回到了蒲田分局的拘留室。

松倉離開後，沖野把自己的椅子搬回辦公桌前，無力地癱坐在上面，整個人趴在桌上。逼迫自己演了一天亢奮的戲碼，奪走了全身的力氣。

「這樣的要點可以嗎？」

沙穗窺視著沖野的臉色，把紀錄遞到他面前。沖野抬起沉重的腦袋，迅速瀏覽了一下，發現她從自己今天一整天的謾罵中擷取了一些聽起來稍微有邏輯的話語，改成了比較中性的表達方式。

「妳為什麼擅自修飾，我可不是這樣說的？妳把我說的殺人魔、強暴犯之類的字眼全都寫上去啊，也要讓最上先生瞭解我逼問得有多凶。」

「好，對不起。」

沙穗收回了要點，準備重新整理。沖野看著她的樣子，內心更加空虛了。無論最上是否感受到自己多麼努力，還是無法改變沒有從松倉口中問出任何供詞的事實。

「我開玩笑的。」沖野嘆著氣說，「這樣就可以了，如果把我剛才說的話全都寫下來，就無法讓別人看了。」

「這樣沒問題嗎？」沙穗靜靜地問。

「沒問題，反正還是要為他沒有老實招供道歉。」

沖野再度從沙穗手上接過要點，對她說了聲：「辛苦了」，走去最上的辦公室。

最上坐在辦公桌前迎接沖野，省略了慰問的話，立刻低頭看著沖野遞給他的偵訊要點。

「對不起。」

最上看完時，沖野用沙啞的聲音說完，鞠了一躬。

「你還能繼續努力嗎？」

最上瞇起眼睛，看著沖野的臉。

「當然。」

雖然沖野不加思索地這麼回答，但發現和自己的心情相去甚遠。

「森崎副警部也試了很多方法，但好像感到束手無策。如果你沒問題，我認為可以增加來這裡的次數。」

「交給我吧，我會盡最大的努力。」

沖野覺得好像在遙遠的地方聽著自己口中說出的話。

隔了兩天後，松倉再度被送來沖野的辦公室。

松倉的臉上沒有上一次走進這個辦公室時的鎮定表情，凹陷的雙眼忙碌地打著轉，臉頰也因為緊張而繃緊。

但是，沖野知道自己沒有資格說別人，因為自己的表情也很可怕。他連續三天晚上睡不好，只能靠吃睡眠導入劑，好不容易在快天亮時昏昏沉沉兩、三個小時而已。

雖然沒有充血，但感覺眼睛很沉重，皮膚乾澀，到處都覺得刺痛。

然而，當偵訊開始時，這種疲勞的感覺被刻意放大的亢奮淹沒了。

「這樣看著你，覺得你果然長得一臉壞樣！你看看鏡子，看啊！你自己看看殺人凶手長什麼樣子！你對著鏡子問，殺害都筑夫婦的凶手到底是誰！

「所以，你是不是走進他們家裡了！至少承認這件事！只要回答『是』就解決了啊！是不是很簡單？你一臉痛苦的表情，是因為明明有做，卻不承認自己做過，對不對？因為你說這種連自己也不相信的謊，試圖讓自己脫身，所以才會這麼痛苦，不是嗎？

「如果你媽還活著，我要對她說！妳做了這麼罪孽深重的事！竟然把這種畜牲帶到這個世界，結果犧牲了無辜的人。為什麼要做這種戕害社會的事！即使你媽哭著下跪道歉，我也無法不說這些話，否則我心有不甘！

「你的人生中有什麼需要你這樣死命保護的事嗎？喝酒、賭賽馬、嫖女人，你的生活就只有這些事，再過幾年，連工作都會有問題，然後就申請公所補助，躺在髒被子裡動彈不得，就結束一輩子。這種跟狗屎一樣的人生是怎麼回事啊？如果我是你，早就對這種人生死心斷念了！在牢獄去為被害人的冥福祈禱，默默為他們誦經，才活得更像一個人，難道不是嗎？」

松倉承受了沖野的痛罵後啞口無言，當他被帶走，結束了瘋狂的一天後，沖野面對排山倒海而來的強烈疲勞不知所措。

無論做什麼，他都無法想像松倉招供的樣子。雖然猜想松倉不可能招供，但還是基於這是自己的使命這樣的理由，不顧一切地破口大罵。無論是亢奮還是憤怒，光靠真實的感情無法這樣長時間持續，就連沖野自己也不知道到底是智謀還是瘋狂，讓自己能夠持續痛罵。

他重重地嘆了一口氣，抬起頭時，發現沙穗正看著自己。

沙穗眼鏡後方的雙眼中露出既像是輕蔑，又像是憐憫的眼神。沖野沒有力氣多想，只是茫然地接受了她帶著某種感情的眼神。

「妳遇到這種情況，不舒服的感覺忍不住寫在臉上……這也難怪。」

沙穗聽到沖野這麼說，露出有點哀傷的表情。

「我擔心你的身體。」

「我的身體？」聽到沙穗的關心，沖野無力地笑了起來，「我的身體根本沒問題，只是大聲叫罵而已，太輕鬆了，也有助於消除壓力。」

他無力地癱在椅背上，把雙腳蹺到桌上。沙穗目不轉睛地看著他。

「我在想，」沙穗似乎想要說出內心的想法，「他真的是凶手嗎？當然一方面是因為完全沒有任何直接的證據，但聽了偵訊時的對話，總覺得他對有關犯案核心的內容太沒有反應了——」

「別說這些了。」

沖野打斷了沙穗的話。

「好……對不起。」

沙穗動了動嘴，似乎打算再說幾句，但最後只是表達了道歉，就沒再說話。

沖野並不是沒有產生疑問，但他盡可能不去想這件事。因為一旦意識中有這樣的疑問，就無法勝任偵訊的工作。於是就會被認為消極對待偵查工作，無法再主辦這起事件。

「辛苦了。」

沖野從沙穗手上接過偵訊紀錄，請她先下班後，邁著沉重的腳步前往最上的辦公室。

因為已經不是第一次了，最上可能看沖野的臉一眼，就知道了偵訊的成果。他沒有問沖野一些不必要的問題，在看偵訊紀錄時也面不改色。

「我和副部長討論過了，按照目前的情況，恐怕很難用殺人罪再逮捕他。」

最上的語氣中雖然沒有焦急，卻充滿了十二分的凝重。

「老實說，在逮捕松倉之前，覺得他面對嚴厲的偵訊，應該會投降。」

「對不起。」

沖野低頭道歉，但最上並沒有理會。

「現在回想起來，發現那是很大的賭注。即使如此，我也不打算回頭。」

這句話聽起來雖然像悲壯的決心，但沖野看到了最上的處變不驚。

「責任我來扛，你不必放在心上，繼續全力以赴。勝利的契機往往會出現在感覺走投無路的時候。」

想到最上把期待寄託在自己身上，沖野感到很慚愧。

自己必須回應這種期待。

「好，我會努力。」

只能不顧一切向前衝。

11

「嗯……」

副部長脅坂達也聽完最上的報告，在辦公桌前為難地發出低吟。

「我總覺得你在這起事件上難得處理得這麼急躁。」

「時間還很充分，這個傢伙在二十三年前也躲過了警方的追究，一開始就知道這起案子沒這麼輕易解決。接下來才是關鍵。」

「按照目前的情況，很難同意再逮捕，光是憑他在犯案的時間區段去過被害人家這一點，就連作為狀況證據都很不充分，而且必須有明確動機……即使是因為借錢引起的糾紛，也要瞭解具體是因為什麼契機，必須從周圍人的證詞中找出糾紛的起因。」

「搜查總部目前正在做這件事。」

「嗯……」脅坂拿下了塑膠框的眼鏡，揉著眼角，「總之，要有嫌犯的供詞或是直接證據……尤其是凶器……如果沒有其中一項，恐怕很難。」

雖然搜查總部將搜索範圍擴大到松倉任職的公司和附近的公園，試圖找到凶器的菜刀刀柄，但至今仍然沒有找到。

「之前好像說，拖鞋丟在便利商店垃圾桶的可能性相當高。」

「對。」

「當時沒有把刀子也丟掉嗎？」

「應該沒有。因為便利商店的店員會檢查垃圾桶內是否被人丟了危險物品或是可疑物品，那把刀柄上還有一截刀子，如果丟在垃圾桶裡，店員應該會發現。」

「最好能夠找到凶器的下落，就算沒辦法找到，即使只是查到在哪裡買刀的證據，情況也會不一樣……」

搜查總部正在調查這件事，只是並沒有理想的結果。

「如果沒有這些證據，恐怕很難。」脅坂說，「當然，還要看接下來的偵查情況而定。最上，你可以選擇暫時遠離這個案子。」

「第一線辦案人員的心證，幾乎都認為是松倉犯案。」

「這一點我能瞭解，但無法因為這樣就硬來。現在收手，受傷也比較輕，如果窮追猛打，最後還是讓他脫身就慘不忍睹了。」脅坂停頓了一下，似乎想要委婉勸退，然後看著最上說：「你明年應該就不再是普通檢察官了，在這麼重要的時候，沒必要做一些會對自身經歷產生負面影響的事，在處理問題時，一定要謹慎再謹慎。」

脅坂是東京地檢刑事部第一副部長，傳說他將在下一次人事異動中升為部長，這番包含了處世之道的話很有說服力。

但是，在這起事件上，最上並不願意聽從他的建議。即使自己的經歷有值得放在天秤上衡量的份量，只要不放在天秤上衡量，就可以解決了。

「我會牢記副部長的擔憂，在這個基礎上努力找到突破口，設法再度逮捕松倉。」

最上說完這句話，走出了副部長室。

為了能夠再度逮捕松倉，必須不計一切代價，而且必須以殺人罪將他送上法庭。當然，既然送上法庭，就必須掌握能夠讓法官判他有罪的證據。

不計一切代價……

可以說，最上在這個問題上，已經有一隻腳踏出了身為檢察官的職權。

而且他有預感，如果這種狀況繼續，自己兩隻腳都會踏出去。

松倉的偵訊工作陷入了瓶頸，雖然每次見到沖野就激勵他，但以現狀來看，無法保證能夠在羈押期間讓松倉招供。

既然無法讓松倉招供，就只能加強證據……

回到自己的辦公室，長濱遞來一張字條。

「加納律師打電話來，希望你有空回電給他。」

「他是誰？」

「輪值的律師，他好像接見了那個松倉。」

尚未遭到起訴的嫌犯在羈押期間，如果有什麼問題想要請教律師，卻無法自行找到律師時，律師協會就會透過律師輪值制度派律師前往。

「我剛才查了一下，這位律師之前也當過檢察官。」

長濱遞過來的字條上寫了加納律師的簡單經歷。目前六十歲的加納律師，司法研習比最上早九期，在十年前辭去檢察官的工作。

原本聽到是為了松倉的事，最上有點緊張，但既然對方以前也是檢察官，應該不會為難自己。最上拿起了電話。

「喂？請問是加納律師嗎？我是東京地檢的最上，很高興認識你。」

「喔，最上先生，不好意思，還勞煩你特地打電話來。因為找了你好幾次都找不到人。」

對方說話的語氣中完全感受不到敵意。

「不，是我感到很抱歉，沒有接到你的電話。聽說是關於松倉的事，有什麼……？」

「是啊。我因為輪值去接見了他，他哭著說，他完全沒有做過的事，卻一直逼他承認，而且，一整天都用惡言惡語罵他，他感到很痛苦。」

「不是警方，而是我們這裡的偵訊嗎？」

「對，我也懷疑自己聽錯了，但他說，檢察官的偵訊更可怕。」

因為加納說話的語氣中沒有緊張感，最上忍住了微笑。

「我向你們事務局確認了一下，發現主辦的是A廳檢察官。」

「是。」

「所以我猜想應該只是沒有拿捏好分寸，總之，我想先來打聲招呼。」

「那真是太讓你費心了。主辦檢察官的確是A廳很有活力的年輕人，可能有點用力過度了。但他原本是很有禮貌的人，也很重視倫理，應該不至於有什麼問題行為。應該沒有打人或是踹人之類的情況吧？」

「那倒是沒有。」

「因為松倉還牽涉到其他事件，所以嚴厲偵訊也是情非得已。我相信加納律師你應該很瞭解這些內情。」

「哈哈哈，我猜想也是這麼一回事，但既然他投訴，我當然不能悶不吭氣。」

「你的要求我已經收到了。」最上回答後，不經意地問：「松倉還有沒有說什麼？」

「他說，一直要他承認他完全沒有做過的事，他都快被逼瘋了。他真的快崩潰了。聽他說話時，有時候會忍不住納悶，感覺他可能真的和這起事件無關。只不過是不是真的這樣，還必須審慎判斷。不不，我只是輪值，並不是在袒護他，只是身為前檢察官的善意提醒。」

「這樣啊，我會參考你的意見。」

最上再度道謝後，掛上了電話。

他完全無意指示沖野手下留情。

松倉快崩潰了。

這是從剛才的談話中發現的現實。

既然快崩潰了，就代表可能在不久的將來招供。

但是，松倉是真凶這件事還沒有成為不可動搖的心證。

這也是另一個現實。

雖然剛才對脅坂副部長說，第一線辦案人員的心證很堅定，但最上覺得其實並沒有像他說的那麼堅定。最上也不是沒有意識到，自己因為希望松倉是兇手的想法，影響了對案情的展望。

也就是說，目前還無法瞭解偵查將會向哪個方向發展。

即使如此，最上希望從松倉快崩潰了這件事中找到勝算。

那天晚上，他處理完工作後回到宿舍，等待他的是一片漆黑的家。

妻子朱美白天出發去韓國旅行。最上當然沒有去送行。因為她傳了電子郵件到他手機說：「我今天出國」，所以他也四平八穩地回覆說，要她小心不要發生意外。

桌上放著朱美的行程表，以及她事先買好的速食包食品，最上瞥了一眼，完全沒有拿起來。

奈奈子今天晚上去打工不在家。

最上換了便服，走進書房，打開了書桌的抽屜。

他拿出一個紙包，放在桌子上。

那是之前去松倉家搜索時偷偷帶出來的東西。雖然幾乎都是一些只能稱為垃圾的東西，但如果運用得宜，應該可以綻放出像寶物般的光芒……這幾天來，他一直帶著這樣的期待，絞盡腦汁思考是否有什麼妙案。

但是，即使再怎麼思考，使用方法也很有限。

那就是把這些東西作為遺留物放在現場或是現場附近，然後再以可能有疏漏之類的理由，暗示搜查總部再度展開鑑識搜索。

目前在松倉的行蹤問題上，只能證實他曾經到過被害人家的玄關，但不可能因為他已經來到玄關，就認定他也一定進了家門，這種跳躍式的邏輯無法獲得認同。因為玄關的門上了鎖，這也成為松倉犯案可能性的障礙。

只要他進入被害人家，就等於消除了這道障礙，為了證明這一點，必須有松倉曾經在那天進入被害人家的物證。

不，不是家裡也沒問題。

目前認為凶手是繞去庭院後逃離現場。

只要有什麼可以和松倉產生關聯的東西掉在庭院，就可以成為消除犯案可能性障礙的物證，和事件無關的陌生人在那裡打轉的說法不合理。

如果是庭院，最上可以獨自去那裡放置。

只要有意義，最上做好了親自動手的心理準備。

但是，即使要動手，也必須慎重考慮。

從松倉住家撿回來的東西中，最能夠派上用場的應該就是OK繃。因為上面沾到了血，只要鑑定DNA，就知道是松倉的。即使掉在庭院，認為是在逃走過程中從身體上掉下來也很自然。

牙籤應該也是能夠驗出松倉DNA的理想物品，但牙籤不適合作為松倉掉在庭院的東西。賽馬報當然不能用，糖果的包裝紙上也很難保證一定能夠採集到松倉明確的指紋。

當初拿到羽絨衣的羽毛時覺得很有意思，想要仔細調查一下，於是就打了匿名電話，問了纖維業界的檢查協會，但對方回答，要證明一根羽毛來自某件特定的羽絨衣幾乎是不可能的事。因為一件羽絨衣使用了不特定多數的水禽羽毛，而且只有兩、三根羽毛也無法作為DNA鑑定的檢體。雖然可以根據羽毛的形狀分辨是鴨還是鵝的毛，卻無法知道是哪一件羽絨衣上的羽毛。

但是……最上思考著。

並不是每件羽絨衣的羽毛都會掉出來，只是有些羽絨衣的布料或縫線較粗，最上年輕時也穿過便宜的羽絨衣，有時候裡面的羽毛會鑽出來。

從這個角度來說，松倉的羽絨衣很有特徵。因為他的羽絨衣上有很多羽毛都露了出來。如果都筑夫婦和最先發現屍體的原田夫婦沒有這種羽絨衣物，即使無法成為關鍵性的證據，也可以成為讓嫌疑指向松倉的物證。

就讓OK繃成為關鍵證物。為了讓鑑識人員發現OK繃，必須找藉口要求再度搜索現場是否有遺留物。羽毛可以成為很好的藉口。

最上判斷腦袋內構思的邏輯成立，就用鑷子從紙包中拿出OK繃和三根羽毛，裝進了信封。

隔天清晨，最上五點多就醒了，他在安靜的廚房內吃完簡單的早餐，比平時提早將近兩個小時做好了出門的準備。看到脫在玄關的靴子，知道奈奈子已經回家了，但她應該剛睡不久，所以就沒有去叫醒她。

走出宿舍，在環七大道上攔了計程車，前往大田區六鄉。

他在第一京濱的路旁下了計程車，然後沿著京急高架走去都筑夫婦的家。雖然不時遇到出門上班的人騎的腳踏車和車子，但都筑夫婦家門前的小路上沒有人影。

失去主人的房子已經沒有之前進行現場勘驗，許多偵查員出入時的森嚴感覺，漸漸染上了凋零的寂寥。

他不經意地向小路左右張望後，迅速躲進了沒有門的車庫，然後走過都筑和直的愛車旁，鑽過種植的松樹和杜鵑花，繞去了後院。

他躲在樹叢後觀察庭院的情況片刻，發現四下無人。

靠簷廊的落地窗拉起了遮雨窗，不知道是嫁去千葉的女兒，或是晃子的妹妹、妹婿拉起的。

這裡看不到屋內的情況，雖然猜想屋內應該沒有人，但最上還是小心謹慎地走去庭院。

到底要放在哪裡……他在確認凶手逃走路徑和風向的同時思考著。

他戴上白手套，從信封中倒出羽毛，用鑷子夾住，塞進小型木板露台的縫隙中。那不是一眼就會發現的地方，但仔細一看，羽毛隨著微風搖動，好像在主張自己的存在感。

不錯。

他把另一根羽毛放在吹到庭院角落的落葉上。

還剩下一根。

他稍微移動了落地窗的遮雨窗。

裡面很暗。

能不能從落地窗的縫隙塞進室內？

他把夾住羽毛的鑷子塞進去，前端順利伸了進去，但中途卡住了。

試了幾次都無法順利，最上只好放棄，把那根羽毛塞在落地窗的框架上，然後關起了遮雨窗。

他把OK繃掛在樹叢下方的樹枝上，可以認為是逃走時，腳勾到了樹枝，扯下了OK繃，最重要的是OK繃混在樹枝中，即使在第一次鑑識搜查時沒有發現，也不會顯得不自然。

放置完成後，他用白手套擦拭了脖子上的汗水，小心翼翼地走回小路，然後頭也不回地走去第一京濱搭計程車。

中午過後，最上和沖野等人一起前往蒲田分局。今天是第九天羈押松倉，雖然原本預定再請求延長十天，但目前偵訊和其他偵查行動都沒有進展，因此必須和搜查總部的幹部安排時間討論今後的方針。

沖野和最上一起坐在後車座，他自從開始偵訊之後，臉上的表情持續發生變化。不久之前，那種年輕人特有的靈活眼神漸漸黯淡，臉上的表情也不再有絲毫的柔和。這也意味著他把自己所有的一切都投入了偵訊。

「對了，昨天去接見了松倉的輪值律師來提出要求。」

「什麼要求？」

沖野顯然知道原因，所以臉上露出了豁出去的表情。

「不，沒什麼重要的事，就是松倉在說洩氣話。我聽起來覺得律師是說，要我們繼續按照目前的方式偵訊。」

「既然會說洩氣話，真希望他趕快招供。」沖野憤恨地說，「他竟然去找輪值律師，果然是個狡猾的傢伙。」

原本計畫在二十天羈押期間，由沖野負責四、五次而已，但最近他和搜查總部的森崎偵訊的次數不相上下。搜查總部內部在瞭解沖野言行一致，的確在偵訊中投入了極大的熱忱，對松倉造成了相當的精神壓力後，也出現了肯定沖野偵訊幹勁的聲音。

他憑著年輕的幹勁，所以偵訊很尖銳，而且八成帶有危險的味道，但在目前的狀況下，最上對他充滿了期待。他應該也感受到最上的期待，所以才會全力以赴，從這個角度來說，也必須向他表達自己的期待。

來到蒲田分局，長濱把車子停在警局前方的停車場，讓最上他們先下車。從那裡走進分局大門時，最上和站在玄關大廳角落的中年男人互看了一眼。

最上花了一、兩秒的時間，才發現他是大學學長水野比佐夫。水野似乎也發現了，正在用手機打電話的他在發現最上的瞬間說不出話，只是看著最上。

最上在長濱、沖野等人的包圍下，找不到機會向水野打招呼，就從他身旁走了過去。他果然得知消息後坐立難安，所以來這裡採訪……最上腦袋裡只想到這件事。

水野也沒有向他打招呼。是因為前不久，才在電話中說要斷絕關係？

還是……

也許他看到最上來到蒲田分局，就猜到了目前的情況……最上忍不住這麼想。

田名部管理官和青戶股長在搜查總部迎接了最上他們，然後在會議室隔壁的接待室開會討論，同時報告近況。

最上表示請求延長羈押松倉十天的方針並未改變，警方對此也沒有異議，但因為偵查工作明顯陷入瓶頸，說到對日後的展望，每個人的話都變少了。

「按照目前的情況，檢方對再逮捕有什麼見解？」田名部問最上。

「很希望不惜一切代價達到目的，但以目前的狀況，可能有點困難。」最上說，「目前，我們副部長對這件事也很消極。」

即使聽到這番話，田名部也只是皺起眉頭發出了低吟，似乎仍然無法輕言放棄。青戶微微點了點頭，似乎覺得在目前的情況下，這也是無可奈何的事。

「沖野檢察官，你在偵訊松倉多次後的感覺如何？」

在逮捕松倉之前，青戶從來沒有主動徵詢過沖野的意見。應該是他也聽說了沖野在偵訊時的嚴厲。

「總之，松倉這個人很不好對付，」沖野回答，「有時候看起來好像我的攻擊有反應，但其實完全沒有奏效。他很清楚自己的底線，所以絕對死守自己的底線。有時候搞不清楚對他說的話到底是不是發揮了作用，有時候也好像有點不知所措。但我無論如何，都會設法在羈押期間讓他招供，也對他會招供充滿信心。」

沖野這番話雖然沒有任何根據，但聽起來反而表達了他堅定的決心，青戶默默地點頭片刻，似乎尊重他的鬥志。

但是，他隨即冷靜地開了口。

「在松倉不好對付這一點上，森崎也說了同樣的話。他也很努力，但遲遲沒有斬獲，也感到有點束手無策。除此之外，他還這麼說……在針對根津的事件逼供松倉時，在松倉還沒有開口之前，他就明確感覺到松倉和那起案子有關，只要再加把勁，松倉就會鬆口。但問到這次的凶殺事件，就完全沒有這種感覺。在根津事件上奏效的方法，在這起事件上卻完全失效。即使告訴自己這個傢伙一定就是真凶的態度偵訊，也完全沒有反應，反而讓他心裡感到毛毛的。沖野檢察官，你瞭解森崎的這種感覺嗎？」

「我瞭解。」沖野說，「松倉有時候看起來非常愚蠢遲鈍，有時候看起來又極度狡猾。有時候會感情外露地痛哭流涕，有時候無論對他說什麼，他都好像很茫然，完全沒有反應。我也正在摸索，要怎麼進攻，攻擊哪裡才有效。」

青戶聽了沖野的回答，又繼續追問：

「這種難以捉摸，完全沒有反應的感覺，會不會在你內心形成了也許松倉並不是真凶的心證？」

沖野聽了他的問話，一時答不上來。

「不是啦，因為，」青戶補充說道：「因為森崎表達了這樣的意見，他也產生了各種疑慮。雖然告訴他『沒有這回事』很簡單，但他和松倉接觸了好幾十個小時，所以我認為他的心證變化也是寶貴的偵查線索之一。當然，我並不認為只因為這件事，就應該改變偵查方針。但因為偵查工作的確陷入了膠著，所以必須考慮各種可能性。因為還有時間，所以我明知道會帶來影響，但還是把這個意見搬上檯面。」

「我不知道。」沖野語帶謹慎地說，「一旦有了雜念，在偵訊時就會手下留情。當自己產生猶豫時，我就提醒自己，松倉是曾經隱瞞了自己凶殘犯罪行為整整二十三年的人。」

「原來如此……這件事的確不能忘記。」青戶說完，看著最上問：「最上檢察官，請問你的意見如何？」

「你提出的問題，在未來做出某些決定之前，都必須記在腦袋裡，」最上說，「但我認為偵查之所以陷入膠著，是因為受到物證太少的影響……幾乎可以說，這就是所有的原因。」

「那倒是。」

青戶說完，田名部也說：「如果有新的物證，偵查應該會大有進展，問題就在於目前並沒有，在這件事上完全束手無策。」

「我認為可以多次針對現場的遺留物進行搜索，」最上說，「鑑識行動在案發當時會發揮最大的成果，但改變角度之後，又會看到不同的東西。今天來這裡時，我想起了去松倉家搜索時的情況，他有一件上衣是羽絨衣，那是一件薄型的黑色羽絨衣，四月份也完全可以穿，因為想到他很可能在犯案時穿那件衣服，所以當時請青戶先生扣押了。」

最上用眼神問青戶，青戶輕輕點了點頭，表示他記得這件事。

「我當時看到那件羽絨衣的某些縫線處有羽毛鑽了出來，今天想起這件事，突然想到一個可能，也許現場殘留了一、兩根羽毛……」

最上說完，再度用詢問的眼神看著青戶。

「不，鑑識方面的報告中並沒有提到採集到羽毛的事。」青戶說。

最上輕輕點了點頭，「但是，如果帶著凶手可能穿著羽絨衣，羽毛掉落在現場的角度搜索現場的客廳、走廊或是庭院，也許會發現羽毛掉在某個地方。不，搞不好現在仍然能夠發現……這就是我想說的話。」

「原來是這樣。」青戶一臉沉思的表情發出了低吟，「目前仍然持續在附近的公園和松倉打工的地方搜索凶器，我們也很願意再度去現場搜索遺留物……只不過即使找到一、兩根羽毛，是否能夠斷定是松倉的……」

「無論如何，也許值得一試。」田名部接著回答。

「我們也是在去松倉家搜索之後，才瞭解他的生活習慣。比方說抽菸、吃口香糖，或是吃鼻炎的藥。在瞭解這些狀況之後，就會注意菸蒂、吃過的口香糖、擤過鼻涕的面紙之類的東西，也許能夠發現第一次鑑識搜索中錯失的東西。」

「好，那就盡快採取行動。」青戶表示同意，記在記事本上之後，微微探出身體繼續說道：「還有另一件事，因為聽到一件有點在意的事，所以也讓你們瞭解一下……」

最上聽到青戶故弄玄虛的開場白，微微皺了皺眉頭，示意他繼續說下去。

「不，目前還不知道是否真的和這起事件有關，那只是在喝酒的地方聽到的事。」青戶說明前提後繼續說：「其實，昨天分局的刑事課逮到了一個有竊盜嫌疑的人，在偵訊他的時候，他提到一件意想不到的事。情況是這樣的，前幾天——就是凶殺事件發生之後——那個男人在京急蒲田車站前的一家串烤店吧檯前喝酒，旁邊坐了一個男人。這個有竊盜嫌疑的人是第一次去那家店，但對方似乎是那家店的老主顧，和老闆也很熟。

「對方那個男人似乎喝得很痛快，所以忍不住吹噓起來。先是說他以前是日本料理的廚師，手藝很不錯，接著開始吹噓他幹過的壞事，用開玩笑的語氣說：『遇到讓我不爽的傢伙，即使是人，也照殺不誤。』然後又聊啊聊啊，對方突然問他：『你記得上次在六鄉發生的那起事件嗎？』那個有竊盜嫌疑的傢伙向來不看報紙，所以在完全不明就裡的情況下聽對方吹牛，但對方說話的方式讓他忍不住覺得似乎和那起案子有關，雖然是在喝酒的地方聽到的，但還是覺得很沒品。」

以前是日本料理的廚師……在這起事件的關係人中，似乎有這樣一個人。最上迎接青戶意味深長的視線，努力搜尋著記憶。

「他雖然沒有問對方的名字，但串烤店的老闆叫他『小弓』。」

沒錯，是弓岡嗣郎……現場並沒有留下他的借據，但他和被害人都筑和直一起賭賽馬，他是日本料理的廚師，在上班時也因為沉迷賽馬實況轉播而被開除了。

「應該是那個名叫弓岡嗣郎的人……怎麼樣？是不是有點在意？」青戶用力凝視最上，「雖然搜查總部經常聽到這種令人懷疑的消息，但我總覺得這件事聽起來很合理，再加上弓岡這個名字，所以有點耐人尋味。」

坐在最上身旁的沖野一聽到弓岡的名字，立刻顯得心神不寧。他吞著口水，伸手拿起茶杯，眼珠子迅速移動，似乎在觀察最上和青戶雙方的臉色。

「的確耐人尋味，」最上按捺著內心的起伏，冷靜地說，「但畢竟是在喝酒地方聽到的事，所以也許問題在於到底有幾分真實性……即使對方真的就是那個姓弓岡的人。」

「當然，」青戶立刻心領神會地說，「也可能根據自己朋友捲入殺人命案的事改變一下，假裝是自己幹的。因為坐在旁邊的剛好是一個陌生人，自己也喝醉了，所以就說得煞有其事……完全有這種可能，但的確很沒品。」

最上聽了，正在思考該怎麼回答，青戶似乎理解了他的意思，和他交換了眼神說：

「但還是有點在意。」

「對，」最上點了點頭，「那個有竊盜嫌疑的人什麼時候移送檢方？」

「明天。」

最上原本想交給沖野負責，但又希望他專心投入松倉的偵訊。

「好，那移送檢方時，我也會向他瞭解一下情況。」
「好，那就麻煩你了。」
「另外，請把弓岡的相關資料給我。」
「好，我馬上安排。」
青戶說完，立刻在記事本上記了下來。
開完會之後，離開了蒲田分局。
無論在大廳和分局外都不見水野的身影。
起風了，吹起橘沙穗的黑髮。
今天清晨，把東西放在都筑家庭院偽裝成遺留物時，幾乎完全沒有風……
不知道那些東西怎麼樣了。
雖然很在意，但目前只能聽天由命，只能祈禱鑑識再度搜索時能夠找到。
「該怎麼理解弓岡的事呢。」
一上車，一起坐在後車座的沖野好像自言自語般幽幽地說，他的臉上帶著動搖和苦惱。
「目前並沒有瞭解任何情況，為幾乎和假消息沒什麼兩樣的未確認線索一喜一憂也無濟於事。」
沖野原本主張，像弓岡那種在現場沒有留下借據的人，才是可疑對象，但目前他捨棄了自己的主張，傾全力試圖讓松倉招供。在這種情況下聽到弓岡浮上檯面，當然不可能不產生動搖。

「等我向那個有竊盜嫌疑的人瞭解情況後，會告訴你。明天又是你負責的日子，你就專心偵訊，不要分心。」

沖野聽了最上的話，用克制內心感情的聲音回答說：「我知道了。」

隔天早晨……最上看著宿舍窗外隨時會下雨的灰色天空。

他拿了早報，喝著用較低溫度泡的美式咖啡，翻閱著報紙。他正打算翻開社會版，看有沒有自己負責的案子相關的報導，目光停留在頭版的目錄上。

上面寫了「特搜部決定申請逮捕丹野議員」這行字。

第三版刊登了相關報導。在海洋土木工程公司向高島派的政治團體提供非法獻金的問題上，確認丹野涉嫌決定不在收支報告書中記載該筆獻金，東京地檢特搜部不顧目前正值國會會期期間，仍然決定要逮捕丹野，將在一、兩天內向國會申請許可。

最上難以相信，但既然報紙上大篇幅報導，只能認為可能性相當高。

如果目標只有丹野一個人，特搜部不會這麼大動作展開逮捕行動，真正的目標是高島進。然而，丹野為了保護高島，不惜放棄自己的政治生命。這樣的整體形勢導致以這種嚴峻的方式點燃了戰火。

最上只能坐視事態的發展。

他嘆了一口氣，收起報紙。

這天下午，名叫矢口昌弘的男人被帶進最上的辦公室。他就是和被認為是弓岡嗣郎的人一起在串烤店喝酒的人。

矢口昌弘今年三十八歲，已經有妻兒，但手腳不乾淨，有竊盜前科，這次以順手牽羊的現行犯遭到逮捕。其他檢察官針對竊盜嫌疑製作了辯解紀錄，最上請對方結束之後，把嫌犯帶來這裡。

最上讓矢口坐在偵訊用的椅子上，立刻進入了主題。

「聽說你在蒲田分局接受偵訊時，提到在串烤店聽到了六鄉的夫婦凶殺事件相關的事。我是負責那起案子的檢察官，希望你告訴我詳細的情況。」

矢口聽了最上的問題，不知道是否因為和自己的案子無關，他暗自鬆了一口氣的關係，所以輕輕聳了聳肩後開了口。

「串烤店的老闆叫他『小弓』。年紀大約快六十歲，理平頭，很爽朗，笑起來也感覺很親切。喝了酒之後，兩眼發直，所以看起來有點凶。」

「這個人嗎？」

最上從蒲田分局上午送來的弓岡嗣郎的資料中拿出相片，出示在矢口面前。

「沒錯。」

可能之前在蒲田分局時就曾經確認過，他瞥了一眼，就立刻表示同意。

「他對凶殺事件說了些什麼？」

「起初這個人在說一些關於下酒菜的知識，仔細聽了之後，他說自己之前是日本料理的廚師，所以我很佩服他。他說因為太迷賽馬，結果被店裡開除了，我忍不住笑了起來，沒想到那個大叔這麼廢。後來我們兩個人都喝醉了，就開始天南地北地亂聊起來，到底為什麼會聊起這件事……好像是聊到菜刀鋒不鋒利，他問我：『你知道六鄉那起事件嗎？』雖然我經常去蒲田玩，但我住在世田谷，而且對老夫婦遭人殺害的事件也沒有興趣，所以根本不記得。沒想到他詳細向我說明了那起事件，而且也很瞭解那對老夫婦是怎樣的人，我問他為什麼知道得這麼清楚，他說他認識。雖然是聊到熟人遇害的事，只不過他說話時完全沒有嚴肅的感覺，也不至於聊得很開心，但說得口沫橫飛。我開玩笑說，你說得好像身臨其境，該不會是你幹的吧。他露出賊笑說：『你怎麼知道？』然後又作勢用刀子捅我。我覺得心裡有點毛毛的。」

「聽你這麼說，弓岡好像在開玩笑，是不是？」最上謹慎地問。

「當然，這是在喝酒的地方聊天的內容，他也沒有很認真地說：『是我幹的。』但我在聽他說話時看著他的眼睛，覺得他絕對不單純。我也算是看過不少人了，他身上有那種人特有的瘋狂。」

但這只是眼前這個男人的心證，如果沒有更進一步的證據，只能當作是假消息……最上想到這裡，矢口好像突然想起來似地說：

「對了對了，因為在那之前聊到刀子的事，所以他說，便宜的刀子不中用，只要殺了一個人就報廢了，如果硬是要用，就會輕易斷掉。所以如果要殺兩個人以上，一定要用好刀子。後背的筋很硬，很傷刀子，所以要先從肚子下手。他說了這些莫名其妙的話，聽了心裡更毛了。」

最上看著矢口說不出話。

都筑夫婦凶殺事件中，並沒有任何媒體報導過凶器的菜刀折斷這件事。

「而且他還說，那對夫妻死了，有很多人會感到高興。我問他原因，他說那個老公借錢給不少人，那些人這下子不必還錢了，所以當然會感到高興。我就問他：『那你呢？』他賊笑著說，所以我也可以這樣無拘無束地跑來喝酒啊。他說要請我再去另一家喝酒，我隨便找了一個理由拒絕了。」

為了讓剛好坐在旁邊的客人大吃一驚，所以把熟人遇害的事件說成像是自己幹的……這種看法實在太牽強了。

弓岡是凶手的話，這件事就有了合理的解釋。

難怪青戶不惜暫停目前的偵查，也決定先把這件事插進來。

矢口離開後，最上仍然茫然地坐在辦公桌前一動也不動。

桌上的電話響了，但最上仍然在沉思，沒有接起電話。長濱代替他接起電話，但對方要找最上，所以還是把電話轉給了他。

「是青戶警部打來的。」

「不好意思，在你忙碌的時候打擾了，」最上接過電話，聽到電話中傳來低沉的聲音，「中午之前，我派了以鑑識人員為中心的十個人手，再度前往被害人家中展開搜索，徹底搜索了房子一樓的部分、後院和車庫……」

「是，結果呢……？」最上用略微緊張的聲音追問。

「很可惜，並沒有找到有用的證物，因為第一波搜索時很仔細，雖說要換其他的角度去看，但還是沒那麼容易找到新的證物。」

最上忍不住咬緊牙關。他痛恨昨天的風。難道風把OK繃也吹走了嗎？不，也許還留在原地，但他當然不能對青戶說，仔細找一下樹叢，應該可以找到OK繃，所以也只能這樣了。

風吹向松倉那一邊。反覆無常的風並不一定永遠都站在正義的一方，和二十三年前不同，這次沒有鬧脾氣，而是吹向了正確的方向。

「那個竊盜嫌疑的男人應該去了那裡，你已經向他瞭解情況了嗎？」

「對……我已經問過了。」

「情況怎麼樣？」

「相當令人在意。」

「我就說嘛。」青戶附和後問：「接下來該怎麼辦？如果要認真展開偵查，就要把主力轉移到那個方向。」

「管理官也不會有異議嗎？」

「田名部的心境應該很複雜，但他應該也知道，不能忽略事實和線索指向的方向。」

「原來如此……好，那我明天會去那裡討論，進一步的情況去那裡再詳談。」

「好的。」

最上雖然表現出很在意田名部的想法，但其實是自己還無法一下子轉換心情。他延到明天再做結論，結束了和青戶的通話。

但接下來的偵查顯然無法再繼續逼問松倉。

結束了……最上只能承認這一點。

水野和前川，還有丹野等和北豐寮有關的舊友臉龐都浮現在腦海。還有久住夫妻生前的樣子，和由季稚嫩的笑容……

真希望可以為他們報仇雪恨。命運的捉弄把這個工作交到自己手上，別人無法勝任。雖然沒有人拜託，但他覺得是自己必須完成的工作。即使揚言那件事和自己無關，然而，復仇心始終在內心翻騰，決定要好好懲罰持續逃了二十三年的凶手。

為了達到這個目的，即使雙腳都踏進禁忌的領域也在所不惜。

然而，風沒有吹向自己這一邊。

最上深刻體會著內心的無力，站起身，茫然看著窗外。

改變偵查方針後，沖野會感到鬆一口氣嗎？那個年輕檢察官為了得到想要的結果，不顧一切地向前衝。這或許是他的優點。

好幾輛黑頭車急急忙忙地從檢察廳駛了出去。

「啊！」在事務官座位上打開電腦的長濱叫了一聲，「特搜部還真辛苦啊……」

「怎麼了?」

最上被拉回了現實,問道。他想起了丹野的事,是不是特搜部展開了行動?逮捕議員的申請獲得許可了嗎?還是遭到了否決?

「涉入非法獻金問題的丹野議員自殺了。」

鼓膜突然膨脹,不舒服的耳鳴讓最上的腦袋麻痺。

長濱指著電腦,專心地看了起來。那是網路新聞的報導內容。最上瞥了一眼,無力的雙腳走到沙發前,打開了放在牆邊的小型液晶電視的開關。

「下午一點左右,在赤坂的眾議院議員宿舍內……」

「秘書發現丹野議員脖子上套著一根像繩子的東西,無力地懸在那裡……」

「送往醫院後確認已經死亡……」

「房間內發現幾份遺書,警方研判是自殺……」

「丹野議員的岳父、前外務大臣高島進急忙趕到醫院……」

「丹野議員涉嫌海洋土木工程公司的獻金問題……」

主播口齒流利地朗讀著新聞稿,卻變成片斷的字句,刺進最上的耳朵。他的腦袋無法運轉,無法充分咀嚼所聽到的內容。

只知道丹野真的死了。

「檢察官,你的手機……」

最上聽到長濱的聲音,才終於回過神。最上放在桌上的手機響了。他回到辦公桌前,液晶螢幕上出現了前川的名字。

「最、最上……」

最上剛把手機放在耳邊，就聽到前川帶著哭腔的聲音。

「丹野、丹野他……」

「我知道，我正在看電視。」最上用虛脫的聲音說道。

「他明明是個好人……」前川嗚咽著說，「你能夠相信嗎？他竟然已經不在這個世界上了……」

是啊。

真的難以相信……

最上沒有把這句話說出口，把手機放回桌上，雙手捂住了臉。

「要不要關上電視？」

新聞節目結束後，電視開始播放電視劇。最上回到辦公桌前，陷入一片茫然。

長濱關上了電視，走回事務官座位時，向最上投以同情的眼神。

「丹野議員也是市谷大學法學院畢業……是你的同學吧？」

「對，我們還曾經一起準備司法考試。」

「是嗎……我能體諒。」

長濱說完這句話，就坐在事務官座位上不再說話。

最上獨自嘆著氣。

那個刻苦用功，充滿鬥志，努力想要讓世界變得更好的人，竟然不到五十歲就離開了人世。這種空虛讓他發自內心感到煎熬。

只要他活著，還可以為這個世界做更多事。

雖然告訴自己，這是丹野的選擇，所以是無可奈何的事，但他的感情還不夠成熟，還是無法接受這樣的結果。

丹野也一定想要繼續活下去。

他一定在苦思之後，得出了這是唯一選擇的結論。

丹野已經離開了人世。

在他已經離開的此時此刻，自己還活著。

而且還會繼續活下去。

回想起由季的事時也曾經產生的感傷，讓最上的心再度揪緊。

和丹野相比，自己也無法成就任何事。即使如此，仍然會在他活不下去的未來繼續活下去。

其中有什麼意義嗎？

難道必須由自己找出意義？

沉在內心深處的東西不安地晃動著，有什麼東西擺在自己面前。最上感受到自己想要回應的衝動。

只有自己才能做到的事。

突然……

之前甚至不曾出現在意識角落的想法突然浮現在腦海。

這件事太無法無天了。

他不由自主地搖了搖頭。

然而，那個想法在轉眼之間迅速膨脹，讓他無法無視。

自己曾經做過偏離正軌的事。這麼一想，就覺得自己還有能力做一些事。

最上把搜查總部送來的弓岡嗣郎相關資料攤在桌子上。

資料上有弓岡的手機號碼，上面有他和被害人都筑和直在案發前一天通話時留下的紀錄。從這個紀錄分析，的確很像是隔天造訪被害人家的凶手所做的事，但這件事並不重要。

最上推敲著浮現在腦海中的計畫。

自己真的有能力完成這麼大的事嗎？……這件事需要極大的決心，而且像在走鋼索，完全沒有勝算。

最上忍不住思考。

如果松倉殺了都筑夫婦，承擔罪責是理所當然的事。

但是，讓他承擔完全沒有犯下的罪——而且是像這次的事件，超過他原本犯下的罪行——作為上天對曾經逍遙法外的松倉做出的懲罰，才有重大的意義。

必須動手去做……本能做出了這樣的答案。

電話響了。電話鈴聲把最上從思考的世界拉回現實。

「沖野檢察官希望來報告今天偵訊的情況。」

長濱接起電話後，向他轉達了內容。最上沒有理會他，把弓岡的手機號碼抄在便條紙上站了起來。

「我出去一下，你告訴他，你會收下紀錄。」

今天的偵訊應該也沒有進展。因為松倉根本不是兇手。即使如此，沖野仍然努力偵訊，試圖讓他招供。最上覺得應該慰勞沖野幾句，但目前有其他更重要的事。

最上走出檢察廳，走上跨越前方馬路的人行陸橋，走向日比谷公園的方向，然後走進位在人行陸橋下方的公用電話亭。

他拿出幾枚百圓硬幣放在公用電話上，重重地吐了一口氣，拿起聽筒，按下了弓岡的手機號碼。

他帶著焦急的心情聽著鈴聲，接著傳來轉入語音信箱的聲音。最上咂了一下嘴，掛上了電話。

然後……他調整呼吸，又撥了一次。

快接電話……他在聽電話鈴聲的同時想道，這一次終於接通了。

「喂？」電話中傳來一個訝異的男人聲音。

「喂……你是弓岡嗣郎吧？」最上用平靜的聲音問。

「是啊……你是誰？」

「我無法告訴你名字，但我是來幫你的。」最上說，「你聽好了，我接下來要說很重要的事，所以你聽清楚。」

「你要幹嘛？」弓岡用警戒的聲音問道。

「你聽清楚了……都筑夫婦遭到殺害的事件，警方已經盯上你了。」

「你說什麼……？」

「你不是在京急蒲田車站附近的串烤店，和坐在旁邊的男人提起這起事件嗎？你裝糊塗也沒用，警方已經掌握了線報。」

「你、你是誰？」弓岡的聲音中透露出不安。

「我是偵查相關人員，但我不希望你被逮捕，所以希望你暫時出門避避風頭。」

「這到底是怎麼回事……？」

「沒時間詳細說明，總之，你必須在明天早上帶著簡單的行李，離開目前所住的公寓。如果繼續逗留，就會被警方鎖定，所以要趁現在行動。」

「等一下……你突然打電話來，叫我明天早上離開也太奇怪了。」

「聽好了，你根本沒有選擇的餘地。如果你被逮到，這起事件可是會被判死刑。或許你以為自己順利逃脫了，以目前的情況，你一定會遭到逮捕。但是，這裡有些人在懷疑其他人，你認識松倉重生吧？起初懷疑他，後來出現了關於你的線報，偵查方針正在急轉彎，所以，只要你躲一陣子，就可能躲過這一劫，瞭解嗎？」

弓岡陷入沉默，只聽到隱約的呼吸聲。

公用電話的液晶螢幕顯示通話時間不到一分鐘。

「弓岡，」最上又投了一枚一百圓後，叫著他的名字。

「我在聽。」

弓岡冷冷地回應後，再度陷入了沉默。

他在思考這些話是否可信嗎？

最上按捺著內心的焦急，用力握住了聽筒。

「但是……」弓岡終於開了口，「你叫我躲起來，我到底該去哪裡？我想不到要去哪裡。」

最上吐出憋著的氣，打開手機上的月曆，看著月曆繼續說了下去。

「別擔心，你先自己訂明天和後天的住宿，這點錢你應該可以搞定吧。去箱根，然後用假名字登記。星期天我會去那裡，我有可以讓你躲藏的地方，會帶你去那裡，也會提供你眼前生活必需的資金，所以你沒什麼好擔心的。但是，你要記住我接下來說的話。首先，帶出門的行李越少越好，另外，有關都筑夫婦事件的東西都不要留在家裡。犯案時穿的衣服、鞋子還有襪子都統統帶走，絕對不能留下任何能夠查到你是凶手的東西。你在現場穿的拖鞋，是不是丟去便利商店的垃圾桶了？」

「呃！」弓岡發出不知道是回答還是驚訝的聲音。

「凶器怎麼處理？」

「怎麼處理……」

「不是有一把折斷的菜刀嗎？你丟去哪裡了？」
「不，還沒有……」弓岡含糊其詞。
「怎麼了？你喝醉的時候倒是把不該說的話全都劈里啪啦說出來了……還在你手上嗎？還是已經丟了？告訴我。」
「……還在。」弓岡小聲地說。
「還在？還在你手上嗎？」最上覺得看到了巨大的光明，「好，那就太好了。只要有那個，就可以嫁禍給松倉。」
「我想要丟，但不知道該丟去哪裡。」
最上的反應似乎讓弓岡鬆了一口氣，他這麼說。
「你運氣太好了，你把那把折斷的菜刀帶來。另外，借據和寫借款金額的帳簿呢？」
「撕掉後，當可燃垃圾丟掉了。」弓岡豁出去似地回答。
「家裡已經沒有了吧？」
「沒有，早就丟掉了。」
「那就好。犯案計畫和買菜刀的收據都不要留在房間。」
「沒有，收據也早就丟了。」
「好……然後，不要告訴任何人你要去避風頭的事。明天之後，就關掉手機的電源，傍晚五點、七點和九點，在奇數的整點時間前後五分鐘——五點的話，就是四點五十五分到五點零五分之間——只在這段時間內打開手機電源。我聯絡你的時候，會在這個時間用公用電話打給你，知道了嗎？」

「我姊姊住在調布，萬一聯絡不到我，她可能會緊張。」

「你就事先告訴她，大阪那裡有一個不錯的工作，你要去那裡打工。」

「我真的可以相信你嗎？」弓岡似乎仍然無法擺脫內心深處的一絲疑慮。

「我這樣打電話給你，也是冒著極大的危險。我明知道這一點，還給你打電話，希望你瞭解這一點。既然我決定這麼做，就必須搶在正在追捕你的警察內部人員之前。」

「好吧。」弓岡似乎終於下定了決心，「即使猶豫也沒用，既然在追捕我，那我只能去避風頭。」

「好，我會再和你聯絡。」

最上說完，掛上了電話。

「雖然必須派人員清查弓岡，但仍然必須有相當的人數繼續負責鞏固松倉的證據。在目前的時間點，還不需要徹底改變偵查方針，將目標鎖定弓岡……我這麼認為。」

隔天，最上在下午和沖野等人一起來到蒲田分局後，在和青戶、田名部等人開會討論時，對今後的偵查方針提出了自已的想法。

青戶收起下巴，一臉意外的表情看著最上。

「要同時進行的意思嗎？」

「對，」最上說，「松倉目前還沒有擺脫嫌疑，所以我不認為可以放鬆對他的偵查。」

最上瞥了一眼身旁，發現沖野也露出驚訝的眼神看著自己。

「關於弓岡，我相信最上檢察官在聽了矢口的話之後，應該也形成了心證……」

青戶謹慎地發問，試探最上的想法。

「當然，」最上回答說，「我昨天也說了，聽了之後，我非常在意，但也同時認為既然是在喝酒的地方，兩個喝醉的人所說的話，所以處理時要格外謹慎。」

「你應該也聽他說，弓岡曾經提到，用便宜的菜刀殺人，刀子會折斷這件事吧？」

「對，聽說了，」最上輕描淡寫地回答，「我認為這是值得矚目的證詞，但他並沒有說，他在捅都筑太太時刀子斷了。既然這樣，目前斷定弓岡是凶手還為時過早。我認為把弓岡和松倉同時列為重要關係人進行調查比較恰當。」

不能讓搜查總部在發現弓岡下落不明時失去偵查方向，所以在目前的時間點，還不能中斷對松倉的偵查。

青戶有點不知所措地用鼻子吐了一口氣，瞥了田名部一眼。田名部開了口。

「我個人對偵查對象從松倉轉移到弓岡這件事感到很遺憾，但在分析目前浮上檯面的證詞後，認為這也是不得已的事。而且目前幾乎沒有調查過包括弓岡的不在場證明等和事件相關的情況，接下來也需要人手。我認為青戶的意見很正確，我也表示同意。如果最上檢察官顧慮到我的心情，我認為並不需要多慮。」

「我並不是特別顧慮到你的遺憾，」最上說，「只是我們必須汲取以往的教訓。如果松倉和這起事件有關，那等於連續兩次讓他逍遙法外。絕對不允許這種情況發生。我也認為青戶先生的意見很正確，但是，舉例來說，也不能排除松倉和弓岡是共犯的可能性，所以把他排除在偵查對象之外很危險。如果會加重搜查總部的負擔，延長羈押後，可以由沖野負責偵訊。兩位意下如何？」

「有道理，的確不宜這麼早下結論，」田名部低吟了一聲說道，然後看著青戶，「既然最上檢察官這麼說，那就按這個方向進行，你覺得如何？」

青戶輕輕聳了聳肩說：「知道了。」

「當然，不能因為松倉仍然是偵查對象，就放鬆對弓岡的偵查。必須以弓岡為優先，我也對這一點表示同意。」

最上這麼補充，以免到時候發現弓岡已經逃走時遭到怨恨。

「不必擔心，我充分瞭解這一點。」青戶回答。

走出蒲田分局時，走在最上身旁的沖野露出陰鬱的表情。

「那就繼續拜託你了。」

最上對他說，他一臉不悅的表情，好不容易才擠出一個字：「好。」

在弓岡的問題上，最上並沒有說任何會影響他判斷的話，但昨天他把偵訊松倉的紀錄拿到辦公室時，或許從長濱口中得知了矢口證詞的詳細內容。在針對松倉的偵訊遇到瓶頸的狀態下聽到這件事，會陷入某種緊張的線突然斷裂般的精神狀態也在情理之中。在這種情況下，即使交給他全權負責松倉的工作，老實說，心情也難以很快調適。

最上雖然瞭解這一點，卻沒有餘力體諒他。

必須讓沖野做這項工作。

那天晚上，最上前往位在三田的丹野家代代皈依、祖墳所在的菩提寺，參加了丹野的守靈夜。

雖然寺外站了整排攝影師，氣氛森嚴，但因為是所謂的密葬，所以本殿內安靜肅穆，難以想像因為非法獻金問題而震驚社會的當事人正在這裡舉行守靈夜。

照理說，最上或許也應該迴避參加，但前川和丹野太太聯絡後，丹野太太回答說，請他們務必來參加，所以最上在下班之後，換上了銀灰色的領帶趕來這裡。

前川直之和小池孝昭站在本殿入口附近。

「嗨。」

「嗨。」

即使見了面，彼此也說不出話，不約而同地嘆了一口氣。

「你趕快把徽章拿下來，小心被家屬怨恨。」

小池把菸灰撣在攜帶型菸灰缸內，看著最上衣領上秋霜烈日的檢察官徽章說。

「沒有人會在意啦。」

雖然前川這麼說，但最上還是聽從小池的建議，把徽章拿了下來。因為他不是以檢察官的身分來這裡。

「去見見丹野。」

在前川的催促下走進本殿，對只有在雙方婚禮時見過面的丹野太太表達了哀悼。一個穿著比身體大一號學生服的男孩坐在丹野太太身旁，讓人感到格外於心不忍。他應該剛上中學，之前曾經聽丹野提過，他出生時，岳父高島進說，要為他取一個簡單的名字，萬一他以後有意從政，在選舉時容易讓選民記住名字，於是為他取了「正」這個名字。但是，名叫「正」的少年未來會立志從政嗎？……最上無法不考慮這個問題。

丹野躺在棺材中，他的脖子和由季當年一樣，都圍了一條白色絲巾。

「丹野……」

無論說什麼，他都已經聽不到了。

「上次和他通電話時，他說接到你的電話很高興。」前川難過地說。

那是不久之前的事。以前在同一間教室內坐在一起的兩個人，雖然生活的環境不同，但在那一刻，再度擁有了相同的空氣，彼此的人生產生了交集。

然而，如今其中一人的人生畫上了句點，無論如何都無法再產生交集。丹野只存在於過去的歲月中。

但是……最上忍不住想。

丹野的死並不是只能激發失落感和感傷的心情而已。

丹野用自己的死在問最上，你接下來要怎麼活；他用自己的死告訴最上，在他無法繼續活下去的未來時間，不要被社會的成功或是該遵守的體制束縛，要大膽去做只有最上能夠做的事。

最上看著丹野的臉，確認自己接收到的意念並不是錯覺，再度在內心發誓。人一旦死亡，一切都結束了。即使到了那時候後悔還沒做該做的事，也已經為時太晚了。即使會因此背負罪名，只要完成那件事，能夠讓自己了無遺憾，此生就活得比丹野更有意義。

即將開始誦經時，高島進出現了。丹野的親生父親縮著身體，滿臉歉意地向他打招呼，好像覺得自己的兒子做了蠢事。丹野的母親因為生病正在住院，此刻也一臉憔悴地握緊了手帕。

高島滿臉沉痛，但挺直身體坐在家屬席上閉目的身影，有著無損於位高權重的政治人物威嚴的謹慎。

丹野的死會對高島產生很大的影響，但受到實質的打擊其實是東京地檢特搜部。掌握非法獻金收受真相的重要人物離開了人世，特搜部失去了起訴高島的立足點。面對特搜部強硬的搜索行動，丹野用終結生命做出強烈的反抗，地檢內外都會出現質疑偵查正當性的聲浪，這起事件最後顯然將會不了了之。

在政治的世界，只要經過一段時間，原本以為已經垮台的勢力又會起死回生。最後，高島將會參選下一屆立政黨的黨魁，而且出現了勝選的萌芽。這正是丹野用自己生命保護的東西。最上無法瞭解這種價值，每個人都有自己的價值觀，最上也有自己的價值觀。

「要不要去哪裡坐一下？」

守靈夜在肅靜的氣氛中結束了，走出本殿時，前川這麼問道，似乎不想就這樣解散。

「不好意思，我今天有事。」最上說完，看著小池說：「你今天這種日子就不用工作了吧，你來陪他。」

「你好意思說我？」小池雖然這麼說，但並沒有拒絕，「好啊，反正回去應該也沒心情工作。」

最上對前川他們打招呼說，等忙完這一陣子再見面。道別之後，攔了計程車，來到了六本木。在六本木的路口附近下車後，打電話給一個人，說等一下想要見一面，問他目前人在哪裡。

最上從來沒有在六本木喝過酒，所以花了一番工夫，才找到對方在電話中說的那家店。他看著手機上的地圖，走在霓虹燈下，有許多外國人和年輕人聚集的區域，終於在一棟大樓的地下室找到了那家酒吧。酒吧內有一桌客人，還有兩、三個客人坐在吧檯前。店內播放著爵士樂，只能聽到客人窸窸窣窣的說話聲。酒吧內還有撞球台，但目前沒有人玩。

最上要找的人獨自坐在吧檯前喝酒，削瘦的身上穿著雙排釦的西裝。雖然已經有十六、七年沒見面了，但他身上散發的感覺還是和以前一樣。

「上次沒見到你真是太遺憾了。」最上在他旁邊坐下後說，「看到你一切都好，真是太好了。」

諏訪部利成好奇地注視著最上，舉起了酒杯。

「那位小老弟也很有意思啊。」諏訪部面無表情地回答，「他最近還好嗎？」

「嗯，很努力工作。」

最上說完，向酒保點了啤酒。

「最後也以共同正犯起訴了中崎，北島也一樣，一定會被判處重刑。」

「你應該不是特地來告訴我這件事吧？」諏訪部警戒地斜眼看著最上。

「我有事拜託你。」

「應該不是像上次那樣的事吧，你應該已經瞭解，我向來不出賣別人。」

「我當然知道，所以才來拜託你。」

「這次又是什麼事件？」

「事件喔……接下來才會發生。」

諏訪部聽了最上的回答，忍不住皺起了眉頭。

最上從酒保手上接過海尼根的酒瓶和杯子，用下巴指了指後方的桌子。

「去那裡說。」

轉移到空著的桌子座位，最上把啤酒倒進杯子，倒進了乾渴的喉嚨。諏訪部在最上對面緩緩坐下，露出訝異的眼神看了過來。

最上把臉湊了過去說：

「請你張羅一把手槍。」

諏訪部立刻把臉向後一縮，看著最上。

「你在開什麼玩笑？」

他終於用無趣的口吻問道。

「我去好朋友的守靈夜回來，才不會開這種玩笑。」
「你確定不是去看了幫派電影？」諏訪部無奈地歪著臉，露出了冷笑。
「我也帶了錢過來。」最上拍了拍上衣胸前口袋的位置，「雖然我不知道要多少錢，所以先準備了五十萬。」
「這是什麼陷阱嗎？」
諏訪部瞇眼注視著最上。
「沒有陷阱，檢察官不負責這種工作。只是你今晚的客人剛好是檢察官而已。」
「看來是認真的……真是太驚訝了。」
諏訪部目不轉睛地瞪著最上，他似乎排除了各種疑慮，終於接受了眼前的狀況。
「和你那個好朋友的死有關係嗎？難道你打算砰砰復仇嗎？」
「事情沒這麼簡單，和我朋友的死也沒有關係，但因為他死了，我決定來找你。」
諏訪部抬眼看著最上。
「對方是一個人？」
「對。」
「嗯……即使你手上有噴子，外行人要對付好幾個人並不是一件簡單的事，但如果對方只有一個人，而且要在極短時間內處理完畢，用噴子是最聰明的方法。因為如果想要掐死對方，不知道會發生什麼狀況。」
諏訪部嘀咕著這些話，緩緩脫下了自己的上衣。

「既然你來這裡之前都已經想好了這些，我只能說你做了正確的選擇。把錢放在內側口袋裡。」

最上把裝在信封裡的五十萬圓塞進諏訪部遞過來的上衣內側口袋，又還給了他。

諏訪部緩緩穿好衣服，摸了摸胸前，似乎在確認內側口袋的厚度。

「這些夠了嗎？」最上問。

「足夠了。」諏訪部說完後問：「你什麼時候需要？」

「如果可以的話，明天之內。」

「你的慣用手是右手嗎？給我看一下。」

最上伸出右手，攤開了手掌。

「應該可以用馬卡洛夫，以你的手來說，不會太大，也不會太小，使用起來也很方便。如果你真的要用，也可以幫你附上消音器。」

最上點了點頭。

「需要幾顆子彈？」

「只要兩、三顆就夠了。」

「總之，噴子這種東西，打的次數越多，就越打不中。關鍵在於專心打第一、兩槍。我會在彈匣內裝三發子彈，如果要丟的話，把子彈打完之後再丟。如果沒有使用，還可以回收，一旦用過之後，就無法再回收了。不是埋在山裡，就是丟進海裡。」

「我知道了。」

「先打開保險栓，扣下扳機，就可以擊發子彈。再繼續扣扳機，就可以擊發第二顆子彈。等所有的子彈都打完後，槍身上方的滑套就會後退，這樣就搞定了。」

諏訪部配合手勢，低聲向最上說明。

「重要的是記得打開保險栓。即使知道，到了緊要關頭，腦袋可能會一片空白。曾經有一個幫派分子很笨，沒有打開保險栓，就拚命扣扳機，結果遭到對方反擊。握住槍柄，伸長大拇指時碰到的那個鈕就是保險栓。馬卡洛夫的保險栓向上是鎖住，我會在這個狀態下交給你。擊發的時候，要把保險栓扳下來。要扳下來再開槍……知道嗎？千萬不要忘記這一點。」

「我知道了。」

「要送去檢察廳嗎？」諏訪部挑著眉毛問。

「那有點傷腦筋。」

最上笑了笑，諏訪部也露出爽朗的笑容。

「檢察廳前的日比谷公園內有一頂黃色帳篷，為了以防萬一，會掛上萬國旗。明天下午，你去向帳篷裡的人拿。」

諏訪部從皮夾裡拿出一張名片大小的紙，用筆在上面胡亂畫了圖案，然後撕成了兩半。

「這是領貨券，交給帳篷裡的男人就好。」

最上接過撕下的一半，在杯子裡倒了啤酒後喝了下去。

「沒想到……」諏訪部苦笑著搖頭，「竟然有檢察官的客人。」

「第一次嗎？」最上開玩笑地問。

「倒是曾經有過三個律師。」

「律師的人數是檢察官的十幾倍，照理說，應該有更多人才對。」

「這意味著檢察官更壞啊。」

諏訪部說完，開心地笑了起來。

星期六中午過後，最上身穿西裝，手拿公事包，沒有去地檢，走出霞之關車站後，就走向日比谷公園。

從馬路上觀察，發現公園角落有好幾頂遊民的帳篷。最上發現其中一頂黃色帳篷後，走進了公園。

週末的公園內有不少人在散步，但帳篷區附近沒有人影。

黃色帳篷掛著萬國旗，最上不經意地看向車道的方向後，拍了拍帳篷。

一個臉髒得發黑的男人探出頭，一頭沾滿灰塵的灰色頭髮留得很長，看起來是和社會完全沒有交集的邊緣人。

最上不發一語地把「領貨券」交給那個男人。

男人瞥了最上一眼，從懷裡拿出「領貨券」的另一半，把兩張紙放在一起。

然後，他鑽回帳篷，拿了一個大資料信封走了出來。

最上接過信封，感受到沉重的份量，裡面的確像是裝了鐵塊。最上把信封塞進皮包後，離開了公園。

回程時，他決定搭計程車。他搭了一輛停在路旁的計程車，回到了宿舍。

他對長濱說，這個週六和週日要休假。最上不去地檢，長濱也不會來地檢工作。他也要求沖野休息兩天，停下腳步，思考松倉的事。沖野應該可以好好休息一下，事實上，他聽到最上這麼說時，的確露出鬆了一口氣的表情。

表面的工作暫時停止，最上打算在這個週六和週日專心做私下的工作。

回到宿舍後，最上把自己關在書房，從皮包裡拿出信封。打開信封，從裡面拿出了用氣泡紙包起的馬卡洛夫，槍口上裝了圓筒狀的消音器。

確認了保險栓扳上扳下的感覺後，實際舉起槍，讓手熟悉手槍的重量。試了一遍之後，放進了自己的小提袋，塞進了背包。

然後把藍色塑膠布、棉手套、毛巾、綑包用的膠帶、LED提燈、漁夫帽，和墨鏡等上午去澀谷的雜貨店買回來的東西也都裝進了背包。

他穿上暗色的棉質襯衫和棉長褲，外面穿了一件連帽的夾克。走出書房，看到剛起床的奈奈子坐在廚房吃著土司夾火腿和煎蛋。

「爸爸和朋友一起去露營，明天才回來，明天回來的時間也很晚，妳自己張羅吃的。」

「真難得啊。」

奈奈子幽幽地說，看著最上在桌子上留下的餐費。

「那我也找個地方去玩吧。」

最上並不是不能夠理解，當母親去韓國旅行，父親也去露營不在家，女兒想要去玩樂的心情，但無論對日夜顛倒的生活，還是每天都渾渾噩噩過日子，最上很想數落她幾句，只是覺得目前的自己沒有這樣的資格。

「開玩笑啦。」不知道奈奈子怎麼理解最上目不轉睛地看著她，她這麼說完，聳了聳肩，「我沒有想去的地方，我會乖乖在家，你放心吧。」

「不，」最上用鼻子吐著氣，「如果妳有想做的事就儘管去做，妳也不是小孩子了，只要是妳思考之後決定做的事，爸爸也不會囉嗦。」

最上眼角掃到她露出一臉錯愕的表情，揹起了背包，「但妳要注意身體。」說完這句話，就走出了家門。

他來到品川，搭新幹線前往小田原。

叔叔清二住在小田原。嬸嬸已經離開了人世，他們的兒子和最上年齡相仿，在埼玉成家立業，所以七十七歲的叔叔目前一個人住，種了一塊不大的地，沒什麼大毛病。雖然沉默寡言，但身體還很硬朗。

因為這樣的關係，再加上最上剛當上檢察官時，被派到靜岡地檢的沼津支部，所以對箱根一帶比較熟，這也是他建議弓岡躲去箱根的原因。

抵達小田原後，最上在車站大樓的食品專賣店內挑了幾樣水果，搭計程車一路往西。

叔叔畢竟年紀大了，家門前也長滿了雜草，不難看出獨居老人寂寞的生活。但四、五年前，當嬸嬸去世那一年造訪時，在兼作倉庫使用的車庫內，看到擠在一堆農具中的那輛廂型車還在。昨天晚上通電話時對叔叔說，因為要和朋友一起去露營，所以希望在星期天之前借用這輛廂型車。

最上去找叔叔之前，先去車庫張望，物色有什麼能夠派上用場的東西。雖然鐵鋤也不錯，但如果要帶的話，還是鐵鏟比較理想……最上看到鐵鏟豎在車庫後方。

物色完之後，原本打算走去玄關，但聽到後方傳來用水的聲音，他就從車庫繞過去，發現叔叔正在洗種田用的籃子。

「叔叔，好久不見。」

「喔，阿毅……」叔叔關掉水龍頭，緩緩站了起來，「你來了啊。」

「不好意思，臨時拜託你。」

「不，沒關係，我最近很少開。雖然不是不能開車，但醫生叫我盡可能多走路。不，雖然去看醫生，但其實不是什麼大病，只是定期去看高血壓而已。」

「嗯，你看起來很健康。」

「平時去附近，只要騎腳踏車就行了。你急著走嗎？喝杯茶再走吧？」

「好，那我就打擾一下。」

進屋之後，他把水果放在佛壇前，合起雙手祭拜，叔叔在廚房泡完茶，搖搖晃晃地端了過來。

「啊，給我吧。」

在叔叔把茶杯放在暖爐桌上之前，最上就接了過來，喝著熱茶。

「義一最近還好嗎？」

叔叔問他的哥哥，也就是最上父親的近況。

自從母親離開人世之後，父親去了札幌的老人院，由住在札幌市區的最上弟弟夫婦照顧，最上只有在新年返鄉時才會見到父親。

「雖然他的身體狀況稱不上健康，但日子過得挺悠閒。」

裝了馬卡洛夫手槍的背包就放在一旁，最上覺得這樣親切地和叔叔聊家人的近況感覺很奇怪。

「去露營時要做點粗活，可以向你借用一下鐵鏟嗎？」

喝完一杯茶後，最上向叔叔借了車鑰匙，揹起背包後，不經意地問。

「好啊，想要什麼儘管拿。」

叔叔送他到門口。

「阿毅，」叔叔叫住了他，「該放鬆的時候就好好放鬆。」

「嗯……？」

「我不知道你的工作有多辛苦，但嚴肅已經黏在你的臉上了。放假的時候還這麼嚴肅，快樂的事都會逃走。」

最上硬是擠出了笑容。

「我知道，我會好好玩。」

他繞去車庫，把鐵鏟放進廂型車的行李廂，發動了引擎。

他向叔叔揮了揮手，輕輕按了喇叭，把車子開了出去。

去加油站把油箱加滿油之後，最上看著地圖，漫無目的地在丹澤湖和山中湖之間轉來轉去。雖然已經五點多了，但天色還沒有暗下來。他不時把車子停在山路旁，觀察是否有人車經過，也會撥開草叢進去察看。

天黑之後，他仍然繼續開著車打轉，來到別墅區時，一手拿著提燈四處走動，尋找沒有亮燈，也沒有人整理的別墅。

夜深之後，他把車子駛入御殿場的休息區，在廁所洗了臉，吃了碗牛丼之後，又回到了車上。

他放倒椅子，閉上了眼睛。

他就這樣時睡時醒，等待早晨來臨。

隔天早晨，最上醒來後在休息區吃完早餐，像昨天傍晚一樣，開著車，集中在山中湖周圍的別墅區物色，鎖定了兩、三棟別墅，然後在附近散步之後，把車子停在一棟位在山谷深處的小別墅前，在那裡停車觀察了兩個小時。

在這段期間，完全沒有任何車輛從前方的道路經過，也沒有帶狗散步的人。最上決定了這棟無人的別墅，帶著背包和鐵鏟走下廂型車。

他繞到別墅後方，走進一片坡度緩和，向下方延伸的樹林，找了一個地方把背包放在地上，戴上棉手套，把鐵鏟前端插進地面。

他花了兩個小時左右，挖了一個一公尺見方，深度五十公分左右的洞。中途就揮汗如雨，只能用毛巾邊擦汗邊作業。因為平時很少做體力活，好不容易挖出一個滿意的洞時，已經精疲力竭了。

回到車上，駛離了無人的別墅，回到御殿場的休息區，用手機設定鬧鐘後，就放倒了椅子，比昨晚更深的睡意立刻襲來。

鬧鐘在四點半響起。星期天傍晚，休息區的停車場內停了七成的車子，有許多出門遊玩準備回家的客人。

最上走去廁所洗了臉，在食堂點了拉麵，迅速解決了晚餐，然後又去商店買了寶特瓶飲料和麵包放在後車座。一看手錶，已經五點了。

他走去公用電話打電話給弓岡，電話馬上就接通了。

「弓岡嗎？」

「對。」他迫不及待地回答。

「有什麼異常狀況嗎？」

「沒有，我在悠閒地泡溫泉。」

「我這裡也準備就緒了，我去接你，你人在哪裡？」

弓岡回答說在湯本，最上把車子駛離休息區，準備去接他。從一三八號國道沿著山路一路駛向一號國道，山路漸漸變成了有溫泉街氣氛的街道，前方就是箱根湯本的車站。

最上戴上了漁夫帽和墨鏡，握著方向盤。他已經告訴弓岡這身打扮作為記號。

他把車子駛入車站前的公車和計程車搭乘處，立刻看到一個男人蹲在人行道上抽菸，遠遠就可以看到和這個休閒地格格不入、眼神凶惡的男人，他正是搜查總部送來的資料相片上的男人。

最上下了車，走到他身旁問：

「你是弓岡吧？」

最上開口問他時，他已經站了起來，「我就是。」

他穿了一件黑色夾克，不知道是否就是便利商店的監視器所拍到的。雖然個子不高，但因為啤酒肚的關係，挺著胸膛，再加上很像是廚師的陰鬱長相，散發出目中無人的感覺。雖然現在想這些有點像事後諸葛，但如果這個人坐在偵訊室，自己在隔壁房間觀察，搞不好就會覺得他很可疑。

「好，走吧。」

走回廂型車，最上為他打開了後方座位的車門。

弓岡抱著行李袋，坐在後車座上。

「溫泉旅館連住三天，整天沒事可做，無聊死了。」

最上回到駕駛座上，剛把車子開出去，弓岡就開始抱怨。

「應該放鬆不少吧。」最上回答。

「如果住稍微好一點的旅館，或許可以享受優雅的感覺，但我手上剛好缺錢，訂到的旅館可能連三流都稱不上。姑且不論溫泉的水質，飯是冷的，還沒吃完就開始收拾了。原本還想教訓他們一番，但我現在不能鬧事，所以拚命忍住了。你真的會給我這段時間的生活費吧？我身上幾乎沒錢了。」

「我帶來了，你不必擔心。」

「我到底要躲多久？」

「在開庭之前……最好做好一年的心理準備。」

「一年？」弓岡毫不掩飾內心的不悅說，「真受不了啊。」

「想一想遭到逮捕的情況，就會覺得那沒什麼了，」最上說，「等一、兩個月後，再把你送去大阪或博多那一帶，你可以在那裡正常過生活，只是不要惹出什麼會讓警察上門的事。」

「除了你以外，應該還有好幾個人在張羅這件事吧。」

「是啊。」最上隨口回答，「我一個人沒辦法。」

「我就知道。」弓岡附和道，然後噗哧一聲笑了起來，「不過阿松被你們逮住了。雖然我和他沒太多交情，但還是覺得有點對不起他，對他來說，真的是飛來橫禍啊。他是不是幹了什麼惹毛警察的事？」

「松倉以前曾經殺過人，但被他逃走了。」

「是喔……你說的那件事，該不會是報紙上登的？就是女中學生的案子，已經過了時效。」

「沒錯。」

「原來是這樣啊，」弓岡低吟一聲，似乎恍然大悟，「所以你們這幾個人，就是以前負責偵辦那起案子，所以才這樣嗎？」

弓岡很機靈地猜到了狀況，但隨即苦笑著說：

「不，我並不是想瞭解你的背景，以後也不會告訴別人。」

「既然他犯下了殺人罪，就必須得到懲罰，必須做一個了斷。」

「原來是這樣，」弓岡感嘆地吐了一口氣，「我卻能夠躲過一劫，代表我運氣超好。賽馬沒辦法贏錢，運氣都用在這上面了……呵呵呵。話說回來，警察為了追捕鎖定目標，不惜大費周章地做這種事，太可怕了。不，我當然感激不盡。」

「如果沒有你的協助就不可能做到。」最上說。

廂型車漸漸遠離了街道，進入深綠色的樹木佔據大部分景色的山路後，最上放慢了速度，把廂型車停在有停車空間的路肩。

「我想確認一下，」最上把頭轉向後車座問，「那把凶器的菜刀，你帶來了嗎？」

「對，我帶了。」

「給我看一下。」

弓岡聽到最上這麼說，從旅行袋裡拿出用報紙包住的東西。

最上接了過來，確認了裡面的東西。

「好，只要有這個，應該就沒問題了。」

最上直接說出了心裡話，用報紙重新包好之後，塞進放在副駕駛座上的背包裡。

「因為不知道怎麼丟，所以很傷腦筋。」弓岡說，「如果可以派上用場，真是太幸運了。要放在阿松的公寓，然後說『找到了』嗎？這可真是所謂的神來之手啊。」

「你不必去想和你無關的事。」

聽到最上這麼說，弓岡縮起了原本就很短的脖子，「的確……和我沒有關係。」

「後面有麵包和飲料，你拿來吃吧。」

「喔，謝謝啦。」

弓岡在袋子裡翻找了一下，拿了一瓶綠茶。

「還有一件事想要問清楚，」最上又接著說，「就是事件的來龍去脈。我希望你告訴我，為什麼會發生那種事。」

「喔喔，」弓岡喝了一口綠茶，無可奈何地說了起來，「現在回想起來，我也覺得自己太糊塗了，竟然上了某家專門提供賽馬內線消息公司的當，和都筑老爹無關，是一個姓岡田的賽馬賭友介紹的。岡田說，那家公司的消息很精準，支付的消息費不同，就可以買到不同分析師的內線消息，還說絕對會中。我當然知道世界上沒有這麼好的事，但聽說那家公司的分析師之間競爭很厲害，靠內線消息的命中率決定排名，這也成為那家公司的賣點。最低等級的分析師收取一萬圓的消息費，命中率也差強人意，如果是被稱為天王的頂級分析師，手上的內線消息當然就完全不一樣了。因為他們和馬房之間有秘密協議，也掌握了騎手玩假賽的內幕，在關鍵時刻提供賠率超過一百倍的萬馬券等級的內線消息，要價一百萬。即使付了這筆錢，馬票贏了錢，可以拿到三百萬左右，所以還是大賺一筆。

「我之前也曾經上過一家惡質公司的當，被騙走不少錢，所以起初聽到岡田這麼說，我覺得是在吹牛皮，但聽到他說可以提供普通人絕對不知道的內線消息，還是忍不住心癢癢。所以，我不時付錢買了一些低等級的消息，有時候會中，有時候中不了，但那個業務員人很親切，也不會硬性推銷，所以我覺得那家內線消息公司的品質還算優良。

「有一次，岡田用電子郵件傳相片給我，說他中了萬馬券。因為有相片，所以應該是真的。但現在回想起來，岡田應該是和那家公司串通好的，很懷疑那張萬馬券是不是他的。總之，我忍不住坐立難安起來，覺得太厲害了。

「我打電話問內線消息公司的業務員，一問之下才知道，天王級的內線消息每次只賣給五個客人。因為一下子太多人買，賠率會出問題。聽說內線消息的命中率是九成五，壞就壞在他沒說百分之百會中，但對躍躍欲試的人來說，根本覺得等於百發百中。

「因為不是想買就可以買到，所以我也就只能作罷，這通電話就這樣結束了。過了一陣子，那個業務員打電話給我，說天王提供了消息，但原本登記要買消息的客人籌不出錢，只能飲恨放棄，說現在可以把購買權轉讓給我。

「我立刻一口答應。因為我覺得如果這次不買，恐怕再也沒機會買了，只不過手上沒有一百萬。我之前已經向都筑老爹借了不少錢，但還是用花言巧語又向他借了五十萬。因為他知道我之前曾經當過其他公司的肥羊，如果告訴他實話，一定會反對。然後，我又去向地下錢莊借了二十萬，自己手上原本就有四、五十萬，所以就領了三十萬，交給了那家公司。

「電子郵件收到的天王級內線消息看起來很有那麼一回事，說一部分馬房和馬主聯手，因為要慶祝某個幫派大哥出獄，為了讓他大賺一票，所以暗中約定會出現萬馬券。在比賽之前，還收到了連勝單式的具體數字，賠率是一百二十倍，我買了三萬圓。我向都筑老爹借了一百三十萬，地下錢莊二十萬，我甚至已經想好，贏錢的話就先把錢還給他們，可以玩樂一陣子，還可以買下一次的天王內線消息。

「沒想到比賽開始後，天王的預測根本不靈。我當然打電話去給業務員大罵一頓，他說原本該贏的那匹馬身體不適，完全跑不動，即使其他騎手努力配合，也完全無法跑出預先約定的順序。剛出獄的大哥也很生氣，賽馬界甚至有人傳言，有人會因為這件事被剁手指了……總之，業務員說得煞有其事，而且還說下一次可以讓我用VIP價格八十萬優先購買作為補償。

「我雖然失去了冷靜，但還是決定相信他的話。不，正因為失去了冷靜，所以才覺得事到如今，已經沒有退路了。總之，要先籌八十萬圓，當然只能向都筑老爹借錢。雖然我在電話中苦苦哀求，但他說，上次才借了五十萬，為什麼一下子又要借八十萬。他當然會這麼說，我說著說著，不小心說漏了嘴，被他知道我又去向消息公司買消息，他就對我說，在我把以前欠的錢還清之前，不會再借錢給我。

「但是，我不會因為他這麼說就收手。既然已經向地下錢莊借了錢，即使要去搶劫，我也必須籌錢，所以我去買了菜刀。因為身上沒錢，只能買一把兩千圓的便宜菜刀，結果就斷了。

「不，我並不是一開始就打算殺了老爹他們，我只想跪求他借錢給我。如果不行，我就拿出菜刀說要切腹自殺。我以為只要這麼做，他一定會借錢給我。

「於是，在打電話的隔天，我去了老爹家。因為我事先沒打招呼就上門，所以老爹很不高興，但我說先還五萬圓，展現一下我的誠意。

「然後我又向他提出，要借八十萬，也向他下跪懇求，但他竟然不理會我，還自以為了不起地說我不適合賭博，叫我金盆洗手，好好工作，把之前欠的錢還給他。他說話的語氣，簡直就是把我當成人渣。原本我還打算假裝切腹，但那時候火冒三丈，拿出菜刀說，別小看我。老爹也說，如果要動手就趕快動手啊。他也真不夠聰明，不知道我是不是來真的。因為我用刀子捅他時，他才終於露出知道我不是開玩笑的臉。老太婆哇哇大叫著想要逃走，我就追了上去，對著她也亂捅一陣。當老太婆倒在地上時，我一看自己的手，發現菜刀的刀子部分幾乎不見了。我愣了好一陣子，搞不懂是怎麼回事。可見我當時完全殺紅了眼。」

弓岡說到這裡，拿起寶特瓶喝了幾口，急促呼吸著。

「之後呢？」最上追問道，「是不是抽走了借據，把拖鞋丟去便利商店的垃圾桶？」

「是啊。」弓岡嘴角露出自嘲的笑容，再度說了起來，「既然已經殺了他們，也就沒辦法了，只能努力湮滅證據。我擦了自己碰過的所有地方，找出自己的借據抽走了，然後把金庫和鑰匙放進了衣櫃，又順便打開其他抽屜看了一下，結果發現竟然有錢，差不多有五十萬左右。我先去還給地下錢莊，雖然最後沒辦法買天王的消息，但至少還清了債務，最重要的是，做了這麼大一件事，我真的太累了，賽馬根本已經不重要了。

「對，還有拖鞋。因為上面沾到了血，我想到如果留在現場，可能會發現我的汗漬什麼的，變成了證據，所以我決定直接穿著逃走。跑到庭院時，我才想起忘了拿自己的鞋子……我又跑回去拿鞋子，從庭院逃走了……雖然我以為自己很冷靜，但其實還是很慌張。當我換下拖鞋，穿上自己的鞋子後，拖鞋就變得很礙事，只想趕快找個地方丟掉。我去自動販賣機買了幾瓶寶特瓶的水，去了多摩川堤防旁沒有人的地方把血沖乾淨了，然後就丟進路旁的便利商店垃圾桶，暫時鬆了一口氣。原本打算把刀子一起丟掉，但又轉念一想，覺得必須小心謹慎點，結果就帶回家了。

「睡了一晚之後想，雖然當時完全沒有計畫，走一步，算一步，但事情處理得還不錯。即使仔細回想，也覺得沒有留下什麼證據，事實上，在新聞報導這起事件之後，警察也沒有上門。我這個人向來很樂觀，開始有點大意，覺得風頭已經過了，結果就在串烤店喝酒的時候，忍不住說溜了嘴。」

「他們兩個人的血只濺到拖鞋而已嗎？沒有濺到襪子和你這件夾克上嗎？」

「襪子上沒有，因為我捅他們的方式不會一下子噴出大量的血，所以沒有濺到我身上。不過手上沾到了血，這件衣服的袖子上也沾到了，我在那裡的廚房洗了一下，回到家之後也拚命洗了好幾次，所以應該不會有問題。」

洗了這麼多次，或許會有魯米諾反應，但應該很難從上面檢測出被害人的DNA。只要拿走刀子，在弓岡周遭應該不會再有其他可以證明是他犯案的物證。

「有沒有犯案計畫或是日記之類的東西？」

「我才不是那麼一板一眼的人。」

「除了串烤店時坐在你旁邊的那個男人以外，還有沒有對其他人說過會聯想到是你犯案的話？」

「那倒是沒有，但都筑老爹有一個朋友叫人江圭三的大叔曾經打電話給我，說警察為了那起事件去了他家，而且還要求關口主動到案說明，問我有沒有事。他說警察好像在清查所有向都筑老爹借錢的人，我就開玩笑說，原來圭三叔即使還了錢，也不得安寧啊。沒想到他反問我，你不是也向老爹借了錢嗎？我不知道老爹有沒有對他說過什麼，而且覺得如果說完全沒借，反而會引起懷疑，所以就回答說，我借的金額不多。但事後才想到，既然我把借據都拿走了，應該回答之前借的錢全都還清了。」

「這件事應該沒問題，」最上回答說，「聽說如果只是借四、五萬，都筑先生不會寫借據，所以並沒有相互矛盾。」

「是嗎？那就不用擔心了。」

「你有沒有和你姊姊聯絡？」

「有，我告訴她要去大阪工作，所以也完全不必擔心。」

弓岡一臉安心地說，打開麵包的袋子吃了起來。

「好，接下來就交給我吧。」

最上說完，把車子駛回車道。

進入山中湖的別墅區時，天色漸漸暗了下來，在左右兩側都是一片樹林的林道上，差不多該打開車燈了。

但是，最上連小燈也沒有打開。

最後的難關在於白天去的那棟別墅和附近是不是沒有人。

這件事只能祈求神明。

星期天的傍晚，都市的人應該都離開了，更何況那裡連大白天都沒有人。

一定沒問題。

最上謹慎地確認著記憶，將方向盤轉向通往那棟別墅的小路。

接連出現在路旁的別墅既沒有燈光，也沒有停在那裡的車子。

「要在這麼偏僻的地方避風頭嗎？」坐在後車座的弓岡不耐煩地問，「吃的東西應該不會只有這些吧？」

「屋裡有準備。」最上掩飾著緊張隨口回答。

沿著彎曲的道路駛向深處，白天那棟別墅出現在前方。

果然沒有人影。

他駛過那棟別墅，確認後方的別墅也沒有人的動靜後，把車子停了下來。

然後，他慢慢倒車。

「怎麼了？」

弓岡納悶地問，最上只回答說：「開過頭了。」

他倒車回到白天那棟別墅前，開進了長滿雜草的入口，把車停在屋旁。

「搞什麼啊，怎麼看起來像鬼屋啊。」

弓岡隔著車窗抬起頭，皺著眉頭說。

「裡面整理得很乾淨。」

最上這麼掩飾著，拿起放在副駕駛座上的背包，打開了車門。

「這裡。」

「啊？」

最上下車後，叫弓岡跟著他走向屋後，正準備走向玄關的弓岡露出訝異的眼神看著最上，停下了腳步。

「這裡不能進去，要從後面進去。」

雖然最上努力表現得很鎮定，但不知道弓岡看在眼裡是怎樣的感覺。只不過以最上目前的精神狀態，即使看起來行為有點奇怪也是無可奈何的事。他的心跳好像在打鼓似地猛烈跳動，因為接下來要做的事，是他原本以為這輩子永遠不可能做的事，所以這也不能怪他。

弓岡停在原地看著最上。

最上沒有多說什麼，快步走向屋後，引誘弓岡跟上來。

太陽下山，天色越來越暗，必須在完全暗下來之前搞定。

他繞到了屋後，面前的窗戶連遮雨窗也都關著，簡直太不自然了。

弓岡沒有跟上來。

最上等在走向木板露台的階梯前，弓岡警戒地緩緩繞到屋後。

再走近一點。

最上走上階梯時，用後背感受著弓岡的動靜。天色太暗，走起來有點不安。

「無論怎麼看，都覺得是擅闖沒人住的別墅。」弓岡在後方很受不了地說，「水電應該沒問題吧？」

「沒問題，不必擔心。」

連最上也發現自己回答的聲音很緊張。

他不以為意，走上了木板露台，把背包放了下來，彎腰打開背包的口，把手伸進去，假裝在裡面找鑰匙。

天色太暗，看不清背包內的狀況。

心跳更快了。

「這麼暗還戴著墨鏡，根本什麼都看不到吧。」

弓岡看到最上摸了半天都沒摸到，忍著笑說道。

最上聽他這麼一說才意識到這件事，拿下了墨鏡。眼前頓時明亮起來。目前還完全可以看到周圍的情況。

「呵呵，裝什麼酷啊，看不到不就沒戲唱了嗎？」弓岡忍不住笑了起來。

最上不得不意識到自己失去了冷靜，也跟著弓岡笑了起來。他帶著苦笑，轉頭瞥了弓岡一眼。

弓岡走上兩、三級階梯。

最上見狀，收起了笑容。本能告訴他，現在就要動手。他把馬卡洛夫從提袋裡拔了出來，整個人轉向弓岡的方向。

「怎麼回事……？」

弓岡看到槍口對準自己，愣在那裡，臉上的表情也凍結了。

兩人相距兩公尺左右。雖然距離已經很近了，但在瞄準時，發現身為標的的弓岡看起來很小。

「別傻了……」

弓岡擠出沙啞的聲音。

最上把馬卡洛夫手槍放在胸前，輕輕搖著頭。

「既然你殺了兩個人，就應該受到相應的懲罰。」

最上說著，靠近了一步。他的腳踩到了露台的邊緣，繼續逼近，就會被階梯絆倒。

開槍的指令貫穿大腦，勾在扳機上的手指想要回應這個指示。

就在同時，他想起了諏訪部的忠告。

保險栓。

差一點忘了。他伸出大拇指往下一扳，解除了保險栓。

就在這一剎那，弓岡採取了行動。他走上階梯，向最上撲了過來。

最上扣下扳機的同時，弓岡被階梯絆倒了。

眼前發出沉悶的槍聲，彈殼飛了出來。手槍擊發的後座力讓手發麻，思考也停止了。

不知道有沒有打中弓岡。

弓岡叫著什麼站了起來。

果然沒打中他。

最上壓低了槍，再度瞄準後，扣下了扳機。

隨著槍聲響起，弓岡的肩膀好像被打中似地搖晃了一下，從階梯上滾了下去。

最上緩緩走下階梯。

弓岡在階梯下方發出呻吟。

最上站在他的腳邊，瞄準了他的左胸。

他沒有看弓岡的臉。

扣下扳機，弓岡的身體抖了一下。槍聲立刻被樹林吸了進去，當四周恢復寂靜時，弓岡的身體已經變成了物體。

還沒有結束。

只是無法回頭了。

最上把滑套已經後退的馬卡洛夫放在地上，回去露台拿背包，戴上棉手套，把弓岡的屍體拉去樹林。原本打算放在藍色塑膠布上再移動，但事到臨頭，根本顧不得那麼多了。

把屍體拉到白天挖的洞附近後，躡手躡腳地跑回車子，同時小心觀察周圍的動靜。他從行李箱拿出鐵鏟，再度回到樹林。

打開LED提燈，把弓岡的身體折起後推進洞內。原本想把駕照等可以辨識他身分的東西拿走，但如果要這麼做，就必須破壞屍體，導致無法比對指紋和齒模。他不想做到這種程度，所以就沒有拿走他的隨身物品。

只要暫時不會找到他就好。

最好能夠超過一年。

為了避免偵測到微弱電波，最上拆下弓岡手機的SIM卡，放回了他的口袋。然後檢查了行李袋，確認有沒有和蒲田事件相關的東西後，丟進了洞裡。

他拿著提燈，撿起放在屋前的手槍。雖然也找了彈殼，但天色已經暗了，遲遲找不到。好不容易找到兩顆，決定放棄繼續尋找最後一顆。

他從車上拿了寶特瓶的水，把手槍的外面洗乾淨，再用棉手套擦去指紋，把手槍和彈殼塞進了弓岡的行李袋。

接下來只要把泥土蓋上去就好。

他用鐵鏟鏟起了泥土山，丟進洞內。泥土倒在弓岡的身體上，也倒在行李袋上。他專心一志地移動鐵鏟，把一切都埋進泥土裡。

馬上就結束了。

當弓岡的身體全都被泥土蓋住後，他一邊用腳把泥土踩緊實，一邊把土蓋上去。軟趴趴的感覺讓他感到很不舒服，但還是拚命把泥土踩結實。

即使看不到弓岡的身體，自己做過的事也無法從記憶中淡忘。不顧一切地扣下手槍扳機的觸感仍然鮮明地留在手掌。他只是移動著鐵鏟，努力不去想這件事。

這個人罪大惡極，奪走了兩條人命。

不能因為要制裁松倉就放過他。

他必須受到懲罰。

最上不斷想著這些事，把泥土掩蓋上去，然後踩結實。

但是……

如今自己和弓岡、松倉一樣，都是罪人。

有人能夠懲罰我嗎？

12

沖野在週末什麼事都不想做，渾渾噩噩地過了兩天。星期一，邁著沉重的步伐走進了檢察廳。

照理說休假之後，心情都會煥然一新，但沖野完全沒有這種感覺。比起「煥然一新」，說是「失去自信」更貼切。

正確地說，休假之前，他就已經失去自信了。去蒲田分局開會，聽到弓岡的事時，理智線噗哧一聲斷裂了。

最上始終保持謹慎的態度，但聽了弓岡的事，只有松倉是嫌犯的邏輯不再成立。因為沖野原本就認為，像弓岡那樣沒有在現場留下借據的人才是凶手，所以聽到那件事，覺得自己的看法果然沒錯。

在精神崩潰的同時，他感到身心沉重，好像世界的重力增加了一倍。連日來對松倉惡言相向的反作用力太強烈了，即使得知松倉將延長羈押，從週一開始要再度負責偵訊他，也完全提不起勁，也不知道偵訊時要問什麼……甚至連第一句話都不知道該怎麼說。

沖野帶著這種心情，從早上就開始處理其他工作。沙穗接了電話後向他報告：「侵佔案的松倉到了。」

「讓他等一下。」

沖野回答後，繼續做手上的工作。

當必須同時偵訊多名嫌犯時，有時候會讓傳喚的嫌犯在候訊室等一整天，最後在完全沒有接受偵訊的情況下，讓嫌犯再度搭車回去。對接受偵訊的一方來說，隨時擔心馬上會接受偵訊的不安，在精神上是很大的折磨，有些檢察官會故意使用這個招數作弄人，讓嫌犯承受精神壓力。

沖野遲遲不願偵訊並不是想要造成松倉的精神壓力，而是他自己意興闌珊，結果就讓松倉在候訊室等了大半天。

四點多後，沖野才終於請沙穗把松倉叫來。既然必須向最上報告，就必須進行偵訊。

不一會兒，松倉駝著背走了進來。他神情黯然，一臉警戒的表情，不知道沖野今天又會用什麼惡言惡語攻擊他。

然而，沖野今天沒有把松倉的座位移到牆邊，示意他在檢察官座位前的偵訊用椅子上坐下，松倉有點困惑地坐了下來。

「今天時間來不及了，所以我們速戰速決。」

沖野說完，針對成為延長羈押理由的冰箱和液晶螢幕以外的侵佔物品，問了幾個問題，製作了簡單的筆錄。沖野淡然的偵訊和上週完全不同，松倉的態度也不一樣了。和之前偵訊凶殺事件時不同，整體來說，他在回答時很老實。

在向最上報告時，只要說他對凶殺事件全盤否認就好……沖野這麼說服自己後，不到一個小時，就打算結束偵訊。

「對於今天的內容，你還有什麼需要補充的嗎？」
沖野靠在椅背上問，松倉難以啟齒地開了口。
「呃，不是關於今天的內容，而是都筑先生的事件……」
沖野今天原本不打算提這件事，沒想到松倉主動提起，他忍不住微微皺起眉頭。
「什麼事？」
「對，我是從在蒲田分局拘留室，和我同房的人口中聽說的，他不知道在哪家串烤店吃串烤時，剛好坐在他旁邊的男人說的話，聽起來好像是他犯下了都筑先生的案子……別人叫那個男人『小弓』——」
沖野隨口附和了幾句，制止松倉繼續說下去。
「對對對，我們也收到這個線報了。」
「那個，我知道那個叫『小弓』的人。」
「是弓岡吧？我們也知道。」
松倉聽到沖野這麼說，有點洩氣地閉了嘴。過了一會兒，他又再度開了口。
「這代表已經澄清了我的嫌疑嗎？」
「沒有人這麼說，目前搜查總部正在進一步展開調查。」
沖野冷冷地回答時，發現自己在掩飾尷尬。
「如果弓岡和這起案子有關，也要瞭解是否有共犯的可能性。」
「怎麼……只要問弓岡，就知道有沒有共犯。我和這起事件完全沒有關係。」

從事件的情況來看，沖野也認為有共犯的可能性很低，但面對上個星期還被視為凶手的對象，實在無法做到態度一百八十度大轉彎，所以只能用目前弓岡的嫌疑還沒有確定作為藉口來掩飾。

即使這樣，也許有一天必須向松倉低頭道歉。雖然這麼想，心情就不由得沉重起來，但想到如果還要繼續上週那種亂七八糟的偵訊，就覺得還是這樣比較好。

「關於凶殺事件，除了松倉說的話以外，再多寫兩、三點，和之前的內容相同也沒關係。」

沖野吩咐沙穗，請她在偵訊紀錄中增加沖野嚴厲訊問，松倉一再否認：「我是無辜的」的對話後，連同侵佔嫌疑的筆錄，一起帶去了最上的辦公室。

「辛苦了。」最上慰問道。

沖野在沙發上坐下後，把筆錄和偵訊筆記交給了他。

「他對侵佔的事供認不諱，但在凶殺事件上，完全和以前一樣。另外，他在蒲田分局的拘留室從矢口那裡聽說了弓岡的事。」

「所以他的態度轉為強硬，說不是他幹的嗎？」最上低頭看著偵訊筆記問道。

「對。」

最上只看了偵訊筆記二、三十秒，就放在茶几上。因為這份偵訊筆記內容空洞，這也是無可奈何的事。

「你自己是不是也對這起事件有了預測，所以撐不下去了？」

最上說話的語氣很平靜，但看向沖野的視線很銳利。

「在偵訊的時候，必須把弓岡的事拋在腦後。」

沖野聽了最上這樣的意見，無法順從地答應。

他覺得自己內心的想法已經不是預測這麼模糊的東西，事到如今，認為松倉是凶手的說法顯然太牽強。

「搜查總部之後對弓岡的偵查有沒有報告什麼進展？」沖野用這個問題代替了他的回答。

「目前還無法掌握弓岡的下落。」

「啊？」

沖野不知道是怎麼回事，愣在那裡等待最上進一步的說明，但最上沒有再說什麼。

「對弓岡那條線抱有太多的期待很危險，目前還是松倉這條線更重要。」

最上面無表情地只說了這句話。

沖野回到自己的辦公室，打電話給搜查總部的森崎副警部。

「剛才聽最上稍微提到，聽說目前無法掌握弓岡的下落？」

「對。」森崎回答，「為了尋找請他主動到案說明的時機，所以要先確認他的行動。我們從週末就開始行動，但他似乎不在家。今天也無法確認他的下落。」

「弓岡的名字之前浮上檯面時，有確認他的下落嗎？」

「有，負責的小組確認了。聽他隔壁鄰居說，在上個星期三左右還曾經看到他。」

「這是怎麼回事？聽起來簡直就像他察覺到警方的行動。」

「這就不清楚了……雖然的確有這種感覺，但我們之前完全沒有和弓岡本人接觸。因為無法安排人手，認為必須謹慎行事，所以應該不太可能有這種情況。另外，今天掌握到一個情況，弓岡上週打電話給住在調布的姊姊，說在大阪有一個不錯的工作，他暫時要去大阪。目前我們正在弓岡周圍尋找介紹他去大阪工作的人，明天就會派人去大阪調查。」

「是喔……」

沖野掛上電話，在桌上握著雙手，重重地嘆了一口氣。

警方準備對弓岡展開偵查的同時，當事人就失蹤了。雖然聽說是去大阪工作，但時機未免太巧合，讓人難以釋懷。

但是，警方並沒有採取任何會造成弓岡心理壓力的行動，照理說，真凶通常都會一犯完案就馬上去避風頭，從這點來看，似乎很難斷定弓岡因為是真凶，所以才會失蹤。

沖野對眼前的事態感到很不高興。

因為無法掌握弓岡的下落，所以只能繼續偵訊松倉，徹底逼問他。這樣的邏輯並不成立，但是，說白了，最上指示沖野的偵查方針就是這個意思。

沖野已經失去自信，無法繼續遵從最上的方針，很希望搜查總部趕快查明弓岡的下落。但是，在搜查總部追查弓岡的下落期間，松倉的羈押期限也漸漸接近尾聲。如果自己沒有做出任何成果，這起事件的偵查工作就會半途而廢。即使不用別人提醒，沖野也知道自己承受著這種任務上的壓力。這可以說是偵查檢察官的本性。

負責調查弓岡周邊關係的偵查小組報告說，弓岡似乎在提供賽馬內線消息的公司投入了不少錢，很可能因此向都筑和直借了相應的錢。雖然他之前也向地下錢莊借錢，但最近不知道為什麼手上有閒錢，一下子還清了。

每次聽到這些消息，就覺得弓岡的嫌疑越來越重大，但目前既沒有直接證據，當事人也下落不明，根本無法把他視為嫌犯展開偵查。另一方面，隨著松倉的羈押期限一天一天逼近，漸漸形成了目前一手包辦偵訊工作的沖野必須偵訊出某些結果的氣氛。對於弓岡落入提供賽馬內線消息公司的陷阱一事，最上認為不只是弓岡的問題，試圖轉嫁給松倉。他要求青戶他們同時追查松倉，瞭解松倉是否也掉進了相同的陷阱。為弓岡和內線消息公司牽線的是一個姓岡田的男人，當得知他也曾經向松倉提過內線消息公司的事之後，就認為其中可能隱藏了借錢的原因，指示沖野嚴格追查。

但是，即使沖野問松倉這件事，他也一臉茫然地聽沖野說完之後，緩緩地搖了搖頭，似乎完全不知道是怎麼回事。他說，他覺得不可能有這麼好的事，所以對那些內線消息公司完全沒有興趣，岡田向他提起這件事時，他完全沒有理會……

沖野覺得繼續追查松倉根本無濟於事，所以對偵訊也無法像以前這麼投入。雖然無法投入，卻必須做出結果的焦慮越來越深，感受到和上週破口大罵松倉時不一樣的痛苦。

「檢察官先生，請你調查弓岡。」

松倉在接受偵訊的座位上懇求沖野。

「我覺得應該是他幹的，雖然我和他沒什麼交情，但他這個人脾氣暴躁，都筑先生也曾經說他是會因為賭博而毀了人生的人。我相信他借的金額比我更多。」

提到弓岡的名字時，沖野起初還含糊其詞地回答：「目前搜查總部正在調查」，如今已經無法繼續敷衍。

「弓岡失蹤了，警察正在找他，目前還沒有找到他。」

沖野坦率地告訴他，松倉露出驚愕的表情。

「他逃走了嗎？」

「不知道他是不是逃走了，在警方採取行動之前，他就不見了。」

「當然是逃走了啊！」松倉皺著臉，難得頂撞沖野，「如果你們沒有來抓我，偵查完全搞錯了方向，就可以在弓岡逃走之前抓到他了！」

「我怎麼知道！你沒有資格說三道四！」

沖野只能不講道理地情緒化反駁。

「我會歸還從倉庫帶回家的電視和冰箱，也會向公司道歉。公司的老闆不是壞人，只要我道歉，他應該會原諒我，所以請你放了我。不能因為弓岡逃走了，就把我當成凶手，沒這種道理。我什麼都沒做，也不可能找到任何證據，不要再繼續耗了。」

聽到松倉充滿悲壯感的懇求，沖野也只能冷冷地搖頭說：「不行。」

「為什麼？」

松倉語帶挑釁地問。看到沖野不再像上週那麼言詞犀利，他也一改原本的懦弱態度，露出了多年前曾經成功逃過警方偵查的韌性。

「目前並沒有澄清你的嫌疑，也沒有排除你是共犯的可能性。」

「我和弓岡並不熟，怎麼可能是他的共犯？」

「憑什麼斷言不可能？既然你說自己和這起事件無關，那就拿出證據啊。我說的是不在場證明。你聽好了，去搜索你家時，找到好幾張『銀龍』的收據，也有案發三天前和兩天後的收據，卻沒有犯案當天的收據。這是怎麼回事？為什麼偏偏沒有犯案當天的收據？通常不是反而會懷疑你嗎？」

沖野嚴厲指責道，松倉把臉皺成一團，搖著頭說：

「收據的話，不是塞在哪裡，就是弄丟了……我也不知道。我只能說，那天去了『銀龍』，那家店沒有紀錄或是監視器嗎？」

「那家店才沒有監視器這麼流行的東西。」

『銀龍』的收銀機在犯案當天五點零八分，有一瓶啤酒、餃子和炒榨菜的結帳紀錄，和松倉提早下班時，都會去那裡點一、兩瓶啤酒，外加餃子和炒榨菜或麻婆豆腐的消費模式相同，沖野猜想那也許就是松倉的結帳紀錄，這也和他供稱四點多到五點多在「銀龍」，之後才去都筑家的說詞相符。再根據搜查總部內部認為犯案時間是在四點半，他就有了不在場證明。

但是，松倉並沒有那張收據，「銀龍」老闆的記憶也很模糊。既然並不是只有松倉一個人傍晚去店裡喝一杯，就無法成為松倉的不在場證明。即使搜查總部內認為這個紀錄和松倉有關的見解相當有力，但既然無法在法庭上使用，就意味著可以被當作雜音捨棄。

然而……

按目前的邏輯繼續發展下去，自己不是會成為製造冤案的幫凶了嗎？

這就是沖野這一陣子始終揮之不去的不安。因為他不認為松倉是凶手，所以知道目前走的這條路，會造成自己檢察官生涯的毀滅，只是身為檢察官的本性，讓他無法不繼續走下去。

但是，一旦造成冤案，就是最糟糕的情況，可以說是檢警犯下的罪。然而，自己現在幾乎已經知道是冤案，卻仍然成為幫凶，是身為法律人罪該萬死的行為。

無論如何都必須防止這種情況發生……

「只要你有明確的不在場證明，我也就輕鬆了。」

沖野在松倉面前自言自語著，隨著嘆氣吐出了無處宣洩的鬱悶。

這天的偵訊也毫無結果，在請沙穗製作為了向最上報告用的偵訊筆記時，心情煩躁地靠在椅背上。

這時，沖野辦公桌上的電話響了。

「我是脅坂，可以請你過來一下嗎？」

接到刑事部第一副部長脅坂的電話，沖野去了他的辦公室。

在沙發上面對面坐下後，戴著塑膠框眼鏡的脅坂注視著沖野，立刻切入了正題。

「蒲田的事件似乎仍然沒有取得嫌犯的供詞。」

「對……對不起。」

沖野說完，鞠了一躬，但脅坂繼續說了下去，似乎並不想聽他的道歉。

「即使這樣，最上仍然認為要設法再度逮捕松倉……你的見解如何？」

脅坂既然在最上不在場的情況下徵求沖野的意見，意味著他也對目前的偵查方向有強烈的疑慮。

雖然沖野的想法一樣，但要表達這樣的意見不是簡單的事。自己並不是像脅坂這樣身為主管，從稍微保持距離的立場進行判斷的人，而是參與這起事件偵查工作的成員之一，而且這種自覺很強烈。正因為親眼目睹了森崎他們的努力，所以腦海中閃過自己將要說的話，是不是會否定他們的工作。再加上最上每天都激勵自己，他不願意把最上排斥在外，說一些輕視他在這起事件中付出的熱忱的話。

脅坂似乎察覺了沖野的猶豫，繼續說了下去。

「你可以直截了當表達你的意見。如果再度逮捕，再偵訊二十天，松倉招供的可能性高嗎？還是你對他犯案毫不存疑，即使他持續否認，也認為應該把他送上法庭……你偵訊之後的感覺如何？」

如果自己不趁這個機會表達意見，很可能會導致東京地檢，甚至是整個檢察機關受傷……沖野在聽脅坂說話時這麼想著，在呼吸一次之後，終於下定決心開了口。

「我認為把松倉送上法庭應該有點難度。」

脅坂面不改色，微微點了點頭。

「這是因為嫌犯持續否認，所以難以證明，還是你無法確信是松倉犯案？」

「這是我在偵訊他時真實的感覺，我無法確信是他犯案。」沖野說，「相反地，根據我的心證，我認為也許不是他。」

「是喔。」

脅坂附和著，臉上的表情似乎比剛才稍微柔和了些。

「我知道了，我只想問你這件事。」

沖野離開副部長室之後，發現自己內心感到愧疚。

自己是不是背叛了最上……？

雖然他並不後悔鼓起勇氣表達自己的意見，但總覺得順序顛倒了。既然要表達那樣的意見，首先必須告訴最上。即使是因脅坂的要求這麼說，越級報告還是讓他覺得心裡很不舒服。

他悶悶不樂地想著這些事，回到了自己的辦公室，從沙穗手上接過偵訊紀錄，前往最上的辦公室。

「辛苦了。」

最上一如往常地慰問之後，從沖野手上接過偵訊紀錄，在對面的沙發上坐下來後看了起來。

因為還是沒有理想的成果，最上在看紀錄的表情也無法開朗。

「剛才脅坂副部長找我去，問我對偵訊松倉的感覺。」

最上抬起原本看紀錄的視線，看向沖野。

「雖然我不希望越級報告，但既然副部長問我，所以我就坦率表達了自己的想法。也就是說，在這起事件中，我無法確信是松倉犯案，而且按照目前的情況，要再度逮捕也有困難。」

「是喔。」最上露出微笑後冷冷地說完，把偵訊紀錄放在茶几上，「你可以直接表達你的想法，不需要對我有什麼顧慮。」

「是……」

沖野吞下了苦澀的感覺回答道。

「脅坂副部長的信條就是辦案要穩當，所以不會失分。他的研習期比我早兩期，年紀只比我大一歲而已，但他憑著這種穩當順利平步青雲，明年可望升上部長。正因為他是冷靜謹慎得有點過頭的人，所以會覺得蒲田的事件很危險。如果你想要成為那種聰明機靈的檢察官，就應該好好參考他的感覺。

「但是，我向來認為，光靠冷靜謹慎無法突破在偵查中遇到的障礙，往往是那種聰明機靈的人不屑一顧的俗氣執著，才能夠突破障礙。羈押期限還剩下三天，現在放棄還太早了。」

最上的執著是來自對脅坂的敵對嗎？沖野腦海中閃過這個念頭，但他也搞不清楚。沖野想表達的意思和最上的回答有著微妙的落差，好像不知不覺中改變了討論的重點。

「我並不是因為揣摩脅坂副部長的想法，才會說逮捕有困難，而是持續偵訊松倉後的心證。」

沖野說完，最上露出淡淡的苦笑。

「比賽還沒有結束，你打算放棄了嗎？」

「不……」聽到最上冷冰冰的回答，沖野忍不住結巴起來，「我當然會全力完成交付給我的工作。」

「你當然會產生遲疑，」最上說，「即使是不認罪事件，你以前只經手過嫌犯在偵訊過程中招供的案子吧？但是，有些案子無論怎麼偵訊，嫌犯就是不招，或是必須在嫌犯沒有招供的情況下立案，有些甚至連狀況證據也很不充分。在這種情況下，要持續懷疑堅稱『我很無辜』的人，並不是一件簡單的事，會搞不清楚對方只是戴著鐵製的假面具，還是自己把靈魂賣給了惡魔。相信比較輕鬆，懷疑很困難。原本懷疑嫌犯，但漸漸開始懷疑偵查人員的意見，懷疑自己的心，心情會受到影響。否認事件的確會發生這樣的情況，照理說，這種案子也許不應該交由年輕檢察官來負責。從這個角度來看，老實說，我有時候會思考，當初把這起案子交給你是不是正確的決定。但既然已經走到這一步了，我並不打算換人，也認為不可以這麼做。如果你主動放棄，當然就另當別論，否則，希望你堅持到最後。」

最上說完，點了點頭，又看著沖野補充說：

「即使你的心情已經受到了影響。」

最上似乎仍然沒有放棄在凶殺事件中逮捕松倉。

但是，這次的事件已經藉由另案逮捕搜索過松倉的住家，即使再度逮捕，找到新證據的可能性幾乎是零，除非松倉在接下來的二十天羈押期間招供，但也不得不說，這種可能性微乎其微。

雖然每個檢察官都是獨立的國家機器，但起訴或是不起訴的判斷，往往需要獲得上司的同意和裁決。看脅坂的態度，恐怕不會同意起訴，應該會指示放棄逮捕。因為在目前的狀況下，即使逮捕松倉也無濟於事。

最上應該也能夠洞悉這樣的發展……

即使如此，他似乎一心想要逮捕松倉，完全沒有任何雜念，好像確信可以逮捕松倉。

這就是所謂的執著嗎？

即使是這樣，這份執著又是從何而來？

沖野已經不止一次失去自信，剛才向脅坂表達自己的意見之後，內心也覺得這起事件的偵查已經結束了。

然而，和最上見面後，看到他完全沒有失去絲毫的自信，每次都覺得好像被澆了冷水。

自己似乎必須振作起來。

一走進自己的辦公室，沖野不由自主地嘆了一口氣。

正在收拾東西準備回家的沙穗擔心地問：「你沒事吧？」

「沒事。」沖野隨口回答，「辛苦了。」

「辛苦了。」

沙穗拿著皮包，準備走出辦公室，但似乎還是有點擔心沖野，轉過頭，難得露出柔和的笑容。

「等蒲田的事件告一段落後，要不要去慶祝一下？」

「喔，好啊。」

沙穗這句話讓沖野的心情稍微輕鬆了些，所以他也對沙穗露出了笑容。

隔天，一走進檢察廳，立刻接到了脅坂副部長的電話。

「關於松倉侵佔一案，請你以公司方面撤銷告訴為前提，研擬一份不起訴裁定書。」

昨晚脅坂和最上之間似乎針對如何處理松倉的問題深入交換了意見，既然脅坂直接向沖野下達指示，代表最上直到最後都堅持再次逮捕松倉，脅坂運用身為上司的權限，單方面否決了他的意見。

在侵佔的問題上，松倉已經表示願意將液晶電視和冰箱歸還給公司，既然這樣，公司方面當然對撤銷告訴不會有異議，更何況原本就是因為警方的要求，公司才會提出告訴。

看來松倉在羈押期滿後就會遭到釋放，侵佔的嫌疑也將獲得不起訴處分，也只能放棄針對殺人嫌疑再度逮捕。

沖野接受脅坂的指示後，老實說，他發自內心感到鬆了一口氣。最上和田名部等人或許對這個決定感到很不甘心，但沖野無暇顧慮他們的心情。

今天松倉也會被押解到地檢廳接受偵訊，光是想到不需要再進行不會有結果的偵訊，心情就忍不住放輕鬆了。之前對松倉採取了連自己都感到討厭的冷酷無比態度，今天應該可以好好閒話幾句家常。

沖野這麼想著，立刻開始起草不起訴裁定書，但將近中午時，他發現仍然沒有接到松倉已經抵達的通知。

「松倉還沒來。」

「是啊。」沙穗也感到納悶地說。

如果今天由森崎負責偵訊，應該會打電話來通知……沖野這麼想著，正在猶豫要不要打電話，剛好接到森崎的電話。

「青戶應該已經通知最上檢察官了，松倉今天會留在這裡。」

「當然沒問題，但是不是有什麼狀況？」

森崎的聲音聽起來有點激動，所以沖野這麼問。

「對，今天早上發現了凶器。」

「什麼？」

「在多摩川綠地的河岸草叢中發現的。」

沖野驚訝得說不出話，好不容易才問：「然後呢？」

「刀身部分斷掉的菜刀用報紙包了起來，裝在便利商店的塑膠袋裡，丟棄在草叢中。」

沖野正打算問是否有什麼可以查到凶手的指紋之類的東西，森崎也正好開口，沖野請他繼續說下去。

「報紙是賽馬報，而且用紅筆在賽事表上畫了記號，也寫了一些文字，和之前去松倉家搜索時扣押的賽馬報上的字跡很像，目前正由鑑識人員採集指紋和進行比對作業。」

沖野完全說不出話。

一掛上電話，立刻覺得剛才的對話很不真實。沙穗看著沖野，似乎在好奇發生了什麼事。

要不要馬上趕去蒲田分局瞭解情況？

雖然即使去了也幫不了任何忙，但沖野內心感到不安，無法克制自己想要這麼做。

好不容易稍微恢復鎮定，正打算叫沙穗，電話響了。

是最上打來的。

「你有沒有接到蒲田分局的報告？」

「對，剛接到，說找到了凶器……」

「是啊，」最上用冷靜的聲音回答，「我馬上去蒲田分局瞭解情況。」

「我也——」沖野才剛開口，最上就制止了他。

「不，我想副部長已經對你下達了指示，你繼續起草不起訴裁定書，那件事也很重要。」

「但是……」

遺憾的是，由脅坂主導不起訴松倉侵佔的嫌疑，釋放松倉的計畫必須放棄，但最上仍然要求他按原定計畫起草不起訴裁定書。

沖野思考著最上這個舉動的意義，忍不住倒吸了一口氣。

目前找到了凶殺事件的凶器，如果上面有和松倉相關的痕跡，即使侵佔嫌疑不起訴，也可以用殺人嫌疑逮捕他。

這是最上的勝利宣言。

面對最上執著的結果，之前整天抱怨難以做到的自己當然沒有任何藉口。

「好吧。」

沖野只能這麼回答。

隔天中午過後，沖野搭了長濱開的車，和最上他們一起前往蒲田分局。

沖野在車上從最上和長濱口中，得知了到昨天為止所知的有關凶器的詳細情況。

昨天發現的那把菜刀，折斷部分和留在都筑晃子屍體上的刀刃一致，因此斷定為犯案時所使用的凶器。

發現的菜刀經過仔細清洗，無法採集到任何指紋和掌紋。

但用來包菜刀的賽馬報上採集到多枚指紋，經過比對之後，發現和松倉重生的指紋一致。報紙上用紅筆畫的記號和寫的字，也認為是松倉的筆跡。

森崎請人把松倉帶去偵訊室，告訴他這個事實，松倉驚慌失措，直到最後都沒有承認，始終堅稱自己毫不知情……

事到如今，松倉還想繼續裝糊塗嗎？沖野聽了，忍不住感到吃驚，但想到他最後針對根津事件招供，覺得既然現在已經有了證據，他早晚會招供。

雖然這起事件的偵查工作陷入了瓶頸，但看起來並不是經過細心策劃犯下的案子。

姑且不談消除了菜刀上指紋這件事，竟然用自己的賽馬報包起菜刀，然後丟去河岸旁的草叢裡，這種湮滅證據的行為太粗糙了，而且刀子應該直接丟進河裡，還是說，原本丟進河裡，結果又被沖回河岸？

但是，沖野從和松倉之前接觸的過程中，發現他並不是那麼深思熟慮的人，的確很像會犯下這種疏失。

也就是說，也許他的狗屎運用完了。

話說回來……

「矢口之前提到的弓岡那件事到底是怎麼回事……？」

沖野對這件事難以釋懷地嘀咕了一句。

「顯然就和那種經常聽到的、不負責任的線報屬於相同的程度，反正本來就是在喝酒時說的話，所以也不足為奇。」

最上冷冷地說，完全排除了這件事的可能性。

來到蒲田分局，等候已久的青戶立刻帶他們前往搜查總部隔壁的接待室。田名部和森崎也很快走進了接待室。

「沒想到在最後關頭敲出一記起死回生的逆轉全壘打。」

田名部難得用興奮的語氣說話，臉上甚至帶著笑容。沖野第一次看到他露出這樣的表情，感覺有點彆扭。

他也在誇耀因為自己的執著而得到的勝利。

「太驚訝了。」

森崎露出帶著淡淡苦笑和困惑的複雜表情，對沖野露出了意味深長的眼神，然後在斜對面坐了下來。

這次的偵查並不是因為沖野太年輕，導致產生了錯誤的心證，就連資深刑警森崎也在多次偵訊後，認為松倉可能和這起事件無關。雖然沖野並沒有聽到森崎親口這麼說，但在交換意見的過程中，充分感受到他的想法，正因為有這種想法，他剛才才會說「太驚訝了」這句話。

「是區公所接獲線報。」

據說一通匿名電話，成為發現凶器的契機。大田區公所的諮詢股收到一通匿名電話，說河岸的草叢內發現有人丟棄了可疑物品，可能是某些危險物品。

為了以防萬一，區公所的職員通知了蒲田分局，然後趕往現場，發現了那件丟棄物。丟棄物裝在沾了沙塵的便利商店塑膠袋裡，看起來像是普通的垃圾，並不像是什麼危險物品，但為了避免危險發生，還是請之後趕到的警察確認，發現裡面是一把折斷的刀子。

「照理說應該好好找一個地方丟。」

森崎好像在開玩笑似地說著，臉上露出了笑容。

「松倉目前在幹什麼？」

「在偵訊室吃午餐。」森崎說完，低頭看著手錶說：「應該快吃完了。」

「我可以和他說幾句話嗎？」

沖野問道，森崎看向青戶，請求他做出判斷。

「請便。」青戶說。

「那我和你一起去。」

森崎說完，和沖野一起走出了會客室。

「你是不是覺得被松倉耍了，想要教訓他幾句？」

森崎走在分局的走廊上，語帶調侃地回頭對沖野說。

「對。」因為森崎說對了，所以沖野點了點頭。

「我能夠理解。」森崎和沖野並肩走著，眼尾擠出了皺紋，「因為我從中途開始，覺得絕對不是他，甚至開始覺得讓青戶和田名部——尤其是曾經參與根津事件的田名部冷靜思考是我的使命，沒想到現在形勢完全改變，變成好像我上了松倉的當，實在太抬不起頭了。至於松倉，至今仍然說他完全搞不清楚是怎麼回事，我很想對他說，這根本是我該對他說的話，這傢伙根本是老狐狸。」

森崎打開了偵訊室的門，沖野也跟著他走了進去。監視的年輕刑警原本坐在負責記錄的座位上，看到他們後站了起來。

松倉孤伶伶地坐在後方偵訊用的椅子上，不知道是不是因為剛才聽森崎說了那句話，沖野覺得他的確很像狐狸。他微微張著嘴看著沖野。

年輕刑警起身後，森崎坐在記錄的座位上。沖野在松倉對面坐了下來。

「松倉，你竟然裝出這張狐狸臉騙我。」

「檢察官先生，不是這樣。」松倉搖著頭訴說著，「我剛才也對刑警先生說了，我真的不知道。」

松倉還是像之前在沖野的辦公室時那樣，表現出自己和事件毫無關係的態度，但他至今仍然不鬆口的態度，忍不住讓沖野感到受不了。

「不管你承不承認，既然已經找到了凶器，你就無法抵賴了。無論你再怎麼裝蒜，在找到證據之後，你就沒戲唱了。」

沖野丟下這句話，松倉好像要抓住救命稻草般探出身體。

「真的不是我，八成是有人陷害我，一定是陰謀。」

「陰謀？」

松倉說出這兩個很不像出自他口中的字，沖野已經不是受不了，而是差一點笑出來。但是，看到松倉認真的眼神，覺得這句話好像變成可怕的刺，停留在沖野的意識角落。

「別亂說話。」

沖野只是回應了這句話。

「檢察官先生，弓岡怎麼樣了？」松倉仍然不肯罷休，「請你去調查弓岡，他下落不明不是很奇怪嗎？一定是他幹的，才不是我！」

「弓岡有沒有去過你家？或是他曾經叫你給他賽馬報，結果你就給他了嗎？」

「我和弓岡沒那麼熟，從來沒有這種事。」

不知道他是否知道，否認這件事會對自己不利……無論如何，既然他這麼回答，就根本沒理由多想。

「你別再掙扎了，難道以為扯出弓岡的事，就可以嫁禍給他嗎？這個世界並不是圍著你轉。」

松倉皺著臉，幾乎快哭出來了，只是不停地搖頭。沖野把臉湊到他的面前。

「我說這句話是為你好，事到如今，你還是乖乖招供比較好。你在根津的事件上已經做到了，這起事件也可以做到。」

「我怎麼可能招供根本沒有做過的事？」松倉緊握雙拳顫抖著，「因為我沒有做，所以才說沒有做！」

沖野重重地吐了一口氣，把身體收了回來。

即使出現了這種重大的證據，松倉的說詞仍然沒有改變。當森崎在追問根津事件時，曾經打開過的自白開關，在這起事件中卻沒有出現。

「那就隨你的便。」沖野無可奈何地說。

「我會怎麼樣？」

松倉用沙啞的聲音問，輪流看著沖野和森崎。

有人敲偵訊室的門，好像在等待這份沉默。

「可以了嗎？」

門打開了，最上走了進來，田名部跟在他的身後。

「你是松倉重生吧？我是東京地檢的最上，和沖野一起負責這起事件。」

站在沖野身旁的最上一臉鎮定的表情低頭看著松倉，自我介紹說。

「關於你涉嫌的侵佔事件，結論已經出爐了，你可以認為是好消息。」

最上用爽快的語氣說道，令沖野想起他平時心情好時的樣子。

「你在羈押期間接受偵訊時，坦率地承認了嫌疑，並且徹底反省，也願意將侵佔的物品歸還給公司，公司方面承受的損失幾乎已經獲得彌補，所以願意撤銷對你的告訴。不僅如此，公司方面還希望在本案的起訴問題上，能夠給予充分酌情考量的空間。基於這些情況，檢察內部經過慎重討論，認為你所犯下的罪行雖然惡質，但最後得出了暫緩起訴的結論。也就是說，本案將不起訴。」

「喔……」

松倉無力地應了一聲，不知道他對這些內容理解了多少。

「簡單地說，這次逮捕你的嫌疑已經結束了，不會進行處分，你自由了。但是，以後不可以將工作上接觸到的東西帶回家裡，知道了嗎？」

松倉聽了最上仔細的說明和問話，收起下巴點了好幾次頭，「好，好的，謝謝。」

看到松倉低頭道歉，最上心滿意足地點了點頭。

「所、所以，我今天就可以離開了嗎？」

松倉雖然覺得是奇蹟，但還是差一點相信了。最上聽到他的問題，轉頭看向身後，代替了他的回答。

原本站在最上身後的田名部走向前。

「松倉重生，」他舉起了手上的紙，低沉地說，「這是你涉嫌對都筑和直、都筑晃子兩人強盜殺人的逮捕令，現在開始執行。」

松倉的嘴裡發出好像青蛙被踩死般的叫聲。

田名部不理會他，淡淡地朗讀著松倉在都筑夫婦家中殺害這對夫妻，搶走了借據和金錢的涉嫌犯案事實。

松倉臉色發白，微張的嘴唇顫抖著，牙齒不停地打顫。

這齣逮捕劇簡直就像是故意把對方推下地獄。沖野坐在那裡聽著田名部說的話，產生了一種自己也和松倉一起被宣告犯罪的錯覺，背脊不由得一陣寒意。

「如果你有需要，有權找律師。知道嗎？把雙手伸出來。」

田名部拿著手銬，繼續走向前一步，松倉用整個身體拚命搖頭。

「不要！不是我！不是我！」

「壓住他！」田名部厲聲說道。

沖野覺得這個命令好像是針對自己。

但是，他的身體只是抖了一下，完全無法動彈。

坐在記錄座位上的森崎衝了過來，從身後按住了松倉。站在門口附近的年輕刑警也過來幫忙。

「不要！不是我幹的！我真的沒做！」

松倉踢著桌子掙扎，桌角撞到了沖野的肚子。

「不是我！這是陰謀！」

田名部抓住大叫的松倉手腕，冷冷地為他戴上了手銬。

「十三點四十六分，逮捕。」

他看了一眼手錶，用按捺著興奮的語氣宣告。

「在他的嫌疑變成凶殺之後，就不再由我負責偵訊，目前由青戶負責。因為我曾經在內部帶頭主張不是松倉幹的，這也是無可奈何的事，但其實我內心也鬆了一口氣……情況就是這樣，如果你想瞭解這裡偵訊的詳細情況，最好問青戶。當然，因為我和你在這段時間合作無間，今後只要在偵查上有我力所能及的事，請儘管吩咐。」

「是嗎……那我瞭解你那裡的狀況了，也許日後除了偵訊以外，還有其他事要請教你，到時候就多拜託了。」

在松倉移送檢方之前，沖野打算向負責偵訊的刑警瞭解情況，沒想到森崎的回答完全出乎他的意料。

因為之前和森崎共同負責偵訊，也在某種程度上對偵查松倉有相同的感覺，所以聽到這樣的消息，讓沖野感到很遺憾。

森崎用自嘲的方式說自己遭到撤換一事，但話語中透露出卸下重擔的安心感，沖野忍不住感到一絲羨慕。

在矢口那件事之後，青戸其實和森崎一樣，也曾經傾向弓岡才是凶手的觀點，但在再度逮捕松倉那天之後，表現出一副原本就強烈支持必須逮捕松倉的態度和最上討論接下來的偵辦重點。對偵查幹部來說，這種見風轉舵也是重要的資質，只不過沖野和他相處時，無法像面對森崎時那樣交換真心的意見。

沖野走到窗邊往下看，發現媒體記者都擠在檢察廳前。因為這是一起凶殘的事件，所以也受到媒體極大的關注。

從媒體的陣仗來看，松倉快到了，或是已經到了……他正在這麼想，沙穗接起了電話。

「強盜殺人案的松倉到了。」

沙穗接到聯絡後告訴沖野。雖然之前曾經約定，等松倉的偵訊告一段落之後就要慶功，如今也沒指望了。

不一會兒，松倉就被帶進了辦公室。

「坐吧。」

鬆開手銬和腰繩的松倉坐在偵訊用的椅子上。前天遭到逮捕時，他拚命抵抗，但今天很安靜。不知道是否沒睡好，他的眼睛都凹了下去，面如土色。羈押已經超過二十天，頭髮也很凌亂。

「針對這次的嫌疑進行審理時，應該會有陪審團參與，所以偵訊必須錄影，你有異議嗎？」

「沒有……」松倉用無力的聲音回答。

沙穗操作著事先準備的攝影機開始攝影。

和上次一樣，告知了緘默權和選任辯護人權後，針對犯罪事實製作了辯解紀錄。松倉當然全面否認。

「那我再逐一發問，案發當時，有什麼事導致你對都筑夫妻產生怨恨嗎？」

「沒有。」

「你有沒有缺錢？」

「並沒有特別需要再向他借一大筆錢的事。」

「你有沒有曾經因為都筑和直先生拒絕你借錢而火冒三丈？」

「沒有。」

「有沒有曾經因為都筑和直先生向你催債而火冒三丈？」

「沒有。」

「事件發生的四月十六日傍晚，你有沒有去都筑先生家？」

「去了，但我按了門鈴沒有人回應，我猜想他們不在家，所以就離開了。」

「當時身上有沒有帶菜刀？」
「沒有。」
「你有沒有見到都筑夫婦，拿菜刀刺他們的身體？」
「沒有。」
「有沒有抽走借據帶回家？」
「完全沒有。」
「有沒有把折斷的菜刀丟去多摩川的河岸？」
「那不是我幹的。」
松倉眼神空洞，聲音也很無力，但說話很清楚明確。
「你還有什麼要補充的嗎？」
「反正不是我幹的。」松倉隨著嘆氣吐出這句話，「我是被警察陷害的，這是陰謀。」
沖野放下筆，故意笑了笑。
「陰謀這兩個字是從哪裡冒出來的？該不會又是拘留室？」
「因為這是唯一的可能。我明明沒有做，卻遭到懷疑，而且竟然還說什麼出現了證據……」
「陷害你有什麼好處？」
「我也不知道，不知道是因為看我不順眼，或是因為其他的原因……反正我什麼都沒做，卻想要把我當成凶手。」

沖野的腦海中突然浮現再度逮捕松倉前，田名部管理官在蒲田分局的接待室內露出的意味深長笑容。

沖野用鼻子吐著氣，搖了搖頭。

「就這句話而已嗎？那我要整理筆錄了。」

沖野表現出不予理會的態度，開始製作辯解紀錄。

這天的偵訊在平淡的氣氛中結束。既然必須用錄影記錄偵訊的狀況，就無法像之前偵訊侵佔事件時那樣亂來，而且，松倉說的「被陷害」和「陰謀」這些字眼在沖野內心不安地打轉，他對這種感覺感到不知所措。

松倉移送檢方的那一週，全都由青戶警部負責偵訊，所以沖野著手處理其他案子，每天都會和青戶通一次電話，瞭解偵訊的進展。松倉仍然維持否認的態度，偵訊成果不彰，所以只能按照常規進行偵訊。

青戶在進行兩、三次偵訊後，似乎也很乾脆地接受了松倉不可能招供的現實，但即使至今仍然無法瞭解事件真相，他也沒有表現出焦急的樣子，從他報告的措詞中發現，他好像認為只要靠凶器這個唯一的物證，在法庭上也能夠強行突破。松倉在法庭上全面否認罪行，只會讓法官和陪審員對松倉造成負面印象，等於是自掘墳墓，所以不必理會他。

照理說，沖野必須要求他努力多瞭解事件真相，但沖野親身體會過這是多麼困難的事，所以只是聽取青戶的報告，並沒有多說什麼。

那一週將近週末時，最上把沖野找去他的辦公室。

「聽說松倉的偵訊遲遲沒有進展。」

他們在沙發上面對面坐下後，最上拿起罐裝啤酒說。

「我也聽說了。」沖野附和道。

「下星期會叫來這裡一次，由你負責偵訊。」

「這當然沒問題，只是老實說，我認為恐怕很難突破他的心防。」

如果是以前，沖野會虛張聲勢地說，一定會讓他開口招供，如今完全不打算說這種話，好不容易才掩飾住厭戰的心情。

「我知道，在這一點上只能順其自然，既然偵訊過程公開化，當然也不能亂來。」最上嘴角露出淡淡的笑容，但很快就收了起來，「即使他持續否認，也會起訴他。」

沖野覺得最上這句話是在逼迫他做好心理準備。

「先不談這個問題，在起訴之前還有很多事必須處理。你認為這起事件的經過是怎樣的情況？」

最上說完，露出詢問的眼神喝著罐裝啤酒。

「事件的……經過嗎？」

「是啊，不能因為嫌犯對事件全盤否認，就不釐清犯案動機和來龍去脈，否則就無法在法庭上進行審判。必須根據到目前為止的偵查結果，拼湊出這起事件的情節。松倉殺害都筑夫婦的動機是什麼？」

「我認為……催他還款的可能性很低，八成是他想要再借錢，結果遭到了拒絕，一下子失去了理智。」

最上冷冷地搖了搖頭。

「這麼模糊的說明無法在法庭上成立。松倉拿著菜刀進入現場，如果不釐清事情的經過，以及到底有什麼企圖，缺乏明確的犯罪情節，就無法在法庭上對決。」

「是……」

雖然沖野這麼回答，但目前證據和供詞都很不充分，完全無法瞭解真相，即使想要勉強拼湊出犯罪情節，具體性有極限。如果想要克服這種極限，幾乎只能靠創作。

「你聽好了，」最上意味深長地豎起手指，「首先，松倉已經向都筑和直借了不少錢，留在現場的借據金額是五十萬，我猜想實際金額應該超過一倍。如果是一倍的話，就是一百萬。看其他人留下的借據，每次最多只借五十萬，所以除了現場留下的借據以外，松倉應該還有一張五十萬的借據，但松倉把那張借據抽走了。這是第一點。

「另外，松倉對賽馬內線消息的公司頗有興趣，松倉也從為弓岡和內線消息公司牽線的岡田口中得知了消息，想要買內線消息一夕致富。這種事只要查一下就知道了，有些惡質的內線消息公司聲稱有秘藏的內線消息，然後漫天要價，通常一則消息索價五十萬或是一百萬，而且說什麼只要能賺到幾百萬的高額紅利，馬上就賺回來了。

「松倉覺得這番說詞聽起來很有可信度，所以就上了鉤。向岡田瞭解情況後發現，和他有關係的那家內線消息公司，稍微不錯的消息要賣五十萬，如果是頂級分析師提供有可能中萬馬券的消息，就要收一百萬左右。

「松倉和都筑和直一起去賽馬時，提出要借一百萬，但都筑一口回絕，教訓他不要把錢用在這種莫名其妙的地方。松倉聽了，暫時不再拜託，但並沒有放棄想要一夕致富的夢，他已經厭倦了整天向別人借錢的生活，而且還聽說了別人向內線消息公司買消息後發財的事。雖然他內心很糾結，但覺得如果只借五十萬，都筑或許會答應，於是決定去都筑家低頭拜託。松倉知道，都筑是包租公，手上隨時有五十萬左右的現金。

「隔了幾天——也就是犯案當天——松倉在下班後去了都筑家。把之前為了此事而買的便宜菜刀用賽馬報包好塞進皮包。關於這把菜刀，松倉可能打算會視情況拿出菜刀威脅，但應該並不是一開始就打算行凶。從松倉和都筑的關係來看，也未免太唐突，他原本只是想要展現自己的決心。

「去了都筑家之後，發現都筑夫婦在家，都筑不由得產生了警戒，問他有什麼事。松倉說要還錢，所以都筑就讓他進了屋。根據松倉的供詞，他每次平均歸還五萬左右，所以那天應該也還了五萬圓左右。他在之前借的錢中先還了五萬，展現誠意之後，又拜託都筑再借錢給他。松倉覺得一下子借一百萬不太可能，但期待五十萬應該可以搞定。沒想到都筑斷然拒絕，於是，松倉拿出菜刀，跪地拜託，假裝如果都筑拒絕，他就要切腹自殺。他以為只要自己這麼做，都筑即使不是很甘願，但還是會點頭答應，沒想到都筑識破了他拙劣的演技，根本不理會他。

「松倉沒想到自己這麼拚命，都筑竟然不理他，於是就火冒三丈，把刀子對著都筑。

都筑仍然覺得他在虛張聲勢，所以不把他當一回事，松倉就撲了上去，連刺都筑和直好幾刀，又追上想要逃走的晃子，從背後連刺數刀。」

最上說得好像自己親眼看到一樣，沖野驚訝不已。最上說的情節在重點部分都以偵查中所獲得的線索為根據，但光靠那些線索不可能發展出他剛才說的犯罪情節。先用手上的錢還五萬圓後，又再開口借錢這些情節，以及準備菜刀原本是為了展現自己的決心這些橋段，甚至不曾出現在那些刑警的推理中。

原來如此，正因為有這樣的過程，平時金庫和鑰匙放在不同的地方，凶手卻可以輕而易舉地打開金庫的事實，就可以有合理的解釋，而且帶菜刀上門的理由，也比只是想要威脅更有真實的味道。

「松倉在現場拿走了借據，尋找現金，又擦掉了指紋，湮滅證據之後，騎著腳踏車離開了都筑家。他打算把從現場帶走的拖鞋和折斷的菜刀丟去某個地方，最後來到了多摩川河岸。中途去自動販賣機買了水，去沒有人的地方洗拖鞋。雖然也洗了菜刀，但最後覺得用洗碗精仔細洗掉指紋更理想，所以當時沒有馬上丟棄。之後，在公寓洗乾淨之後，才丟去河岸，只把拖鞋丟進了便利商店的垃圾桶。

「之後，松倉擔心是不是在現場留下了什麼證據，所以又回到了都筑家。他就是在那時候被人目擊，然後，他又想到可以用打電話和發電子郵件偽裝，所以回到蒲田車站前打電話和傳電子郵件。」

最上說完他的意見後看著沖野，似乎在問，其中有什麼瑕疵嗎？

「不……因為細節很明確，所以我很驚訝。」

沖野嘆息著說，但內心也同時感到很困惑。蒐集偵查線索的片斷，可以拼湊出這麼完整的故事嗎？

沖野覺得和自己相比，最上經手偵辦過更多案子，所以思考也更有深度和厚度。不愧是資深的辦案檢察官。

但他也有一種奇妙的、不太對勁的感覺，不是光用佩服兩個字就能夠一言蔽之。最上對事件的瞭解太深入了。

再怎麼樣，也不可能根據目前透過偵查掌握的線索，瞭解得這麼深入。

雖然只是假設而已，但能夠拼湊出這麼詳細的細節，絕對是超強的能力。

最上如果沒有某些後援，應該不可能做到這種程度。

「警方也在積極行動，準備要求岡田製作筆錄，顯示松倉對賽馬內線消息公司的事產生了異常興趣。只要用這種方式讓事件的輪廓明確，即使物證不充足，在法庭上，這樣的犯罪情節也完全說得通，所以，希望你在偵訊時，也要考慮到之後的動向。」

「……知道了。」

沖野說話時有點心不在焉。

同時，他腦海中浮現再次逮捕松倉時，最上和田名部走進偵訊室時的樣子。最上告訴松倉，侵佔事件獲得不起訴處分，並且將釋放他，松倉的臉上才露出鬆了一口氣的表情，田名部就冷酷地宣布他再度遭到逮捕。

是不是田名部的執著對最上產生了極大的刺激……沖野忍不住想，但又同時覺得光是這樣的疑問還很不足夠。

田名部是不是刻意控制這起事件的偵查工作？

這麼認為，反而覺得更合理。

雖然沖野很想問最上，剛才所說的犯案情節到底是誰拼湊出來的，但他內心的疑問太強烈，所以無法天真地問這個問題。

目前還沒有做好準備，無法謹慎地提出這個問題。

「你每次還錢給都筑先生時，通常都還多少錢？」

隔週偵訊時，沖野在向松倉發問，避開了事件的核心。

「嗯……要看薪水的情況，有時候兩、三萬，有時候也會還五萬或是十萬。」

雖然松倉堅決否定犯案，但對於稍微無關的問題，都會老實回答。

「當你還給都筑先生五萬時，他的反應會不會很驚訝？是不是心情就會比較好？」

「嗯，他會說：『沒問題嗎？』或是『你還真拚啊』之類的話，有時候在我還錢之後，還會請我吃蕎麥麵。」

雖然松倉可能想要藉此表示他和都筑的關係很好，很可惜，沖野發問的意圖並不在於此。

「所以你借錢的時候，也會趁都筑先生心情好的時候提出要求嗎？」

「這當然比他心情不好的時候說更好。」

「所以說，會不會先還個五萬，趁都筑先生心情好的時候，再順便多借點？」

「雖然並沒有刻意這麼做，但之前曾經在還了五萬之後，剛好需要用錢，所以只好硬著頭皮去向他借。他還笑我說：『不是才剛還嗎？』」

「嗯……所以說，並不是完全沒有。之後又借了多少？」

「我記得是二十萬。」

「是這樣啊。」

沖野歸納之後，製作了以下的筆錄。

「我以前向都筑先生借錢時，就會趁他心情好的時候開口。當我還五萬圓給他時，他的心情就很好，還慰問我說：『你還真拚啊』，有時候也會請我吃蕎麥麵。曾經有一次，我在還了五萬圓之後，又立刻提出要借二十萬圓，他雖然笑著說：『不是才剛還嗎？』但還是很大方地借給我，這件事令我印象深刻。」

「如果你只說：『不是我幹的，不是我幹的』，根本沒辦法做筆錄，叫你來這裡根本沒有意義，我也沒辦法向上司報告。」

沖野說完之後，又對松倉說：「我只是把你剛才說的話歸納總結，你要稍微配合一下。」要求松倉簽名。照理說，應該嚴厲追究殺人嫌疑的沖野，營造出自己先退一步的氣氛，松倉也沒有反抗，答應了他的要求。

松倉沒有發現又向自己挖的墳墓踏出了一小步。

沖野不再深入思考自己的行為是否正當，是否有助於釐清真相。

他用這種方式製作了幾份筆錄，結束了一天。

「你還有什麼需要補充的嗎？」

雖然沖野並不期待這麼問了之後，松倉就開始招供，只是覺得如果他內心有鬱悶，需要讓他有機會宣洩一下。

「不……」松倉滿臉疲憊，緩緩搖了搖頭。

「你睡得著嗎？」

雖然松倉比沖野大很多歲，但在多次偵訊之後，沖野覺得自己對他產生了類似父母心的感情，好像在照顧不成材的親戚。

松倉用佈滿血絲的雙眼看著沖野。

「怎麼可能睡得著？」他好像在傾吐內心的痛苦般說，「我總是惡夢不斷。我在法院逃來逃去，但還是逃不出去。我被拉到法官面前，他判處我死刑。我從惡夢中驚醒，覺得太好了，幸好只是夢，但下一剎那，就想起自己被關在拘留室，發現夢境和現實並沒有什麼不同。你能夠體會這種絕望的感覺嗎？」

不知道是否感到極度憤怒，松倉的眼中含著淚水，放在桌上緊握的雙手發著抖。

「早知道就應該在根津的事件時受到正當的處罰，現在卻把和我完全無關的事件，而且是殺了兩個人這種荒唐的罪嫁禍給我，實在太可惡了，真的太可惡了。我真的會因為被嫁禍這種無辜的罪遭到審判嗎？為什麼完全沒有人說，整件事是一個錯誤？想到以後的事，就覺得很可怕……」

他說話時不像在演戲。

難道自己這麼想很奇怪嗎？……沖野看著松倉痛苦的樣子，靜靜地感到煩悶。

「律師說什麼？」

沖野回過神時，發現自己問了他這個問題。和之前侵佔嫌疑時不同，如今因為殺人嫌疑遭到逮捕，在成為犯罪嫌疑人的階段，就會指派一位由政府負擔相關費用的公設辯護律師。

「雖然來面會過一、兩次，但並沒有特別說什麼……只說有任何想法，在偵訊時說出來就好。」

「你有沒有向律師表達你的主張？」

「當然說了，但小田島律師好像很忙，他說要在進入法庭審理階段，才會開始仔細思考。」

這也難怪，但那個姓小田島的律師似乎並沒有察覺這起事件和其他事件有某些不同。

「是喔……目前是公設辯護律師也需要抽籤的時代，那位律師既然參加了抽籤，一定會在審判時協助你。」

沖野用這番好像在鼓勵松倉的話掩飾，結束了一天的偵訊。

松倉離開後，沖野看著正在收拾攝影機的沙穗，覺得難以理解。

不管律師說什麼，都和自己無關……就連他自己也搞不懂為什麼會問這件事。他忍不住自嘲地想，自己這麼為松倉擔心嗎？

「檢察官……」沙穗瞥了沖野一眼，突然笑了起來，「你覺得如果是你為這起事件辯護，就有辦法贏嗎？」

「啊？」沖野一臉錯愕地嘟起了嘴，「我才沒有這麼想。」

「是嗎？……失禮了。」

沙穗雖然嘴上這麼說，但似乎並沒有感到歉意。她的眼睛仍然在笑。

沖野忍不住思考……自己內心有這種想法嗎？

自己完全沒有意識到。

但是，如果真的有這種想法，就代表對目前的偵查感到不安和疑問。

因為有不安和疑問，才會有這種想法。

這起事件的偵查的確像在走鋼索，雖然發現了凶器這個強大的物證，但只是靠其他難以稱為狀況證據的情況，好不容易才勉強成案，同時打算靠拼湊出來的證據在法庭上作戰。

他對這個部分感到不安。

對於可以稱為唯一物證的凶器，沖野也忍不住產生質疑。

為什麼仔細清洗凶器，卻用寫了字的賽馬報來包？

根據最上的推理，松倉去都筑家時，就用賽馬報包住了菜刀，用行為的習慣性來解釋，也許有幾分道理。

但是，那只是最上的推理，只是某種想像而已。

事實很有可能並非如此。

在搜索松倉住家時扣押的賽馬報由蒲田分局負責保管，當然不可能輕易拿出來，但在鑑定扣押品時，有人偷偷拿走其中一份，也許並不完全是不可能的事。

弓岡的事也漸漸不了了之。

他對此產生了疑問。

沖野幾乎無意識地拿起了電話，找正在搜查總部的森崎副警部。

「啊，沖野檢察官，辛苦了。」森崎接起了電話，「今天是由你負責偵訊松倉吧？情況怎麼樣？」

「不，還是老樣子。」

「嗯，我想也是。」聽森崎的語氣，他似乎也並沒有期待，「請問有什麼事？」

「不是啦，我想以私人的身分瞭解一下你們那裡的偵查情況。」

「喔……」

不知道是否聽到沖野說是「私人身分」的關係，森崎的聲音有點緊張。

沖野沒有理會，繼續說了下去。

「弓岡那條線索，之後怎麼樣了？」

「原來如此，」森崎沉默幾秒後回答，「我查一下之後回電給你。」

沖野正在為森崎突然掛斷電話感到納悶，立刻接到了電話。

「不好意思，我走出來了。」

他似乎覺得在有其他同事的搜查總部不方便說話。

「弓岡的話，目前已經停止追蹤。上週三為止還有一個小組在調查，但他的手機已經不再使用，完全無法掌握他的下落，在箱根之後就失去了行蹤。」

「箱根嗎？」

「對，他在箱根時曾經使用過手機，在附近一帶調查之後，確認一個像是弓岡的男人曾經在強羅的溫泉旅館住了兩晚。」

「那是警方打算追弓岡的時候嗎？」

「沒錯，就是那一週的週五和週六。」

「沒有從那裡前往大阪方向的跡象嗎？」

「沒有。雖然弓岡的姊姊說，是聽他自己這麼說的。」

既然連手機也不通，不就意味著消失了嗎？去大阪賺錢的說明無法解釋目前的狀況，只能認為是因為某種意圖而消失了。

「森崎先生，你怎麼看這件事？」

森崎聽了沖野的問題，停頓了一下後回答：「老實說，我不知道。」

「是在誰的判斷之下，決定中止搜索弓岡？」

「一方面是因為完全無法掌握相關線索，再加上松倉方面有了進展，所以田名部在偵查會議上說，弓岡那裡就先暫停……」

雖然根據眼前的狀況，做出這樣的判斷也情有可原，但真的沒有摻雜其他的意圖嗎？

「我還想請教一個奇怪的問題，搜索住家裡扣押的賽馬報，扣押紀錄上應該會標明是幾月幾日的報紙，對不對？」

「應該是這樣。」

「包凶器的報紙上的日期，應該沒有出現在扣押紀錄上吧？」

「當然。在鑑定包凶器的報紙時，也用了當初扣押的報紙進行比較，鑑識人員在比對扣押紀錄的同時，會借用或是歸還那些報紙，如果其中少了一份，當然會有人提出疑問。」

「也對……」

除非是整個組織的行為，否則的確不太可能。

「不好意思，問你這麼奇怪的問題。」沖野只能苦笑著掩飾。

「不，」森崎用嚴肅的語氣回答，「我認為你會有很多想法也很正常。其實搜查總部蒐集了嫌犯丟棄拖鞋的便利商店附近，拍攝道路情況的監視器影像進行分析，發現在相同的時間，有兩台攝影機拍到了一個穿深色衣服的男人走路經過，但目前認為松倉是騎腳踏車移動，所以這些影像無法發揮作用。目前正在尋找騎腳踏車、外形稍微有點像松倉的人，即使時間上稍微有點偏差也沒關係。但是，仔細想一想就會發現，這根本是本末倒置，或者說很奇怪，而且目前認為是犯案時間的傍晚四點多時，也完全沒有人看到被害人家門前停了腳踏車。」

如果只有便利商店的監視器影像問題，可以解釋為把腳踏車放在附近之後，才走去便利商店，但如果凶手是用走路的方式移動，就和松倉的行為有出入。

也許以田名部為中心的搜查總部和最上，明知道出現了否定松倉是嫌犯的證據和證詞，卻認為可以無視，必須把這起案子推向審判。

「森崎先生，雖然目前找到了凶器，但我並不認為松倉是凶手。」沖野說出了心裡話，「我認為這起事件的偵查有問題，一開始就得出了松倉是凶手的結論，然後展開了調查，顯然有個人的意志成為一種力量，在這起案子中發揮作用。我總覺得之後就會有人質疑這樣的偵查是否妥當。」

「沖野檢察官，這些話我不會說出去，」森崎仍然維持謹慎的語氣，「田名部對這起事件的態度的確和平時不太一樣，在搜查幹部中，他原本算是理論派，而且行事謹慎的人，但似乎和最上檢察官很合得來，所以對於到底是誰在主導這起事件的偵查工作，也許很難有明確的答案。至少思考這個問題，對我們並沒有任何益處。也許我這麼說太多嘴，但如果擔心之後的事，不妨把最上檢察官下達的指示和方針全都記錄下來，這是最有效的方法。我只能說這些話。」

沖野掛上電話後，重重地嘆了一口氣。

他的情緒高漲。

不能繼續這樣下去。

但是，他又不知道該怎麼辦。

總覺得自己在這個夾縫中扭曲了。
「幫我預約最上先生的時間。」
他請沙穗幫忙打電話，然後用深呼吸平靜內心翻騰的想法。
「現在沒問題。」
沖野拿起完成的偵訊筆錄站了起來。
「檢察官，」
沙穗一臉嚴肅的表情叫住了他，他用眼神發問，沙穗說：「請你不要太性急了。」
「啊？」
沙穗遲疑了一下說：「請你不要輕易說什麼要辭去檢察官職務這種話。」
沖野吐了一口氣說：「我並沒有這種想法。」
沙穗聽了之後，仍然憂心忡忡地看著他。
竟然未卜先知我的心情……沖野走出辦公室，有點不知所措地想著。
還是說，只要在自己的內心仔細尋找，就會發現這種想法？
沖野放棄思考，走去最上的辦公室。
「辛苦了。」
最上坐在沙發上，在茶几上準備了罐裝啤酒等他。
沖野把筆錄交給最上之後，在他對面坐了下來，但並沒有伸手拿罐裝啤酒，默默等最上看完。

「嗯……成果很不錯。」

最上心滿意足地說完，對沖野露出了微笑。

「怎麼了？還有其他要急著處理的工作嗎？」

他瞥了一眼放在沖野面前的啤酒問。

「不，」沖野搖了搖頭，停頓了一下之後，用嚴肅的口吻說：

「我還是無論如何都不認為松倉是凶手。」沖野明確表達之後，又補充說：「即使目前已經找到了凶器也一樣。」

最上瞇起眼睛看著沖野後，嘴角露出了笑容。

「即使有證據，仍然認為他不是凶手，這真是嶄新的意見。」

「凶器的菜刀本身仔細清洗，消除了指紋，卻用寫了字的賽馬報包起來，總覺得這兩件事自相矛盾，讓我難以接受。」

「你有沒有看過證據實物？」最上冷靜地回答，「寫了字的地方折在內側，在包起來的時候看不到，而且松倉不小心沒有看到也很正常。松倉並沒有訂報紙，如果想要用紙包東西的時候，完全可能用賽馬報。」

「是這樣嗎？只要稍微找一下，就可以找到像是信箱裡的廣告單之類替代的東西，而且，我並不認為那把菜刀有必要包起來。既然已經走到河岸了，只要直接丟進河裡就解決了，結果竟然丟在草叢裡，簡直就像是等著被人發現。」

「松倉這個人的腦袋這麼靈光嗎？所以才會讓你產生這種懷疑的態度？」最上不以為

然地說，「一旦這麼懷疑，物證就失去了意義。有些案子中，凶手為什麼會把皮夾掉落在現場？覺得怎麼可能有這種事，但事實上就是靠這個證據抓住了凶手。唯一的不同，就是那個凶手招供了，但松倉沒有招供，就只是這樣的差別。只是這麼簡單的差異，就會讓我們產生懷疑，尤其是像你這樣，第一次負責嫌犯堅決不認罪事件的年輕檢察官。」

「這的確是我第一次負責嫌犯不認罪的事件，但並不是只因為這個原因，讓我有目前的想法。我覺得其中有問題。聽說搜查總部目前已經放棄追查弓岡的下落，那個男人說要去大阪賺錢，離開了東京，到了箱根之後就杳無音訊，手機也不通。這種狀況實在太奇怪了，但田名部管理官只是指示，因為查不到他的下落，所以只能中止繼續追查。這種對弓岡的淡漠，和對松倉的執著之間的落差，讓我感到很奇怪。」

「在弓岡的事剛浮上檯面時，田名部先生也曾經安排偵查小組著手偵查，據我的觀察，他隨時都在客觀思考後採取行動。」

「但是，在找到凶器之後，就完全放棄了弓岡這條線。」

「這是理所當然的，凶器是物證中的物證，而且又發現了可以斷定是凶手的痕跡，當然不可能無視。說起來，這是絕對證據，從事偵查工作的人，即使在泥地裡爬，全身沾滿了汗和血，也都想要找到這樣的證據。而且，現在找到了，當然要靠這個物證一決勝負。」

最上這番話好像在向沖野誇耀自己的勝利。

「以這個證據為中心展開偵查工作是理所當然的事，想要查明事件真相的人，沒有理出在這件事上挑剔。」

最上的這句話好像在斥責沖野，但沖野沉默片刻之後，再度說出了自己內心感到不對勁的地方。

「在根津的事件中，無法制裁松倉，所以不允許第二次有相同的情況發生。即使舉證不充分，這次也無論如何都要立案……最上先生，你是否有這種想法？而且明知道不能排除松倉並沒有犯這起案子的可能性。」

「你對我剛才說的話有什麼想法？」最上反問沖野，「明明已經找到了凶器，你為什麼要說這些迴避物證的事？」

「關於這件事，我有自己的推測，但因為沒有根據，所以我就姑且不說了。」

「你直接說沒有關係，」最上說，「雖然沒有根據，但你負責偵訊松倉，而且也觀察了搜查總部的偵查情況，應該形成了心證。聽聽你針對某些問題的看法也有益無害。」

沖野稍微想了一下後，認為說出來有助於最上瞭解自己的疑問，所以下定了決心。

「那我就說了，但我無意對外公開。我懷疑田名部管理官可能私下和弓岡接觸，從他手上拿到了凶器的菜刀，要求他暫時避風頭。」

坐在事務官座位上的長濱瞪大眼睛看著沖野。

最上微微皺了皺眉頭後，垂著嘴角，似乎感到很困惑。

「這件事的確不宜對外公開。」最上用鼻子重重地呼出一口氣後說，「田名部先生為什麼不惜做這種事？如果弓岡手上有凶器，意味著他就是凶手，沒有理由特地栽贓給松倉。」

「這……我也不太清楚他為什麼必須這麼做。」沖野含糊其辭地低下了頭，「也許在根津的事件中，和松倉之間有別人難以瞭解的過節。只是現實中所發生的事，讓我覺得只有這樣想，才有合理的解釋。」

最上雖然微微點了點頭，但臉上的表情顯示他無法理解沖野說的話。他鬆開了蹺起的腿，站了起來。

「好吧，我已經瞭解你的意見了，但我要在這個基礎上告訴你，起訴松倉的方針並沒有改變，我已經和部長、副部長溝通過了。既然發現了物證中的物證，我就沒有放棄起訴的選擇，這對我來說，就是放棄身為檢察官的使命，失去了當檢察官的意義。」

既然最上已經說到這種程度，沖野就不便再多說什麼。雖然在說這番話之前做好了相當的心理準備，更何況他知道想要說服前輩檢察官最上這種想法本身就是不知天高地厚。只是希望可以坦率說出內心感到不對勁的地方，最上只要能夠瞭解其中幾分就足夠了。

這次的談話沒有任何交集，最上完全沒有理解沖野想要表達的意思，沖野聽了最上的話，也沒有產生自省，認為自己的感覺不正確。

無法否認，除了經驗以外，自己在其他方面也有很多不足，所以無法和最上平起平坐地討論偵查方針，但是，在和研習生時代就崇拜的這位檢察官共事之後發現，他和其他資深檢察官一樣，思考缺乏彈性，而且也已經無法寬容地接受別人的意見。和平時從他的行為舉止所想像的樣子不同，老實說，沖野內心有一種近似失望的感覺。

隔天，傍晚過後，脅坂副部長找沖野去他的辦公室。

他中斷手上的工作去了副部長室，發現除了脅坂以外，最上也坐在沙發上。

「最上把情況告訴我了，」沖野一坐下，脅坂就一臉嚴肅的表情開了口，「你對蒲田事件的起訴仍然抱著消極的態度。」

「對。」沖野點了點頭，他乾脆豁出去了。

「嗯。」脅坂低吟一聲，注視著沖野，「的確，這起案子起初看起來無從著手，但既然已經出現了凶器這樣的證據，我們就必須下定決心採取行動。」

「是嗎？」沖野得知自己已經無力挽回，所以冷冷地附和道，「既然這是上面的方針，那也就無可奈何了。」

即使沖野表示無意繼續爭辯的態度，這件事似乎仍然沒有結束。

「我剛才和最上討論過了，如果早知道這起事件是這麼惡質的不認罪事件，就不會讓像你這樣需要累積資歷的人承辦。我們思慮不周，所以也因此讓你產生了不必要的煩惱。」

脅坂嚴肅地繼續說道：

「雖然沒有前例，但這次的事件由最上接手負責，你把相關資料都交接給最上，聽說筆錄已經大致齊全，接下來他會負責處理。」

竟然用這一招……沖野咬緊牙關。除了異動等理由以外，的確沒有更換承辦檢察官的前例，沖野也第一次遇到。雖然自己對這次的偵查方針存疑，但仍然投入了心力，沒想到竟然被用這種全盤否定的方式撤換，他當然會感到火冒三丈。

「新宿分局連續強盜事件的嫌犯會移送來這裡，嫌犯已經招供，犯案情節也很明確，但那是一起重大事件，請你負責偵辦。」

沖野覺得這種處理方式，就像是面對一隻緊咬著自己喜歡的小東西不肯放的小狗，就丟一樣相似的東西來轉移注意力，所以他沒有回答。

「我覺得還是對他把話說清楚比較好。」最上說道，他似乎從沖野的表情察覺了什麼，然後不顧脅坂微微撇著嘴，對著沖野繼續說道：

「我一直認為，既然已經把這起事件交給你，就不能輕易撤換你。否則，雖然你的心情暫時會比較輕鬆，但內心會受到傷害，所以，我之前一直認為，應該讓你盡力將這起事件起訴。

「但是，你昨天告訴了我內心的想法後，我改變了主意。你昨天說的話，是無論如何都無法不說出口的內心真實想法，我認為必須鄭重接受。也就是說，即使你繼續承辦這起案子，內心也必定會留下疙瘩。既然這樣，解除你的任務的選擇也不壞……這是我的想法。

「還有另一件事，我也直話直說。你對偵查方針產生了質疑，是否可以把準備起訴的工作交給你負責也是一個問題。當然，我相信你會視為工作，按照既定的方針著手擬定起訴狀，但這份起訴狀中到底帶有多少心意。進一步而言，能夠將多少心意傳達給公訴檢察官。如果無法徹底站在被害人的立場，缺乏痛恨這起事件、想要讓被告得到嚴正制裁的強烈心意，在開庭陳述時，就無法打動法官和陪審員。內心有猶豫和疑問的人，是否能夠帶著被害人、被害人家屬，和所有參與偵查工作人員的心意完成這項工作？想到這個問題，我判斷撤換你是智舉。」

雖然激動的情緒無法立刻平靜，但最上的話讓他無法反駁。自己說了讓他做出這種判斷的話。自己在說話之前，就已經做好了心理準備，也因此造成了眼前的結果。

「好，對不起，我無法完成這份工作。接下來就麻煩你了。」

沖野對最上說完這句話，離開副部長室。

回到自己的辦公室後，就按副部長的指示，整理了凶殺事件的相關資料。

「請妳送去最上先生的辦公室。」

沖野把資料交給了沙穗，沙穗發現他心情浮躁，完全沒有吭氣。

「好。」

沙穗順從地抱著資料走了出去，辦公室只剩下沖野一個人。

曾經讓自己煩惱不已的棘手事件相關資料從眼前的辦公桌上消失了。

少了那起案子，剩下的都是犯案情節單純的案子，和訊問關係人案情相關情況而已，在心理上也完全沒有任何負擔的案子相關資料。

一下子變輕鬆了，從明天開始，就不需要再痛苦不已了。這不是很好嗎……？

沖野抓起桌子上的資料，衝動地用力丟在地上。

「連續強盜案的間宮到了。」

「叫他進來。」

「好。」

在蒲田凶殺事件的承辦工作遭到撤換的隔天，如脅坂所說，新分配到的連續強盜事件的嫌犯被移送到檢察廳。

嫌犯在深夜襲擊牛丼連鎖店，亮出菜刀，搶奪了數萬圓現金，但剛走出店外，就撞見了巡邏經過的警察，馬上遭到了逮捕。

包括本案在內，他已經犯下三起強盜案，所以絕對不是小事件，但嫌犯對案情供認不諱，在偵訊時也都有問必答。

間宮雖然看起來粗魯，但被帶進沖野的辦公室後，始終維持著低姿態回答沖野的偵訊，對犯罪嫌疑也沒有狡辯，很快就完成了辯解紀錄。

「你還有什麼需要補充的嗎？」

沖野總覺得這樣的偵訊好像缺了點什麼，但間宮只是縮了縮脖子道歉。

「沒有……我感到很抱歉。」

「我說你啊，你搶劫的那家牛丼店的店員，都是為了賺取生活費打工的學生，你知道你這樣亮出刀子，會讓他們多害怕嗎？」

「我知道，真的很抱歉。」

「不要只是說說而已，關鍵在於你是不是真的反省。」

「我在反省，下次不會再犯了。」

看著眼前這個責罵起來很不過癮的對象，沖野心裡竄起了無名火。

「真的嗎？」他拍著桌子怒聲問道，「你不是有前科嗎？上次應該也說了同樣的話吧！？」

「對、對不起……這次我真的會洗心革面。」

沖野努力讓急促的呼吸平靜，思考著自己是否因為眼前的男人才會這麼激動。他漸漸覺得好像不是這麼一回事，所以突然感到沮喪。

即使繼續斥責，也會覺得在毆打已經倒在地上的人。

「今天就到此為止。」

沖野唐突地這麼說。間宮鞠躬時，頭幾乎碰到了桌子。

間宮跟著帶他來的警察一起走出去後，沙穗為沖野倒了茶。

沖野沒有喝茶，茫然地嘆了一口氣。

蒲田的事件和自己毫無關係的日子正拉開序幕。

但是，他還沒有調適好自己的心情。

最上說，雖然蒲田的事件有相當的難度，但如果撤換沖野，就會對沖野內心造成傷害，所以原本不打算這麼做。然而，之後覺得繼續由沖野擔任承辦檢察官，也無法讓案子朝向好的方向發展，最後才決定撤換……

也就是說，目前的自己如最上所說，內心受到了傷害……沖野無法否認這件事。他的身心感受著難以自處的無力感，手上的工作都無聊又無趣，即使偵訊嫌犯，也沒有緊迫感，專注力也無法持續。

然而，不明的情緒不時襲來。面對這些無法克制的焦躁，他不知如何是好，一直坐在檢察官座位上變成極大的痛苦。

即使已經不再偵辦蒲田的案子，仍然念念不忘。

難道當初不應該把自己的想法告訴最上嗎？

然而，如果不說出口，繼續主辦那起事件，自己有辦法保持冷靜嗎？

走自己認為正確的路到底有什麼錯？

許多想法在腦海中奔竄，他很想像昨天一樣，把眼前的資料都丟在地上。

「不慶祝嗎？」

「啊？」

沖野抬起頭，昨天默默為他撿起散落一地資料的沙穗鬆開盤起的頭髮，露出詢問的眼神。

「之前不是說好，等蒲田的事件告一段落之後要慶功嗎？」

「喔……」

之前的確這麼約定，只是沒有想到會以像現在這樣的方式告一段落。想到這裡，沖野忍不住露出自嘲的笑容。

「好啊……那就去慶功。」他幽幽地回答。

偶爾也要揮霍一下。沖野決定去自動提款機領錢，請沙穗預約她想去的店。

沖野下了樓，走在提款機所在的地下樓層走廊上，剛好遇到去商店買完東西的末入麻里。

「啊喲，是沖野啊。」

「嗨，好久不見。」

自從四月同期的檢察官聚會之後，至今已經兩個月了。雖然曾經遠遠地在食堂看到她兩、三次，但自從聚會之後，就沒有像這樣近距離說過話。

「有在努力工作嗎？」

麻里露出親切的笑容問道，沖野回答說：「是啊。」

「對了，之前和最上先生聊天時，他提到和你一起偵辦案子。」

她好像突然想起似地說，一雙好奇的眼睛湊到沖野面前。

「因為是總部股的案子，所以是大案子吧？什麼案子？進展如何？」

麻里這麼問，沖野只好回答說：「就是四月時發生的蒲田事件，一對老夫婦遭到凶殺的那起案子。」

「喔，就是之前逮捕的那個傢伙！」麻里瞪大了眼睛說，「但我記得他好像一直不認罪？有可能會招供嗎？」

「不……」

「很難吧？喔，原來你在辦那起案子。」

聽到麻里語帶佩服地這麼說，沖野有點尷尬。

「雖然我也曾經和最上先生一起跑了幾個搜查總部，但實際分配給我的都是一些簡單的案子，可見最上先生很賞識你。」

「不，沒這回事。」沖野冷冷地說，「主要是最上先生在主導，我幾乎已經算脫手了。」

「呵呵呵，最上先生很會照顧人，如果你拖拖拉拉，他就會幫忙處理完，所以這種時候，你必須堅持『這是我的工作』。好了，那就改天見了。」

麻里笑著說完後，打了聲招呼後離開了。

四月聚會的時候，她曾經說最上是「好檢察官」，還說是「理想的檢察官」。

當時，沖野對她的話產生了共鳴……

就連曾經彼此瞭解的同期，如今也覺得有了距離。

「我不覺得最上先生是那樣的人。」

沙穗預約的日本餐廳位在銀座的迴廊街上。沖野處理完工作後，和她一起走路到銀座。走進這家餐廳的包廂後，點了生魚片、天婦羅和炭火烤等兩個人根本吃不完的菜，喝完啤酒之後，又一杯接著一杯喝日本酒和葡萄酒。

沖野很快就喝醉了，漸漸開始滿口抱怨。沙穗喝了酒之後雖然紅了臉頰，但像往常一樣是個好聽眾，於是，沖野就把內心的鬱悶一吐為快。

「到頭來，他根本就不想聽我的意見，反正他一定覺得年輕檢察官就是聽他指示辦事的傀儡。」

他托著腮，嘮嘮叨叨地說完之後，懶洋洋地嘆了一口氣。

「長濱先生說，自從丹野和樹死了之後，最上檢察官就和以前不一樣了。」

沙穗用筷子慢慢夾著沖野吃剩的菜放進嘴裡，突然幽幽地說。

「啊？」

「特搜部追查非法獻金問題時，立政黨的丹野和樹不是自殺了嗎？他原本是律師，也是市谷大學畢業的，和最上檢察官是同學，八成參加了同一個法律研究會。老朋友以那種方式離開了人世，最上檢察官似乎也受到了很大的打擊。長濱先生說，自從那件事之後，即使和最上檢察官單獨在一起時，也不敢隨便和他說話。」

沖野不知道該如何理解這件事，緩緩地搖了搖頭。

「老朋友以那種方式死去，當然會很受打擊，但這和我們的工作沒有關係啊。」

「是沒錯啦。」

「那個丹野和樹是因為特搜部步步逼近，才成為他自殺的導火線吧。聽說特搜部都是一些逼供的高手，在偵查時會千方百計，不擇手段地讓嫌犯開口。最上先生之前在名古屋時也是在特搜部，當然很清楚他們的辦案手法。既然這樣，看到老朋友發生那種事，自己又是把嫌犯逼得走投無路的檢方人員，照理說不是應該會煩惱自己至今為止的工作是否正確嗎？至少換成是我，我就會煩惱，但事實上，他反而想要進行和特搜部一樣強勢偵查。我難以理解。」

「但是，他並沒有說不擇手段讓嫌犯開口，你從中途之後，在偵訊時也開始手下留情，我覺得最上檢察官看了偵訊筆記，應該也已經隱約察覺到了，但他不是什麼都沒說嗎？我想那應該就是受到了影響，我倒覺得你之前那種嚴厲無情的偵訊方式，更像是特搜部。」

「我那時候真的中了邪。」沖野回想起最初偵訊松倉時的情況，語帶自嘲地說，「但是，正因為曾經那麼做，所以才會覺得有問題。最上先生之所以沒有在偵訊這件事上多說什麼，是因為發現了成為直接證據的凶器。我反而從那時候開始有點搞不清楚了，偵查方向從發現凶器之後開始傾斜，他也隨著這個趨勢，把偵查引導向那個方向。結果就變成腦袋裡已經有一個犯罪情節，然後努力讓偵查結果接近這些犯罪情節。我剛才說像特搜部一樣的強勢偵查，指的就是這件事。」

「搞不好那些別人眼中能幹的人，都或多或少有這種特質吧。」

「我原本以為他是更加通情達理的人。」沖野難掩失望地說，「這起事件無論怎麼想都很奇怪，森崎先生也這麼認為，負責偵訊松倉的兩個人都有這種感覺。弓岡消失這件事也很奇怪，但是，最上先生完全聽不進去。」

「搞不好最上檢察官是在知情的情況下這麼做。」沙穗說。

「啊？」

「也許他只考慮是否能夠起訴到法院進行審理，雖然明知道松倉可能不是凶手，只要能夠起訴，把松倉視為嫌犯也沒關係。事實上，的確找到了凶器，從包凶器的報紙上也採集到了指紋。即使偵查人員內部有人質疑似乎有問題，但在法院審理時，並不會提到這些質疑的聲音，只會讓法官和陪審員看到找到了凶器，以及採集到指紋這些證據確鑿的事實，所以根本難以挑剔。辯方也知道即使想要尋找弓岡的下落，但弓岡躲了起來，根本找不到，即使在這件事上爭論，也得不到什麼好處，所以他認為這樣行得通也很正常。」

「太荒唐了，」沖野不以為然地說，「這不就是等於認為只要能夠在法庭審理獲勝，即使是冤案也無所謂嗎？即使他曾經在特搜部工作，我也不願意相信有檢察官會有這種粗暴的想法。」

「正常情況下應該是這樣，」沙穗用謹慎的語氣說道，「但是，松倉並不是普通被冤枉的人，他以前曾經殺過人，而且已經完成了時效，沒有受到法律的制裁。松倉身上可能有某些弱點，讓人覺得嫁禍給他也沒有關係。」

回想起來，沖野發現自己也並不是完全沒有這種感情。正因為松倉過去犯下的罪沒有得到懲罰，所以在偵訊時，才能毫無顧忌地對他說那些粗暴的話。

然而，這無法成為將這次事件嫁禍給他的理由，那幾乎已經變成了私刑。也許田名部有這種想法，但是，身為檢察官，必須明確界線，保持冷靜。

最重要的是，一旦造成冤獄，會衍生另一個問題。那就是真正必須受到審判的人卻逍遙法外。一旦扣錯一個鈕釦，就會接連導致一連串不合理的結果。

「唉……想這些也無濟於事，不管怎麼樣，我都已經無能為力了。」

沖野說完，喝著葡萄酒，然而，即使告訴自己無能為力，無力帶來的憤怒反而佔了上風，身體深處陣陣疼痛，讓他感到坐立難安。

「事件會接二連三進來，」沙穗為沖野的杯子裡倒葡萄酒時說，「所以沒必要對某一起事件太執著。」

沙穗這句話好像在哄騙不聽話的孩子，沖野把手上的杯子收了回來，從她傾斜的酒瓶中倒出來的葡萄酒灑在桌子上。

「妳真的這麼想嗎？」

沖野問用小毛巾擦拭著桌子的沙穗。

沙穗瞥了沖野一眼，但沒有回答。

無論自己是不是無能為力，但還是很在意這起事件。

沖野在內心豁出去了，承認了這一點。

這時，他腦海中浮現出可以最忠於自己感情的方法，近似恐懼的感覺立刻籠罩了自己，同時，身體忍不住顫抖，努力想要甩開這個念頭。

「我不認為這樣是對的。」

沙穗摺著小毛巾，好像什麼都沒聽到。

「最上先生說，如今發現了凶器這種物證中的物證，如果想要放棄立案，就是怠忽職守，失去了當檢察官的意義。他說的完全正確，我沒有資格當檢察官。雖然他的朋友被特搜逼得失去了性命，他仍然想要主導用強硬的方式針對自己認定的嫌犯進行偵查。仔細想一想，也許那就是他的答案，這就是檢察官。換一個角度來看，這應該是正解。因為如果每次發生什麼狀況，就對自己的工作產生疑問，就無法有任何進展。

「但是，我做不到。在當檢察官之前，我首先是一個人，當然會煩惱這樣是不是有問題。當初是為了對這個社會的正義有所貢獻，才會成為法律人。如果偏離了這樣的初衷，即使告訴我，這樣才是檢察官，我也無法瞭解，而且也不想瞭解。」

「差不多了吧？」沙穗靜靜地說。

「什麼差不多了？」

「不需要這麼自責。」她露出無力的笑容說。

「妳讓我說。」

沖野嘆著氣說，沙穗一臉哀傷地看著他。

「妳也知道我該怎麼做，在我還沒有發現的時候妳就已經知道了，所以才會對我說，叫我不要辭職。」

沙穗搖著頭，沖野不理會她，繼續說了下去。

「沒錯，我必須辭去檢察官。」

「請你不要說這種話，」沙穗用有點情緒化的語氣說，「我以後還想繼續和你共事。」

「哈，」沖野失笑地吐了一口氣，「這句話真不像是妳說的，即使被妳這句話挽留下來，我也只是在辦公室靜靜地消沉而已。」

「辭職之後怎麼辦？」

「妳之前也說過了，去當松倉的律師，和最上先生對決。」

「這根本不可能。」

沙穗認真地反駁，沖野移開了視線，喝著葡萄酒。

沖野不需要沙穗的提醒也知道，負責偵查工作，對偵查情況有保密義務的人，不可能反過來成為被告的辯護人。

但是，這才是自己真心想做的事。如果能夠這麼做，全身的熱血都會沸騰。自己會有這種感覺，就已經不適合繼續擔任檢察官了。

他想要摧毀最上在蒲田事件中所構思的犯罪情節。如果弓岡消失有什麼隱情，他想要揭發出來。如果田名部或是其他警方人員參與其中，一定是違法的行為。如果是這樣，即使必須放棄目前的工作，也值得去揭發。

即使不當松倉的律師，還有很多其他的方法。

「我必須辭職。」沖野好像在告訴自己般小聲嘀咕。

「一旦辭職，你以後就再也無法出現在陽光照耀的光鮮亮麗、受到矚目的舞台上了。」

「受到矚目的舞台是什麼？」沖野語帶焦躁地說，「我現在也從來沒覺得自己站在受到矚目的舞台上，即使在陽光下，如果無法扎根，樹木也會枯萎。在哪裡活躍不重要，我想要活得忠於自己。還是說，妳只是因為我目前身在受矚目的舞台上，才認為值得相處？如果是這樣，妳可以馬上和我斷絕關係，反正很快就會有其他檢察官出現在妳喜歡的受矚目舞台上了。」

「我才沒這麼說。」

沙穗微微皺起臉，用佈滿血絲的雙眼看著沖野。

「我無法再繼續下去了。」

沖野說完，深深地嘆了一口氣。

慶功的痛快氣氛不見了，也許一開始就不曾有過。

他們在不早也不晚的時間，帶著不盡興的心情走出了餐廳。

「妳再陪我一下。」

沖野只對沙穗說了這句話，走到外堀大道，攔了一輛計程車。沙穗不發一語地跟在沖野身後，上了計程車後，也坐在他身旁。

計程車從數寄屋橋駛向內堀大道，穿越了檢察廳所在的祝田橋。檢察廳大樓熟悉的燈光在沖野的眼中感到格外陌生。

他已經瞭解了自己的想法，但面對這種想法時，可怕的孤獨感壓迫而來，就連醉意也無法消除這種感覺。

「今天巧遇到了公訴組和我同期的女生，四月在同期舉辦的聚會時，大家熱烈討論到最上先生的事，但是，今天她又提到了最上先生的話題，我只感到不知如何是好。她深信自己目前工作是正義，而且沒有絲毫的懷疑，我和她之間，已經無法理解彼此了。」

沙穗默默聽著沖野獨自說話，沖野不知道她此刻的心情，但覺得她能夠瞭解自己的這種想法，成為他目前唯一的希望。

不一會兒，計程車進入玉川大道，穿越環七大道，在沖野的宿舍前停了下來。

沖野抓著沙穗的手腕，一起下了計程車。

他不發一語地走上宿舍樓梯，用鑰匙打開自己宿舍的門走了進去。

沙穗被沖野拉著脫下鞋子，走進了屋內，站在客廳門口。沖野不理會她，把皮包丟在沙發上，脫下了上衣，從襯衫領口上扯下領帶，丟在地上。

「脫啊。」沖野丟掉脫下的襯衫，對沙穗說，「妳不是向來都知道我的想法嗎？」

「不要。」沙穗一臉嚴肅地回答，「你幫我脫。」

沖野抓著她的手腕，粗暴地把她抱了過來，扯開她的鈕釦，敞開了她的襯衫，摟住了好像隨時會折斷的柳腰，激烈地吻了起來。他伸手在沙穗的窄裙中摸索，抓住了她柔軟的臀部。當沙穗身子向後仰時，又把嘴唇壓在她的脖子上。

沙穗用手臂勾住了他的脖子，甜蜜的呼吸傳入沖野的耳中。

恐懼漸漸消失。

沙穗在他的臂腕中扭動，沖野體內隱藏的力量也好像在呼應般不斷湧了出來。

我覺得自己可以做到。

我可以辭去檢察官。

沖野把沙穗按倒在床上，壓在她的身上，浮現在眼角的淚水被她的頭髮吸了進去。

沙穗在下方緊緊抱住了沖野，彷彿包住了所有的一切。

13

「嗯……好像勉強能夠成形。」

東京地檢刑事部的永川正隆部長看完報告之後，對站在眼前的最上和脅坂副部長投以贊同的眼神，然後又低頭看著報告，蓋上批准章後，放進了已經審批完成的檔案盒。最上撰寫的這份處分報告書上，記錄了偵查結果和提起公訴的處分方針，在經過刑事部長的批准之後，還要層層上報，等待次席檢事、檢事正的批准。當所有人都蓋上批准章之後，請求法院審理，也就是起訴確定成為檢方的方針。

「但是，這種否認事件千萬不能大意，繼續努力鞏固證據。在這起事件開庭審理時，你們應該也準備接下一個職位了，所以要小心謹慎，避免出什麼差錯。」

最上嚴肅地表示瞭解之後，和脅坂一起離開了刑事部長室。

蒲田老夫婦的凶殺事件以凶器和在現場前的目擊線索這兩大證據和證詞為中心，持續展開偵查，蒐集了符合最上構思的犯罪情節的筆錄。在賽馬內線消息公司的問題上，從岡田口中獲得了松倉對賽馬內線消息公司有極大興趣的證詞，而且也從和松倉一起賽馬的幾個賭友口中，獲得了松倉認為善良的都筑和直就像是自己的提款機，只要缺錢就會向他借的證詞。雖然這些證詞無法成為松倉犯案的證據，卻有助於襯托松倉這個人值得懷疑，目前的犯罪情節需要這些來加強鞏固。

這起事件因為關鍵物證和狀況證據，總算打造出凶手單獨犯案的局面。即使從客觀的角度來看，也可以認為是惡質的嫌犯常見的不認罪事件。

羈押期滿的那一天，最上確認東京地方法院已經受理了之前交給公訴事務官的起訴狀後，立刻打電話通知了搜查總部的田名部。

「蒲田的事件，剛才已經向法院提起公訴。」

「辛苦了。」田名部慰勞道，他的聲音聽起來鬆了一口氣，「這下子終於告一段落了。」

「感謝各位的盡力偵辦，接下來就靠我們檢方努力了。」

「拜託了，如果還要追加什麼，請儘管吩咐。」

「謝謝。」

「不瞞你說，我聯絡了在根津事件當時負責偵訊松倉的人，雖然他已經退休了，但六十多歲的他身體很硬朗，記憶當然也很清楚，他證實了松倉當時惡質的不認罪態度，如果對開庭審理有幫助，到時候可以請他出庭作證。他也說願意忍受當時無法逮到松倉的羞恥出庭作證。」

「那真是太好了，在討論松倉這個人時，當然不能不提根津的事件和他當時在偵查中否認的事實。我和公訴部仔細討論之後，應該會再度請求你的協助。」

又多了一項鞏固犯案情節的要素……最上掛上電話時感受到這一點。

一切順利。

這起事件已經放在百分之九十九可以通過檢驗的傳輸帶上。

檢方高層也已經一致同意求處死刑的意見。

聽到松倉臨死慘叫的日子越來越近了。

他靜靜地體會著這份感慨時，電話響了。

「我是脅坂。」

電話中傳來副部長的聲音聽起來似乎有點不悅。

「辛苦了，我剛才接到報告，今天羈押期滿的蒲田事件已經向法院提起了公訴。」

「嗯，辛苦了。」脅坂用簡單一句話結束了這個話題，「沖野剛才來過了，他遞了辭呈給我。」

最上找不到該說的話，只是倒吸了一口氣。

「他有沒有對你說什麼？」

「不，沒有……」

「是喔……」脅坂不悅地低吟了一聲，「雖然我已經和他談過了，但他似乎心意已決。」

「是嗎……？」

「我相信他應該無法接受，但無論怎麼做，都會留下痛苦。」

最上沒有吭氣，電話就掛斷了。

最上閉上了眼睛，嘆了一口氣。

沖野是最上自己賞識，吸收進入檢察組織的人，他在研習生時代充滿希望的雙眼，至今仍然烙在最上的腦海中。

這位前途無量的年輕檢察官值得期待，未來還會有亮麗的表現。

如今卻讓他陷入失意的深淵，決心離開這份工作。

實在令人痛心之極。

但是……

即使知道他會這麼做，自己的判斷也應該不會改變。

「長濱，」最上叫著事務官的名字，「可不可以請你聯絡都筑夫婦的女兒，還有住在川崎的妹妹？說我打算拜訪他們，報告起訴的事。」

他告訴自己，必須轉換心情，嚴肅地繼續這項工作。

砰的清脆聲音讓最上從沉睡的世界驚醒，他不由得緊張起來，不知道發生了什麼事。

他意識到自己以為聽到了槍聲。

不一會兒，他終於完全清醒，發現自己躺在客廳沙發上後，緩緩坐了起來。

奈奈子正在廚房泡咖啡。沒有看到朱美的身影，可能出門了。一看時鐘，下午兩點多了。難得的假日，沒有做任何事，半天就快過去了。

看到一半的書原本放在沙發旁的茶几上，如今掉在地上。剛才聽到的可能就是書掉下去時發出的聲音。
這一陣子都睡不好，連續多日都沒有睡飽就天亮了。可能是因為這個關係，今天假日吃完午餐後，躺在沙發上，很快就睡著了。
「不要在這種地方睡覺。」
最上平時經常數落女兒不要在沙發睡覺，結果被她逮到機會數落回來。
「媽媽呢？」
最上問，奈奈子對著咖啡杯吹著氣，冷冷地回答：「出門了。」
「去逛街嗎？」
「她說約了朋友。」
「又是韓流嗎？……她還真是不會膩啊。」
奈奈子聽到最上這麼說，忍不住看著他，似乎有什麼話想說，但最後什麼都沒說。
「妳不出去嗎？」
「不出去。」
「那要不要陪爸爸去逛街？」
最上隨口邀約，奈奈子一臉不耐煩地喝著咖啡，過了一會兒問：「你要買什麼給我嗎？」
「妳要買衣服或是其他的，我都可以買給妳啊。」
雖然原本並沒有期待她會有什麼正面的反應，沒想到她竟然打算一起去逛街。她回自己房間去換衣服，最上也慢吞吞地開始做出門的準備。

走出家門，梅雨季節的天空灰濛濛的，好像隨時都會下雨。最上聽著奈奈子抱怨：

「熱死了」，一副好像迫於無奈才陪最上出門的態度，一起走去車站。

星期天下午的小田急線慢車有一種悠閒的氣氛，他和女兒一起坐在空位上，一路搖晃來到新宿。

「妳還在打工嗎？」

雖然告訴自己不要太囉嗦，但除此之外沒有話題可聊，所以還是問了這件事。

「有啊。」奈奈子很乾脆地回答。

「開心嗎？」

「有開心的事，也有不開心的事。」

「妳有沒有認真去學校上課？」

「隔天有第一堂課時，前一天晚上會提早下班。」

「妳存了錢，有什麼用途嗎？」

「不知道。」

「搞什麼啊，原來妳根本沒想啊。」

最上有點洩氣地說，奈奈子對他翻了一下白眼。

「原本在想，是不是要搬出去住。」

她說完之後，就陷入了沉默，似乎在等待最上的反應。

「妳在試探什麼？不要說什麼『是不是要搬出去住』，想搬出去就說『我想要搬出去』。」

「因為我真的不知道啊。」奈奈子嘟起了嘴，「以前曾經想要搬出去。」

她似乎真的不清楚自己的想法。

「爸爸並不覺得妳搬出去住不好，爸爸來東京讀大學後，也曾經一個人住。只是覺得妳明明可以從家裡通學，特地在外面租房子浪費錢值得商榷。而且……好不容易在春天之後，一家人可以生活在一起，再各過各的不是很寂寞嗎？如果妳無論如何都想一個人住，可以等到大學畢業之後——」

「我們即使住在一個屋簷下，也還是各過各的……所以我覺得住在一起有意義嗎？」

最上還沒有說完，奈奈子就這麼說。

「有嗎……？」

最上感到不知所措，脫口說出了好像自己完全不這麼認為的話。

「爸爸，你去年一個人回東京時，也許應該把我們也一起帶回來。」

「那是因為妳高中還剩下一年就畢業了。」

「是啊……」

聽奈奈子的語氣，如果最上當時強勢要求一家三口都一起搬回東京，她也不排斥轉學。

「或者，你也可以繼續留在名古屋。」

的確，檢察官的異動雖然必須聽從人事命令，不得有異議，但基本上有一定的資歷之後，上司事先會徵詢當事人的意見，尊重當事人是否接受的意願。

最上以前在仙台地檢的同事永川內定為東京地檢的刑事部長，當時挖角最上，希望他調到東京地檢總部股。

名古屋地檢的特搜部長也挽留他，而且還和他約定，要升他為副部長。

但是，永川向最上承諾，在總部股之後，會升他為副部長。最上和別人一樣，希望日後能夠升為副部長、部長，擔任主管的職務，但早一、兩年算是誤差的範圍，所以在思考之後，決定接受東京地檢總部股的工作。

他並不是沒有考慮到妻女。相反地，他是為妻女著想才做出這樣的決定。特搜檢察官工作繁忙，經常需要沒日沒夜地投入工作，做了兩年已經足夠了。在名古屋的兩年期間，幾乎沒有時間陪伴家人，正因為這樣，讓他對在接下來的幾年繼續做特搜的工作產生了遲疑。

只要去東京，雖然第一年必須獨自生活，但奈奈子讀大學的選擇更廣了。朱美當年也在東京讀大學，所以應該不會有異議。

最上考慮各方面之後，做出了那樣的決定。

但是，不知道在哪個環節出了差錯。

持續當檢察官，家人也必須跟著搬去各地生活。

正因為這個原因，最上努力提醒自己，極力不阻礙朱美和奈奈子的自由。簡單地說，就是對她們母女有所顧忌。

如果說就是這裡出了差錯，最上也想不到其他的做法。只不過也許自己必須瞭解，等到一家人開始各過各的生活之後才開始抱怨，她們母女也不可能接受。

「要等到以後才知道這是不是正確的決定。」最上深有感慨地說，然後想起女兒的話，忍不住苦笑起來，「即使住在同一個屋簷下，也各過各的……有道理。」

「你在感慨什麼啊。」

「不，我認為妳說得很妙……只不過，雖然沒有迴避是爸爸的因素造成的，但千萬不要因此覺得自己不幸。雖然我這麼說，不知道妳是否能夠理解，妳很幸運。不管妳自己怎麼想，妳在一個幸福的環境長大。」

「我並不至於覺得自己不幸。」奈奈子有點困惑地說。

「是嗎……那就好。」

「我只是覺得，你和媽媽感情可以更好一些，更有夫妻的感覺。」

「是嗎？」最上噗哧一聲笑了起來，「搞了半天，妳在為我們擔心啊。」

「媽媽已經對韓流感到膩了，上次在看韓劇時，中途還起來打掃房間，完全沒在看。」

「是嗎？」

當時，如果不是朱美去韓國旅行不在家，自己會執行那個離奇的計畫嗎？……最上忍不住思考這個問題。不知道哪個環節出了差錯，造就了目前的自己。

更何況，現在已經無法回頭了。

還是說，可以只看外表，可以假裝什麼事也不曾發生過，家庭漸漸和樂，繼續過平靜的日子？

即使只是外表，如果能過這樣的生活，或許也值得慶幸。

抵達新宿後，他和奈奈子走進百貨公司，陪著她一起逛。她去了好幾個專櫃，好不容易才決定買一件夏天穿的襯衫。最上原本有點緊張，以為她在夜店打工，對金錢的感覺變得麻木了，但她花了將近兩個小時挑選的衣服才五千圓左右，最上忍著淡淡的苦笑，拿出了皮夾。

「媽媽說她正在新大久保車站附近，正準備回家。」

奈奈子用手機傳訊息的同時說道。

「是喔……那要不要一起吃完飯再回家？」

「好啊。」

奈奈子打電話約了朱美，雖然太陽還沒有完全下山，但他們決定提早吃晚餐。最上和奈奈子在紀伊國屋書店前閒逛等朱美，很快就和她會合了。

「高橋太太好囉嗦，真受不了。和她一起去旅行的時候，她也很自我，這次又約我一起去，我才不想去呢。」

朱美一看到他們父女，立刻抱怨道。

「媽媽，妳不是已經對韓流膩了嗎？」奈奈子說完笑了起來。

「不是膩了，是高橋太太……」朱美很受不了地噘著下唇。

「妳們想吃什麼？」

最上問她們，然後邁開了步伐。

「打擾了。」

「喔，原來是妳啊。」

六月底的這一天，要和負責蒲田老夫婦凶殺事件公訴部的檢察官開會討論，所以最上在自己的辦公室等待，走進來的是春天之前也在刑事部的A廳檢察官末入麻里。

「這次的事件分到地院的十一部，所以由負責十一部的我接手這起事件。」

麻里在最上對面的沙發上坐了下來，難掩興奮地向他報告。

東京地檢的公訴檢察官基本上分別負責地院刑事部的各個部門。在這段期間，會連日和同一位法官在法庭見面。

之前曾經是事務官的酒井達郎副檢察官坐在麻里身旁。這起事件是會有陪審員參與的大案子，所以要借助他的協助，建立萬全的法庭對策。

「十一部的審判長是怎樣的人？」最上問。

「據我的觀察，大瀧部長是一位很公平的法官，不會做出一些讓人難以理解的判決，也願意採納我們希望法庭採納的證據。兩位陪審法官面對想要脫罪的被告會嚴厲追究，如果有酌情考量的餘地，也會認真研究。」

「嗯……聽起來好像沒什麼需要特別擔心的。」

「是啊。只是這次會有陪審員參與，大瀧部長向來認為必須在最大程度上尊重陪審員的考量，也不喜歡以專業的角度引導陪審員，所以我認為關鍵在於讓陪審員認識到這起事件有多麼凶殘。」

「是啊。」最上看著她附和道，「這起事件決定如何求刑？」

麻里縮起下巴，倒吸了一口氣後回答：「我認為死刑是妥當的刑度。」

最上微微點了點頭，「高層已經一致同意，當然也已經和公訴部部長打過招呼了，我認為判決也是死刑最妥當，如果判處無期，這樣的判決就有問題。」

「是。」麻里露出嚴肅的表情點了點頭，「我們也會用這種決心參加法庭審理。」

「問題在於松倉本人強烈否認，只要陪審員對他有罪產生一絲懷疑，就無法做出死刑判決，結果就會用無期來打發。」

「高等法院通常會尊重陪審員的判決，所以，一旦在地院被判無期，即使上訴到高等法院，高院恐怕也很難再做出死刑判決。」酒井副檢察官用謹慎的語氣說。

「沒錯，」最上回答，「所以無論如何都必須在一審一決勝負。為此，對於持續否認的松倉，必須讓陪審員瞭解，他雖然犯下了如此凶殘的事件，卻始終不認罪，是一個罪大惡極而又卑鄙無恥的罪犯，這件事非常重要。如此一來，他的不認罪也會變成反向的助力，讓陪審員更容易做出死刑的判決。」

「家屬有沒有表達什麼意見？」麻里問。

「我和那對老夫婦住在千葉的女兒，以及最早發現屍體的妹妹見了面，她們都希望可以判處極刑，而且還說，如果有機會在法庭上發言，她們一定要表達內心的遺憾。對他們的女兒來說，看到父母這樣慘死，當然會有這種想法。」

她們在最上面前哭著訴說這起事件的殘忍和對凶手的憎恨，最上也強烈地感受到她們的悲傷和憤怒。

只不過她們沒想到最上已經為她們報了仇。雖然無法告訴她們，但在這個報告起訴情況的場合，短暫淡化了最上內心的罪惡感，也讓他產生了奇妙的感覺。

「既然家屬有這種想法，那是很大的激勵作用，到時候務必請他們在法庭上表達。」麻里開了口，打斷了最上的沉思。

「另外，松倉招供的根津事件也極其重要。」最上繼續說道，「即使辯方提出抗議，認為和本案無關，但那起事件有助於揭露松倉這個人的人性，也是他人生中的一個環節，所以一定要讓陪審員瞭解。當時在搜查一課擔任副警部，負責偵訊松倉的和泉先生也願意出庭證明松倉當時矢口否認的情況。陪審員聽了之後，應該可以瞭解松倉這個人有多麼卑劣。」

「我們必須採取相應措施，避免辯方從中作梗。」麻里在做筆記的同時，露出沉思的表情說道，「但我相信對方也知道我們不可能不提這麼重大的事件。我認為既然他已經招供，可以讓他在法庭上親口說出來，應該能夠對陪審員的心證發揮正面的作用。辯方應該無法徹底閃避，所以我們應該可以達到目的。」

「嗯……是啊。」

「律師是公設辯護律師吧？」酒井問道。

「是公設辯護律師。」最上也很在意到底要和怎樣的律師交鋒，所以請長濱調查了一下。「律師名叫小田島誠司，才剛戴上徽章三年左右，但好像自己開了一家律師事務所。」

「所以很能幹吧？」酒井問。

「但在當今的時代，律師供過於求，很快就自立門戶，未必代表很能幹。」麻里稍微放鬆了臉上的表情說，「因為聽說有些人甚至連想要掛在其他事務所的名下，或是想進入其他律師事務所都有困難，只好含淚自己出來開律師事務所。」

「無論是怎樣的對手，我們都不能大意，該做的必須確實做好。」

麻里聽到最上這麼說，順從地點了點頭。

「還有什麼需要注意的問題嗎？」麻里問。

最上回答說：「辯方或許會主張真凶是弓岡這個和被害人一起賽馬的賭友，因為松倉被關在蒲田分局的拘留室時，和他同房的一個姓矢口的男人，曾經和弓岡在串烤店坐在一起，弓岡說了一些好像是他犯下蒲田事件的話。雖然的確有姓弓岡的人，但警方即使想要調查，那個人目前下落不明，也無法確認。聽說他交代家裡人，要去大阪賺錢，然後就失去了聯絡。辯方或許會利用這件事，認為可以將罪行嫁禍給弓岡，但原本就是小混混在喝酒的地方聽到的話，所以只要說，經過偵查之後，沒有發現任何足以成為證明這些話是事實的根據，不必理會就好。總之，即使辯方提起這件事，也沒必要慌張。」

「我知道了。」

麻里在做筆記的同時，口齒清晰地回答。

之後，確認完在法庭審理時，可能成為攻防焦點的犯罪事實細節，麻里終於闔起記事本。

「謝謝。在為準備程序庭進行準備的過程中，如果有什麼不瞭解的情況，請不吝賜教。」

「好，妳儘管問，不必客氣。」

聽到最上這麼說，麻里笑著點頭，然後露出有點納悶的表情。

「我聽說這起事件當初分給沖野……事實上，大部分筆錄都是沖野製作的。」

「是啊……他也很努力，但最後還是由我負責起訴。」

麻里一臉難以理解的表情看著最上。

「妳還沒有聽說嗎？」最上想了一下後說，「雖然不知道我該不該說，但即使我不說，妳很快也會聽說……他已經提出辭呈了。」

「啊！」麻里瞪大了眼睛，發出驚訝的聲音。

「我相信他應該想了很多，反正就是這麼一回事。」

「是這樣啊……我完全不知道。」麻里愁容滿面地說，「他很有正義感，身為同期，我還很期待他能夠成為一個好檢察官……太可惜了。」

「是啊。」最上輕輕嘆著氣表示同意，「真的很可惜。」

麻里露出了落寞的神情，但很快挺直了身體，似乎連同沖野的份，接下了對這項工作的責任，然後表達了自己的決心，「我會努力。」說完，她走出了最上的辦公室。

對於這起事件，最上能做的幾乎都完成了。

接下來只能祈禱麻里他們在法庭審理時果敢奮戰，獲得和求刑相同的判決，然後在一旁默默地守護。

雖然並沒有放下肩上的擔子，但再怎麼操心也無濟於事。

只能聽天命。

時序進入七月之後，最上除了偶爾和麻里他們交換資訊以外，幾乎遠離了蒲田事件，恢復了平靜處理總部股檢察官工作的日子。

為日本各地帶來豪雨的梅雨季節終於結束，日比谷公園的綠樹在豔陽的照射下閃閃發亮，在夏季正式登場的七月底，沖野去最上的辦公室拜訪他。

「好久不見。」

沖野帶著輕鬆的表情向最上打招呼。最上起身請他坐在沙發上，他客氣地說：「不用了，我馬上就走。我已經離職了，今天是最後一天來上班。其實到八月底才正式離職，但請了年假和暑假，所以今天是最後一天。」

「真可惜。」最上只說了這句話。

沖野既沒有回答，也沒有露出任何表情，只是微微鞠了一躬。

「謝謝你格外照顧我，雖然當檢察官的生涯很短暫，但很榮幸最後能夠和你一起工作。」

沖野也對著長濱鞠了一躬說：「長濱先生，也謝謝你的照顧。」

「辭職後的工作已經找到了嗎？」最上問。

「還沒有，我打算慢慢思考。」

最上從抽屜裡拿出小池孝昭的名片。

「我朋友在大型涉外律師事務所三田村．傑夫遜事務所當合夥人，他經常說想要延攬優秀的人材。雖然他這個人很毒舌，但為人很不錯。如果去那裡，薪水應該也不會比這裡差。你可以去找他看看。」

最上說完，遞上了名片，但沖野並沒有伸手。

「不好意思，我對企業法務這一行沒有太大的興趣。」

「是喔……」

雖然沖野這麼說，但律師業並不好混，並不是曾經當過檢察官，就可以順利接到案子……最上這麼想，原本打算硬把小池的名片塞給他，等他改變心意時可以派上用場，但看到沖野的眼神後，改變了心意。

沖野的雙眼好像在向最上挑戰。

最上此刻才痛苦地體會到命運的捉弄，改變了一名年輕檢察官人生。

雖然不知道沖野接下來的打算，但也許自己不能逃避，必須正面接受。如果不做好這種心理準備，如今好不容易支撐住他的反骨心也會失去方向。

最上告訴自己，自己應該負起這樣的責任。

「你可以走你相信的路，我為你的成功祈禱。」

最上放下小池的名片，向沖野伸出了手。

沖野瞥了他的手一眼，停頓剎那後，走向辦公桌一步。

「我會把這句話牢記在心，好好努力。」

他微微用力地說道，用力握住了最上的手。

14

最後一天上班日的傍晚，沖野去向部長、副部長等上司道別，最後去最上辦公室拜訪後，回到自己的辦公室，坐在很快就將永遠離開的自己座位上，開始做最後的整理工作。

在辦公桌快整理乾淨時，沙穗用擰乾的抹布仔細擦拭了桌子。

電話鈴聲響了，沖野接起電話，發現是目前在公訴部的同期三木高弘打來的。

「沖野，七點在銀座預約了餐廳，你幾點可以到？」

「餐廳是怎麼回事？」

「當然是你的歡送會啊，已經邀約了同期的其他人。」

「不好意思，我還有事。」雖然在內心感謝三木的貼心，但沖野還是拒絕了。今天晚上，他打算和沙穗兩個人靜靜地喝酒，「就當作是普通的同期聚會吧。」

「你在說什麼啊，今天是為你安排的。即使有事，稍微露一下臉沒問題吧？」

「好，我會盡可能安排去露一下臉。」

雖然沖野不打算去，但還是這麼說。

掛上電話後不一會兒，聽到了敲門聲。

走進辦公室的是和三木同在公訴部的末入麻里。

「今天那家餐廳的地圖……」

她在說話的同時，把手上的紙遞到沖野面前。

「謝謝。」

沖野接了過來，沒有仔細看就塞進了上衣內側口袋。

「你有辦法來嗎？」

「應該吧。」

沖野搪塞著，麻里目不轉睛地看著他。

「我完全沒有想到A廳同期聚會那些人中，你是最先辭職的。」

沖野聽了她的話，輕輕笑了笑。

「我在四月的時候，也沒有想到自己會像這樣辭職。」

麻里瞥了沙穗一眼，似乎有點難以啟齒，但隨即繼續說道：

「我負責蒲田事件的公訴，你聽說了嗎？」

「嗯，當然。」沖野說。

「因為不知道在歡送會上有沒有機會聊這些，所以現在說。你在那起事件的起訴過程中，似乎和最上先生之間發生了什麼事……是意見相左嗎？」

沖野沒有回答，只是看著她。

「如果你對那起事件的起訴表現出消極的態度，我覺得不像你。」

沖野露出寂寞的笑容。

「不要說得這麼簡單。」

麻里嚴肅地看著沖野。

「也許那起事件很棘手，但最上先生很努力起訴了那起事件，我想要回應最上先生的努力，也打算全力以赴。」

「是喔。」

麻里似乎憑著本能領悟到沖野已經是敵人了。聽到她這麼說，沖野只是靜靜地回答了這句話。

「好，那就走吧。」

沖野打量了暮色中的日比谷公園片刻，轉過身，拿起放在桌上的皮包對沙穗說。

「辛苦了。」

沙穗也站了起來，從桌子上拿出簡單的花束遞給沖野。

「不用啦。」

沖野乾脆地婉拒，但沙穗搖了搖頭。

「無論是用什麼方式離職，你在這段期間內為國家努力工作，所以要快快樂樂離開這裡。」

沖野聽了，只好接下了花束。

他握著花束走出檢察廳的共同辦公大樓，不經意地回頭看向大樓。雖然沒有留戀，但如果在內心尋找，應該可以找到寂寞的感情。

他轉身走向人行道時，手機響了。他把皮包和花束拿在同一隻手上，從口袋裡拿出了手機。

是同期的栗本政彥打來的。

「真是華麗的離職啊。」

沖野仰頭看著辦公大樓，公安部的樓層亮著燈的房間窗邊有一個人影。

聽到他一如往常的諷刺，沖野忍不住苦笑。

「不好意思，我有事，沒辦法去參加歡送會。」栗本說。

「是嗎？我也沒辦法去。」沖野回答後，又繼續說：「栗本……你說對了。」

「什麼事說對了？」

「關於好檢察官的問題。你說的好檢察官，才是真正的好檢察官，才能夠繼續留在這裡。」

「你終於發現了嗎？」栗本說。

「對，我發現了。」

「但我想說的不只這樣而已……也需要不是那樣的檢察官。」

「我已經受夠了。」

「是嗎？」栗本吸了一口氣說，「既然這樣，你就去當一個好律師。」

「什麼是好律師？」

「不知道。」栗本說完之後又補充說：「應該是正義吧……你去找答案。」

「好，我知道。」

沖野掛上電話後，舉起花束向辦公大樓揮了揮，再度邁開了步伐。

隔天，沖野立刻展開了行動。他在上午就換上了襯衫和長褲，走出了宿舍，換了幾班電車，前往淺草橋。

如果想要改行當律師，就必須開始為登錄做各種準備工作。既要張羅事務所，而且還要搬家。雖然宿舍可以住到八月底，但如果不趕快找房子，一個月的時間很快就過去了。

但是，沖野還有其他必須優先處理的事。

他根據好像廉價廣告單般簡易網站上的介紹，終於在通往淺草的江戶大道靠隅田川的角落，找到了一棟老舊的住商大樓。

大樓的入口有介紹各樓層公司行號的牌子，六樓的位置掛著「小田島法律事務所」的牌子。

沖野搭小型電梯來到六樓，狹窄的通道旁有好幾道門，通道深處有一道門敞開著。他看了其他門旁也都沒有掛事務所的牌子，敞開門的那一間似乎就是「小田島法律事務所」。

沖野向門內張望，看到一名中年女人坐在靠牆的辦公桌前，像是小田島的男人坐在後面的鐵桌子前。

「有事嗎？」

小田島和沖野互看了一眼後，慌忙確認像是預定表之類的紙。他年紀不到四十歲，但看起來比沖野年長幾歲。中年發福的身材，下巴上掛了好幾層肉，天然鬈的頭髮在腦袋上翹了起來。

「不好意思，突然上門打擾。」

沖野關上門，走進了房間。

「啊啊，不要關！」小田島說，「因為要保持通風。」

房間內沒有開冷氣，窗戶上方的冷氣機套著套子，不知道是否壞了。雖然房間內開著電扇，但幾乎都被那個像事務員的女人霸佔了，小田島搧著扇子。

「今天冒昧上門，是關於小田島律師接下的蒲田凶殺事件，有一些不方便公開的事想要談一談。」

「其他房間都是樓下一家公司的倉庫，沒有人會上來。」看起來像是事務員的中年女人這麼說著，再度打開了門。

「所以，你是哪一位？」小田島問。

沖野自我介紹說，是東京地檢的檢察官，他瞪大了眼睛，臉頰也紅了。

「檢察官沒有事先預約就直接上門是什麼意思？這、這也太失禮了吧！」

「對不起，因為有一些敏感的事。」沖野回答說，「而且，雖然我目前還算是在檢察廳任職，但已經不處理任何工作，八月底就辭職了。」

「辭職了！」小田島立刻露出輕蔑的眼神看著沖野，「雖然我不知道你是因為什麼原因辭職，但時下不景氣，竟然放棄這麼好的工作……照理說，不管怎麼樣都要賴著別走啊。你該不會和我一樣，是新六十二期的人，所以打算找一家律師事務所投靠一下？但是你也看到了，這裡又小又破，根本沒餘力僱用別人。」

「不，我並不是在找工作，我剛才也說了，今天上門是為了你接下的案子。而且我並不是新六十二期的同期，而是新六十期。」

聽到沖野這麼說，小田島似乎發現自己在好幾件事上會錯了意，尷尬地乾咳了幾下。

「不，那個，」沖野也跟著尷尬起來，巡視房間內後補充說：「這裡並沒有很破，這裡……頗有氣氛。」

「啊，你說得對，」小田島急忙說，「姑且不論房間，從窗戶可以看到天空樹，我很喜歡這個景色……」

「是這樣啊。」

「對，雖然看不到全部，但可以看到頂端。」小田島急急忙忙拿起茶杯，喝了一口茶，「是喔，原來是新六十期……不，我原本是上班族，後來轉行，但沒有馬上考上，是法科大學院非法律系畢業的第一期學生。」

「喔，那我們在法科大學院是同期。」

沖野配合著他說道，小田島似乎終於鎮定下來。

「喔喔，」小田島說著，露出尷尬的笑容，「所以，你有什麼事？」

在小田島的示意下，沖野在面前的鐵管椅上坐了下來。

「關於松倉重生遭到起訴的蒲田老夫婦凶殺事件，我聽說你接下了公設辯護律師的工作。」

「沒錯，我也是因為情非得已自立門戶，所以必須設法接案子，現在有很多人都這樣，不能因為是凶殘的事件就縮手。想當公設辯護律師都要去律師會館抽籤，還好這次幸運抽到了。」

「松倉否認犯案，你打算採取什麼辯護方針？」

「因為他否認，所以只能尊重他的意願，主張他無罪。因為當事人也很堅持。」

「有勝算嗎？」

「勝算嗎？」小田島用冷笑一聲說，「你問我勝算，我也很難說啊。」

「律師，請你認真思考一下，檢方絕對會求處死刑，如果像松倉所說，他是受冤枉的，無論如何都必須獲勝。」

「不，我當然會在法庭上表達當事人的主張，但這和勝負是兩回事。如果他乖乖認罪，有可能獲判無期，但他就是不接受。」

「沒必要讓他認罪，必須以無罪的立場在法庭上奮戰，所以必須推翻檢方牽強的證據。正因為有辦法做到，所以我才會來這裡找你。」

「有辦法做到？」小田島皺起兩道濃眉，「你憑什麼這麼說？」

「因為我之前負責這起事件，看了警方的偵查，也負責偵訊松倉。」

「什！」小田島驚訝不已，臉頰抽搐著，「你不是檢方的當事人嗎！你來我這裡，到底要說什麼！」

「雖然我的上司決定起訴松倉，但我無法接受，那起事件的偵查有問題，松倉很可能無罪。」

「不要說了！」小田島搖著頭，下巴的贅肉也跟著搖晃起來，「你知道自己在做什麼嗎？雖然我不知道你有什麼不滿，但如果檢方內部知道你把在業務上得知的情況洩露給對方當事人，會造成大問題。不是你辭職就沒問題了，搞不好之後想登錄成為律師都會有問題。」

「只要你不說就沒問題了！」沖野反駁道，「被這種固定觀念束縛做不了任何事，正因為我認為只能這麼做，所以才會帶著捨身的覺悟來這裡找你。」

「別說了，別說了。」小田島把視線從沖野身上移開，神情緊張地說，「我不想惹上麻煩事。」

「你在說什麼啊！」沖野探出身體，逼近小田島，「你只是抱著這種程度的決心，接下這麼重大的事件嗎？被告會被判處極刑，還是重獲自由，他的命運掌握在你的手上。」

「恕我反駁，」這時，原本面對牆壁的女事務員把椅子一轉，轉向沖野的方向，「他接下這個案子並不輕鬆。因為這起事件，他必須面對媒體，我的父母兄弟也一直嘮叨，為什麼你老公要袒護這種凶殘事件的凶嫌，但他仍然認為這種工作也很重要，所以才會努力在做。」

這名女事務員似乎是小田島的太太。

「妳不要插嘴。」小田島對太太說完這句話，又清了清嗓子，重新回到剛才的話題，

「總之，身為法律人，我只能做法律允許範圍的事，不能做超出法律範圍的事。」

「我並不只是因為反對偵查方針，所以才離開。我懷疑這起事件的偵查過程中，動了某些違法的手腳，揭發這種事是身為公務員的義務，並不是需要被人指指點點的事。」

「違法的手腳是什麼意思？」小田島抬眼看著沖野問，「你有什麼文書或是當事人的對話錄音之類可以成為根據的證據嗎？」

「不，我並沒有證據……」

小田島聽到沖野這麼說，重重地吐了一口氣，搖了搖頭。

「這種不負責任——」

「如果只是不負責任的成見，我不可能辭去檢察官。在警方內部，也有人對松倉是凶手這件事存疑，檢警是用強硬的方式把松倉塑造成凶手。這次的審判，如果順利的話，可以贏得無罪判決，不，必須贏得無罪判決。小田島律師，只要能夠在這場官司中獲勝，你就可以在這一行一戰成名，對律師來說，這是千載難逢的大好機會。如果只是敷衍了事，未免太可惜了，你應該聽取我的建議。」

小田島一聽到可以一戰成名，臉上的表情有了微妙的變化。小田島的太太也再度轉動椅子，看著沖野。

「嗯……」

小田島搧著扇子，輪流看著沖野和太太，發出了低吟聲，似乎陷入了煩惱。

「你在煩惱什麼？公設辯護律師的報酬最多只能付這裡一個月的房租，你這樣就感到滿意了嗎？只要你放手一搏，邁入新的境界，搞不好就可以變成數百萬、數千萬。」

小田島低吟著，用眼神和太太交談後，重重地嘆了一口氣站了起來。

「真沒想到接到這麼棘手的案子……」

他嘀嘀咕咕說著，轉身關上了窗戶，他太太也把門關上了。

「願聞其詳。」

他遞了一把扇子給沖野說道。

沖野說完松倉是凶手推論的疑點、弓岡嗣郎的存在、警方的動作等在這起事件的偵查過程中感受到的疑問和見解後，默默聽著的小田島為難地用鼻子吐著氣。

「我也聽被告提過姓弓岡的人，老實說，當時我以為他在說謊。但是，聽了你剛才說的話，覺得那個人才更像是凶手……」

小田島抓著頭，自言自語地說：「真傷腦筋啊。但這根本沒辦法證明是警察內部某個人的陰謀啊。」

「目前只能先把這件事擱置一旁，」沖野說，「首先必須推翻對方的論證，在審判中獲勝。他們拼湊出來的犯罪情節很牽強，有足夠的漏洞可以推翻，但很快就要召開開庭前的準備程序庭了，所以必須抓緊時間。」

開庭前的準備程序庭是事先由檢辯雙方在開示證據和主張，區分需要和不需要的證據，釐清爭點，有助於刑事審判順利進行。如果是重大事件，就會花費好幾個月的時間，召開多次準備程序庭。

由於在準備程序庭時決定了開庭審理的程序，所以必須在準備程序庭之前就做好在法庭上作戰的準備工作。在準備程序庭結束之後，即使提出有利的證據，通常法官也不會接受。

「如果想打贏這場官司，就必須研擬戰略。」小田島呼吸急促地說，「問題在於目前已經發現凶器，而且在上面採集到被告的指紋，想要推翻這一點簡直比登天還難。」

「這應該會成為檢方試圖全面壓倒我方的重點，如果爭點集中在這一點時，將對我方很不利。如果這項物證有漏洞，那就是凶器本身上並沒有指紋，只有用來包凶器的報紙上有指紋，而且，發現者是用匿名電話舉報，並沒有明確身分，也沒有找到松倉去哪裡買了那把菜刀的紀錄。只能透過指出這些問題，讓陪審員認為也許這個物證有什麼隱情，然後，在其他問題上決一勝負。」

「其他問題是指哪些問題？」

「總之，要推翻檢方拼湊出來的犯罪情節，讓他們的邏輯無法成立。目前檢方拼湊出松倉幾點去了被害人家中，幾點左右、基於什麼動機殺害了被害人，又在幾點離開了現場這些犯罪情節，但這只是勉強拼湊出來的牽強故事，只要仔細調查，一定可以找到其中的破綻。比方說，也許附近的鄰居有人說，雖然他在犯罪時間帶曾經經過都筑先生家門前，但並沒有看到腳踏車。」

「你是說，也許警方的偵查報告中，有這種證詞嗎？雖然我拿到了證據一覽表，但不知道該要求開示什麼……」

「不，即使警方得到這些線報，也會棄而不用，外面的人不知道他們到底丟棄了什麼，所以我方必須認定一定有什麼對我方有利的狀況，然後開始在附近尋找。」

「我們要靠自己去找出和我們的主張相關的證據嗎？」小田島不耐煩地說，「光用想的就快昏了。警方可以動員幾十個人分頭尋找，我只有一個人。我老婆最多只幫忙影印而已，我們的孩子年紀還小，根本不可能幫忙。」

「我會幫你的忙。」沖野說。

「即使你來幫忙……」小田島似乎覺得沖野的這種好意反而是在添麻煩，「老實說，這和公設辯護律師的報酬根本不相襯，如果真的這麼做，轉眼之間就入不敷出了，而且也會影響其他的工作。」

「如果只看到眼前的收支，成不了大器。我剛才已經說了，一旦打贏這場官司，你就會打響名號，到時候的收入來彌補完這次的損失還綽綽有餘。能夠獲得無罪判決的審判並不多。」

「這我當然知道……」

「一定要推翻他們的犯案情節，如果你認為漫無目的地去現場附近打聽有困難，可以先追查松倉的蹤跡。你先去向他詳細瞭解案發當天的行蹤，我故意沒問他，因為即使問了，也不會符合檢方拼湊出來的犯案情節，但只要仔細確認，或許可以找到監視器的影像或是可以證明他行蹤的證據。我相信警方應該也沒有查過，因為萬一查到什麼就傷腦筋了。」

小田島獨自低吟著，最後似乎終於被沖野打動了，他回答說：

「好吧，那我先去向被告確認。」

松倉即將進入審理階段，從蒲田分局的拘留室被移送到小菅的東京看守所。小田島在中午之前就前往東京看守所和松倉面會，兩點多回到了淺草橋。

在咖啡店打發時間的沖野再度來到事務所，和小田島面對面討論。

「我按照你說的，向他確認了他當天下班之後的行蹤。」

小田島用扇子對臉搧著風，把紙攤在桌子上。蒲田的地圖影本上，用紅筆寫下了松倉移動的路徑和時間。

「這樣就行了，第一個重點，就是松倉主張曾經去過的『銀龍』，『銀龍』的會計紀錄留下當天五點多時，有人結帳的內容是餃子、啤酒，好像還有炒榨菜。那是松倉經常點的菜，我認為應該就是松倉結的帳，只不過老闆的記憶很模糊，而且松倉並沒有那天結帳的收據。雖然有其他日子的收據，卻沒有那一天的收據。因為證據力太薄弱，所以無法成為他的不在場證明，但我認為應該親自去向老闆確認一下。」

「我知道了。既然要去，就事不宜遲。」

小田島用手帕擦著臉上的汗水後站了起來。雖然他看起來懶洋洋，但引擎似乎已經開始發動了。

「老婆，我會晚回來，妳離開時要記得鎖門。」

「好。」

小田島交代太太之後，跟著沖野一起走出了事務所。

沖野並不是不能理解小田島家有妻兒，而且律師工作還沒有步上軌道，所以無法花太多時間在公設辯護律師的工作上。沖野也是下了很大的決心辭去了檢察官一職，以這種方式參與這起事件，但因為是單身，所以才能夠有這樣的決心。

但是，小田島是松倉唯一的辯護律師，即使有點勉強，也必須請他認真投入這起案子。

他們從事務所走到淺草橋的車站，沖野的身上冒著汗。酷暑的午後，柏油路上看起來變成了白色。他們抵達蒲田時，太陽已經漸漸下山，但走在街上，身體立刻冒出了汗。

『銀龍』是位在JR蒲田車站附近巷弄內的平價中餐館，吧檯前有六張椅子，還錯落地放了五張四人桌子。雖然店內並不寬敞，但也不至於感到狹小擁擠，的確很適合在下班之後來喝點啤酒。

離晚餐時間還早，所以店裡沒有客人。

「不好意思，打擾你們做生意……」

小田島拿著名片，向站在吧檯內的老闆打招呼。六十多歲的老闆板著臉，看起來不太親切。

小田島向他提起松倉的事，詢問松倉在案發當天是否曾經來過這裡，老闆雖然露出有點不耐煩的表情，但還是回答說：「他的確經常來這裡。」

「你是否記得他四月十六日那一天有沒有來這裡？」

「很難斷言記得那麼久之前的事，如果是昨天的事，我可以答上來，但事隔幾天，就搞不清楚到底是七天前還是八天前的事。」

「嗯，那倒是……」小田島立刻附和道，似乎已經決定放棄了。

沖野在聽他們談話的同時巡視著店內，這裡沒有設置監視器。

「他來這裡的時候，通常都坐在哪個座位？」

沖野問，老闆指著牆邊的桌子說：

「通常都坐那裡的某張桌子，如果後面的桌子空著，就坐在後面，但如果人多的話，他也會坐在吧檯。」

「他通常每個星期來幾次？」

「差不多兩、三次吧。」

「他來這裡時，會和你聊天嗎？」

「只會聊『今天真冷啊』，或是『天氣太熱了』之類的話，他還會和我聊賽馬輸了或是贏了之類的事，因為我不玩賽馬，所以只是隨口敷衍一下。」

原本還期待即使老闆不記得具體的日期，也許記得松倉當時說了「我在○○賽贏了錢」之類的話，但老闆搖了搖頭。

「所以他來這裡時，通常都點啤酒和小菜嗎？」沖野換了問題。

「是啊，通常會點餃子和炒榨菜，不然就是麻婆豆腐。」

「聽說會計紀錄顯示，十六日五點多時有人結帳的內容就是啤酒、餃子和炒榨菜……」

原本以為老闆會對辯護律師竟然會知道警方的偵查內容起疑心，但老闆似乎並沒有在意，很乾脆地承認說：「的確留下了這樣的紀錄。」

「除了他以外，還有其他客人也會在晚餐時間之前來店裡點啤酒、餃子和炒榨菜嗎？」

「雖然不常有，但也不是完全沒有。」老闆不置可否地回答。

「比方說，在四月的時候，除了他以外，你還會想到其他點了啤酒、餃子和炒榨菜的客人嗎？」

「不，想不到其他特定的客人。」

「所以，看到啤酒、餃子和炒榨菜的紀錄，按照正常的思考，你會想到客人是他嗎？」

「是啊。」老闆有點困惑地勉強回答。

「把收銀台的結帳紀錄出示給警方時，你有想到這件事嗎？」

「所以我對警方說，可能就是這一筆，但被問到百分之百沒有錯嗎？開庭的時候，能夠在法庭上斷言嗎？我當然沒這麼大的把握，而且我也不想上什麼法庭，更何況他不是說他離開這裡的時間更晚嗎？我是這麼聽說的，他說在這裡坐了兩個小時左右。因為他根本沒在這裡逗留兩個小時，所以我才覺得奇怪。」

「松倉後來否認了兩個小時這件事，他說五點多離開這裡。」

『銀龍』的老闆聽了沖野的話，沒有再吭氣，臉上露出「現在對我說這些也沒用」的表情。

「的確，我能夠理解當被問到是否百分之百沒有錯這種好像必須扛起責任的問題，當然不敢掛保證。」沖野緩和了語氣，表現出理解的行為，「但是……你不必斷言也沒問題，能不能請你在法庭上作證，那天四點多到五點多期間，點了啤酒、餃子和炒榨菜的客人，除了松倉先生以外，你想不到其他人？」

「饒了我吧。」老闆明顯皺起眉頭說。

「我知道你不想上法庭的心情，但這攸關一個人的命運。松倉先生說他和目前被問罪的那起事件無關。」

「即使你這麼說……更何況他只是常來這裡，我並不瞭解他的為人，不要把我捲入麻煩的事。聽說他二十多年前，曾經對女中學生犯下了可怕的罪行，不是嗎？而且他在過了時效之後才招供。周刊雜誌報導，他經常來我們這家店，那一陣子媒體一直報導，客人都不敢上門了……現在好不容易才終於恢復平靜，真的饒了我吧。」

「我能夠理解你的心情，但是，他在這起事件中很可能受冤枉了。如果那一天，他在這裡喝啤酒到五點多，就和警方認為的犯案時間帶重疊，也就意味著他有不在場證明。有沒有可以證明這一點的證詞，他的處境會完全不同。二十三年前，他的確犯下了其他案子，但警方因為這個原因，認定這次也是他幹的，不能讓這種謬論得逞，而且會讓這起案子的真凶逍遙法外，無論如何都必須預防這種情況發生。」

「即使你這麼說……」

老闆始終意興闌珊，沖野只能請他務必考慮一下之後，和小田島一起離開了。

「問他能不能百分之百斷言，簡直就像在威脅……警察真惡劣。」

小田島氣憤地小聲嘀咕。

「他們擅長用這種招數，」沖野靜靜地說，「必須正面迎戰。」

接著，他們沿著松倉在案發當天騎腳踏車經過的路線，確認公寓、路旁的店家是否設置了監視器。只要看到店家裝了監視器，就走進去問監視器是否拍到馬路的情況，並詢問是否還有案發當天的影像紀錄。

隔天和第三天，沖野都和小田島一起在蒲田的大街小巷走了一整天，確認松倉移動路線上的監視器情況。

但是，即使確認有監視器，大部分都回答已經沒有幾個月前的資料了，也有些店家一口回絕說，如果不是警方，無法提供影像。至於持保留態度，回答無法立刻確認的店家，則決定日後再訪。

「啊，熱死了，快昏倒了。」

小田島可能有點中暑，他說被太陽曬昏頭了，感覺很不舒服，所以這天工作到快傍晚就決定結束。從蒲田回程的電車上，小田島渾身無力地搖晃著，沖野在品川下了車，為他買了運動飲料，然後決定搭計程車送他回事務所。

「從這裡搭計程車回去簡直是開玩笑。」

小田島雖然一臉無力的樣子，但還是表示反對，不過聽沖野說：「沒關係，車錢我來出」，立刻就不吭氣了。

小田島坐在開了冷氣的計程車上，大口喝著運動飲料，總算恢復了精神。

「沖野先生……你在金錢方面沒問題嗎？」小田島仰著頭，把被汗水濕了的手帕放在額頭上，閉著眼睛問道，「雖然不需要我擔心，但你不是剛辭職嗎？」

「沒問題，」沖野回答，「我之前整天都在工作，沒花什麼錢，都存了下來……而且我還是單身。」

「那就好。」小田島靜靜地說，「但你接下來要開事務所，又要開發客戶，錢很快就會用光了。」

「也許吧……但我還沒有想那麼多。」

「還是說，前檢察官的話，有許多前輩會幫忙介紹客戶？」

「不知道……」

聽說前檢察官有前檢察官的小團體，也會有前輩幫忙介紹客戶，但沖野不知道自己是否能夠坦蕩蕩地和那個世界產生交集。唯一的救贖，就是自己內心沒有一絲想要依靠那個世界的想法。正因為如此，才打算對抗檢察機關。

回到淺草橋的事務所，小田島請他一起上去喝杯茶。

「有沒有什麼收穫？」留在事務所的小田島太太昌子迎接他們時問。

「不，完全沒有。」小田島脫下襯衫，沮喪地回答。在監視器的問題上，還在等某些店家的回應，目前放棄還太早，但聽他的語氣，好像早就不抱希望了。

「沖野先生，除了監視器以外，你還有沒有想到其他方法？」小田島肥胖的身體只穿了一件T恤坐在椅子上，請昌子為他倒麥茶後問沖野。

「如果能掌握弓岡的消息當然最好……如果有困難，讓在串烤店遇到弓岡的矢口出庭作證也不失為一種方法。」

「這不太可能。」小田島皺著眉頭說，「我們並不負責偵辦工作，無法在法庭上證明弓岡是凶手這件事。我相信他們也不會接受這種偏離爭點的證詞。」

的確如此。在法庭上只能針對被告松倉所犯下的罪行進行辯論，即使辯方在法庭上論述尋找真凶的推理也無濟於事。檢方的工作才是證明這個人是凶手，辯方必須推翻檢方的論述，保護被告的利益。這才是法庭審理應有的形態。

但是，正因為沖野知道有人比松倉更像是凶手，所以無論如何都希望能夠在法庭審理時加以運用。

「既然要對抗檢方，當然要和媒體合作。」

昌子把裝了麥茶的杯子放在沖野和小田島面前時說。

「不是有一篇報導介紹你崇拜的白川律師嗎？他利用媒體控訴偵查手法粗糙，順利改變了輿論，最後在審判中贏得了勝利。」

白川雄馬曾經在刑事辯護中贏得數次無罪判決，有人根據這位資深律師的姓名，為他取了「白馬騎士」或是「無罪職人」的暱稱。他當然很能幹，但業界流傳一句「有冤案事件就有白川」，聽說他能夠洞悉事件的本質，發現冤案事件的嗅覺也很敏銳。無論如何，這種經常為政治人物和藝人辯護的明星律師，是像小田島這種資淺律師嚮往的對象。

「因為是白川律師，才有辦法做到。像我這種程度的人無論怎麼叫囂，媒體都不可能有任何行動。」小田島立刻否決了太太的意見。

「但之前不是有好幾家周刊雜誌的記者來採訪嗎？並不只是律師的能力，如果是重大事件，媒體也會很有興趣。」昌子不服輸地反駁。

「媒體是因為在完成時效的事件中順利逃脫的凶手又引發了重大事件，結果遭到逮捕，對這件事感到有趣罷了。只是想說，天網恢恢，疏而不漏，或是因為以前的偵查太鬆散，所以又造成了新的犧牲者，根本不期待這起事件可能是被冤枉的。」

「但是，之前《平日周刊》的記者聽說你打算祭出主張無罪的方針時，不是很想瞭解細節嗎？結果知道你手上缺乏有力的反擊證據，還露出有點失望的表情。」

原來有這樣的記者。沖野聽在一旁，不由得產生了興趣。

「那種人期待我能夠提出破天荒的主張，然後抨擊說，辯方在說這種蠢話。」

「不，也許未必是這樣。」沖野插嘴說，「這一陣子，因為檢察機關的醜聞，和特搜部緊追不捨，導致議員自殺，媒體對檢察系統也越來越嚴格。如果得知偵查有疑問，或許有媒體願意報導。」

「我看還是算了吧。」小田島似乎興趣缺缺，「如果媒體知道你的動向，不知道會對你造成什麼不利的影響。」

「不，不必為這種事擔心。我之前身為檢察官，被禁止和媒體接觸，所以不太能夠想像他們會如何採取行動，但我知道他們遵守保護消息來源的大原則。總之，光靠我們兩個人對抗檢察機關，人手嚴重不足，所以目前不是考慮自己處境的時候。」

聽到沖野這麼說，小田島煩惱地皺起眉頭，低吟了一聲。

隔天，小田島要忙其他案子，沖野也沒有和他見面，晚上接到他的電話，說他聯絡到《平日周刊》的記者，希望沖野隔天下午一點去事務所會面。

翌日，沖野如約前往小田島的事務所，發現事務所的門關了起來，好像在預告接下來要討論極機密的事。

聽到開門的動靜，裡面的人立刻有了反應。除了小田島和昌子以外，一個戴著眼鏡的小眼睛男人也轉頭看著沖野。他年紀大約四十左右，應該就是《平日周刊》的記者。

「我姓船木。」

他收起了手上的扇子，遞上寫了「船木賢介」的名片自我介紹。

「今天來這裡，是聽說關於蒲田事件有什麼有趣的消息。」

他立刻露出了好奇心說道。
「船木先生，你已經針對這起事件進行了相當程度的深入採訪吧。」
看到船木打開筆記本，已經準備開始採訪，沖野問道。
「對，該採訪的都採訪過了，也曾經寫過一篇報導。」
船木從厚實的皮包裡拿出一本《平日周刊》出示在沖野面前。
「喔，原來是這個……」
那一期雜誌在松倉遭到再次逮捕的五月底發行，報導內容以追蹤二十三年前的根津事件和松倉的生活環境為中心。
「看這篇報導的內容，當時你對於松倉先生是凶手這件事毫無疑問，不知道你目前的想法如何？」
「基本上並沒有改變，」船木回答說，「聽說雖然松倉從頭到尾都矢口否認，警方為了尋找充分的證據也費了一番苦功。但目前已經找到了凶器，而且也順利起訴，以結果來說，就是很常見的否認事件進入了法庭審理階段。」
「聽說在多位來這裡採訪的媒體記者中，只有你對松倉先生否認犯案這件事產生了最大的興趣。」
「我喜歡旁聽法院開庭，進入法庭審理階段後，比起很乾脆認罪的事件，不認罪的事件當然有趣多了。這起事件中，同時發現了凶器和指紋，但嫌犯仍然否認犯案，所以會忍不住思考，這到底是怎麼一回事。而且，在已經完成時效的根津事件中，他當年也從頭到尾否認，不知道是作為成功法則再次使用，還是並不是我想的那樣……想這些事的確很有意思。」

「我們打算主張松倉先生的清白，並質疑偵查過程，你身為記者的立場能夠接受嗎？」

「我只能說，這要視內容而定，或者說是視可信度有多少，因為對媒體來說，袒護輿論大肆抨擊的凶手也要冒很大的風險。」船木說到這裡，微微點頭，似乎在贊同自己說的話，但還有下文，「只不過如果純粹以記者的天性來說，的確很有興趣。事實上，按照目前的情況，我覺得這次的事件很難報導……因為如果從正面切入，已經被《日本周刊》超越了一、兩步。那裡有一名記者從根津的事件開始，就持續執著地想要追究松倉的罪責。聽說他在學生時代就住在事件發生的那棟宿舍，而且也認識遇害的女中學生，當然會充滿怨念。因為他很熟悉以前那起事件，所以讀者很買帳，也很受歡迎，想要寫出勢均力敵的報導並不是一件容易的事。說句心裡話，原本打算這次投降認輸了，但如果有不同的切入點，就必須認真考慮了。當然，前提是我會審慎斟酌，所以，如果你說的情況值得相信，我當然會寫。」

沖野注視他片刻之後，再度開了口。

「我在這次的事件中，在檢察廳內部對松倉先生犯案這件事提出了異議，也因此決定辭去檢察官一職。如果你能夠把我的行為視為值得相信的根據，我將感恩不盡。」

「你的氣魄的確打動了我。」

船木措詞謹慎，保留了他的回答。

既然離開了檢察廳，沖野目前並沒有可以為自己背書的招牌，要求別人發自內心相信這樣的自己，的確有點太一廂情願了。

即使如此，仍然必須用這種方式奮戰。

「好吧，那就請你聽完所有的情況之後，再決定是否能夠相信。」

船木輕輕點了點頭。

「我不會向任何人透露你是消息來源，所以請你把所知道的一切，以及所有的想法都告訴我。」

於是，沖野把蒲田事件中外界所不知道的偵查上的可疑點，以及硬是要起訴松倉的過程一五一十告訴了船木。

「嗯……負責偵訊的你和搜一的副警部的心證都傾向他是清白的……」

船木聽完沖野的話之後，眼神空洞地注視著室內某一點小聲嘀咕著，似乎在腦袋中整理整個過程。

然後，他微微轉頭看著沖野。

「但是，管理官會因為曾經參與根津事件的偵查就動這種手腳嗎？如果真的動了手腳，就必須和那個姓弓岡的人接觸，放過他所犯下的罪，然後向他拿凶器的菜刀，並要求他暫時避風頭。一旦被發現，不僅會被開除，甚至會去坐牢。」

「老實說，這一部分的確還無法有定論。」沖野承認，「是否會因為曾經參與已經完成時效的案子執著到這種程度……但弓岡的確在搜查總部開始懷疑他的同時消失不見了，手機關機顯然是故意躲起來。雖然弓岡說要去大阪打工賺錢，但完全無法說明。而且，弓岡並不是在東京都內失去聯絡，而是在箱根這件事，看起來也不像是組織行動，個人行為的色彩更加濃厚。可能是搜查總部內部的某個人，或是極少數人動了手腳，也許是管理官授意……雖然還沒有定論，但我有這樣的想法。」

「原來是這樣……的確很有意思。」船木簡單地表達了感想，「我會去確認兩、三件事，像是弓岡周邊的情況，還有在串烤店聽到事件相關情況的矢口昌宏。他因為竊盜罪，目前被關在看守所吧，我會去面會一次。」

「要不要請小田島律師有空的時候陪你去？」

因為看守所禁止以採訪為目的面會，所以沖野如此建議，但船木並沒有欣然接受。

「有可能會麻煩小田島律師，但我也有律師朋友可以請教意見，我會和他好好討論一下。」

船木直到最後，都對沖野說的話保持謹慎的態度，但他闔上筆記本，看向沖野的眼神中似乎露出了有所斬獲的光芒。

「最近因為非法獻金問題，以及議員的自殺風波，輿論開始抨擊檢方為了追求速度的粗糙偵查手法。在這種時空背景下，有可能從有罪翻案成無罪的這起事件十分值得矚目。如果你說的內容接近事實，必定能夠吸引嗅覺敏銳的人，輿論的看法也會逐漸改變，到時候就會對法院審理產生影響。或許現在只有我們這幾個人在談這件，但這樣的結果絕對不是不可能的事。」

意想不到的激勵，讓沖野很慶幸自己把一切都告訴了他。

他再次告訴自己，害怕就無法邁出前進的步伐，目前只能相信自己，走自己的路。

隔週就是中元節，街上也開始出現暑假悠閒氣氛的週五，老夫婦凶殺事件在東京地方法院召開了審理前的第一次準備程序庭。

沖野當然不可能去參加，但等小田島傍晚回到淺草橋，他立刻去打聽了檢方的動向。

「那個姓末入的女檢察官可真漂亮啊，用力瞪過來的眼睛簡直英氣逼人，這種凶巴巴的女人其實是我喜歡的類型。」

小田島開始聊這些和準備程序庭的內容無關的事，被昌子推了一下肩膀後，才開始告訴沖野檢方要求在法庭上提出的證據。

檢方開示的證據幾乎都在沖野預料的範圍內，其中也包括他製作的筆錄，但檢方可能在觀察辯方如何出招，所以目前還沒有開示警方蒐集到的監視器影像等證據。

「另外，檢方申請遺族岩崎美和，還有原田清子在檢察官總結發言時，以證人的身分在法庭陳述意見。」

沖野最後無法見到最先發現屍體的清子和被害人的獨生女兒美和，但如果繼續擔任承辦檢察官，或許可以在報告起訴情況時和她們見面。他們的獨生女將站在證人席上，陳述父母溫暖的人品、一家人和睦的感情，在總結發言中表達對凶手的痛恨和希望嚴懲凶手的意願……想像她令人痛心的身影，必定會影響法庭的氣氛，沖野忍不住嘆息。

然而，他無意阻止遺族站在法庭上，只能接受這件事。

「另外，根津事件的證人也會出庭作證。」

「什麼？」

沖野探頭看著小田島手上拿著記載了檢方申請證據的資料。他之前從來沒有聽過根津事件的證人，也完全猜不到是誰。

「是一位名叫和泉三郎的警視廳退休刑警，當時負責偵訊松倉，似乎打算在法庭上說明根津的事件，或是當時對松倉的印象。」

「根津的事件和這次的事件無關，你應該拒絕這種要求。」

「不不不，我已經同意了。」小田島聳了聳肩說，「檢方認為這兩起案子有共同性。」

「共同性？強暴殺人和強盜殺人的事件性質不同，凶器也不一樣，根本沒有共同性，最多只是不認罪的態度有共同點，太莫名其妙了。」

「即使我拒絕，說和本案無關，檢方也一定會在某個節骨眼提到根津的事件。」

「即使檢方提到，只要徹底阻擋就好。」

「那怎麼可能？無論法官還是陪審員，都已經透過報導知道根津的事件。松倉犯下了凶殘的事件，卻一直逃到時效完成，沒有比這印象更糟了。我方越是拚命阻擋檢方提這件事，越襯托出我方姑息的態度。與其這樣，不如在根津的事件上完全接受，展現出痛改前非的態度，反而更能夠區分兩起事件。在這個基礎上，再表達和根津事件的不同。」

小田島說話時展現出對自己辯護方針的自信，但沖野覺得他完全落入了檢方的策略。

但是，松倉已經承認了根津的事件，即使拒絕檢方在法庭上證明這起事件，仍然會造成某種程度的負面印象，在這件事上會導致的失分也許必須列入計算。

「下個月初就會召開第二次準備程序庭，不知道還要去幾次……如果我們手上沒有反擊的證據，就會很快決定流程，進而決定開庭審理的日期。」

原本以為檢方也有很多漏洞，但聽了小田島的報告，覺得我方明顯處於劣勢。

「無論如何，至少希望『銀龍』的老闆可以出庭作證……」

小田島用手擦著臉上的油，有點為難地說。

「小田島律師，」沖野注視著他說，「我提議一個絕招。」

「什麼絕招？」小田島停下了手問。

「讓我以證人的身分上法庭。」

「你說什麼？」

「檢方提出的證據中，也有幾份是我製作的筆錄，你可以主張松倉先生提出，是在高壓偵訊的情況下製作了那些筆錄，所以那些筆錄無效，也就是懷疑筆錄的任意性，讓當時負責偵訊的我以證人的身分出庭，然後由你來訊問我。事實上，我當初的偵訊方式的確很粗暴，也必須為此向松倉先生道歉，即使遭到指責，我也必須承受。」

「嗯……但是，這簡直是亂來。」小田島滿臉愁容地低吟著，「如果因為你的偵訊，松倉先生承認了他原本沒有犯下的罪行，你捨身的作戰方法或許可以奏效，但不知道是他的幸運還是不幸，他自始至終都否認犯案。更何況逐一挑剔正題以外的筆錄，會影響開庭審理的進度，在神聖的法庭上，這是很沒品的做法。」

「現在根本無暇顧及有品沒品這種事，而且，針對筆錄的任意性訊問我只是藉口而已，你可以在訊問我時，問我透過偵訊，如何看待松倉先生和這起事件的關係，於是，我就可以大聲說出自己的心證，即使檢方提出異議，我也會回答。」

「不，所以我說你這是亂來。」小田島撇著嘴唇，搖了搖頭，「如果這樣大刺刺地表現出和檢方對決的態度，誰知道他們會用什麼方式打壓你？你已經辭去檢察官一職，已經沒有人能夠保護你，如果遭到惡意報復，搞不好連陪審員也不願相信你。」

「如果因為我不再是檢察官就失去了說服力，可以請我的事務官也一起出庭。我和她彼此瞭解，而且可以作證，保證我的言行都很客觀。」

沖野不惜犧牲自己的一切提出了這樣的建議，但小田島也因此產生了強烈的猶豫。

「我想說的並不是這件事，而是認為你做出這種好像自殺式恐怖攻擊的行為，對你日後絕對無法帶來正面影響，所以才這麼說。」

小田島單槍匹馬在律師這個行業打拚，深刻瞭解這個行業的嚴峻，所以才會說出這番話。姑且不論好壞，之前一直身處檢察這個組織內的沖野，還無法瞭解到離開這個組織，而且要與組織為敵的危險性。這正是他的強項，但也是他的弱點。

然而，無論如何，目前找不到其他能夠撼動檢方的有效策略。

「敞開著大門，討論這麼敏感的內容不太妥當吧。」

走廊上突然傳來宏亮的聲音，沖野嚇了一跳。回頭一看，一個身材高大，看起來六十歲左右的男人微微低頭走了進來。

沖野也曾經見過臉上帶著調皮笑容的這個男人，他正是之前小田島和昌子曾經提過的資深律師白川雄馬，但沖野難以相信，沖野身後的小田島更是驚訝地發出了沒有明確意思的聲音。

《平日周刊》的船木從白川身後探出頭。

「把門關上。」

白川對船木說完，站在一下子變得狹小的房間中央，笑著看向沖野。

「你就是那位檢察官嗎？」他看著沖野問。

沖野不置可否地應了一聲，思考著眼前到底是什麼狀況。沒想到船木竟然把「白馬騎士」帶來這裡……

「那個、我是經營這家事務所的小田島。」

小田島慌忙從抽屜裡拿出名片，硬是塞給白川。

「你好你好，我是白川。」

白川自我介紹著，好像這裡的人都在等待他的出現。

「久、久仰您的大名……」

小田島緊張地向他打招呼，白川伸手制止了他，用輕鬆的語氣問：「可以讓我坐下嗎？我年紀這麼大了，稍微照顧一下嘛，哈哈哈。」

「對不起，失禮了。」

小田島慌忙把自己的椅子搬到辦公桌外，自己拿了原本架在牆邊的鐵管椅坐了下來。

白川彎下高大的身體，在小田島的椅子上坐了下來。

「還有，雖然時下流行環保，但至少要開個冷氣，像這樣敞開著大門，客戶根本無法放心地談事情。」

「好，我馬上開。」

沖野看著小田島站在鐵管椅上，拿下窗戶上方冷氣的套子，第一次知道那台冷氣還可以運轉。小田島打開開關，老舊的冷氣機很快就發出很大的聲音運轉起來。

「我在三十五年前考取執照，意氣風發地投入這個行業時，也是像這樣的事務所。」

白川瞇起眼睛說，小田島立刻滿臉感激地說：「是這樣啊。」

「謝謝。」白川接過昌子倒給他的麥茶杯子，「時間不多了。」然後就直接進入了正題。

「船木告訴我一起很有趣的官司，問我有什麼看法，所以聽說了這次的事。剛才和他一起去了小菅，也見到了松倉先生。」

船木站在牆邊，看著小田島一臉茫然的表情，似乎覺得很好笑。

「瞭解大致的情況之後，打算來這裡見一見為了這起事件而辭職的檢察官，也就是你，瞭解詳細的情況，沒想到在走廊上就聽到了，你剛才似乎說，打算自己站上證人席。」

白川露出調皮的眼神問，沖野坦率地點了點頭。

「哈哈哈，起初我還懷疑，真的有這種檢察官嗎？但聽了你那番話之後，覺得根本沒必要特地確認。」

白川咕嚕喝了麥茶之後繼續說道。

「先說結論，就是能不能讓我加入這起官司的律師團？」

小田島瞪大了眼睛，嘴巴一張一闔，白川對他露齒一笑。

「當然由你繼續擔任領銜律師，也沒必要在意我，更不需要付我報酬。」

「這、這，像白川律師這麼了不起的……」

小田島手足無措，似乎不知道該如何應對。

「我並不是在信口開河，」白川用力搖著手說，「只是我認為無償參與這起官司的審判也很有意義。雖然自己說有點那個，我對於發生的事件是不是冤案的辨別能力比別人強一倍，我只要用鼻子用力吸，就聞出有蹊蹺、有蹊蹺。曾經有人說，『有冤案的地方就有白川』，我就是靠這種風評過日子。當初入行在神田的住商大樓時，也剛好是像這樣的事務所，如今在溜池，手下有十名律師，全都靠我這麼靈光的鼻子。

「而且，我這個人的臉皮很厚，哈哈哈，所以即使是完全沒有關係的地方，也會像這樣不請自來，只要我覺得案子有問題，就會去看守所向被告自我推銷。檢方很有自信地掛保證，有罪率是百分之九十九點九，但我贏得的無罪判決超過兩隻手，所以只要我一出馬，檢方就開始緊張了。雖然無法所有的官司都如願獲勝，但如果包括減輕罪行和緩期執行的官司在內，打贏官司的比例高於檢方。在棒球界，打擊率有三成就是一流的打者，律師面對檢方時，打贏的比例也超過三成的話就是一流。我超過了三成，根本就是怪物了。哈哈哈。」

白川豪爽地笑完之後，仍然揚著嘴角，看著沖野和小田島。

「我可以這樣大言不慚地自我吹噓，就知道我這個人臉皮多厚了。」

小田島也跟著發出乾笑聲。

「所以，我加入這起官司有我自己的考量，你們可以儘管利用我。我也算是小有名氣，只是不知道是英名還是惡名，哈哈哈。」

他說話心直口快，迅速拉近和對方之間的距離，轉眼之間就掌握了主導權……這或許是白川在漫長的律師生涯中所培養的交涉風格，但沖野不由得感到佩服，他能夠在短時間內和他人建立充分的信賴關係。

「如果能夠獲得白川律師的協助，當然如虎添翼。」

沖野說完，小田島也挺起身體說：「沒錯！」

白川心滿意足地點了點頭，然後轉頭看著沖野說：

「既然這樣，那我就有話直說了，剛才聽到你說的話，你似乎打算親自站上證人席，讓檢方大吃一驚。這絕對不是上策，希望你慎重考慮。」

「但是，」沖野回答，「聽小田島律師談論準備程序庭的情況，這次的官司恐怕會被檢方牽著鼻子走，所以必須考慮反擊手段。」

「即使這樣，也不能用自殺式攻擊的方法。你或許是基於正義感這麼做，但你的行為簡直是與檢察組織為敵。檢察組織面對想要動搖組織的人會不擇手段地加以摧毀，在你站上證人席之前，即使他們用子虛烏有的罪名逮捕你，也沒什麼好奇怪的。搭電車時，身旁的女生可能突然抓住你的手大叫：『色狼！』他們會滿不在乎地設下這種圈套。」

沖野不認為自己所屬的組織會做這麼齷齪的勾當，白川的話太誇張了，但他理解為對方在提醒自己謹慎行事，這也的確讓他稍微冷靜下來。

「但是，除此以外，還能有什麼方法……」

「首先要改變輿論的見解，既然船木先生找上我，當然會寫一些有趣的報導。」

白川用充滿期待的眼神看著船木，船木抓了抓鼻子，露出得意的微笑。

「我已經採訪過沖野先生提到的矢口，以及弓岡周邊的兩、三個人，感覺很不錯。雖然還需要再進一步採訪，但我打算先投下一顆震撼彈。」

「只要形勢改變，證人應該也願意出庭作證。」白川說。

「下個月初將召開第二次準備程序庭，有辦法在此之前投下震撼彈嗎？」

「是啊……我會努力在這個月之內先投下第一顆。」船木沉思著回答後，看著沖野，向他保證說：「既然白川律師這麼投入，我當然也要更積極。如果最後做出無罪判決，真的太有意思了，我們會以和《日本周刊》對抗的方式進行。」

船木上次見面時，即使聽完沖野說明情況，仍然維持謹慎的態度，如今果斷堅決，絲毫不懷疑自己的筆該針對的方向。

不知道是否真的能夠改變風向，但原本以為除了飛蛾撲火，就無路可走的戰役，隨著白川的出現，路似乎變寬了。

八月將近尾聲時，才切身感受到白川的威力。

不久之前，白川受日本外國特派員協會的邀請，針對目前檢察廳特搜部獨立偵查方式的見解，以及對冤案事件的態度等問題，回答了這些特派員的提問。

白川提到了目前正在進行的活動，認為蒲田老夫婦凶殺事件中遭到起訴的被告是冤案的可能性相當高，他已經加入律師團，為即將開始進行的開庭審理做準備。

沖野從小田島打來的電話中得知了這件事。

「今天各家媒體已經來詢問和申請採訪，為了以防萬一，你最好不要來這裡。」

小田島興奮地說完，匆匆掛上了電話。

這個週末之前，沖野要搬離住在世田谷的宿舍，搬去位在灣岸地區豐洲的兩房一廳公寓。

原本覺得住的地方只要房租便宜就好，但即使不去思考未來的事，這場官司結束之後該怎麼生活的問題，還是不時掠過腦海。雖然目前還不知道明確的時間，但恐怕還是必須去登錄，開始做律師的工作。必須找一個地方開一家律師事務所，即使像小田島那樣小型的事務所也無妨，總之，要開始腳踏實地接案子謀生。既然這樣，住在離地方法院和看守所比較近的東京東側顯然比較理想。

沙穗說，等沖野開了律師事務所，她也會辭去事務官的工作，和他一起工作。沖野對她說，目前還沒考慮這麼久之後的事，還不知道到時候的情況如何，所以絕對不要辭去事務官的工作。

但是，如果有朝一日真的開了律師事務所，他當然希望能夠和沙穗共事。如果她辭去事務官的工作，沖野應該會邀她合作，而且也會住在一起。既然這樣，也許租稍微寬敞的兩房一廳比較妥當……

沖野沒有和任何人商量，只是基於這些籠統的想法，決定了新居，順利搬了家。

他正在把原本裝在紙箱裡的法律書籍放上書架，手機接到了《平日周刊》船木的電子郵件。

「明天出刊的雜誌上會刊登報導，敬請期待。」

船木說，這次將刊登對開的兩頁內容，篇幅並不長，要先試試水溫，但因為白川在外國特派員協會的記者會引起了廣大反響，所以刊登了大幅的廣告。

「以時間點來說剛剛好，如果可以因此改變風向，就真的太好了。」

「至少這兩、三天的時間，檢方無法高枕無憂了。」

船木似乎對自己的報導很有把握。

隔天，沖野從門廳的信箱裡拿出以贈送八月份的報紙為條件訂的《平日新聞》，一邊啃著麵包，一邊翻開報紙看了起來。

第三版以三分之一版面的篇幅刊登了《平日周刊》的廣告，廣告中列出了各篇報導的標題，在「試問檢方」的特集中，以相當大的字體出現了「蒲田老夫婦凶殺事件中出現

『真凶另有他人』的聲音」的文字。

第四版是在同一天出刊的《日本周刊》的廣告。該雜誌似乎在白川參加記者會之前，就已經掌握了他將加入律師團的消息，廣告中出現了「人權派律師缺乏節操　盯上了蒲田老夫婦凶殺事件」的標題。正如船木之前所說，《日本周刊》內有一名記者認識根津事件的被害人，在此之前，也持續用「完成時效之後，再度犯下凶殘暴行．蒲田老夫婦凶殺事件」、「只招供時效事件的松倉重生令人髮指的真面目和殘暴人生」等攻擊性的論調，徹底抨擊松倉的殘虐行為。《平日周刊》開始質疑蒲田事件的偵查，作為批判檢方偵查的一個環節，兩本雜誌的態度形成了明確的對立。

沖野捨身投下的一顆石頭變成了肉眼可見的漣漪逐漸擴大。

雖然不知道是否能夠查到田名部管理官周圍的違法事實，離訴訟勝利也還很遙遠，但的確開始向前邁進。

確認完周刊的廣告後，他又翻開中間，確認是否有重要事件的審判結果，接著又翻開了社會版，這是他之前當檢察官時每天早上必做的事。社會版並沒有重大的事件，他大致瀏覽了標題和報導的內容。

接著，他又看了下方的次要新聞，看到了「在別墅區發現了子彈彈殼」的標題。山中湖畔的別墅主人去避暑，在打掃庭院時發現了彈殼，向警方報案。目前研判是俄羅斯製的手槍所使用的子彈。

別墅區和手槍的彈殼這樣的奇妙組合稍微刺激了沖野的好奇心。難道是黑道的別墅嗎？但既然已經報警，代表並不是……雖然他隨意想了一下，只不過隱約的好奇心無法推論出合理的推理，意識立刻轉移到下一篇報導，最後收起了報紙。他收拾早餐的碗筷，準備去買《平日周刊》。

「白川律師約我一起去蒲田，還說希望你也同行。」

白川似乎判斷燃起烽火，採取行動的時機到了。以他的身分，應該沒有太多時間四處奔波，尋找松倉的不在場證明。在下次準備程序庭之前，包括今天在內，最多應該只有兩次。不知道他能夠在為數不多的機會中得到什麼收穫，沖野不由得充滿期待。

中午過後，他和小田島在品川見了面，一起前往蒲田。等在車站前不久，白川搭著高級計程車出現了。

「兩位好，兩位好。」他打完招呼後立刻邁開步伐問：「『銀龍』在哪裡？」

「請往這裡走。」

小田島難得很有活力地走在前面帶路。

「總之，最重要的就是讓『銀龍』的老闆出庭作證，無論如何都必須讓他點頭。」

白川越走越快，幾乎快超越小田島了。可以感受到他的衝勁。

沖野和小田島這一個月來曾經多次造訪「銀龍」，但老闆仍然無法給他們滿意的答覆。

「就是這裡。」

白川微微彎腰鑽過「銀龍」的布簾，用大手打開了拉門。

目前已經過了中午最忙碌的時間，店內只有兩、三組客人在吃拉麵。白川不以為意，站在吧檯旁輕輕舉起手，大聲叫著老闆：

「老闆，你好。」

「銀龍」的老闆皺起眉頭，看著沖野他們緩緩走了過來。

「我是白川雄馬，我是律師。」白川自我介紹後，立刻進入了正題，「老闆，他們已經來拜託過你多次，這次松倉先生的官司，無論如何都需要你的協助。因為我們會打贏這場官司，只要有你，我們就可以贏。雖然我和這場官司完全沒有關係，但瞭解其中的狀況後，決定加入律師團助一臂之力。我是義務幫忙，雖然是義務幫忙，但並不會敷衍了事。這場官司非贏不可，不能允許偵查權力這麼蠻橫粗暴。這不是普通事件的審判，當然，照理說，制裁引發凶殘事件的凶手才能維持正義，但這次因為警方和檢方在偵查時亂搞一通，對抗檢警才是審判的正義。或許一般民眾還不瞭解其中的差異，你看了今天出刊的《平日周刊》了嗎？」

白川從皮包裡拿出《平日周刊》後打開那一頁。

「這裡也寫了這起事件中匪夷所思的部分，我到目前為止，曾經經手超過十起冤案的事件，都是明明是清白的人，卻被羅織罪名遭到逮捕的事件，有些財經界人士和政治人物，根本沒有犯什麼可以稱為罪行的罪，卻被檢察機關逮到，然後被報導成罪大惡極的人，我就是為這些人辯護。」

白川列舉了之前曾經為哪些名人擔任辯護律師，滔滔不絕地說著最後法院的判決和那些危言聳聽的報導大不相同，根本是不足掛齒的微罪。

「從事律師工作多年，我深刻體會到檢察機關的卑劣，照理說，他們應該是站在正義的一方，但是，他們有時候會打著正義的幌子，把鎖定的對象打得從此站不起來。他們一旦失去控制，不管對方有沒有犯罪都無關緊要，因為行使權力才是他們的目的。如此一來，公權力就變成一種惡，這是極大的惡，平時我們所接觸到的犯罪根本是小巫見大巫，而且從外面很難看清楚，除非有人指出來，或是想要對抗，否則就會當作什麼事都沒發生過。我們打算對抗這種惡，而且是拚了命。所以我說老闆，我覺得你是一條漢子，所以才來拜託你。可不可以請你助我一臂之力？我白川律師認為你是掌握這起官司關鍵的證人，所以發自內心地拜託你。」

白川說完，彎下高大的身體向老闆鞠躬。

「不，那個……」

沖野他們之前多次造訪，老闆都始終板著臉，如今似乎被白川的如簧巧舌打動了，臉上露出了不知所措的表情。

「這樣我很傷腦筋，真的……我的記憶也不是很明確，而且和他也沒有很熟。」

「但是老闆，收銀台的紀錄上不是留下了看起來像是他結帳的內容嗎？看到結帳的內容，除了他以外，你還會想到其他客人嗎？沒有吧？你不能欺騙自己。」

「但是，要上法庭……」

「老闆，」白川把身體探向吧檯，壓低了嗓門，「你剛才說，你和他並不熟，但是，即使不熟，只要自己稍微發揮一點勇氣，就可以拯救一個人，卻因為你什麼都沒有做而被求處重刑，你覺得怎麼樣？……請你想像一下，我無法忍受。我也和松倉先生沒有任何關係，但我從朋友口中得知這起事件，就無法再無視了。因為光是想像一下如果我什麼都不做，會發生怎樣的結果，就感到很可怕。

「老闆，上法庭沒什麼好怕的，我已經上了數千次法庭，一點都不害怕。只要在法庭上實話實說就好，我也會告訴你，到時候會問你什麼問題，完全不必擔心，只需要一點點勇氣就好。如果你現在不發揮勇氣，你以後就會一直耿耿於懷，難道不是嗎？」

老闆一臉順從的表情不說話，隨即嘆了一口氣，似乎終於被說服了，「好吧，我考慮一下……但我不會勉強自己說對你們有利的話。」

「沒問題，我感謝你的勇氣。」白川把手放在胸前，恭敬地行了一禮，「你瞭解什麼是真正的正義。」

他向老闆伸出手，握著老闆的手說：「詳情日後再談。」

「各位，打擾了。」

白川向店裡的客人揮手打招呼後走了出去。沖野他們也向老闆道了謝，追了上去。

白川平靜的雙眼中露出勝利的光芒看著沖野他們。

「簡直嘆為觀止。」小田島語帶興奮地說，「竟然能夠在轉眼之間說服那麼頑固的老闆，我到現在仍然不敢相信。」

小田島的反應讓白川忍不住揚起嘴角。

「哈哈哈，不管是踩著別人的屍體往上爬的政客，還是打算把錢帶進棺材的企業家，我都讓這些腦袋裡塞滿思想和欲望的傢伙點頭，要說服那種小餐館的老闆根本小事一樁。」

雖然他自大的語氣讓沖野愣了一下，但他在短時間內完成的成果無可挑剔。他口才的震撼力和說服力的確令人自嘆不如，他高大的身體散發出一種讓初次見面的人也覺得可以依靠他的感覺，難怪他可以成為一名成功的律師。

之後，他又去了兩、三家店，之前沖野和小田島曾經為了監視器影像的事拜訪這幾家店，卻始終沒有獲得首肯。奇怪的是，白川開口說：「你好、你好」的瞬間，就立刻掌握了現場氣氛的主導權，當他開口要求協助時，即使原本不太願意的老闆似乎也被他的氣勢震懾了，同意讓他們確認監視器影像。

在此之前，和小田島兩人走訪拜託時，即使能夠獲得對方的同意，大部分都沒有留下當時的影像資料，沒有太大的收穫，沒想到去離「銀龍」不遠的酒鋪確認後，發現設置在門口附近的監視器同時照到馬路的情況，而且有一年左右的影像紀錄，也拍到了案發當天馬路上的行人來往情況。

仔細確認傍晚五點多的行人來往清況。那是用定格攝影的方式錄影的影像。

「是不是這個……？」

沖野看到一個騎著腳踏車經過的男人身影。

他們把螢幕影像重播確認了好幾次，只有短短三個定格的影像，而且拍得也不是很清楚，但沖野曾經多次見過松倉，而且在辦公室面對他好幾個小時，影像中的男人肩膀和頭部的輪廓很像松倉。

「真的嗎？」戴著老花眼鏡的白川從旁邊把頭探過來問。

影像紀錄的時間是五點十一分，對照松倉離開「銀龍」的時間也完全符合。他經過這裡後，慢慢騎向六鄉，五點半左右，鄰居尾野治子在被害人住家附近看到他。

「輪廓很像，而且時間上也符合。」沖野用興奮的聲音回答。

影像中騎著腳踏車的男人穿著明亮色的夾克，就是松倉在接受偵訊時經常穿的那件奶油色防風夾克，在現場附近的便利商店攝影機拍到的黑色人影果然不是松倉。

「很好很好，」白川用振奮的聲音推論，「向他們借用這些影像，我再請人把影像處理得比較清晰。」

「啊呀呀，」小田島發出興奮的叫聲，「也許真的有也許的狀況會發生啊。」

如果在審判期間，「銀龍」老闆的證詞和這個影像能夠作為證據採用，認為的確是松倉，就可以推翻檢方提出的松倉四點半犯案推論。

「嗯，現在高興還為時太早，但至少已經把戰場推回擂台中央了。」白川拿下眼鏡，眨著眼睛說道。

如果檢方強勢堅持四點半犯案推論，這次的收穫有可能成為引起風波的武器。

但是，如果檢方臨危不亂，發揮韌性，提出新的見解，比方說，也不排除松倉是在被鄰居看到在被害人家門前打轉的五點半之後犯案的可能性，就難以預料誰勝誰負。檢方掌握了凶器這個最大的證據，只要有了這個證據，說得極端一點，犯案時間只要交給法院認定就好。

所以，在推翻最大的證據之前，正如白川所說，現在高興還為時太早了。

雖然的確向前邁進了一步……

只不過目前還不知道結果。

15

「在那家便利商店前停一下，我要買晚報。」

去了幾個搜查總部之後，坐在後車座的最上說，事務官長濱放慢了車速，漸漸靠向人行道。

「我去買。」長濱說。

最上把零錢交給他。這已經成為這一陣子的習慣，長濱沒有多問什麼，就買回《平日新聞》和《新都新聞》的兩份晚報交給了最上。

最上打開社會版，仔細瀏覽每一則標題，沒有看到擔心的內容，他暗自鬆了一口氣。

八月底的時候，他看到了在山中湖畔的別墅區發現了子彈彈殼的報導。別墅的主人去那裡避暑時發現彈殼。

當時……在伸手不見五指的黑暗中，很難找到所有的彈殼。那時候太大意了，以為即使留下一顆，也不會有人發現，更因為看到那棟房子的外觀很荒涼，判斷是空屋的可能性相當高。

原來屋主回到別墅，開始清理後院的雜草，就會找到彈殼……最上看了報導之後，發現了這件理所當然的事，頓時感到背脊發涼。

屋主發現彈殼後立刻報警，顯然很小心謹慎，也很有警覺性。

會不會在別墅周圍尋找是否有其他可疑的東西？

或是接獲報案的警察認為有可能牽涉到犯罪，所以在附近尋找？

後院四濺的血跡應該早就被雨水沖走了，除非警方斷定那裡曾經發生刑案，鑑識人員分析那裡的泥土，否則應該不會有問題。

問題在於樹林中埋弓岡屍體的地方。

那並不是人不會走進去的地方。

雖然當時用落葉蓋在上面，但還是無法掩飾泥土被挖起的痕跡。

只不過至今已經過了四個月，也許已經和周圍的地面融為一體，甚至長了不少夏季的雜草。

沒問題……

真的沒問題嗎？

最上放不下心，每天早晚都會翻開報紙，確認這件事是否已經曝光。

一旦進入冬天，那一帶應該會積雪，被人發現地下埋了屍體的危險也就消除了。在這段期間，審判將持續進行，松倉將被判處嚴刑……他只能如此祈禱。

「末入檢察官參加完松倉的強盜殺人案第二次準備程序庭，想要來報告。」

長濱坐在事務官座位上接起電話後徵求最上的意見。

「請她過來吧。」

最上回答完的幾分鐘後，末入麻里和酒井達郎副檢察官一起走了進來。

「辛苦了。」
最上請他們在沙發上坐下，自己也在他們對面坐了下來。
「情況怎麼樣？」
最上從各種報導中得知，別名為「白馬騎士」的頭號人權派律師白川雄馬加入了辯護陣營，之後，一部分周刊雜誌提出了懷疑松倉可能遭到冤枉的見解，影響法庭審理結果的風向也立刻發生了變化。
既然被稱為「無罪職人」的白川加入了律師團，辯方的策略或許會發生變化……因為最上內心隱約產生了這樣的警戒心，所以在聽取準備程序庭的報告時，也想瞭解這方面的情況。
「這一次辯方提出了和主張相關的證據，因為主張松倉在犯案時間帶前往『銀龍』，所以申請了老闆出庭作證。」
白川說服了他……麻里一臉愁容地報告著，最上用鼻子呼氣後，抱著雙臂。
「警方在調查松倉的不在場證明時，曾經多次向『銀龍』的老闆瞭解情況，我記得他自始至終都回答不記得松倉曾經去過。」
「辯護律師說，收銀台在當天五點多時記錄了松倉經常點的菜色結帳紀錄，老闆認為很可能是松倉的結帳紀錄，所以要在法庭上作證。」
原來並不是想起什麼明確的事才出庭作證……雖然不能大意，但最上稍微鬆了一口氣。
「但是，之前松倉的住家找到好幾張『銀龍』的收據，卻沒有那一天的收據。」麻里不服輸地說，「我打算明確指出這一點，駁回對方的主張。」

「嗯……這樣很好。」最上說。

「但是，對方好像正在張羅可以證明五點前後不在場證明的證據，打算在下一次提出……」麻里突然皺起眉頭說。

「除了『銀龍』以外，還有其他的嗎？」

「聽對方律師的語氣，」酒井回答，「好像是某個監視器的影像。」

「拍到了松倉嗎？」

「八成是。」

雖然不知道是哪裡的監視器，但既然能夠被他們找到，顯然在白川加入之後，辯方的機動力大為提升。

「雖然不知道是什麼影像，但我們也會視對方如何出招，決定申請提出便利商店和其他監視器影像的時機。」麻里用嚴肅的語氣說，「雖然是警方辛苦蒐集到的證據，但老實說，那些影像很難斷定就是松倉，所以我認為這次也很難作為證據提出……」

「嗯，是啊。」最上表示同意麻里的見解，「犯案時間是根據附近鄰居的家庭主婦聽到的慘叫聲，以及店員說他去便利商店丟棄拖鞋的證詞推算出來的，但慘叫聲就只是慘叫聲而已，拖鞋也沒有出現實物，證據力的確有點薄弱。」

正因為這樣，當無法忽略松倉的不在場證明時，也可以降低作為證據的重要性。

「對我們來說，因為必須明確犯案時間，所以最後還是要提出該提出的證據，但如果太強硬地堅持，反而可能會落入對方的圈套。司法相驗的結果推測的死亡時間是在下午四點到六點之間，但如果被害人那天剛好晚一點吃午餐，死亡時間就可以延到七點，所以我方與其明確認定犯案時間，還不如目前推測的只是假設犯案時間，最後交由法院認定，也許維持這樣的態度比較有利。因為目前已經找到凶器，松倉的犯罪事實不可動搖，犯案時間只是根據狀況證據推斷出來的。」

「這麼一來，即使辯方的證據真的很有說服力，也不至於造成太大的影響。」麻里心領神會地說，「我瞭解了，我會隨機應變。」

「你們有沒有去法官室？」

「四月、五月期間每天都去打招呼，目前每週也會去兩、三次。」

「那就事先不經意地表達我方的立場，讓部長也瞭解我方的這些想法。」

「是啊……當陪審員陷入猶豫時，必須由審判長妥善引導合議。」

雖然檢方在這場官司中的陣勢有點弱，但她盡最大的努力為檢方能夠贏得勝利而奮戰……這種態度也讓最上覺得很有信心。

「話說回來，原本以為雖然是不認罪事件，但審判應該會很順利，沒想到白川雄馬出現之後，形勢變得難以預料。」酒井嘀咕道，似乎覺得很傷腦筋。

「他這一陣子經常出現在多家媒體抨擊檢察機構的報導中，攻勢有點強烈。」麻里說。

「我覺得那根本不是什麼人權派。」酒井歪著臉頰說，「只是因為市場有一定的需求，所以他自認是反權力，但其實他根本就是個牛意人。」

「聽說他在溜池的事務所豪華程度絲毫不比大型律師事務所遜色。」麻里說著聽來的八卦消息。

「但聽說付給手下律師的薪水很低。」

麻里聽了酒井的話，輕輕笑了笑之後，再度皺起了眉頭。

「話說回來，為什麼那個大律師會看上這起事件？他和小田島律師原本好像完全沒有任何交集，松倉看起來也不像認識什麼政治人物或是黑道大哥。」

「我認為應該是從媒體口中得知的。」酒井輪流看著麻里和最上說，「白川雄馬在外國特派員協會提到這場官司的時間點，不是和《平日周刊》的報導在同一個時期嗎？所以我猜想應該和《平日周刊》的記者有關係。」

「但《平日周刊》又怎麼會注意到這起官司？」麻里露出難以釋懷的表情，「在逮捕松倉的時候，那份周刊的報導內容和其他雜誌一樣，基本上都是警方發表的內容。」

如果有誰在這個節骨眼暗中發揮了作用，導致《平日周刊》寫出那樣的報導，並吸引白川雄馬加入，最上不難猜到這個人是誰。

繼續放任下去，也許會讓檢方的處境不利。如果想要阻止，應該並不是一件困難的事，但奇怪的是，最上無意排除他。

他既然決定這麼做，應該也有相當的信念和心理準備。諷刺的是，最上認為他的行為很正確。既然這樣，就不能做什麼小動作，而是要正面迎戰。

在《平日周刊》報導之後，其他媒體也不時刊登了蒲田事件的審判出現變數的報導。大部分報導並沒有具體的根據，只是認為既然白川雄馬親自出馬，其中必有蹊蹺，但是，當輿論的氣氛漸漸對審判出現疑問時，就有可能對陪審員做出極刑的決定產生影響。從這個角度來說，目前的形勢漸漸朝向事與願違的方向發展。

但是，以水野比佐夫執筆的《日本周刊》為中心的媒體，也頻繁刊登了抨擊白川雄馬居心叵測的報導，對平衡輿論發揮了作用。最上在感謝水野的銳利筆鋒的同時，也期待著即將展開的審判。

他每天都忙於處理總部股的工作，前往各個警察分局的搜查總部，時序就這樣進入了九月下旬，即將召開第三次準備程序庭。但由於不認罪事件召開四、五次準備程序庭的情況也很常見，即使這次的事件並沒有太多爭點，也無法期待在下一次準備程序庭中，就能夠搞定所有事。這麼一來，至少在十月底之前的時間都會耗費在準備程序庭上，恐怕要等到明年才正式開庭審理。無論如何，最上只能嚴肅等待準備程序庭結束。

這天早晨，最上起床時，發現女兒奈奈子已經坐在餐桌旁一邊吃麵包，一邊看報紙。

「真早啊。」

最上向她打招呼，她用帶著睡意的聲音說：「因為學校開學了。」

「妳有睡飽嗎？」

「睡飽了，睡飽了，睡得太飽，反而更想睡了。」她說完這句話，繼續低頭看著報紙，小聲地補充說：「而且我也辭掉了打工的工作。」

「是喔。」

最上和正在準備早餐的朱美交換眼神後，心情愉快地看著女兒。

「而且我在暑假也賺夠了錢。」她好像在辯解似地說。

「是喔。」最上在她對面坐了下來，鼻子發出了噗哧的聲音，「該怎麼說……妳還真精明啊。」

奈奈子抬起頭說：「這種說法好奇怪。」嘴角露出了調皮的笑。

「妳很機靈，也很聰明……和我不一樣。」

最上有點佩服地說。

「而且，不管別人說什麼，我都很幸運，不是嗎？在你眼中，我簡直天下無敵。」

「沒錯。」

最上很乾脆地承認，奈奈子有點尷尬地微微聳了聳肩，把麵包塞進嘴裡後站了起來。

奈奈子去洗澡後，最上拿起了她剛才看的報紙，心情十分愉快。他想起朱美這一陣子也沒有整天坐在電視前看韓劇了，不久之前，最上晚回家吃晚餐時，先吃完晚餐的朱美總是在看電視，最近經常和朱美一起吃飯。

也許奈奈子很快也會加入。崩潰的家庭正慢慢修復。

下個週末，一家人可以一起出門吃飯……

最上想著這些事，翻開了報紙，正準備把朱美烤好的麵包塞進嘴裡……

他的手停了下來。

「山中湖的別墅區發現了男性屍體 遭到槍殺？」

這個標題映入了最上的眼簾。

16

「我會在東銀座換車，那就約在那裡見面。」

開庭審理前第三次準備程序庭的那天傍晚，沖野和離開地方法院的小田島約在東銀座的咖啡店見了面。

「啊呀啊呀，《日本周刊》的記者最近常來事務所串門子……」

小田島把大皮包放在旁邊的椅子上，稍微壓低了聲音，說明了約在外面見面的理由。

「就是認識根津事件被害人的那個記者，一個姓水野的，年紀大約五十歲左右，眼神很凶，一看就知道是一直採訪事件的記者，上次還針對白川律師加入這起事件，寫了一堆有的沒的，白川律師很生氣，決定告他妨害名譽，他也完全不為所動。他很想知道白川律師加入這起事件的契機，我當然不可能告訴他，但這個人糾纏不清。」

小田島用吸管吸了幾口送上來的冰咖啡後繼續說下去。

「如果你剛好來事務所，被那個水野撞見，那就真的慘了，那個傢伙會用手上那支筆，毫不猶豫地毀了你的未來，所以你這一陣子不能來我們事務所。」

「這樣啊……不好意思，讓你費心了。」

身為律師，小田島雖然有點小心謹慎，感覺有點靠不住，不，應該說是缺乏魄力，但因為他吃了不少苦，所以特別關心別人的生活和未來。沖野由衷地感謝他的關心。

「今天的情況怎麼樣？」

沖野向他瞭解準備程序庭的情況。

「那個女檢察官還真臨危不亂，或者說太酷了。」小田島忍不住從暗戀的末入麻里說起，「即使我提出了酒鋪的監視器影像，她也完全面不改色，真是太讓人佩服了。」

「當我方提出『銀龍』的老闆要出庭作證時，他們可能已經有某些預感了。」沖野說。

「他們可能覺得既然白川律師出馬，事情可能沒這麼簡單……你之前提到的，有一個穿深色衣服，把拖鞋丟去便利商店垃圾桶的影像，他們也遲遲沒有拿出來。」

白川今天臨時一起參加了準備程序庭，結束之後，他說要去律師會館處理其他事，所以就和小田島分開。雖然白川工作很忙，甚至沒有時間坐下來詳細討論今後的方針，但在他加入辯護陣營之後，檢方的態度的確變得更加慎重。白川果然很有影響力。

不過，聽小田島談起麻里的情況，檢方顯然並沒有因此轉為守勢。

「只是大瀧部長好像沒有太大的反應，這一點讓我有點在意，」小田島愁容滿面地說，「原本以為他會很感興趣，結果他只是『喔』了一聲。」

沖野可以感受到檢方事先已經下了不少工夫，他以前在公訴部時，起初幾乎就像是廠商一樣，每天都去法官室拜訪法官。法官雖然保持中立的立場，但檢察官往往靠這種踏實的拜訪，贏得建立在熟絡基礎上的信任感。

這起事件中已經找到了凶器，從包凶器的報紙上也採集到松倉的指紋，而且檢方還鑑定了報紙上所寫的字的筆跡，試圖多重證明是松倉所為。

正因為存在這些證據，即使證明了松倉在檢方拼湊的犯案情節中有不在場證明，也許也無法產生太大的動搖。

「白川律師說什麼？」沖野問。

「白川律師還是一句老話，目前都按照我們的進度在進行，一切都很順利。他真的很樂觀，聽他這麼一說，我也覺得好像真的是這樣。」

小田島語帶佩服地說完後，又補充說：「但是……」

「但是？」

他迅速抓了抓耳朵周圍後說：「不，白川律師說，這次官司的優先課題，就是讓陪審員認為有可能是冤案，只要能夠做到這一點，就可以避免死刑判決，也就是說，只要能夠避免被判處死刑，就可以認為是我方的勝利……」

他眨了眨眼睛，清著嗓子，似乎覺得情非得已，所以很難以啟齒。

「雖然他這麼說，我的心情也會比較輕鬆……不，說心情輕鬆有點奇怪，但只要好好努力，完全有可能做到，所以也激發了我的動力……只不過又覺得和你的要求有點距離……」

小田島說話時，瞥向沖野的臉。

沖野沒有回答，輕輕咬著嘴唇。

這的確和沖野要求的結果不一樣。如果無法證明這次的事件是冤案，贏得無罪判決，就稱不上是勝利。

白川雖然對外說得信心十足，但這才是他真實的想法……

既然檢方提出了凶器這個不可動搖的物證，這或許也是無可奈何的事。

沖野不知道該如何推翻這個物證。

和小田島道別後，沖野仍然心情煩悶，暫時不想回家，傳了電子郵件給沙穗，打算約她一起吃晚餐。

他在街上閒逛，等待沙穗的回覆時，手機響了。他以為是沙穗打來的，但液晶螢幕上顯示是《平日周刊》的船木。

「沖野先生，發現了令人震驚的事實。」

沖野接起電話，聽到船木難得發出這麼緊張的聲音。

「你之前有沒有看到富士那一帶的別墅區發現被掩埋的屍體這則新聞？」

「別墅……喔，你是說山中湖那裡。」

沖野想起四、五天前的報紙和電視報導的這起新聞事件。別墅的主人在庭院散步時，看到像是從衣服上扯下來的破布。因為之前曾經在庭院發現彈殼，所以屋主去附近仔細察看，發現有幾隻烏鴉聚集在不遠處的樹林中。他以為有什麼動物的屍體，走過去察看後，發現有一個像是野豬挖出來的洞穴，裡面露出衣服和像是人體一部分的東西。

警方調查之後，發現是男性腐爛的屍體，一部分已經變成了白骨，同時還在洞穴中找到了手槍。

沖野之前看過在那棟別墅發現手槍彈殼的報導，再加上和犯罪有關，所以對這個新聞印象特別深刻。

「沒錯，就是山中湖。」船木語帶振奮地說，「警方確認了那具屍體的身分，今天對外公布了，實在太震驚了。」

「啊？」

船木有點故弄玄虛，沖野也在不知不覺中緊張起來。

「是弓岡嗣郎……就是你認為是蒲田事件中的真凶。」

雖然沖野已經做好了心理準備，但仍然感到驚愕不已。

「他的隨身物品也埋在一起，死因似乎是槍殺，身上至少挨了兩顆子彈。」

失蹤的關鍵人物變成了屍體被人發現……這對沖野內心造成了極大的衝擊。

「你有什麼看法？」

「我只能說，真是太遺憾了。」

沖野靜下心思考後，發現船木問的也許不是這件事，但沖野一片茫然，直接說出了內心湧現的感情。

掛上電話之後，他仍然渾身無力，茫然地走在銀座街頭。

沖野隱約認為搜查總部的田名部，或是有人和田名部沆瀣一氣，為了起訴松倉，不惜和弓岡接觸，拿到了他在蒲田的事件中所使用的凶器。如果有這樣的交易，弓岡可以躲過警方的追緝，但必須躲去某個地方生活，而且斷絕所有的人際關係。

如果是這樣，可能會因為某個契機發現弓岡的下落，情況就會急轉直下，解決蒲田事件……他一直這麼認為。

但是，這條線應聲斷了。

死人無法開口……不需要想起這句話也知道，既然人已經死了，當然就無法繼續追查。

之前也曾經有過類似的情況……沖野想起了東京地檢特搜部追查的非法獻金問題。那也是因為丹野議員自殺，特搜部只能放棄繼續追查。事件的真相往往隨著關鍵人物的死亡而埋葬在黑暗中。

晚上和沙穗在居酒屋的小包廂內見面後，沖野仍然因為從船木口中聽說的那件事而感到無力。

「你怎麼了？」

敏感的沙穗在乾杯之後，立刻發現了沖野悶悶不樂的樣子問道。

「聽說發現了弓岡的屍體。」

沖野向她說明了情況，說話時透露出內心的苦悶。沙穗似乎完全沒有預料到會有這種情況發生，有好一會兒說不出話，只是默默注視著沖野。

「到底是怎麼回事？」

她充分感受凝重的氣氛後小聲嘀咕道。

「沒怎麼回事，就是關鍵人物已經離開人世了。」沖野咬牙切齒地回答。

「到底是誰殺了他……？」

「我怎麼知道？反正他應該和黑道也有來往，結果惹惱了那些黑道分子，就被幹掉了。」

「會有這種事嗎？」

沙穗直截了當的問題，讓沖野皺起了眉頭。

「搜查總部剛好要追查他，不是嗎？他會這麼剛好因為捲入其他糾紛遭到滅口嗎？」

「不然呢？」沖野皺著臉問道。

「我覺得就像你說的，會不會有人動了手腳……？」

沙穗一臉嚴肅地說，沖野瞥了她一眼，忍不住噗哧笑了起來。以前以檢察官和事務官的身分共事時，沖野就發現她很聰明，兩人開始交往，她的言行比之前更加無所顧忌之後，沖野仍然這麼認為，然而，此刻對她說的這句話……

沖野吃了幾口送上來的生魚片後問：「妳的意思是……搜查總部的某個人殺了弓岡嗎？」

她沒有回答，但一臉嚴肅的表情似乎就是她的回答。

「不可能。」沖野搖了搖頭，「如果只是交易，退一百步來說，或許還有可能，但殺人又是另外一個問題。沒有理由做到這種程度，即使是田名部管理官也一樣。因為以前曾經加入那起已經完成時效事件的偵查工作，因為這樣的關係，無論如何都想要為松倉定罪……這種心情我能夠理解，但不可能因為這樣就不惜去張羅一把槍，把真凶弓岡滅口，這簡直是天方夜譚。」

「會不會是委託黑道的人下手？」

「也一樣，風險太高了。如果委託黑道做這種事，會被敲詐勒索一輩子。」

「但是，如果不是這樣，你提出的說法就不成立了……」

「為什麼？」

「想要嫁禍給松倉正因為和弓岡接觸之後，才會拿到凶器，然後放在多摩川的河岸。如果弓岡的死和蒲田事件毫無關係，就意味著凶器也和弓岡無關，不是嗎？」

的確是這樣……自己認為掌握關鍵的人不僅死了，沖野還必須面對自己的推論出現了矛盾這個問題。

的確很難想像搜查總部有人和弓岡做了交易之後，弓岡剛好因為其他糾紛遭到滅口。只有兩種情況，弓岡和蒲田事件毫無關係，因為其他糾紛被人殺害；或是弓岡的死和在河岸發現的凶器有密切的關係。

為什麼弓岡在警方打算偵查他時，就立刻失蹤了？

為什麼他告訴姊姊要去大阪，卻停留在箱根和山中湖一帶？

為什麼在河岸發現的凶器會用有松倉指紋的賽馬報包起來？

從各方面思考，都認為弓岡的死和在河岸找到凶器一事有密切的關係，也就是說，這是同一個人，或者是同一團體所為。

而且，從時間點研判，應該是精通偵查情報的人物或者團體。

但是，偵查相關人員會為了構陷松倉而做這種齷齪的勾當嗎？沖野還是無法相信這一點。他們都是公務員，無論再怎麼放不下，基本上都只會接受任務，做上司安排的工作。

「蒲田的事件應該和弓岡的死有關係。」沖野說，「但是，我不認為有這樣的警察……」

在沖野陷入沉思時，默默吃著烤魚的沙穗放下了筷子，用小毛巾擦了擦嘴之後看著沖野。

「或許認為松倉和弓岡兩個人都必須受到制裁呢？」

「啊……？」

「如果讓因為完成時效而無法受到制裁的松倉成為這起事件的凶手，弓岡就可以逍遙法外。和弓岡接觸的人從他手上拿到凶器那一刻，就可以斷定他是蒲田事件的凶手。即使想要構陷松倉，和弓岡接觸的人可能也不願意讓真凶逍遙法外，所以就親手制裁了無法用法律制裁的那個人……如果那個人讓弓岡受到和原本判處的刑度相當的懲罰，就會對自己的行為感到某種程度的正當性。」

沖野對沙穗提出的可能性感到震驚不已。雖然這並不是正當的制裁，卻讓凶手受到了和罪行相當的懲罰……有人基於這種行動原理處置了松倉和弓岡嗎？

沖野原本認定偵查相關人員不可能做這種事的想法輕易被推翻了。如果有人基於這樣的行動原理對弓岡扣下了扳機，更像是偵查人員所為。

沖野激動地用力吐了一口氣，感到坐立難安，立刻拿出了手機。

搜查一課的森崎副警部。

辭職之後，當然完全沒有和他聯絡。

沖野雖然猶豫了一下，但還是撥打了電話給他。

「喂？」

「森崎先生，好久不見，我是沖野。」

「沖野先生……」

森崎的語氣中透露出一絲疑惑，但沖野沒有理會，繼續說了下去。

「森崎先生，請問現在講電話方便嗎？」

「方便是方便……」

「我聽說山中湖畔的別墅區發現的屍體是弓岡，所以打了這通電話給你，你也聽說了吧？」

「沖野先生，你不是已經辭去檢察官……」

「是啊，但得知這個消息，無法覺得已經和自己無關了。我只能向你瞭解詳細的情況，所以打了這通電話。」

森崎沉默片刻，沖野很有耐心地等待著。

「即使是你，既然你已經辭去了檢察官的工作，我就不能輕易把偵查情況透露給你……但我能夠瞭解你的心情。」

「是……」

「那我就透露比報導稍微具體一點的情況。」他這樣打了招呼後，繼續說了下去，「事實上，在得知山中湖的屍體是弓岡之後，我在三天前，就和另外一個同事被派到富士吉田的搜查總部。」

「原來是這樣啊。」

「如報導所說，屍體被埋在離那棟別墅有一小段距離的樹林中，挨了兩顆馬卡洛夫手槍的子彈，應該就是致命傷。屍體的腐爛情況嚴重，有一部分已經變成了白骨，弓岡應該在失蹤後不久就遭到殺害。馬卡洛夫在黑市是很普遍的手槍，而且使用也很方便，其中一顆彈殼是在別墅的露台發現的，應該是在那裡遭到槍擊。」

「和別墅的主人無關嗎？」

「他發現彈殼就報了警，應該和他無關吧？聽說他是譯者，平時住在東京，每年都會在夏季來別墅小住幾個星期，今年因為工作的關係，所以一直等到中元節之後才來。」

「別墅是否有人闖入的痕跡？」

「房子內部似乎沒有被闖入的跡象，因為將近一年沒有人住，所以外面長滿了雜草，裡面有很多灰塵，屋主說，每年來別墅的第一件事就是大掃除，今年在中元節過後來這裡時，沒有發現任何異狀。」

所以說，殺了弓岡的人應該在那一帶的別墅區尋找後，選擇這棟看起來久未住人的別墅作為行凶地點。

凶手用什麼方法把弓岡引誘到那裡？

既然手上有槍，當然不排除用脅迫的方式，但使用其他方式的可能性更高。

那個人從弓岡手上拿到了凶器的菜刀。

也許向弓岡提出交易……說要讓他住在別墅避風頭。

沖野拼湊出殺害弓岡的人的行為，更強烈地認為那個人應該是偵查人員之一。

「森崎先生……你還記得弓岡失蹤當時，搜查總部內的情況嗎？」

「你是指什麼情況？」

「那我就直話直說了，田名部先生的舉止是否有可疑的地方，或是因為其他事件遭到扣押、保管在蒲田分局的手槍不見了，有沒有發生過類似的情況？」

「沖野先生……你認為田名部和弓岡的死有密切關係嗎？」

沖野沒有回答這個問題。

「田名部在這起事件的偵查過程中，的確難得這麼積極，但為了定松倉的罪而殺了弓岡這種事，也未免太荒謬了。」

「弓岡是蒲田事件的真凶，有某種力量掩蓋了這個事實，努力想要把松倉塑造成凶手。」

「姑且不論是否有力量在發揮作用，我們也認為必須謹慎瞭解弓岡的死和蒲田的事件是否有關這個問題，所以田名部才會派我來這裡。」

「我知道聽到偵查人員為了讓松倉成為凶手，不惜滅弓岡的口這種事，任何人都難以接受。我之前也這麼想，但是，如果換一個角度來看，情況就不一樣了。松倉因為根津事件已經完成時效，必須讓他受到刑罰，但如此一來，就會讓真凶弓岡逃過一劫，這意味著自己著手偵辦的事件中，又出現另一個逃過罪責的罪犯……為了解決這種不合理，就由自己親手執行無法藉由司法完成的責任，結果就導致了目前的結果。」

森崎靜靜聽完之後，低吟了一聲，嘆著氣說：「簡直難以置信，但又覺得好像無法一笑置之，老實說，我不知道該如何看待。」

森崎有點困惑地說完後，又繼續說道：

「但是，在搜查總部開始注意弓岡後，遲遲找不到他的下落，連週六和週日也都四處調查，據我記憶所及，田名部整天都在搜查總部。要前往富士和弓岡見面，再開槍殺了他，把他埋在山裡，不是半天就能夠完成的，搜查總部內沒有人曾經這麼長時間離開，所以不可能。當然，也沒有聽說蒲田分局或其他分局扣押的馬卡洛夫手槍消失。」

「是喔……」

「我只能祈禱真相並不是你所擔心的那樣。」

結束和森崎的通話後，沖野把手機放回桌上，和沙穗眼神交會時，她微微偏著頭。

眼前的狀況，的確有偵查相關人員的影子。

只不過這個影子的本尊並不在搜查總部內嗎？

怎麼可能……？

沖野實在想不出能夠讓自己滿意的答案，只能帶著不悅的心情喝下已經不冰的啤酒。

報紙等媒體也都報導了已經查明在山中湖別墅區發現的屍體真實身分，沖野確認了所有媒體的報導，但不知道是否警方公布的消息有限，各家媒體都只報導了最低限度的事實，任何一份報紙上都沒有提到弓岡在蒲田事件中，曾經被列為關係人。

隔週出刊的《平日周刊》中獨家報導了在山中湖發現的屍體身分是弓岡嗣郎，他是蒲田事件被害人都筑和直透過賽馬認識的朋友，在偵查蒲田事件的偵查過程中，弓岡一度浮上檯面，船木在報導中深入報導了搜查總部調查了弓岡和蒲田事件的關聯性。

但是，在《平日周刊》出刊當天，山梨縣縣警的搜查總部發表聲明，目前並沒有發現任何足以懷疑弓岡和蒲田事件有關的事實。

之後，沒有任何媒體報導新的事證，那篇報導也就沒有新的後續消息。

十月上旬後的某一天，沖野和小田島一起趕往位在日比谷的飯店，準備和白川雄馬開會討論。工作繁忙的白川這天要在這家飯店舉辦出版紀念演講，在演講之前抽出一點時間和他們討論。

「有沒有弓岡的影像？」

白川一走進咖啡廳，立刻大步走向沖野他們那張桌子，匆匆打招呼後，就開門見山地問道。

「不，很遺憾。」小田島一臉歉意地回答，「我總覺得檢方採取了封殺行動……」

這幾天，沖野和小田島再度前往蒲田，努力試圖從凶手丟棄拖鞋的那家位在命案現場附近的便利商店周圍的監視器中，找到弓岡的身影。他們透過《平日周刊》的船木拿到了弓岡的相片，只要有當天的監視器影像，從中找到弓岡的身影並非不可能的事。

但是，沖野他們去問的每一家店都回答說，當時的影像資料已經刪除，沒有任何紀錄。

其中有一家店的老闆不小心說溜了嘴。他說曾經向警方提供了記錄監視器影像的硬碟，但警方後來又歸還給他們。過了一陣子，再度接到警方的聯絡，特地通知他們，可以刪除那些影像了。

雖然表面上通知店家可以刪除影像，但監視器設置的目的，是為了預防在店家發生的犯罪，如果拍到一般民眾經過店門口的情況，就有侵犯隱私的問題，既然沒有發現有任何犯罪行為，就應該立刻刪除紀錄，也就是警方指導店家刪除影像紀錄。

這似乎是不到兩個星期內所發生的事，說穿了，就是在發現弓岡的屍體後，檢方所採取的封殺行動，以免辯方掌握新的爭點。

「他們還真狡猾。」白川不悅地說。

自從辯方得到白川的助力展開反擊之後，檢方的攻勢越來越強烈。

「從他們處理的手法來看，甚至可以認為他們其實知道弓岡是真凶，但硬是要嫁禍給松倉。」

小田島這麼說，但沖野不認為最上隱約覺得弓岡才是真凶，因為凶器等證據的關係，所以想要嚴厲制裁松倉。最上從一開始就形成了松倉是凶手的心證，而且始終沒有動搖。如果是最上下令警方指導店家刪除監視器的影像，只是因為他想要排除會影響審判進行的干擾因素。

最上這個人在這方面有著不允許絲毫妥協的嚴格，從某種意義上來說，沖野也是在這個過程中遭到了排除。

「在影像的問題上，只能要求開示對方手上所掌握的影像，如果剛好拍到弓岡，那就是我們賺到了。」白川聳了聳肩說道，「眼前最重要的就是將這起事件有可能是冤案這件事訴諸媒體，只要在開庭審理之前形成一定的輿論，陪審員也就不敢隨便做出選擇。」

白川似乎真的認為這次的官司只要能夠免除極刑就及格了。雖然沖野無法苟同，但即使積極奔走，也沒有任何收穫，所以無法對基於善意加入的白川有太多要求。

「積極投入冤案相關問題的人中，也有人對這起事件產生了興趣，我會請他們聲援松倉先生，去看守所為他打氣。今天也會在演講中提到這起事件，如果你們有空，等一下可以去聽一聽。」

「謝謝。」小田島開心地鞠躬道謝，「我欣然洗耳恭聽。」

「那我先去和其他人談事情。」

白川沒有喝送上來的冰咖啡就站了起來，不知道從哪裡走過來的男人為他帶路，走去咖啡廳深處的一張桌子。雖然隱約聽到白川「啊呀啊呀」的開朗聲音，但之後說的話被其他桌子的歡樂聲音淹沒了。

小田島露出羨慕的眼神看著白川，突然回過神似地拿起了自己面前的杯子，一邊喝咖啡，一邊看著沖野，用閒聊的語氣問：

「你還沒有去登錄成為律師嗎？」

「我已經拿了申請資料，應該會找時機去登錄……」

想要成為律師接案，首先必須去律師會申請登錄，等待核准。原本在東京地檢任職的人必須經過審核，才能加入東京律師會。

沖野目前所做的這些事只要不公開，就可以順利通過律師會的審核，但沖野目前還不想去登錄。一方面是目前所從事的這些活動或多或少有些影響，更重要的是，他目前對於自己想做哪方面的律師工作的展望還很不明確。他這個人只要有激發活力的動機，就會很投入，但在缺乏動機的情況下，就無法採取行動。

「雖然有你的協助，也為我壯了膽，但如果日後想要以律師為業，越早開始接案越好。這個行業越來越嚴峻，越晚進來的人越不利，必須先把自己當成鬣狗，吃獅子和獵豹的殘羹剩飯。我相信你很優秀，但律師這個行業沒有組織保護，如果缺乏這種堅韌，恐怕很多事都無法像你原本想的那樣。」小田島皺著眉頭說完，露出自虐的笑容補充說：「到時候就會像我一樣吃足苦頭。」

沖野跟著他露出了苦笑。他覺得吃苦頭也無所謂，所以並沒有把這件事想得太嚴重。

「啊，那不是船木先生嗎？」

小田島收起了笑容，看著人來人往的大廳說道。《平日周刊》的船木剛好走過咖啡廳外。

小田島站起來叫著船木，船木發現了他，走進了咖啡廳。

「兩位好，兩位好。」

船木似乎也來聽白川的演講。

「沖野先生，你在這種地方和小田島先生在一起，不知道會被誰看到。」

船木在小田島的建議下，喝著白川的冰咖啡時說道。

「檢方不會有人來聽白川律師的演講。」沖野好像在回應玩笑話般說道，「比起這件事，山中湖那裡之後有沒有消息？」

船木聽了沖野的問話，皺起了眉頭。

「完全沒有任何消息，弓岡離開位在大森的公寓之後，可以掌握他住在箱根旅館期間的行蹤，但看不到凶手的影子，別墅附近好像也沒發現任何線索。」

「這樣啊。」沖野嘆著氣回答，「偵查相關人員中，也沒有人當時有可疑的行動，完全不知道該如何理解這件事。」

「可能和黑道有關吧。」船木語帶憂慮地說，「既然使用了手槍，和哪裡的黑道有牽扯也不足為奇。」

雖然沖野覺得不太可能，但如果不這麼想，就無法解釋。

「法庭審理方面，出現了勝算的可能嗎？」船木反過來問道。

「託白川律師的福，至少已經從外圍推回擂台了，」小田島說，「只不過反擊的招數都被封殺了。」

「『白馬騎士』這一陣子也遭到一些出於嫉妒的攻擊報導，他向來用法庭鬥爭來解決這種事，所以就比以前更忙了，你們沒辦法一味依賴他，最好能夠靠自己掌握致勝的關鍵。」

「凶器的存在成為最大的瓶頸，」沖野忍不住抱怨無法改變的現實，「只要有凶器，檢方就能夠穩紮穩打。問題在於松倉先生以外的人如何張羅到這個凶器，因為上面只有他的指紋……」

沖野心不在焉地說出了自己正在思考的事，船木伸出手制止了他，轉頭看向一個正走進咖啡廳的男人。

那個人五十歲左右，看起來很嚴肅，穿了一件舊夾克，肩上掛著肩背包。

「啊喲啊喲，《平日》的……還有小田島律師也在，難道有什麼有趣的活動嗎？」

男人走到沖野他們所坐的桌子前，用明顯不是友好的眼神看著他們，語帶嘲諷地問。

「水野先生，你又是有何貴幹呢？」船木用冷漠的語氣反問。

「只是很無聊的事，聽說自以為是人權派的黑心律師召集信徒開講，身為被他告的人，當然要來聽聽他到底說些什麼……」

這個姓水野的人瞥了一眼後方白川所坐的桌子說道。

「你這個人太沒禮貌了！」

小田島大聲說道，水野看著小田島，目中無人地笑了笑。

「小田島律師，第一次看到你的時候還有清貧的影子，現在被那個假人權派和左翼雜誌污染，真是太可悲了。」

「你、你在胡……」

小田島滿臉漲得通紅，嘴唇發著抖，船木解圍說：

「好了好了，這個人就是專門靠惹惱別人吃飯的記者，你最好不要當真。」

沖野從他們的對話中猜想，這個男人就是以前住過成為根津事件現場的單身宿舍，認識被害女中學生的《日本周刊》記者。

「對了，」沖野回過神時，發現水野看著自己，「這位也是律師嗎？」

「他是新人律師。」船木好像事先準備好似地輕鬆回答，「是小田島律師在法科大學院的同學。沖田律師，這位是為我們雜誌的競爭對手《日本周刊》寫文章的水野先生。」

水野瞇起眼睛，仔細打量沖野後，微微點頭說：「是喔，原來是新人滿懷崇敬地來聽權威律師的演講。」

「嗯，是啊。」沖野面無表情地回應水野的話。

「這我就無法苟同了。」水野說，「年紀輕輕的律師，未來的可能性會沾染上奇怪的顏色。」

「水野先生，你太多管閒事了。」船木用低沉的聲音說。

「所謂人權派，」水野不以為意，繼續說了下去，「原本是很棒的名稱，如今卻專門用來揶揄某種類型的人。正確地說，那種根本是冒牌人權派，不值得年輕人學習。」

「喂……！」

小田島大聲叫著，船木伸手制止了他，似乎覺得太孩子氣。

「在他眼裡，所有律師都是偽善者，都是利慾薰心的人，這種想法才是左翼思想。」

「我並沒有說所有的律師，」水野指著船木，「真正的人權派律師不會想要出風頭，而是隱身在市井之中，即使不刻意，也具備了從弱者的角度看問題的能力。」

「比方說是哪位律師？」

可能因為工作的關係，所以對律師界也很熟，船木語帶挑釁地說。

「如果要舉例的話，就是在月島開了一家小型事務所的前川直之律師。」

船木似乎不認識那位律師，所以微微偏著頭。沖野也沒聽過這個名字。

「如果你有興趣，可以找時間去見他。」水野看著沖野說，「他是我的學弟，以前在宿舍時住在我的隔壁，他讀書很用功，不知道是不是改不了窮學生時的本性，至今仍然不會去想賺錢的事，也不想出人頭地，只想幫助有難的人。之前特搜部因為政界的非法獻金問題採取行動時，山北光明以高島進和丹野和樹的顧問律師身分對外發表意見，不知道是好是壞，反正他也是白川級的明星律師，但是，死去的丹野傾吐內心痛苦的對象並不是山北，而是前川。前川雖然不拋頭露面，卻無私地為丹野積極奔走，即使最後變成了最糟糕的結果，所有的努力都白費了，但他還是悄悄藏在心裡，恢復正常的生活。山北在電視上咄咄逼人地批判檢察機構，他卻在暗中默默做事。」

沖野不發一語地聽著，內心有什麼東西形成了巨大的影子。雖然原本以為水野說的話是和自己完全沒有交集的世界，但聽到丹野和樹的名字後，突然產生了好像近在眼前的親近感，他不由得繃緊身體，想要搞清楚是怎麼回事。

「當然，也有像《平日》那樣的媒體，之前靠著特搜透露的消息對高島和丹野設下包圍網，這次卻又一百八十度大轉彎，開始抨擊檢察機構，所以也不難理解山北想要對著攝影機高談闊論的行為。」

水野語帶諷刺地譏罵著，船木張嘴想要說什麼，但沖野搶先問：

「丹野議員為什麼不是和山北律師討論，而是和默默無聞的前川律師討論？」

水野聽到沖野脫口發問的問題，微微放鬆了嘴角。

「因為他們是大學同學，丹野並沒有和我們一起住宿舍，所以我並不認識他，但他們曾經在同一個法律研究會讀書，關係很密切。當然，並不是因為關係密切就建立了信任，正因為不管是默默無聞，還是赫赫有名，都知道對方是值得信賴的人，丹野才會去找前川。」

沖野終於發現了可怕的可能性，他無法動彈，身體深處好像凍結了。

他知道自殺的丹野議員之前曾經當過律師，而且之前曾經聽沙穗提過，最上在丹野議員自殺之後，整個人感覺和以前不一樣了……這是她從同樣是事務官的長濱口中聽說的。

沖野記得沙穗當時告訴他，最上和丹野議員也是大學同學，關係很好，所以丹野議員自殺，對最上造成了很大的打擊。

成為根津事件舞台的北豐寮在案發當時，有很多單身工人的房客，但也有幾名大學生房客。不在場證明的紀錄顯示，他們是市谷大學的學生。

沖野記得上面還記載了宿舍管理員，也是被害人的父母久住夫婦也來自北海道。最上是北海道人，之前曾經聽他提過，他當上檢察官後最先被派往札幌。

「怎麼……？」

不知道是不是沖野的表情太奇怪，水野露出訝異的眼神問道。

最上毅是否也住在那個宿舍？

這個問題已經衝到喉嚨口，但沖野還是吞了下去。

因為他害怕問了這個問題之後所看到的世界。

他覺得真的太可怕了。

「不……」

沖野注視著水野，動了動乾澀的嘴唇回答。

目不轉睛地看著沖野的水野臉上的表情立刻發生了變化，他收起了眼中的銳利，臉上露出了困惑之色。那種不安無助的表情，好像在回想不經意放手的行李中，是否裝了什麼重要的東西。

「你……」

他對沖野說了這個字，但似乎又改變主意，收回了原本想說的話。他的眼神游移，好像偷瞄似地瞥了沖野的臉一眼，立刻把臉轉開了。

「失禮了……」

他用幾乎聽不到的聲音說完後，悄然走出了咖啡廳。

「他是怎麼回事……剛才說要來聽演講，竟然走出了飯店。」

「他只是來冷嘲熱諷，原本就沒想要聽演講。即使他想要聽，也會被工作人員趕出去。」

小田島和船木目送著水野的背影說道，沖野完全無暇顧及這些事。

「那我先走一步，拜託各位了。」

演講快開始了，剛才在後方座位談事的白川對沖野他們打招呼後走了出去。

「我們也差不多該進去了。」

小田島說完後站了起來，沖野抬頭看著他，微微張著嘴說：

「不好意思……我、還是先走一步。」

「啊？」

小田島和船木互看了一眼，船木先體諒到沖野的處境，點了點頭說：

「嗯，還是這樣比較好，因為不知道會不會又像剛才一樣遇到什麼人。」

沖野不置可否地應了一聲，向他們道別後，離開了飯店。

回到位在豐洲的公寓後，沖野坐在沙發上茫然若失。即使太陽已經下山，他也忘了開燈，只是努力克制著想要抓住什麼的衝動。

他一直坐在那裡不動，大門傳來的門鈴響了。是沙穗。他從日比谷的飯店回家路上，傳了電子郵件給沙穗求救，希望她下班後來家裡。

沖野這才發現家裡很暗，打開燈之後，走去玄關等沙穗。

聽到電梯門打開的聲音，沖野打開了門。一看到沙穗，不發一語地牽著她的手，把她拉進了房間。雖然他沒有很用力，但沙穗靠在他的胸前。

「你怎麼了？」

沙穗輕聲笑著問，沖野沒有回答，緊緊抱住了她。

她也抱住了沖野的後背。

然後，這次用稍微擔心的聲音問：

「你怎麼了？」

沖野感受著她在自己臂腕中的纖瘦身體，讓自己的心情平靜之後才開了口，但聲音仍然微微顫抖著。「弓岡失蹤的那個週末……最上先生叫我休息，週末不要偵訊。」

「啊……？」

「因為我當時精神狀況很不好，所以一直以為他是關心我，但不是這麼一回事……最上先生那個週末想要自由活動。」

「什麼意思……？」沙穗在沖野耳邊呢喃般問道。

「我一直以為是田名部管理官在主導蒲田事件的偵查工作……但其實不是這樣，那個管理官只是加入了根津事件的偵查工作，那不是那麼簡單的原因能夠做到的事。現在回想起來，最上先生從一開始就主導了那起事件的偵查工作。」

「最上檢察官……怎麼回事？」

「根津事件所發生的單身宿舍原本是學生宿舍，觀察案發當時還住在那裡的學生就知道，以前曾經是市谷大學學生的宿舍。我今天見到了曾經住在那個宿舍的雜誌記者，就是《日本周刊》的那個記者。他提到一名律師的名字，說是同住在那個宿舍的學弟，而且又提到了之前自殺的丹野和樹，說是那個律師的同學。」

沙穗抬起頭，瞪大了眼睛看著沖野。

「他們好像參加了同一個法律研究會，只要聽到這些，即使不必提最上先生的名字也知道，最上先生也是那個法律研究會的成員。我猜想……那起事件的幾年前，他曾經住在那個宿舍，和那個記者一樣，很疼愛那個慘死的女生。」

沖野並沒有證據證明最上曾經住在那個宿舍，因此，對於得出是他殺了弓岡，偽造松倉就是蒲田事件凶手的證據這樣的結論，也許必須更加謹慎。

但是，沙穗察覺到沖野想要表達的意思後，也沒有說任何質疑的話。因為在整個偵查過程中，有太多這樣的結論才能夠理解的事實。

「如果是最上檢察官幹的……」

沙穗說話時的身體微微顫抖。有時候看起來比沖野更加有膽識的她也難以掩飾內心的慌亂，可見她受到了極大的衝擊。

沖野抱著她的手臂微微用力，她在沖野的臂腕中繼續說：

「我覺得可以猜到他去哪裡張羅了手槍。」

沖野驚訝地鬆開了手，看著沙穗問：

「是諏訪部？」

沖野越想越覺得非最上所為的「犯案不可能性」越低，而且他再度感到害怕。

「怎麼辦？」沙穗問。

沖野無法回答，只是搖了搖頭，嘆著氣。

「你聽我說，」沙穗抓著沖野的手臂說，「就到此為止吧，繼續管這件事也不會有好結果。」

「妳說到此為止，是指不管這件事的意思嗎？」沖野露出悲痛的表情問沙穗，「我明明已經知道了真相。」

「夠了，不要再去管這件事了，繼續管下去，也只會讓你痛苦。」

她拚命勸阻著，眼中的淚水好像隨時會流下來，沖野深受感動。

「趕快忘了這件事，開始做律師的工作。我也會辭去事務官的工作，所以即使遠離東京也沒關係。我們去某個地方開一家小型律師事務所，兩個人一起努力。」

沖野也忍不住想像這樣的未來，原本以為這是自己真正的夢想，但發現光是這樣的夢想無法讓自己心情暢快起來。

「別擔心。」沖野摟著她的肩膀說，「我當然有思考工作的事，也打算要和妳一起努力。我真的這麼想，所以妳不用擔心，可不可以給我一點時間，讓我整理一下自己的心情？」

也許沙穗聽出沖野的回答違反了他自己的意願，所以聽起來有點痛苦，她一臉難過的表情看著沖野，然後充滿期待地用力點頭。

17

十月已經過了一半，末入麻里寫的第四次準備程序庭報告交到了最上的手上。準備程序庭順利進行，下一次將決定大致的框架，決定開庭審理的日期。

辯方並沒有進一步的反擊攻勢，麻里有點好強地保證，在法庭上應該能夠順利化解辯方的攻勢。

因為他們的努力，乍看之下，這起否認事件的開庭審理似乎進展順利。

但是，真的能夠平安無事地完成審判嗎？

最上已經無法樂觀看待這個問題。

自從在別墅區發現弓岡的屍體後，形勢似乎發生了變化。

確認別墅區的那具屍體是弓岡之後，最上曾經多次接到青戶的電話，報告詳細的情況。聽取自己犯下案子的偵查情況時，最上總是感到背脊發冷，光是思考警方在偵查中可能會發現和自己相關的線索，最後查明真相，精神就極度損耗。當自己犯下的罪行真相大白時，松倉的審判也將回到原點。想到這種可能性絕對不低，就覺得平淡的每一天都令人窒息。

但是，目前從青戶的報告中得知，尚未發現弓岡和蒲田事件有關的證據，也沒有任何足以顛覆目前狀況的情況，在山梨縣成立的搜查總部也沒有將最上列為重要關係人的跡象。

也許可以平安無事地進入法庭審理……

即使準備程序庭順利進行，也要等到年後第一次開庭。

雖然進展順利，但最上仍然感到焦急，想到接下來還要進入高院、最高院，判刑確定後才會正式執行，就覺得快昏了。

自己能夠撐到那一天嗎？

他每天都想著這些事，日子一天一天過去，那一週也結束了。假日午後在宿舍的書房看判例時，手機響起。

液晶螢幕上顯示水野比佐夫的名字，最上接起電話。

「最上嗎？」

「好久不見。」

不知道是因為之前說要斷絕關係，還是顧慮到最上目前手上的案子，所以水野很久沒有聯絡最上，但為什麼又打破了沉默，主動打電話聯絡？最上不禁有點訝異。

水野可能為上次用吵架的語氣責備了最上，感到有點尷尬，所以冷冷地應了一聲：「嗯。」短暫的沉默帶來了尷尬的氣氛，他隨即開了口，「我想要問你一件事。」

「什麼事？」

「不，我不知道該不該問你，」他說了這句開場白後繼續說，「你認識一個姓沖田的男人嗎？」

「沖田？」

「差不多二十八、九，三十歲左右的年輕男人。」

「我只認識一個姓沖野的。」

「沖野……他是怎樣的人？」

「在夏天之前是東京地檢的年輕檢察官，但現在已經離職了。」

電話中傳來水野的低吟。

「他該不會和這次的松倉事件有關？」

他為什麼問這個問題？最上有點在意。

「他怎麼了？」

「我在問你他和這次的松倉事件有沒有關係。既然他已經辭職了，告訴我應該也沒問題吧？」

「之前在蒲田分局巧遇的時候，如果你沒有只是傻傻地看著我，就不需要問這種問題了。」

聽到最上促狹的回答，水野咂了咂嘴。

「原來那時候他也在……」

「他怎麼了？」最上再度問道。

「他和松倉的律師小田島在一起，《平日周刊》的記者也在。那個記者寫了懷疑松倉的事件是冤案的報導，和白川雄馬的關係也很密切，我認為也是他居中牽線，讓白川出現在這起事件的舞台上。」

是喔，果然是沖野採取了行動……最上在有點感動的同時這麼想道。

「他八成把偵查情況洩露給辯方，千萬不能讓他繼續胡鬧下去了，最好趕快收拾他。」

「不必理會他。」最上說，但想到水野的性格，又補充說：「請你不要動他。」

「為什麼？」水野義憤難平地問。

「因為我一度毀了他的未來，不用再落井下石了。」

「但是……」

水野低吟道，沉默片刻後，又尷尬地說：

「最上……是我太大意了。雖然沒有提到你的名字，但看他的表情，似乎已經察覺到了什麼，也許他知道你曾經住在那個宿舍……」

「是嗎？」最上努力用淡淡的語氣回答，「沒關係，他也做了不能讓地檢知道的事，所以我和他半斤八兩，更何況即使他知道這件事，也不能做什麼。」

「是嗎……那就好。」

「不會有問題。」最上又重申了一次，「法庭審理工作正肅然進行，請不必擔心。」

「是喔……也對。」水野聽了最上的話，似乎也勉強同意了。

掛上電話後，最上輕輕嘆了一口氣。

如果沖野發現的只是水野擔心的事也就罷了……

如果他還發現了更重大的事……

最上想像著，忍不住閉上了眼睛。

但是，即使擔心也無濟於事。

既然沖野為了自己選擇了反叛的道路，自己就應該正面迎戰。

既然這樣，一切都只能順其自然。

18

「沖田先生，」

一走出公寓，立刻聽到有人叫自己。沖野看著那個男人，立刻知道就是之前在日比谷的飯店遇到的《日本周刊》的記者水野。

「不，沖野先生，」

他看著沖野，用緩慢的語氣改口說。

「有什麼事嗎？」

沖野瞪著他，用低沉的聲音問。

「我想對你提出忠告，」水野向沖野逼近一步，似乎像在威迫似地說：「你不久之前還在東京地檢吧？而且由你負責偵辦蒲田老夫婦凶殺事件。」

沖野沒有說話，只是瞪著他。

「這樣的人和松倉的律師小田島密會可不是小事，而且同時在場的記者還寫了聲援松倉的報導，內行人會覺得你們那次見面大有問題。」

水野壯碩的身體逼向沖野，意有所指地壓低聲音說：

「聽我一句話，你趁早收手。」

沖野沒有回答，反問他說：「最上先生住在根津事件發生的那個宿舍嗎？」

「什麼意思？」

水野顧左右而言他，但眼神飄忽了一下，顯示出他內心的慌亂。

「我不認識什麼最上，」水野移開原本看著沖野的雙眼，然後很快恢復了鎮定，故作強勢地說：「雖然我不知道你對地檢有什麼怨恨，但公務員即使辭職之後，仍然有保守秘密的義務，不要自暴自棄，扯想要為正義奉獻的人的後腿。」

正義……

正義到底在哪一方？

這個男人並不知道最上為了把松倉送上法庭做了什麼，或許對松倉是蒲田事件的凶手也沒有產生過任何懷疑。

「遵守秘密的義務並不適用於揭發非法行為。」

沖野幽幽地說，水野露出訝異的眼神。

「你在說什麼？」

「不，沒事。」沖野搖了搖頭，沒有繼續說下去，「感謝你的忠告。」

水野愣在那裡，沖野轉身離開了。

「我決定在年底辭去事務官。」

冰冷的空氣籠罩了夜晚的房間，在床上溫暖了彼此之後，沙穗躺在沖野的臂腕中這麼說。

「你要不要明年開事務所？你也必須做各種準備工作……如果渾渾噩噩，兩個月一下子就過去了。」

沖野聽著她的話，想起了水野在白天說的話。

「差不多該告一段落了……對不對？」

沙穗轉頭看著沖野，似乎想要逼他點頭。

沖野沉默不語，沙穗目不轉睛地看著沖野的臉，似乎在他回答之前都打算這麼做。

「我會工作。」沖野回答後，又接著說：「但是，對不起，正因為這樣，所以才無法放下蒲田的事件。」

沙穗垂下眉毛看著沖野。

沖野懇切地對她說：

「無論松倉曾經做過怎樣的虧心事，在這起事件中是被冤枉的，想要以律師為業的人當然不能袖手旁觀，否則，我以後就不配做律師工作，所以，即使為了自己，我也必須做這件事。為了日後能夠和妳一起努力，我也無法逃避這起事件。」

沙穗眼中含著淚水，痛苦地看著沖野。她可能知道無論說什麼都無濟於事，所以就放棄了說服沖野。

「我就是這樣的人，我相信妳也知道。」

沙穗聽了沖野的話，用力點了點頭。

「我知道了……我不會再阻止你。」她好像下定決心般說完，輕輕嘆了一口氣問：

「既然這樣，就要思考方法……你打算怎麼做？」

最直接的方法，就是直截了當地把對最上的懷疑告訴警視廳的森崎。

但是，即使森崎能夠表示理解，他一個人也無法做任何事。問題在於上面會如何採取行動。

沖野的猜測沒有任何證據，雖然警方只要調查一下，就知道最上是否曾經住在根津事件所發生的宿舍，但即使證實了這一點，也無法得出最上幹掉了弓岡的結論，到時候可能以沒有證據為由遭到拒絕。

而且，即使警方認為沖野的話有可信度，但對象是檢察官，警方也會不知如何是好。因為偵查工作必須和檢察廳協調，而且早晚會由檢方主導偵查工作，警方可能認為是檢方的事，所以趁早把燙手山芋丟給檢方。

雖然檢察廳不可能壓下這件事，但如果只是敷衍了事，不知道會怎麼對付沖野，沒有人能夠保證會把他視為正當的揭弊者加以保護。

最好考慮其他方法……沖野心想。

「還是報導的方式最理想……」

船木應該願意寫這件事，到時候，無論是警方還是檢方，都不得不展開調查。

然而，即使要這麼做，也必須一氣呵成。

如果有不可動搖的證詞……

比方說，有人證實曾經賣槍給最上……

沖野覺得似乎找到了頭緒，看著沙穗說：

「我記得最上先生曾經說，以前在訊問諏訪部時，只是因為答對了麻將的問題，諏訪部就招了，他還有沒有提到其他事？」

「嗯，那一次，最上先生似乎調查了他的老家，好像可以請他哥哥以關係人的身分到案說明，也可以去他老家搜索。他哥哥做了一些只要深入調查，就會有麻煩的事，但他哥哥像父親一樣照顧他，而且也在老家照顧生病的母親，所以就不希望去動他的家人。」

「原來是這樣，」沖野很受不了地苦笑著，「還真是毫不手軟。」

最上對自己決定的事絕不心軟。

沖野再度體會到，自己必須和這樣的男人交鋒。

隔天，沖野聯絡了《平日周刊》的船木，請他幫忙查一下在六本木一帶活動的一個名叫諏訪部利成的掮客電話。

「這和蒲田事件有什麼關係嗎？」船木聽了沖野的委託後問道。

「對，我想應該有關係。」

沖野還同時去雜貨店買了一副麻將和麻將墊，白天就在住家的桌子上洗牌，練習分辨哪個位置上有什麼牌。

幾天後，接到了船木的聯絡。

「我找了幾個對六本木很熟的人，終於查到了。」

船木說完，把諏訪部的手機號碼告訴了沖野。

「聽說這個人也賣槍，該不會和弓岡的死有關？」

「目前還無法斷言，等到可以告訴你的時候，我一定會告訴你。」

沖野這麼回答後，向他道了謝，掛上了電話。

「小老弟，是你在我周圍四處打聽嗎？」

沖野打了諏訪部的手機和他聯絡，他一開口就這麼問。

「因為我想見你，但我已經辭去檢察官的工作，沒辦法查到你的聯絡方式，所以拜託朋友幫忙。」

「搞什麼啊，春天的時候還是滿臉希望的檢察官，結果就這樣辭職了嗎？」諏訪部似乎覺得很好笑，呵呵笑了起來。

沖野得知了諏訪部今晚會去的酒吧後，也去了六本木。

諏訪部在一家位於地下室的酒吧吧檯前喝酒，身上穿著之前在檢察官辦公室看過的雙排釦西裝，在昏暗的店內，他看起來就像是影子。酒吧中央有一張撞球台，幾個年輕人正在那裡撞球，店內響起撞球的清脆聲音。

「我有問題想要問你，同時還想拜託你一件事。」

沖野在諏訪部身旁坐下後，立刻開口說道。

「先喝酒再說。」

諏訪部數落著性急的沖野，嘴角露出從容的笑容。
沖野向酒保點了啤酒，接過杯子後，諏訪部輕輕舉起了自己的威士忌酒杯。
「祝前檢察官的事務所生意興隆。」
「目前還沒有開事務所。」沖野冷冷地說，看到酒保離開後，把身體轉向諏訪部，「在此之前，有必須先解決的問題，目前正在忙這件事。」
諏訪部轉動著杯子裡的冰塊，斜眼看著沖野說：
「所以有問題要來問我嗎？」
沖野微微點頭，把臉湊到他面前。
「你是不是賣槍給最上先生？」
諏訪部面無表情地拿起威士忌酒杯喝了一口，無聲地笑了起來。
「你說的話真有意思。」
「我沒有在開玩笑。」沖野用壓抑的聲音說，「現任的檢察官用槍偷偷處決了某起事件的凶手，根據我的分析，這是千真萬確的事實，他試圖藉此把那起事件嫁禍給一個毫不相關的人，想要製造一起冤案。」
「呼。」諏訪部揚起嘴角，「太荒唐了，我完全無法理解，可不可以用我聽得懂的方式說明？」
他是明知故問，還是最上並沒有告訴他詳情……總之，為了讓他知道自己瞭解深入的情況，沖野決定補充說明。

「在山中湖的別墅區發現了一具遭到槍殺的屍體，他在蒲田老夫婦凶殺事件中，即將被鎖定為重要關係人時失蹤了，同時有另一個人遭到逮捕，即將被送上法庭。那個人當然否認犯案，但他為什麼會遭到陷害？因為他是二十三年前，在根津發生的那起女中學生殺害事件的凶手。那起事件已經完成了時效，那個男人也躲過了刑責。今年春天後，曾經報導過這則新聞，也許你也有印象。最上先生以前很可能曾經住在事件發生的那個宿舍，也就是說，被害的那個女中學生可能和最上先生很熟。雖然我缺乏明確的證據證明他們的關係，但我認為八九不離十，也就是說，為了處罰逃過時效的男人，他殺了真凶。事情就是這樣，於是就有一個問題，殺了真凶的手槍從哪裡來？那是一把馬卡洛夫手槍，普通的檢察官無法張羅到這種東西，但如果有管道就另當別論了，這個管道就是你。」

諏訪部靜靜地聽著，好像把沖野的話當作下酒菜，露出淡淡的微笑後，陶醉地喝光了杯中的酒。

「我雖然不知道最上檢察官是否真的做了這種事，」諏訪部仍然帶著習慣性的笑容，「但別把我捲進去。」

「我希望你承認賣槍給他這件事。」

諏訪部聽到沖野這麼說，忍不住失笑。

「我非常瞭解你向來不出賣別人。」

「既然這樣，你應該知道跟我說這些也是白費口舌。」

諏訪部輕描淡寫的態度和之前在檢察官辦公室時一樣。果然和他有關……沖野看著他想道。

「我希望你協助我，有人因為遭到冤枉而深受痛苦，我不能袖手旁觀。我並不是要求你做好自己被抓的心理準備而作證，我有一個朋友是周刊記者，我想請他寫這件事。他絕對不會透露消息來源，我也是冒著危險和他打交道，但他值得信任。只要你告訴我們交易的方法和金額，就可以寫出讓檢察組織的高層震驚的報導。這種報導讓檢方高層無法視而不見，他們會想要調查真偽，這就是我的目的。」

「對不起。」諏訪部歪著單側臉頰說，「我沒義務這麼做，雖然最上會怎麼樣也不關我的事，但我也不在意那個男人是不是被陷害入罪。」

「聽說以前最上先生逼你開口時，曾經用你老家的事逼迫你。」

「是啊……那傢伙是個手下不留情的檢察官。」諏訪部點了一支菸，瞇起眼睛，吐出紫色的煙，「但我媽和我哥都死了，你也沒抓到我什麼把柄，抱歉啊。」

「我無法做那種事，」沖野說著，拿起放在腳下的皮包，然後打開皮包，「讓我用這個搏一次機會。」

「那是什麼？」

諏訪部探頭看向皮包內，看到是麻將牌的盒子，忍不住笑了起來。

「小老弟，你真拚啊。」諏訪部開心地笑了起來，「今天那位小姐不在，沒問題嗎？」

「對，」沖野回答，「但也無法提出像上次那樣的條件。」

「借用她一天的條件嗎？」諏訪部笑了起來，「我才不想呢。她展現那樣的膽識，完全沒有露出為難的表情，就一點都不好玩了。」

「但是，如果你答應，如果你以後需要請律師時，我可以提供免費服務。」

「那真是太感謝了。」

諏訪部冷笑著，從沖野的皮包裡拿出麻將牌的盒子站了起來。

「但我中意你這麼拚，那就奉陪吧。」

他走向撞球桌，說了聲：「讓一下」，然後把桌上的球推到一旁。

「喂！」

玩到一半被打斷的年輕人拿著球桿逼向諏訪部，但他的朋友被諏訪部的氣勢嚇到，慌忙拉住了他。

諏訪部完全不理會他們，把麻將牌的盒子放在撞球桌上打開了。

沖野站在他的右側，就是之前在辦公室時沙穗的位置。

「排得真整齊，準備很周到。」

諏訪部叼著菸嘀咕著，從字牌的盒子裡拿出不用的牌。

然後把麻將盒子倒在撞球桌上，所有的字牌都背朝上，再把萬子的盒子、餅子的盒子和條子的盒子裡的牌也都倒了出來。

紅、藍、綠、黑……麻將牌的背面是米色，只有在沖野的意識中帶著不同的顏色。

「那就開始囉。」

諏訪部開始洗牌。他把黑色放在左側搓了起來，右手把紅色搓進綠色中，然後把紅色和綠色混合的牌搓去左手的藍色中。

「因為這次是用實物，所以就不會像上次那樣放水。」

諏訪部在說話的同時搓動的手，的確比上次徒手時的速度更快，轉眼之間，四色的牌就混在了一起。

「跟得上嗎？如果這次又猜錯，會讓我很失望。」

「你才不要搓過頭，自己也搞不清楚狀況了，」沖野凝視著麻將牌的動向說，「既然是用實物在玩，就沒辦法唬弄了。」

「呵呵呵……」

諏訪部收起微笑的同時，他的手也停了下來。他緩緩抽著菸，但沖野的雙眼緊盯著搓混的牌。

「那就來砌牌吧。」

諏訪部說著，左手兩張兩張地把麻將牌從自己的右側開始砌牌。這傢伙是左撇子……沖野的腦袋很清晰，甚至發現了之前在辦公室對決時沒有發現的事。

最先排的四張牌是諏訪部要拿的牌……

黑色——沖野覺得是字牌。

諏訪部排好相當於六墩的十二張牌之後，又拿了四張牌。這也是字牌嗎……其中混入了紅色。

然後又排了十二張，接著是諏訪部的四張。

太難了，但沖野還是覺得是黑色。

諏訪部面前排了長長的牌，他輕輕鬆鬆地把自己面前的那一排疊在另一排上。

「小老弟，如果你不砌牌，不是很沒氣氛嗎？」

沖野聽他這麼一說，隨便砌了十墩。諏訪部開始為上家砌牌。

「就只有這些嗎？好，那我把砌好的給你。」

諏訪部把自己面前靠右側的七墩移到沖野面前。

「好，那我要丟骰子囉。」

諏訪部拿起兩顆骰子輕輕一丟。

兩個都顯示五。

「是十，小老弟，是你面前的牌。」

沖野把自己面前的第十墩牌向右移開，諏訪部從剩下的牌牆中拿了最右側的兩墩放在自己面前。

接著，他在為其他牌家配牌的同時，也把兩墩、兩墩的牌放在自己面前，最後從上家的牌牆中拿了兩張牌，打掉一張五餅。

「役滿貫一向聽。」

他豎起自己的手牌，在整理的同時說道。

從他最初用慣用手觸碰字牌這一點來看，字牌顯然是關鍵。到底是中發白全到齊的大三元，還是有東南西北的大四喜、小四喜……也不能排除十三么的可能性。

「真的快聽牌了嗎？」沖野故意這麼問，為自己爭取思考的時間。
「不必擔心。」諏訪部冷冷地回答。
總覺得還混了其他顏色的牌。這到底是慧眼還是邪念？
是邪念。
沖野這麼斷定之後，決定拋開這種想法。
「字一色。」
沖野回答。
沖野覺得在諏訪部推倒手牌之前，時間好像停止了。
他翻開的手牌全都是字牌。
東南西北白發都各有兩張，最左側應該是從上家拿的一張兩萬，如果那張是中就聽牌了。
字一色七對子一向聽。
「你猜對了。」
沖野重重地吐出了憋著的氣，諏訪部也吐了一口煙，似乎在呼應。
「呼！」諏訪部稍微放鬆了臉頰，露出了苦笑，但立刻收起了笑容，「那也沒辦法了，我只能告訴你了。」
聽到他這麼說，沖野緊張起來，準備承接從他口中說出的答案的份量。
但是，諏訪部搖了搖頭。

「很可惜……我沒有賣槍給他。」

沖野一時無法理解他說的話。

「你……！」

沖野火冒三丈，抓住了他西裝的衣領。

「喂喂喂，你不能因為事實和你想的不一樣就惱羞成怒啊。」

沖野說不出話，渾身無力。諏訪部輕鬆地撥開了沖野抓住他衣領的手，拍了拍他的肩膀。

「不好意思……幫不上你的忙。」

他說完這句話，走回了吧檯。

真的和諏訪部無關嗎？

還是說，他只是基於「只賣東西，不出賣人」的信念，做出這樣的回答？

無論如何，沖野下了重大的決心找到了突破口，如今突破口被堵住了，他不知該如何是好，晚上也輾轉難眠。

隔天，沖野在內心決定自己只剩下一條路可走，打電話給《平日周刊》的船木，相約見面。雖然打算在不會被別人聽到談話內容的地方談事情，卻一時想不到適當的場所，因為船木的公司位在築地，所以就約在從公寓走路就可以到的勝鬨橋見面。

到了下午的約定時間，沖野等在勝鬨橋靠近勝鬨那一側的橋頭，船木從築地那一側走了過來。

「風景不錯。」

沖野站在通往河邊的階梯上方，船木繞了過來，欣賞了片刻風景後說。

眼下是隅田川被風吹皺的寬闊河面，眺望遠方，可以看到左右兩側是高樓層的大廈公寓，晴空塔被其中一棟房子遮住，只能看到塔尖，但看向下游的方向，就可以隔著橋，看到東京鐵塔。

「沿著河岸走一小段，有一個地方可以同時看到晴空塔和東京鐵塔。」

船木雖然這麼說，但似乎無意移動，背對著河靠在欄杆上。

「諏訪部那裡毫無收穫，還麻煩你特地幫我查了聯絡方式，真對不起。」

船木聽了沖野的話，面不改色地點了點頭。

「是嗎……那也是無可奈何的事。聽說他的口風很緊，所以沒辦法問出什麼也很正常。」

「事到如今，只有我親自出面了。」

船木聽了沖野的話，挑了挑眉毛。

「出面的意思是？」

「請你以擔任蒲田事件承辦檢察官的前檢察官揭發的形式，寫一篇報導。」

船木喉嚨深處發出沉悶的低吟，皺起了眉頭。

「如果你想要透過這種方式挽回自己的名譽，我當然不會阻止你……」

「和名譽無關，我只是覺得這是唯一的方法。」

「如果是這樣，我勸你還是重新思考。」船木語帶謹慎地說，「當你拋頭露面時，所承受的壓力難以想像。雖然對我們雜誌來說，這是很有魅力的提案，也很樂意做這樣的報導，只不過我並不建議你這麼做，而且你最好和小田島律師，還有白川律師討論之後再決定。」

「如果你是擔心我個人，那倒是沒有必要，只是在此之前，我希望你再幫忙調查一件事。」

船木微微偏著頭問：「什麼事？」

「有一個名叫最上毅的男人，以前是否曾經住在成為根津事件命案現場的北豐寮。如果他的確曾經住在那裡，我就會向貴雜誌揭發。」

「最上毅……這個人是誰？」

「我在東京地檢的前輩檢察官。」

船木聽到沖野的回答，瞪大眼睛「啊？」了一聲。

「他是總部股的檢察官，指導蒲田事件的偵查工作，我協助他偵辦這起案子，出入搜查總部，不久之後，成為這起案子的承辦檢察官，但他自始至終要求我不擇手段起訴松倉。」

「那個人……有可能曾經住在根津的宿舍嗎？」船木問話時的聲音有點沙啞。

「最上先生畢業於市谷大學的法學院，我聽說他和自殺的丹野議員是同學。之前在飯店遇到《日本周刊》的水野先生時，他提到了丹野議員的名字，讓我恍然大悟。在弓岡失蹤的那個週六、週日，最上先生要求我暫停偵訊松倉。當時我以為是因為看到我偵訊遇到了瓶頸，所以讓我休息一下，但現在回想起來，總覺得是最上先生自己想要自由活動。」

「這……簡直太駭人聽聞了。」

船木重重地吐了一口氣說，然後看著河面，似乎在腦袋中整理思緒，隨即轉頭看著沖野問：

「這和諏訪部有什麼關係？」

「最上先生在以前承辦的事件中曾經逮捕他，今年春天，諏訪部在總部的一起事件中，也曾經以重要關係人身分接受訊問，我在最上先生的指示下負責訊問他。諏訪部的信念似乎是『只賣東西，不出賣人』，昨天也一問三不知，讓我束手無策。但最上先生知道他在做什麼生意，也熟知他的為人，如果想要買槍，一定會透過他的管道。」

「也就是說，雖然他是檢察官，但有購買槍枝的管道。」

船木說完，陷入了沉思，但似乎隨即下定了決心，點了點頭。

「好，我瞭解了，如果你的判斷沒錯，就不光是偵查不公，而是前所未聞的檢察官殺人事件，當然不能袖手旁觀。我會首先針對最上檢察官在學生時代是否曾經住在那個宿舍進行調查。」

「拜託了，但最好考慮一下調查的方法，即使問《日本周刊》的水野先生，我相信他也不會正面回答你。」

「是喔。」船木回答後反問：「會不會有像水野先生那樣的同學是共犯？」

「雖然不能排除，但我認為可能性很低。」沖野回答，「在飯店遇到的隔天，水野先生得知我原本是檢察官，特地跑來提醒我，但看起來不像是涉入那麼深。從某種意義上來說，為了制裁松倉先生而幹掉弓岡符合檢察官的思考邏輯。如果是檢方以外的人，會希望和蒲田事件無關的松倉先生重獲自由，然後親手殺了松倉更合理。」

「原來如此。」船木低吟著附和道，「但是，這件事越想越覺得可怕……沒想到竟然會發現這樣的真相。」

「我在發現最上先生的影子時也難以置信，身體深處開始顫抖，但是，弓岡真的遭到了殺害，而且松倉先生即將受到審判，很明顯有人在搞鬼，我無法假裝視而不見。」

「是啊。」船木點頭表示同意，「給我一點時間，我會謹慎調查。」

船木說完，充滿鬥志地吐了一口氣。

十一月上旬過後，接到小田島的電話，說準備程序庭已經結束，決定在明年一月十六日第一次開庭。

在準備程序庭上，辯方無法提供進一步的反擊證據，審判的發展似乎也不樂觀。

「白川律師很忙，所以無法來參加準備程序庭，我等一下還要去向他報告情況。想到還要去向支持者說明，心情就很沉重，人手增加也是有利有弊。」

「請你不要說洩氣話，接下來才是正式的戰鬥。」

沖野猶豫了一下，但還是決定鼓勵小田島一番，所以又補充說：

「目前正在請船木先生調查一件事，搞不好能夠對你有幫助。」

「雖然我不知道船木先生在調查什麼，但準備程序庭已經結束，恐怕很難再影響審理了。」

「對，我知道。」

一旦在雜誌上看到船木寫的報導，小田島必定會大驚失色，但目前船木的採訪還沒有結果，就連沖野自己也對將來有可能變成這種情況缺乏真實感。

這兩個星期，沖野的心情整天無法平靜。和小田島通電話時，也帶著這樣的心情。

沒想到兩天後，接到了船木打來的電話，終於終結了這種情況。

「沖野先生，你目前有空嗎？在電話中說話不方便，我可以去你家附近找你。」

船木壓低聲音說，坐在客廳沙發上的沖野立刻緊張起來。

「如果你沒問題，電話中說也沒關係。你掌握到什麼情況了嗎？」

如果是這樣，沖野想要趕快知道情況，於是就這麼回答。

「掌握到了。」船木明確回答，「最上檢察官在學生時代，果然曾經住在根津的北豐寮。我假裝要採訪丹野議員的生平，所以去找了市谷大學法律研究會的人，其中有一個人說，前川直之律師和最上檢察官，還有丹野議員的關係很好，他們都是北海道人，住在同一個宿舍。我又繼續調查，也查到了他們研究會，用已經退休的指導教授作為幌子，訪問了當時的同學。其中一個人目前在市谷大學當職員，那個人保管了畢業論文集和當時的名冊，我隨便編了一個藉口，請他給我看了之後，發現最上毅的地址就在北豐寮。這樣一來，就千真萬確了。」

「是嗎？」

雖然完全符合沖野的預料，但發現事實果然如此，還是受到很大的衝擊。

「不光是這樣，」船木又繼續說了下去，「我用了各種手段，進一步調查了最上檢察官周邊的關係，發現他的叔叔住在小田原，我有點在意，所以就去查了一下，結果得知在五月中旬的週末，應該就是弓岡失蹤的十二日、十三日的週六、週日，最上檢察官說要和朋友一起去露營，所以向他叔叔借了車子。聽說他是星期六去，星期天晚上才去還車。」

竟然……

「沖野先生，既然已經掌握了這些情況，就不需要你出面了。我會用這些線索寫報導。」

眼前有一座巨大的山崩潰了。雖然是沖野想要推倒的山，但聽到即將崩潰的地鳴聲時，在內心產生了可怕的共鳴，變成一種恐懼衝擊著本能。

「沖野先生，事到如今，我身為一名記者當然不可能不寫，但先不管這件事，我想要再次向你確認。」

船木說完，問了一個簡短的問題。

「我可以寫嗎？」

沖野覺得船木問的不是自己的選擇，而是在問自己的決心。如今已經無路可退，既然這樣，就必須藉由回答這個問題，趕走內心的恐懼。

沖野輕輕吸了一口氣後說：

「請你寫這篇報導。」

19

「最上先生。」

風中已經帶有寒意的十一月中旬某個晚上，最上下班之後，和長濱一起走出檢察廳，走去霞之關車站時，有一個人站在路旁好像在等人。當最上他們走過去時，他突然開口叫道：

「我是《平日周刊》的記者，有幾個問題想要請教一下，現在時間方便嗎？」

最上訝異地看著這個臉上帶著挑釁冷笑的男人，放慢了腳步，那個男人拿著名片走了過來。

「你難道不知道禁止向第一線的檢察官採訪嗎？」

長濱語帶憤慨地大聲說著，擋在男人和最上之間。

「我只是請教一些私人的問題。」

男人意有所指的說話方式狠狠地觸動了最上的神經。

「不行、不行，難道你不怕《平日新聞》的記者被趕出記者俱樂部嗎？」長濱用強勢的語氣制止，同時對最上說：「檢察官，請你先離開，這裡交給我。」

最上聽了，略帶遲疑地轉過身走了回去。

「最上先生，請教一下你學生時代的宿舍生活。」

最上聽到背後傳來這句話，忍不住轉過頭。

記者露出好像立了什麼大功的得意表情看著最上。

「最上先生，你在五月十二、十三日那兩天去了哪裡……？」

語尾被長濱的怒斥聲淹沒了，但這句話刺進了最上的耳朵。

最上覺得脖子突然發冷，轉過了身，下意識地加快了腳步。

終於被發現了嗎……？

他並沒有想要對那個記者否認，完全沒這回事的念頭。

一方面是因為腦袋不聽使喚。

但是，即使努力讓自己平靜，努力絞盡腦汁，想法也沒有太大的改變。

終於被發現了。

他重重地嘆了一口氣。

一股不知名的巨大力量想要勒緊他麻木的腦袋。

他花了一點時間，才體會到那應該就是挫敗感。

到頭來，證明了自己的挑戰太魯莽了嗎？

即使如此，自己也不可能什麼都不做。

最上回顧了自己的心情變化，帶著某種灰心，痛苦地這麼想。

十一月下旬那一週的週二，刑事部的永川正隆部長要找最上，最上去了他的辦公室。

除了永川以外，脅坂達也副部長也在部長室等他。當最上走進去時，他們眼中露出了從未見過的黯然。

「坐吧。」

永川要求最上在對面的沙發上坐下後開了口。

「聽說後天出刊的《平日周刊》將會刊登有關蒲田事件的深入報導，這是《平日新聞》的記者透露的，也就是所謂震驚社會的獨家報導。」

永川看著最上問：

「你知道是什麼內容嗎？」

自從記者突然採訪之後，最上就做好了心理準備，所以只是覺得該來的終於來了，並沒有表現出絲毫的慌亂。

「尤其在白川雄馬加入律師團之後，《平日周刊》就持續針對蒲田事件發表一些為辯方抬轎的報導，這次可能也是類似的情況。」

另外兩個人用冰冷的眼神看著最上回答。

「目前我已經透過《平日新聞》的記者和雜誌方面交涉，希望能夠搶先看到最先印刷完成的雜誌，所以還不瞭解詳細的內容，但聽說以大篇幅刊登了針對某位檢察官的疑雲。」

永川說完，沉默片刻，似乎在觀察最上的反應，然後繼續說了下去。

「報導中提到的某位檢察官好像就是你。」

「什麼疑雲？」最上迎著他們的視線問。

「其中之一，就是承辦蒲田事件的檢察官在學生時代，曾經入住松倉重生招供的根津時效事件現場的宿舍。」

最上微微垂下眼睛，輕輕點了點頭。

「老實說，這的確是事實。」

「為什麼之前都沒有說？」脅坂用低沉的聲音問。

「因為是很久以前的事，而且案發當時，我並不住在那裡。在懷疑是松倉所為之後，在搜查總部聽到了那起事件，看了資料之後，才終於發現是以前曾經住過的地方。我不認為這種程度的關係需要向誰報告，或是必須迴避已經著手承辦的事件。雖然在這件事上不夠慎重，但關於這個問題，我認為只要自己不提，應該不是什麼大問題。如果因此受到指責，我只能說抱歉。」

「在這次的事件中，你對逮捕松倉似乎很堅持，難道不是因為這個關係嗎？」

「無論副部長有怎樣的感覺，我都沒有立場說什麼，但我自己認為完全沒有關係。我隨時客觀分析偵查情況，認為應該逮捕和起訴。」

脅坂緊閉雙唇，滿臉不悅地抱著手臂。

「還有另一件事，」永川再度開口說話時，聲音比剛才更大聲了，「在蒲田事件的搜查總部浮上檯面的弓岡嗣郎失蹤的五月中旬那個週六、週日，你去了哪裡、做了什麼事？」

「五月中旬……嗎？」

「五月十二日和十三日。」

「因為是半年前的事……如果有什麼事，可能會記在記事本上，但現在無法馬上回答。」

「你是不是去了小田原，向親戚借了車子？」

原來周刊從那裡找到了突破口……最上面不改色地想。

「我忘了是不是那兩天，但我的確在五月的時候去看過我叔叔，順便向他借了車子。因為我想開車兜風去散散心。」

「你去了哪裡？」

「並沒有去特別的地方，只是隨心所欲地沿著山路，或是去河邊。」

永川和脅坂臉上的表情都顯得無法接受，但最上也假裝沒有發現。

被永川找去時，只是聊了這些內容。最上當然不認為事情就這樣結束了，只不過表面上當作什麼事也沒發生，繼續投入承辦的案子。

兩天後，《平日周刊》出版，早報上刊登了雜誌的廣告，醒目的標題寫著「蒲田老夫婦凶殺事件　在進入法庭審理前承辦檢察官的可怕疑雲浮上檯面」，在通勤電車上也看到了相同的廣告。

報導的內容很深入，難怪之前來找最上的那個記者會露出一臉得意的表情。記者透過採訪得知，最上在學生時代曾經住在北豐寮，進而透過向最上的叔叔採訪得知，在弓岡出現在箱根之後就消聲匿跡的前一天，最上向他叔叔借了車子，隔天很晚才歸還了車子。而且瞭解蒲田事件偵查情況的知情者透露，最上對逮捕松倉相當執著。是沖野證實了這件事嗎……最上在看報導的同時，心不在焉地這麼想。

周刊出刊的那一天，最上肉眼所見範圍的世界平靜得不可思議。一切都如往常，好像沒有人看過《平日周刊》的報導。長濱隻字不提報導的內容，永川和脅坂也沒有再把最上找去，只是不知道他們在背後是否有什麼行動。

隨著日子一天一天過去，遇到承辦案子的搜查總部的刑警等在工作上需要交換意見的人時，可以感受到他們的態度漸漸疏遠。下樓去檢察廳的食堂吃飯時，經常覺得別人和他保持距離，也極力避開視線。

同時，再也沒有已經成立搜查總部的新案子交到最上的手上。

時序進入十二月的第一個星期一，最上一走進辦公室，永川立刻把他找去。

「這是人事命令，至於新的職務，去問紅磚樓那裡。」

永川說完，遞給最上一張紙，上面寫著將最上調到法務綜合研究所總務企劃部的人事命令。

在最上看不到的地方，已經正式展開調查工作，設下了包圍網……這張人事命令讓最上瞭解到這件事。

既然已經下達了人事命令，就必須遵從。這是公務員的宿命。最上什麼話也沒說，鞠了一躬，離開了刑事部長室。

回到辦公室不一會兒，同樣去事務局拿人事命令的長濱滿面愁容地走了回來。

「看來要道別了。」

長濱聽到最上這麼說，難過地點了點頭說：「太遺憾了。」

他把最上承辦的總部事件相關資料送去脅坂副部長的辦公室後，協助最上一起整理他的私人物品。

「我來搬。」

最上把私人物品都收進紙箱內，長濱把紙箱放上推車，走向法務綜合研究所的紅磚樓。到了研究所後，職員帶他去了一個小房間，裡面有一張像會議室使用的會議桌。

長濱把紙箱放在會議桌上，神情嚴肅地深深鞠了一躬說：「謝謝你一直以來的照顧。」

「你幫了我很多忙。」最上說完，對長濱伸出手，「希望你好好用功，考上副檢察官，進一步拓展工作的範圍。」

長濱雙手握住了最上的手，點了幾次頭之後，鼓起勇氣說：

「檢察官……對不起，我無法在這麼緊要關頭幫上忙。雖然聽到很多雜音，但我相信你可以消除這些雜音，我期待能夠再度和你共事。」

自從周刊報導之後，長濱從來沒有在最上面前提過這件事，如今聽到他這番話，不由得感慨不已。

「謝謝你。」

最上用這句簡短的話表達了感激的心情後，送長濱離開了。

之後，法務綜合研究所的職員拿了一疊資料走進最上的辦公室。

「這是這十年司法研習生考試的考題，如果有什麼評價和建議，希望你可以提出報告。」

職員對最上這麼說，但並沒有提出報告的期限。也就是說，這只是把最上關在這個房間內的手段。

那天之後，最上幾乎每天都在紅磚樓的小房間內靜靜度過，完全見不到任何人。每天晚上都回家裡和朱美、奈奈子一起吃晚餐，但她們母女感受到最上的緊張，在秋天時曾經溫馨的餐桌氣氛變得凝重起來。

在不再擔任偵查檢察官一個星期左右的某一天晚上，吃完晚餐後，最上的手機接到來自最高檢石塚檢察官的電話，「有些事想要問你，請你明天來高檢一趟。」

該來的還是來了……掛上電話後，最上深深地這麼想道。自己也遇到了普通事件中常見的主動到案說明，原本以為會是山中湖事件轄區所在的甲府地檢偵辦自己，沒想到是最高檢。可見檢察機構對於檢察官可能涉及這起事件的疑雲，產生了極大的危機意識。

「朱美……」

深夜，臥房內已經關了燈。最上蓋著毛毯，卻無法入睡。他察覺身旁的朱美似乎也睡不著，所以就靜靜地叫著她。

「也許會發生令妳擔心的事。我本身沒問題，但到時候會忙著處理自己的事，家裡的事就只能請妳多擔待了。」

朱美沉默片刻後說：「小田原的叔叔打電話來，他說周刊的人去找他，問了他很多問題，所以他就回答了，現在發現好像太多話了。」

「是嗎？」

「我請他不必擔心。」

「這樣就好。」

「……早知道我應該和你一起去看叔叔。」

因為她沒有提，所以不知道她對最上所做的行為瞭解幾分，但似乎對無法重來的過去感到後悔。看到她沒有責怪，反而表達了內心這樣的想法，最上內心隱隱作痛。

「韓流電視劇中會發生一些現實生活中不會發生的事，所以很有趣，但現實生活也有很多事……只要活得夠久。」

她深有感慨地說完，輕輕嘆了一口氣。

隔天，最上前往最高檢，被帶去偵訊室的小房間，和石塚昭二隔著桌子面對面。石塚是最高檢的刑事部副部長，五十多歲的他看起來很健康，看著最上的雙眼沒有絲毫的鬆懈。

「關於山中湖的槍殺棄屍事件，山梨縣警的偵查工作已經大有進展，」石塚說，「被害人似乎是蒲田老夫婦凶殺事件的重要關係人，如果你知道什麼，希望你一五一十告訴我。」

「並沒有什麼特別的事。」最上迎著石塚的視線淡淡地回答，石塚目不轉睛地看著他，似乎想要捕捉他內心的慌亂，「弓岡是在某個喝酒的地方說了好像他犯了那起案子的話，所以搜查總部認為，在確定松倉的嫌疑之前，必須確認這件事的真偽。我原本就認為這是在喝酒的地方說的話，所以真實性很可疑，但並沒有排除弓岡是松倉共犯的可能性，所以就和搜查總部討論決定，請偵查人員也著手調查弓岡，但之後接到搜查總部的報告，弓岡下落不明，所以難以繼續針對他進行調查。這就是我瞭解的有關弓岡的所有狀況。」

「也就是說，除了他身為偵查對象，來自警方的報告以外一無所知？」

「對。」

「警方交給你的偵查資料中，也有弓岡的手機號碼。」

「我不記得了……但應該有他相關的基本資料。」

「目前警方已經掌握，五月十日星期四，傍晚五點多時，弓岡的手機有一筆來自地檢附近公用電話的通話紀錄。」

最上沒有回答。

「五月十二、十三日的週六、週日，你在哪裡？」

「我不是很清楚，但應該去小田原的叔叔家玩，然後借了他的車子去兜風了，可能剛好就是那一天。」

石塚問他向叔叔借了車子之後，幾點去了哪裡，最上回答說，只是隨便亂開，所以不記得詳細的路線。曾經去路旁的休息區休息，但也不記得在哪裡。總之，並沒有多回答什麼內容。

「有沒有去山中湖附近？」

「因為我只是隨便亂開，所以記不清楚了……但不記得曾經把山中湖附近的某個地方當作目的地。」

「車號自動讀取系統捕捉到你叔叔那輛車的車牌號碼，」石塚在最上面前攤開地圖，指著連結小田原和山中湖之間的國道，「你曾經多次來往這條一三八號國道，你休息時去的休息區應該是這裡。紀錄顯示十三日傍晚五點左右，這裡的公用電話也曾經打電話到弓岡的手機。然後……」

他又指著從小田原靠蘆之湖的那一帶。

「這個時候，弓岡在箱根湯本，監視器拍到了他在四點半左右走出驗票口的身影。三十分鐘後，有人從休息區打電話給弓岡的手機。之後，你駕駛的車子沿著一三八號駛向小田原方向——應該說是箱根湯本方面——系統留下了這樣的紀錄。」

石塚微微探出身體繼續說道：

「當然，之後又捕捉到你回去山中湖方向的紀錄。」

既然已經發現了弓岡的屍體，而且也瞭解最上的過去和去過箱根這件事，偵查到這種程度只是時間早晚的問題。

但是，石塚說的只是狀況證據……最上這麼告訴自己。

「既然車號自動讀取系統有這樣的紀錄，也許我的行車路線就是這樣，但硬是要把我和弓岡的行動扯在一起就很傷腦筋了。」

「你是說，你沒有和弓岡見過面？」

「當然。」

「最上，」石塚用稍微緩和的語氣叫著最上，「我相信你已經隱約察覺到我們在懷疑你什麼，所以希望你開誠布公。這件事送來高檢時，我簡直難以相信，因為對象竟然是現任的檢察官，而且經驗很豐富。既然在地檢刑事部的總部股擔任檢察官，不難想像你有相當的能力。這樣的人真的會涉及殺人、掩埋屍體的事件嗎？

「但是，在調查成為這起事件背景的另一起事件和人物關係，聽取了來自警方的偵查報告之後，我的想法也發生了改變，有一種恍然大悟的感覺。這麼說或許有問題，我覺得正因為你是檢察官，才會發生這樣的事件。如果我站在你的立場會怎麼做……我不由得開始思考這個問題。

「當然，既然有人死了，這就是無論怎麼辯解，也無法原諒的犯罪。這起事件不光對檢察組織，更會對整個司法界造成很大的衝擊，想要挽回形象絕對不是一件容易的事。

「但是，我是帶著某種共鳴想和你談這件事。雖然我和你的經歷並沒有交集，但我認為同樣身為檢察官，一定有能夠理解的部分。無論你以後會怎麼樣，我認為你絕對是真正的檢察官，所以我想以檢察官的身分，聽同樣也是檢察官的你說明情況。我相信你這位檢察官，同時也相信你的人生，希望你親口告訴我，你到底做了什麼。」

石塚越說越激動。他或許能夠超越善惡的標準，理解自己的行為……最上覺得他的話語讓人產生這樣的感覺。

但是……

他對自己展現的共鳴到底有幾分真實？最上深切瞭解，在目前這個場合，這一切都只是為了讓重要關係人開口的甜言蜜語。

「我大致瞭解自己遭到了怎樣的懷疑，但我本身完全不知情，很感謝你設身處地為我著想，但既然是以此為前提，我就沒有任何話可說。」

「最上！」石塚立刻臉色大變，瞪著最上說，「我勸你懸崖勒馬！你要走的那條路上沒有任何人！」

最上面無表情地聽著他的怒吼。

那天之後，最上連日被叫去最高檢，接受石塚的訊問。

石塚有時候試圖用充滿人情味的話語打動他，有時候又用激烈的語言撻伐，或是長時間沉默打神經戰。

當內心產生動搖時，最上開始思考，一旦自己投降，到底誰會感到高興。他的腦海中浮現出松倉的笑臉，然後覺得絕對不能讓他得逞，重新在內心下定了決心。

和石塚之間的對話陷入了膠著，但在第四天之後，從他的談話中可以感受到蒐證工作已經進入尾聲。雖然目前還沒有掌握槍枝的來源，但除了車號自動讀取系統以外，箱根湯本車站附近的監視器似乎留下了當時的影像資料，已經在相當程度上具體掌握了最上的行蹤，可以富有邏輯條理地證明和弓岡之間的接觸。

時令寒冷，進入了街頭洋溢迫不及待地迎接聖誕節熱鬧氣氛的季節，每天早上都有車子載著最上前往最高檢，經過長時間的訊問後，又有車子把他送回宿舍。

在接受訊問一個星期後的晚上，最上搭最高檢的車子回到宿舍前，立刻被幾個人包圍了。

「請問是最上檢察官嗎？」

燈光打在最上臉上，攝影機面對著他。

「請問你是否瞭解有關山中湖屍體遺棄事件的情況？」

女記者在問話後，把麥克風遞了過來。最上無視她，小跑著進入宿舍。

媒體很敏感，也許已經掌握了整天被關在偵訊室內的自己所不知道的檢警動向。

自己即將遭到逮捕嗎？

最上和家人安靜地吃完晚餐，獨自在書房時，手機響了。

是公訴部的末入麻里打來的。

「有關蒲田事件的第一次開庭，目前決定申請延期。」

她用生硬的語氣報告了這件事。

「是喔……」

開庭的日期應該不會擇日再定了。最上懊惱不已。

「對不起，我力有未逮。」

在目前對最上的疑雲浮上檯面之後，不知道她認為繼續進行這場審判有幾分道理，但可以從她的語氣中感受到她希望盡力完成任務，只不過結果不如所願，她發自內心為此感到遺憾。

「不是妳的錯，妳盡力了，謝謝妳。」

最上由衷地道謝後，掛上了電話。

「如果我到時候無法再回來家裡，雖然妳會很辛苦，但家裡的事就拜託妳了。如果有什麼困難，就去找前川商量，再小的事也沒關係，他一定會幫妳。」

晚上，在關了燈的臥室內，最上對朱美這麼說。

「別擔心，只要稍微忍耐一下。」

最上這麼鼓勵朱美，但也許是在鼓勵自己。

朱美一定已經預感到丈夫所發生的事，但似乎決定不多過問。

「明天晚餐要吃什麼？」短暫的沉默後，朱美問，「你有什麼想吃的東西嗎？」

「嗯，」最上對她的體貼感受到難以形容的安慰，「天氣冷了，吃火鍋比較好……吃石狩鍋吧。」

「好主意。」她有點興奮地說，「那我要去買好吃的鮭魚。」

「嗯，拜託了。」

隔天，最上又一大早搭最高檢的車子，主動到案說明，接受石塚的訊問。

但是，石塚這一天並沒有嚴厲追問訊問多日的事件，他很乾脆地接受了最上的不認罪，不時和最上閒聊話家常或是往事。

「我也曾經在札幌地檢兩年，是在你去那裡的不久之前。當時是A廳檢察官，拚命工作，也拚命玩。冬天的時候，幾乎每個星期都載著滑雪板去雪山，到了星期一，不顧臉上被曬出護目鏡的印子，繼續偵訊嫌犯……」

最上心不在焉地聽著石塚聊這些事時，腦海中浮現的並不是被白雪覆蓋的故鄉，而是思考著不知道沖野目前在幹什麼。

「那裡的食物也都很好吃，拉麵、蒙古烤肉，冬天當然是火鍋。石狩鍋也不錯，但螃蟹鍋和杜父魚鍋也很棒。」

無論螃蟹鍋還是杜父魚鍋都很好吃，但最上還是忍不住想像著朱美說今天晚上會準備的石狩鍋。在老家時當然常吃，在北豐寮時，老闆娘理惠也經常煮給大家吃。但以期待程度來說，今天晚上的石狩鍋最讓人期待。那是朱美的體貼，更短暫溫暖了最上的心……他已經等不及今天的晚餐了。

午餐時和石塚面對面，吃著他訂的幕之內便當。喝完事務官倒的茶後，最上說他想上廁所，事務官陪他一起去廁所。從開始訊問的第一天就這樣，最上起初覺得事務官陪同上廁所很奇怪，但現在已經習慣了。

上完廁所，回到偵訊室時，石塚不知道去了哪裡。

最上在安靜的房間內陷入沉思，突然覺得中午之前令他垂涎的石狩鍋就像是虛幻的約定，變得很遙遠。可能對朱美來說，今天晚上一家人能不能圍在一起吃火鍋並不重要，那只是為最上提供可以成為精神支柱的希望，撐過今天這一天……

是因為剛吃完午餐，填飽了肚子，才會有這種想法嗎？

還是因為石塚遲遲沒有回來的關係？

隔了很久，門終於打開了，石塚一臉凝重的表情走了回來。

他的手上果然拿了一張紙和一副手銬。

20

這一天，沖野來到日比谷圖書文化館。

他找了一些律師分享自己工作和人生的書，然後坐在閱覽區閱讀……這一陣子他心情浮躁，只能這樣混日子。

他還沒有去律師會提出登錄申請，因為他看不到未來的展望，不知道自己想成為怎樣的律師，也不知道想從事怎樣的工作。

說起來，自己只是因為形勢所逼，不得不辭去檢察官一職，所以對於是否真的想當律師這個問題，也沒有明確的答案。

沙穗已經表示決定在年底辭職，要支持沖野的新工作。沖野也知道自己必須調適心情，所以帶著這種想法，想要從前輩的書中找到激勵自己的話語。

傍晚時分，他看書看累了，走出了圖書館。他把手伸進羽絨衣的口袋，走在夕陽西斜的日比谷公園內。他不知不覺走到檢察共同辦公大樓附近，看到辦公大樓在樹木的縫隙中若隱若現時停下了腳步。他甚至搞不清楚自己這樣就感到心滿意足，還是發現即使在這裡眺望，也沒有任何意義。無論如何，即使繼續散步下去，也只是讓身體著涼而已，所以沖野轉身離開了。

不知道最上怎麼樣了……他走在路上時，忍不住想到這個問題。之前聽船木說，檢察內部已經展開訊問調查，這也是讓沖野感到浮躁的原因之一。不，也許是造成他浮躁的主要原因。他在等待結果出爐的同時，也害怕結果出爐。

他縮著脖子走在路上時，發現手機在震動。是船木打來的電話。沖野停下腳步，接起了電話。

「沖野先生，你現在方便嗎？」

船木的聲音聽起來格外激動，沖野忍不住緊張起來。

「發生什麼事了嗎？」

「最上檢察官遭到逮捕了。今天下午，最上檢察官遭到逮捕了。」

船木這句話帶來的衝擊，讓沖野再度跑向檢察廳。

檢察廳前已經擠滿了媒體記者，想要拍下最上被移送看守所的畫面。

最上目前在幹什麼？

已經完成辯解紀錄，茫然地等待移送手續完成嗎？

沖野已經做好了心理準備，但實際發生時，還是忍不住在無情的現實面前顫抖。想到如果自己不採取行動，就不會發生這樣的結果，心情就更加複雜了。

手上的手機再度震動起來，這次是小田島打來的。

「沖野先生，成功了。」他的聲音也因為興奮而變尖了，「最上檢察官涉及殺人和遺棄屍體遭到逮捕了。」

「是……船木先生剛才也通知我了。」

「檢方已經申請延期開庭，等於承認了偵查有瑕疵，釋放松倉先生應該只是時間早晚的問題。」

「恭喜了。」沖野發現自己說話時沒有感情。

「謝謝，沖野先生，多虧有你，我們才能夠獲得勝利。」

聽到小田島興奮地喘著氣說這句話，沖野忍不住思考，自己真的勝利了嗎？

這的確是自己不能逃避，必須跨越的難關。對方把自己趕出檢察組織，自己成功揭發了對方的陰謀，把凶惡的犯罪行為攤在陽光下。

所以，或許可以稱為勝利。

如果是這樣，照理說心情應該恢復平靜，可以繼續前進……

但是，沖野完全沒有心情開朗的感覺。

這就是勝利的心情嗎？

沖野搞不懂。

21

「三八二三號，律師面會。」

聽到看守所管理員的叫聲，最上走出獨居房，跟著管理員，沿著冰冷的通道來到接見室。

探頭向小型接見室內張望，發現前川坐在透明壓克力板外。最上走進接見室後，管理員關上了門。

「最上……」

前川看到最上後站了起來。他的雙眼都紅了，手上也握著手帕。

「太可憐了……在這麼冷的地方，真是太可憐了。」

前川說著，把臉湊到壓克力板前，淚水撲簌簌地流了下來。

「不要哭。」

最上有點不知所措地說完，在椅子上坐了下來。

「我怎麼可能忍住不哭？」前川說，「水野學長也放聲大哭……一直說，他想代替你，他想要代替你。」

最上想要微笑，但笑不出來，只好抿著嘴點了點頭。

「很冷吧……太可憐了。」

「對，很冷。」

「我帶了毛毯和衣物來這裡，如果有什麼不夠的東西，隨時告訴我。」

「好，謝謝。」

「最上……你什麼都不必擔心，全都交給我吧。你只要好好休息，其他事全都交給我來處理。」

「可以拜託你嗎？」

「當然啊。」前川說。

「不好意思……我只能依靠你。」

前川聽到最上這麼說，再度流下了大滴的淚水，他用手帕擦了一次又一次。

「不要哭。」

聽到最上這麼說，前川搖了搖頭，好像在說，他其實也不想哭。

「我很幸福，」他的臉皺成了一團，帶著哭腔說，「能夠助你一臂之力，簡直太高興了。我很慶幸自己是律師，慶幸自己當年用功讀書。最上，從今天開始，我要為你而活。」

最上聽了前川的話，再也忍不住了，在小房間內和他一起啜泣起來。

隔天，去法院開完羈押庭後回到看守所，又接到了有人來接見的通知。朱美和奈奈子來了，因為她們是第一次來接見，前川擔心她們搞不清楚狀況，所以也陪同她們母女前來。

上午到中午過後已經去宿舍搜索，再加上最上已經遭到免職，必須趕快搬離宿舍，另找租屋處，所以坐在壓克力板另一端的朱美雙眼充血，難掩疲態，但舉手投足鎮定自若，似乎掩飾了內心的緊張。

「讓妳受苦了。」

最上只能對她說這句話。

「奈奈子，妳要好好協助媽媽。」

奈奈子聽了最上的話，露出堅定的眼神點了點頭。

「妳今天有沒有去學校上課？」

「沒有，今天請假。」

「是喔……明天開始，要像平常一樣去學校上課。」

奈奈子再度用力點頭。

「我相信妳以後會因為這件事受到各種阻礙，」最上對女兒說，「關於這一點，爸爸真的很對不起妳，但是，即使是這樣，爸爸還是要對妳說同樣的話……」

「你要說，我很幸運，對不對？」一臉嚴肅聽著最上說話的奈奈子接了下去，露出淡淡的微笑，「我瞭解……不，應該說是漸漸瞭解了，我沒事，不用為我擔心。」

「是嗎？」最上說，「妳很聰明。」

「爸爸，你也要這麼想……你也很幸運。」

「對，爸爸也很幸運……妳說得對。」

最上發現自己的眼眶濕潤，用力抿緊嘴唇。奈奈子已經活到了由季無法活的歲數，如今變成了成熟的大人，即使苦難當前，仍然努力支持自己這個做父親的，而且態度也正面積極。光是看到女兒這樣的身影，最上就深切體會到自己很幸運。

「雖然沒吃到石狩鍋很可惜，」朱美用調皮的語氣說，「那就等到離開這裡時再吃吧。」

「是啊……這麼一想，我又有動力了。」

雖然一家人曾經各過各的，但此刻能夠隔著壓克力板，感受到家人的溫暖。

最上把漸漸融化的孤獨感化為輕聲嘆息。

22

最上遭到逮捕的隔天，東京地方法院針對辯方的聲請，裁定釋放松倉重生。檢方已經申請審理延期，顯然已經失去了維持法庭審理的正當性，當然也無法對法院的裁定表達任何異議。

沖野在傍晚的新聞節目中看到了松倉遭到釋放後舉行的記者會。小田島和白川分別坐在松倉的左右兩側。

「真的該怎麼說，每天痛苦得好像在做惡夢，如今終於鬆了一口氣。」

「律師一直相信我是清白的，這也帶給我很大的力量，我點滴在心頭。」

松倉結結巴巴地說明了目前的心境和對律師團的感謝。

「因為我根本沒有犯案，他們卻說找到了證據，這實在太奇怪了，我覺得絕對有陰謀，但沒想到是檢察官在搞鬼，真的太驚訝了。」

他以這種方式提及了自己的冤案和最上遭到逮捕一事。

「雖然有些媒體報導，松倉先生曾經招供自己犯下了已經完成時效的女中學生殺害事件，這也是出於檢警的逼供，當事人全然否認這件事。」

白川口中說出的話讓沖野懷疑自己聽錯了。

「他們說，先承認以前的事件，而且一次又一次對我說，那起事件已經過了時效，已經過了時效……好像只有這樣，才能讓他們相信我在這起事件上是清白的。我真的是在極度痛苦的情況下，被逼著承認的。」

松倉皺著一張臉說道，好像想起了當時的痛苦。

沖野轉台後，聽到名嘴用嚴厲的口吻抨擊，在這一連串事件中，存在著可能會動搖以檢方為首的檢警權力的問題，必須徹底調查清楚。

沖野關上了電視，坐在沙發上片刻，然後意興闌珊地站了起來，換上了西裝。今晚包括支持者在內的相關人員，將在白川位在溜池的事務所舉辦慶祝松倉重獲自由的慶功宴，白天接到小田島的電話說，請沖野也務必去露個臉。老實說，沖野並不想去，但聽小田島說，白川對沖野在這起事件中的表現讚不絕口，希望當面慰問。沖野也想為了當初在偵訊時的無禮行為，向終於洗刷冤屈的松倉道歉，所以答應出席。

下了班的上班族人潮湧進了溜池山王車站，沖野逆著人潮，走出車站，忍不住拉了拉衣襟，吐著白氣，走在夜晚的街頭。在一棟氣派時尚的辦公大樓入口，看到了白川法律事務所的牌子。

走進大樓後，搭電梯來到事務所的樓層。一走出電梯，立刻看到小田島在電梯廳角落正在和客戶通電話。他一看到沖野，立刻舉起沒有拿電話的那隻手，然後迅速說完了重點，結束了通話。

「啊呀呀，辛苦了。」他收起手機，對沖野露出笑容，「今天舉行了獲釋記者會，所以忙了一整天。」

「我看到新聞了。」

「啊呀啊呀，這一切多虧了你，真的太感謝了。」

小田島說完，向沖野伸出了手。可能終於卸下了肩上的重擔，他的表情很開朗。

「不，我沒做什麼，」沖野和他握手時回答，但還是忍不住小聲地問：「只不過，雖然松倉先生再次否認他犯下了根津的事件，但那並不是逼供出來的。」

「是啊，」小田島微微皺著眉頭附和著，然後把沖野帶到牆邊，「這件事是秘密。是白川律師的建議，他說松倉先生因為這起冤案受了不少苦，即使重回社會，周圍的人對他的態度也無法再像以前一樣，所以讓他這麼主張，也不失為一種方法。不管怎麼說，他因為冤案被羈押了半年。」

小田島強調了「冤案」這兩個字，沖野就沒再多說什麼。

「白川律師也很關心你，說想要和你當面談一談，給你一個交代。」

「不，我已經不是偵查方面的人了，沒有資格說什麼……只是看了記者會之後有點在意而已。」

「不，不光是這樣。白川律師很欣賞你，而且得知你對登錄成為律師這件事還在猶豫，所以很擔心。他說也許你是因為在這起事件的偵查過程中身為檢察官，把松倉先生當成凶手，為此感到後悔，所以無法做一個了斷的關係。」

「是這樣啊……雖然不知道算不算了斷，但我希望今天有機會向他當面道歉。」

「嗯，對啊，那就這麼辦，心情爽快之後，好好喝一杯。」

小田島說完，按了白川事務門旁的門鈴。這裡和小田島的事務所不一樣，保全方面也很完善。有一個女人從裡面為他們開了門。

一走進門，是一個放了好幾張辦公桌的房間，可能是律師助理的工作區。小田島打開了旁邊的門走了進去，立刻看到十幾個男女在像大廳般的寬敞房間內談笑風生。牆上掛著油畫，角落放著沙發和長椅，平時可能是請委託人休息等候，或是簡單討論事情的地方。如今放了很多外送餐點的餐車，變成了立食派對的會場。

沖野看到站在會場深處的松倉滿面笑容，站在他周圍的不知道是公民活動家的支持者，或是這家律師事務所旗下的律師。松倉穿了一件舊奶油色夾克，和這個時尚的空間格格不入，但他滿面的笑容顯示他就是這個派對的主角。

「白川律師。」

白川一手拿著杯子，和別人聊得很投入，聽到小田島的叫聲轉過頭，一看到沖野，立刻瞇起眼睛笑了起來。

「喔，你終於來了。沖野先生，我正在等你。」他心情愉快地說。

「不，我什麼都……」

白川沒有理會沖野的回答，轉頭看向松倉說：

「你看看松倉先生的笑容，這是多麼一目瞭然的勝利形式。這就是刑事辯護的美妙之處，我希望你也親眼看一眼。」

白川露出詢問的視線看著沖野，沖野點了點頭說：「是。」

「你去向他打聲招呼，雖然你可能有點尷尬，但你是他的救命恩人。」

白川說完，不等沖野回答，就摟著沖野的肩膀走向松倉。

「松倉先生，意外驚喜的客人到了。」

白川快活地說著，擠進了圍著松倉的人群。

前一刻還和周圍人談笑風生的松倉，一見到沖野，立刻驚訝地瞪大了眼睛，神色緊張起來。

「好久不見。」

沖野雖然感到尷尬，但還是向松倉打了招呼。

「你、你……！」松倉的聲音中帶著怒氣。

「松倉先生，他為了洗刷你的冤屈積極奔走。」

松倉對白川的話沒有任何反應，只是瞪著沖野。

「律師，這個檢察官簡直就像魔鬼！」

他咬牙切齒地說完，對著沖野大聲咆哮：

「你、你到底有什麼臉來這裡！？」

「請你鎮定。」白川苦笑著說，「他擔心你可能是受冤枉的，所以辭去了檢察官。如果沒有他，你現在不可能獲得釋放。」

「我無法獲得釋放，就是因為他威脅我，逼我認罪！還罵我是殺人凶手，罵得可難聽了！他擔心個屁！」松倉情緒激動，嘴唇發抖，對著沖野破口大罵。

「那時候……我太失禮了。」

沖野說完，向松倉鞠了一躬。

「你可別以為我會這麼輕易原諒你！」松倉漲紅了扭曲的臉，仍然無法消除內心的怒氣，「你給我下跪！給我下跪！」

「夠了啦。」白川語帶困惑地插嘴說。

「對不起。」

沖野再度深深鞠躬，這時，他聽到了咳痰的聲音，松倉在沖野頭上吐了一口痰。

「你鬧夠了沒有！」

白川很受不了地斥責松倉，可能覺得場面失控了，拉著沖野離開了現場。

「根津的事件也和我完全沒有關係！」

松倉尖聲對著沖野的後背叫著。

「妳趕快去拿熱毛巾來。」

白川對身旁的女人說，對著沖野露出了笑容，好像可以用笑容解決所有的事。

「哈哈哈，他好久沒有呼吸自由的空氣了，所以情緒有點激動。」

白川走出派對的房間後，請沖野走進像是他辦公室的安靜房間。剛才的女人拿了毛巾，擦拭沖野的頭髮。

「你不必放在心上，剛才已經充分道歉了，可以認為已經做了了斷。」

白川點了菸，抽了一口之後說。

那個女人走出去後，白川在辦公桌前翻著什麼，然後遞了一個信封給沖野。

「這是什麼？」

「算是對你這次貢獻的獎勵。」

「不，我不能收。」

「不是多大的金額，所以你還是收下吧。」白川硬是把信封塞進沖野上衣口袋，又接著說：「無償奉獻當然也不錯，但千萬不能養成習慣。你已經不是無論工不工作，都可以領到相同薪水的公務員了，從今以後，必須具備把自己的知識和智慧變成金錢的意識。斤斤計較是人生的關鍵，雖然我免費為這起事件辯護，但我有自己的盤算。如果這種奉獻無法為未來帶來更大的利益，就失去了意義。今天的記者會具有重大的意義，你看了電視上的轉播，或許覺得有點疙瘩，但松倉先生未來還要生活，而且他因為受冤枉吃了半年苦，所以我覺得兩者算是扯平了。當然，這樣對我個人也比較有利。」

被稱為「白馬騎士」的這個男人讓世人知道他具備了特異功能，這次也發揮了敏銳的嗅覺，瞭解這起事件也是一起冤案。而且，否認松倉一度坦承的犯罪，成功地塑造了他和正人君子站在一起的形象。如果認為這是他為自己做宣傳的廣告費，即使是無償奉獻，也的確很便宜。

「雖然有一部分人揶揄我是人權派律師，我告訴你，正義可以變成金錢。」白川露出調皮的眼神說道，「如果沒有發現這一點，就會像小田島先生那樣辛苦。姑且不論這種表達方式的好壞，但這是很容易被人忽略的真理。」

白川捻熄了菸，得意地巡視著放著沉重的桃花心木辦公桌、書架和皮革沙發，以及大盆蘭花的辦公室，看著沖野露出了微笑，似乎在徵求他的同意。

「至於我為什麼會和你聊這些，是因為我覺得你前途無量。雖然你辭去檢察官一職，還差一點做想與檢察廳為敵的危險事，但我覺得很有趣。最後，你終於貫徹正義，成功地報復了把自己趕出檢察廳的前輩檢察官，實在太了不起了。這件事已經告一段落，你應該馬上去登錄成為律師。如果對律師這個行業感到不安，要不要先來我這裡？可以先做兩、三年看看，比起一下子就自己成立事務所，在我這裡學習律師業的基礎之後再自立門戶才是成功的捷徑。這裡有可以讓你充分發揮的案子，雖然一開始的待遇無法和以前當檢察官時相比，但只要認為是在學習，以後有足夠的機會賺大錢。」

原來白川塞在沖野口袋裡的信封，是為了他以後獲得更大利益的投資。沖野摸了一下，發現信封很厚實。

「有很多年輕人想來我這裡工作，所以絕對是好機會……怎麼樣？」

沖野正想開口，白川拍了拍沖野的上臂說：

「你好好考慮一下，自然會有答案。」

他用輕鬆的語氣總結完，又拿起另一個信封，用眼神示意沖野一起走回派對的房間。

「這是大家給松倉先生的祝賀金。」

白川走出辦公室，離開沖野後，再度走去松倉那群人，把信封交給了他。周圍響起一陣掌聲。

「我真的可以收下嗎？」松倉完全收起了剛才的怒色，眉開眼笑地說，「太感謝了！」

「你可以吃些自己喜歡的東西。你喜歡吃什麼？」

「是啊，畢竟被關了半年，現在問我喜歡什麼，我只想到白白嫩嫩……女人的奶子。嗚嘿嘿嘿。」

「哈哈哈，你真是……小心別玩過頭了。」

沖野聽著他們的笑聲，離開了事務所。

走出大樓，一路走去車站。中途看到便利商店後走了進去，從口袋裡拿出信封，整個塞進了收銀台旁賑災募款箱內。

走出便利商店，一群準備去參加尾牙的上班族和粉領族走過他的面前。沖野茫然地看著他們的背影，走在夜晚的辦公區。冷風狠狠打在臉上，呼嘯而過。

這麼寒冷的夜晚，不知道他在幹什麼？……沖野突然想起最上，頓時痛苦不已，整個心好像被揪緊了。

隔天，沖野在白天的時間搞定了律師登錄的所有資料，用掛號寄了出去。隔天下午，他和已經決定離職，正在消化年假的沙穗相約見面後，一起搭電車前往小菅。

沙穗聽到他已經完成律師登錄感到很高興，但得知他打算去見最上，立刻擔心地說，要陪他一起去。沖野接受了她的提議，讓她陪同自己一起前往，但他想單獨和最上見面。

「妳在這裡等我。」

在接見室的櫃檯填申請單時，沖野對沙穗這麼說，只在申請單上填寫了自己的名字。沙穗可能也覺得這樣比較好，所以並沒有多說什麼。

不一會兒，叫到了沖野的號碼，他把沙穗留在等候室，獨自接受了隨身物品的檢查，然後搭電梯來到指定的樓層。在窗口得知了接見室的號碼，走進那個房間等候。

沖野屏息斂氣地在小房間內等待，不一會兒，壓克力板另一側的門打開了。

身穿毛衣的最上走了進來。他挺直身體，臉上露出平靜笑容坐在椅子上的樣子，讓沖野覺得他在逞強，心裡有一種說不出來的感覺。

但最上並沒有理會沖野的這種想法，靜靜地向他打招呼說：「好久不見。」好像心裡完全沒有任何疙瘩。

「好久不見。」

「最近還好嗎？」

「很好。」沖野回答後，又反問：「最上先生，這一陣子天氣很冷，你的身體沒問題吧？」

「謝謝。」最上放鬆了嘴角說，「我很好。」

「是嗎？」

「你已經開始律師的工作了嗎？」

「沒有……昨天才終於準備好登錄的資料寄出去。」

「是喔。」

「橘小姐也辭去事務官的工作，打算協助我，所以我打算開一家小型事務所。」

最上聽了沖野的話，瞇起眼睛，點了點頭。

即將陷入沉默，沖野正打算鼓起勇氣進入正題，最上搶先開了口，「對不起。」他把這句話輕輕遞到沖野面前。

「啊……？」

「我對不起你。」

最上抿著嘴，似乎在體會內心的這種想法，然後緩緩說了下去：

「像你這麼有前途的人離開了檢察組織，雖然這並非我的本意，但還是造成了這樣的結果。只有這件事令我痛恨之極，除此以外，了無遺憾，這是我唯一牽掛的事。」

沖野內心感慨萬千，眨了好幾次眼睛，吞著口水，克制著激動的感情。然後，當他終於可以發出聲音時，用顫抖的聲音說：

「最上先生……請你讓我當你的辯護律師。」

最上應該察覺到是沖野揭發他的行為，沖野知道，照理說，自己沒有資格說這種話，但沖野認為如果自己要踏出身為律師的第一步，這就是自己的第一個案子。

「拜託了，我會竭盡全力，讓我助你一臂之力。」沖野低頭拜託。

當他抬起頭，發現最上用溫柔的眼神看著他。

「謝謝……但是不用了，已經有人在幫我了。」最上回答說。

「我可以當他的助手，請讓我加入律師團。」

沖野探出身體拜託，但最上只是輕輕搖頭。

「沖野……我真的沒關係，已經有人可以幫足夠的忙。」他注視著沖野，語帶訓誡地說：「希望你去幫助別人，只有你才能拯救的人，一定在某個地方走投無路。你必須找到自己真正該拯救的人，助他們一臂之力，而不是來幫我。」

最上點了點頭，似乎想要表達自己這番話中的信念。

沖野在虛脫中注視著他。

面會最上結束後，沖野回到了等候室。沙穗看到他，什麼話都沒說，只是依偎在他身旁，和他一起走在回家的路上。沖野也不發一語。

沿著看守所圍牆旁氣氛肅殺的人行道，來到荒川河堤旁的大馬路，然後又走入小菅車站前的小路。沖野他們默默踏上了歸途。傍晚將近，冬日的陽光失去了溫度，穿越河面的冷風從河堤旁吹了下來。

經過驗票口，走上階梯。電車剛好進站，但沖野沒有力氣追電車，繼續維持原來的步伐走向月台，目送電車遠去。

電車消失在鐵軌對面，剛好可以看到東京看守所巨大的收容大樓。

沖野站在月台上，帶著沉重的心情看著外觀奇特的大樓。那棟建築物看起來就像向南北方向張開翅膀，但關在這棟建築物裡面的人，絕對無法擁有張開自己翅膀的自由。

有人能夠走出那棟大樓，盡情地展翅；也有人會一直被關在那裡，不知道哪一天才是盡頭。

兩者到底有什麼差別？

最上的眼睛並不像是失去自由的人。

和多年前在司法研習的研習所見到他時一模一樣。

正因為這樣，更覺得他完全不適合被關在那棟建築物中，沖野面對他時，感到內心快被撕裂了。

最上說，只有讓沖野離開檢察組織這件事讓他痛恨之極。

他始終是檢察官。

他想到有一種方法，可以讓因為完成時效而躲過罪責的人付出更沉痛的代價。

並不是因為自己犯的罪而被處以極刑……這種制裁方法比能夠想到的任何方法都更殘酷、更可怕。

檢察官深刻瞭解冤案會造成生不如死的痛苦，正因為這樣，才會選擇用這種方法制裁。

只是一旦這麼做，他自己也必須付出沉重的代價。

他不能創造出另一個逃避罪責的人。

這也是因為他是檢察官。

他說，除此以外，他了無遺憾。

他身在那棟建築物內，仍然持續堅持正義。

沖野也曾經堅持正義。

然而，沖野的正義變成了得意洋洋地享受自由的松倉，以及出現在壓克力板另一側的最上。

沖野越想越不明白。

自己到底做錯了什麼？

如果沒有做錯，會有這樣的心情嗎？

沖野已經搞不清楚了。

自己當初到底想要做什麼？

自己那時候相信什麼？想要支持什麼？

正義這麼扭曲，這麼莫名其妙嗎？

過站不停的快車漸漸逼近，即使一駛而過。

即將逼近遠離月台的後方鐵軌。

電車的轟隆聲無情地撼動沖野的心。

「嗚……」

沖野咬緊牙關，努力想要忍住，但他無法阻止內心的某些東西漸漸崩潰。

「嗚噢噢噢噢噢噢噢噢噢噢噢噢噢噢！」

沖野用全身擠出咆哮聲，對抗著從眼前駛過的快車轟隆聲。

沙穗在一旁緊緊抱住沖野。她雙臂用力，緊緊抱著他，似乎想要阻止沖野內心的崩潰。

「噢噢噢噢噢噢噢噢噢噢噢噢噢噢噢噢！」

沖野在沙穗的臂腕內掙扎著，繼續大叫著。

自己該如何活下去。

無論怎麼想，他都想不出答案。

他提出想要當最上的律師，想要拯救最上，但也許想要拯救的是自己。

「噢噢噢噢噢噢噢噢噢啊啊啊啊啊啊啊……」

他的聲音沙啞，變成了嗚咽。

快車離開了，看守所再度出現在鐵軌後方。那是他無論怎麼叫，也無法傳達的距離。

沖野泣不成聲，看著最上所在的建築物被淚水融化。

《完》

〈參考文獻〉

《檢察官的正義》鄉原信郎　筑摩書房
《特搜神話的終結》鄉原信郎　飛鳥新社
《檢察官失格》市川寬　新日新聞社
《羈押一百二十天》大坪弘道　文藝春秋
《被「權力」操控的檢察官》三井環　雙葉社
《支配檢察官的「惡魔」》田原總一郎　田中森一　講談社
《「捏造」的檢察官》井上薰　寶島社
《熱血檢察官衝衝衝！》五島幸雄　法學書院
《瞭解檢察官工作指南 修訂版》受驗新報編輯部編　法學書院
《我成為律師之前》菊間千乃　文藝春秋

由衷感謝爽快同意採訪的鄉原信郎律師。
除此以外，還得到多位包括前檢察官在內的司法界人員協助，接受採訪，或是對寫作過程中，有關檢察業務的描寫提供了寶貴的意見，謹在此深表謝意。

春日
ルヒブンコ
文庫
60

檢方的罪人
檢察側の罪人

方的罪人 / 雫井脩介著 ; 王蘊潔譯. --二版. -- 臺北
: 春天出版國際, 2020.11
面 ;　公分. -- (春日文庫 ; 60)
自 : 検察側の罪人
BN 978-957-741-303-1(平裝)

61.57

N 978-957-741-303-1
nted in Taiwan

作　　者　雫井脩介
譯　　者　王蘊潔
總 編 輯　莊宜勳
主　　編　鍾靈

出 版 者　春天出版國際文化有限公司
地　　址　台北市大安區忠孝東路四段303號4樓之1
電　　話　02-7733-4070
傳　　眞　02-7733-4069
E－mail　story@bookspring.com.tw
網　　址　http://www.bookspring.com.tw
部 落 格　http://blog.pixnet.net/bookspring
郵政帳號　19705538
戶　　名　春天出版國際文化有限公司
法律顧問　蕭顯忠律師事務所
出版日期　二〇二〇年十一月二版

定　　價　499元

總 經 銷　楨德圖書事業有限公司
地　　址　新北市新店區中興路二段196號8樓
電　　話　02-8919-3186
傳　　眞　02-8914-5524
香港總代理　一代匯集
地　　址　九龍旺角塘尾道64號 龍駒企業大廈10 B&D室
電　　話　852-2783-8102
傳　　眞　852-2396-0050